Carsten Klem

Donauabwärts

„Meine Freiheit ist nur Trug.
Ist der Fisch frei, der gebissen,
In den Hamen, dann zerrissen,
Zwar die Schnur, und fortgeschwommen,
Doch die Angel mitgenommen?"

Sándor Kisfaludy
Aus: Himfy's Auserlesene Liebeslieder
Übersetzt von Johann Grafen Mailáth.
Pesth, 1829

Impressum

Donauabwärts
Carsten Klemann
Copyright: © 2013 Carsten Klemann
Fotos: Carsten Klemann
published by: epubli GmbH, Berlin
ISBN 978-3-8442-7322-9

1

„Schön."

Christine Sowell blickte erstaunt auf, als die Fremde sie ansprach und auf die Landschaft wies, die vor dem Zugfenster vorbeizog. Bayerische Felder in der Morgensonne, in der Farbe der Scheibe getönt.

Die Fremde im roten Kostüm wandte sich wieder ihrem Kreuzworträtsel zu. Sie hatte kurze blonde Haare und ein kleines Gesicht. Auf dem Sitz neben ihr im Großraumwagen strampelte ihre etwa vier Jahre alte Tochter im hellblauen Kleid mit den Beinen und blätterte in einem Bilderbuch. Das Abteil war fast leer und Christine hatte sich gewundert, als die beiden am Wiener Westbahnhof ausgerechnet die Plätze ihr gegenüber einnahmen. Die Beinfreiheit mochte der Grund gewesen sein.

Das Mädchen sprang auf, brabbelte unverständliche Laute und lief in halb schwankenden, halb tanzenden Bewegungen über den Gang. Seine Mutter beugte sich vor und schaute ihm nach, ohne etwas zu sagen.

Erst als sich die automatischen Türen zum nächsten Abteil vor dem Mädchen öffneten, rief die Mutter: „Nicht da hinaus!" Seufzend stand sie auf und folgte der Kleinen gemächlich. Christine beobachtete, wie die Tochter an der Toilettentür rüttelte und ihre Mutter sie unter Ermahnungen von dort wegzog.

Christine war dankbar, dass die Landschaft monotoner wurde. Zwei Jahre Arbeit als Schreiberin bei einem Wiener Stadtmagazin waren vorbei. Sie fuhr zurück nach Hamburg. Es war verrückt, dass sie es tat. Wenn sie daran dachte, wollte sie aufspringen und Ausschau nach dem nächsten Bahnhof halten, an dem sie aussteigen konnte.

Mutter und Tochter kehrten zurück und die Frau nahm, bevor sie sich setzte, einen roten Kunststoffbehälter von der Gepäckablage. Sie öffnete ihn auf ihrem Schoß und breitete ein Buffet aus Obst, Snacks, Fruchtsäften und einer Milchtüte auf dem Tisch zwischen ihnen aus. Das kleine Mädchen griff zu und kaute schmatzend eine Frikadelle. Christine merkte, wie die Frau sie mütterlich musterte und stand auf, um ins Zugrestaurant zu gehen.

Christine wollte einen Kaffee trinken und zur Toilette. Deren Tür ließ sich nicht öffnen, obwohl sie angeblich nicht besetzt war. Sie ging weiter.

Im Restaurant fand sie einen Fensterplatz und bestellte einen Kaffee und ein Brötchen. Hunger meldete sich bei ihr seit zwei Tagen kaum. Gestern, beim Abschied von Freunden, zu dem sie eingeladen hatte, musste sie sich zum Essen zwingen.

Ein Regionalbahnhof rauschte vorbei, leere Gleise, offene Güterzüge. Der Ort lief aus mit nackten Sandflächen, einem Industriegebiet und dann beschränkte ein dichter Wald die Sicht.

Alles wäre anders gewesen, wenn es Vorgestern nicht gegeben hätte. Jetzt gab es die Erinnerung an Gilbert – Gilbert wer? Er hatte seinen Nachnamen nicht genannt. Sie zweifelte, ob er überhaupt Gilbert hieß.

Der vorletzte Abend in Wien. Christine hatte statt einer verhinderten Kollegin eine Premiere in einem kleinen Theater angesehen. Er spielte eine der Hauptrollen – einen jungen Typen, der zuerst als rebellischer Verächter aller gesellschaftlichen Konventionen auftrat, seine Überzeugungen aufgab, sobald er Erfolg hatte und mordete, als seine Privilegien bedroht wurden.

Der Schauspieler war ihr völlig unbekannt, besaß aber eine Ausstrahlung, die Christine sofort berührte. Er wirkte nicht abgehoben und bloß souverän eine Rolle meisternd. Kleine Versprecher ließen seinen Auftritt echt und mitfiebernd erscheinen.

Auf der Premierenfeier trank Christine ein Glas Wein, als er plötzlich vor ihr auftauchte. „Warum haben Sie mich angesehen?", fragte er. Seine Augen hatten einen sanft starrenden Ausdruck.

Christine lachte. Er blieb ernst.

„Sie haben mich nicht angesehen, wie man Schauspieler normalerweise betrachtet. Als interessierten Sie sich nicht für meine Rolle, sondern für..."

„Sondern für Sie?"

„Als hätte ich Ihnen etwas getan oder als warteten Sie auf einen Fehler."

„Aber nein!", erwiderte Christine erschrocken. „Sie haben einfach zu gut gespielt. Das war alles, das hat mich fasziniert."

„Dann ist ja gut. Entschuldigung, ich bin manchmal..." Er hielt die Hand an seine Nase, als könne sie wegfliegen. Eine schöne, lang geschwungene Nase. Mit einer minimalen Neigung nach rechts.

„Sie kommen aus Deutschland?"

Natürlich erkannte das jeder in Wien an Christines Aussprache.

„Ich muss hier weg", sagte er nach einer Weile der Plauderei. „Woanders hin was essen. Haben Sie Lust ins Beisl, ganz in der Nähe? Ist auch interessant, was den Wein angeht." Sie hatte ihm erzählt, dass sie darüber schrieb.

Die Straße lag ruhig im elektrischen Licht und ihr Ende war nicht abzusehen. Sie liefen neben Straßenbahnenschienen, bis sie durch die schweren Vorhänge einer Beisl-Tür schlüpften und sich an einen der wenigen freien Tische setzten. Gilbert ließ Grüne Veltliner und Rieslinge in Achtelgläsern auftischen, ohne zu fragen, was Christine trinken wollte. Die Rebsorten und die Namen der Anbaugebiete – Wien, Wachau, Krems, Traisental – sagten ihr viel. Die Namen der Winzer jedoch waren ihr unbekannt. Gilbert redete über die Eigenarten ihrer Lagen, Windverhältnisse auf Hängen hoch über der Donau, den Kampf der Winzer mit Sonne und Regen, prallfruchtige Reben, die im Dreck verschimmeln mussten, damit umso mehr Geschmack für die übrigen blieb. Banale, sattsam bekannte Dinge, die aber durch die Art, wie er sie schilderte, einen neuen Wert erhielten.

Es war laut und voll. Der Kellner brachte Kartoffelsalat, Käse und Brot, ohne dass Christine eine Bestellung mitbekommen hatte. Sie sprachen nicht mehr über Wein, sondern Gilbert erzählte über seine peinlichsten Erlebnisse auf der Bühne, berichtete von Auftritten in Mini-Theatern, die für Zuschauer in der ersten Reihe so unfreiwillig komisch waren, dass sie die Hände auf die lachenden Münder pressen mussten.

Spät verließen sie das Beisl in eine kühle Herbstluft, die nach reifer Stadt roch. Wien war reif im Herbst, die Theater spielten, die Kaffeehäuser schienen nur für diese Jahreszeit erschaffen worden zu sein und die Bäume in den Parks und am Donaukanal standen in welker Pracht.

Sie schritten die Straße hinunter, ohne etwas zu sagen. Das Ziel lag im Ungefähren, aber Christines Wohnung war nicht weit. Sie wäre gerne so weitergelaufen.

„Da wohne ich", sagte sie.

Er nickte. Es war wichtig, sich jetzt von ihm zu verabschieden. Gilbert besaß eine gefährliche Anziehungskraft, die vergessen ließ, dass sie ihn erst seit heute kannte. Christine tastete nach dem Schlüssel in ihrer Tasche, blickte ihn an und vergaß, was sie soeben gedacht hatte.

Es waren zwei Stockwerke bis zu Christines kleiner Wohnung. Sie bewältigten die Stufen schweigend, doch küssten sich, bevor Christine die Tür aufschloss.

Christine machte Licht an und führte ihn ins Wohnzimmer. Es herrschte ein Durcheinander von Kleidungsstapeln, Büchern und anderen Dingen, die sie für ihre Abreise vorbereitete. Das alles erschien Christine wie aus einer anderen Zeit zu stammen. Sie drehte sich um und küsste Gilbert erneut.

Nach dem ersten Ungestüm erwies sich Gilbert als geübter, beherrschter Liebhaber. Wahrscheinlich erlebte er Situationen wie heute öfter, auch wenn Christine ihn nicht als einen allzeit bereiten Casanova einschätzte. Zudem machte er, als sie ruhiger wurden, keine Anstalten, sich aus den Verschlingungen der Körper zu befreien. Er blieb dicht an sie gedrängt liegen, küsste ihr Haar, ihre Lippen und manchmal glaubte Christine, er sei eingeschlafen. Wenn sie dann vorsichtig den Kopf wandte, sah sie seine langsam auf und zu schlagenden Lider über Augen, die konzentriert ins matte Licht blickten, das von den Straßenlaternen durch die Vorhänge drang.

Noch im Dunkeln verließ er die Wohnung und sie gab ihm ihre Telefonnummer. Ihre Wiener Nummer. Denn selbstverständlich würde er anrufen, bevor sie abreiste, wenn nötig nachts nach ihrem Abschiedsfest, zu dem er nicht erscheinen wollte. Gilbert rief jedoch nicht an.

Christine wickelte das halbgegessene Brötchen in die Papierserviette und verstaute es in ihrer Handtasche. Hatte sie Liebeskummer oder war sie nur melancholisch? Sie wusste es nicht und hoffte das zweite.

Beim Weg zurück zu ihrem Platz traf sie erneut auf das kleine Mädchen. Vor der Toilette trat es vom einen Bein auf das andere. „Komm", rief die Mutter aus dem Abteil heraus. „Wir suchen eine andere."

Nach wie vor zeigte die Tür kein Besetztzeichen. Christine wollte dem Kind, das nun wie angewurzelt stand, helfen, aber wieder tat sich nichts. Sie drückte fester. Zuerst zögerlich, dann, als ob sich ein Widerstand löste, gab die Tür nach. Christine sah durch den Spalt einen Spiegel, ein Waschbecken. Keinen Menschen.

„Die klemmte nur."

Das Mädchen schlüpfte unter ihrem Arm in die Toilette. Christine wandte sich ab.

„Mama!", gellte der entsetzte Ruf des Mädchens an ihr Ohr. Es jagte mit geducktem Kopf aus der Toilette und in die Arme seiner Mutter.

Christine beugte sich tiefer als zuvor in die WC-Kabine. Neben dem Waschbecken lag ein Hund auf dem Boden, ein weißer Mischling, dessen Läufe mit Klebestreifen aneinandergebunden und dessen Kopf nur noch durch einen schmalen Streifen Fell mit dem Kopf verbunden war. Jemand hatte ihn fast vollständig abgetrennt.

Christine wandte sich schaudernd ab und alarmierte einen Schaffner.

An der nächsten Haltestelle stiegen Polizisten zu. Wie Christine erfuhr, musste der Hund bereits tot in die Zugtoilette gelegt worden sein. Wohl in dem Wunsch, er möge nicht zu schnell entdeckt werden, hatte der Täter auch den Türrahmen mit Doppelklebeband versehen. Christine kannte diesen Hund und seine Besitzerin.

2

13 Jahre später

Schon wieder der junge Mann. Obwohl das Café mitten in der Altstadt von Krems lag und zwei Straßen auf seine Terrasse zuführten, herrschte hier eine ruhige Stimmung. Wenn sie aufwärts blickte, sah Christine blauen Himmel und eine immer noch grelle Sonne, vor der sie der Baldachin dieses Lokals schützte. Sie überlegte, wo sie den jungen Mann, der jetzt aus ihrem Blickfeld verschwand, sonst noch gesehen hatte. In der Nähe des Stadttores – mit Sicherheit. In der Umgebung des Museums auch. Christine konnte sich nicht erinnern, ihn unter den Besuchern der Ausstellung bemerkt zu haben. Da dort großes Gedränge herrschte, musste dies nichts bedeuten. Erstaunlich war es keineswegs, wenn er von der Museumsmeile in Stein den gleichen Weg durch das alte Stadttor genommen hatte wie sie selbst und nun im Bereich der Unteren Landstraße nach einem Lokal suchte oder unterwegs zu seiner Wohnung war. Er trug ein weißes T-Shirt über seinem schmalen Oberkörper, hatte braune Haare und ein Profil, in dem Kinn und Nase deutlich ausgeprägt waren. 19 oder 20 Jahre alt. Bestimmt kein Urlauber.

Zu dieser Nachmittagsstunde ließ sich beobachten, wie die Stadt sich beruhigte. Nur noch vereinzelt schritten Menschen am Café vorbei in Richtung der Fußgängerzone. Mehr von ihnen bewegten sich in umgekehrter

Richtung, viele mit Einkaufstüten in der Hand, zu den Parkplätzen und Wohnsiedlungen nahe des Flusses Krems. Schon am ersten Abend ihres Aufenthaltes hatte Christine bemerkt, wie sich nach Schließung der Geschäfte die Straßen entvölkerten. Inzwischen kannte sie die Stadt ein wenig. Mit ein paar Schritten bewegte man sich spürbar zwischen Jahrhunderten. Christine hatte stets nur eine vage Vorstellung davon, welche Epoche sie streifte, wenn ihr Blick von Rundbögen zu grazilen Säulen und weiter auf pompöse Stuckverzierungen sprang, von weißen Bürgerhäusern und Kassettentüren zu perfekt restaurierten Kirchen und Amtsgebäuden.

Sie trank den Rest ihrer Melange und schaute auf der Karte nach den Weinen. Ein „Bergwein" und ein „rescher" Veltliner Federspiel. Christine entschied sich für ein Achtel des Bergweins. Eine Menge, die in Deutschland selten ausgeschenkt wurde und ihr zu Beginn ihres Aufenthaltes in Österreich niedlich erschien. Dieses Gefühl verflog rasch. Die Gläser und ihr Inhalt schienen zu wachsen, das in Deutschland übliche 0,2-Maß weckte bald den Eindruck kaum zu bewältigender Riesenhaftigkeit.

Der Wein duftete, als ob Wind von einem Obstgarten herüberwehte. Christine genoss die kühle, apfelherbe Frische, auch eine nussige Note und erneut Frische. Dahinter schmeckte sie nicht viel.

Nachdem sie bezahlt hatte, schlenderte sie Richtung Ringstraße und wollte von dort zurück zu ihrer Unterkunft gehen. Sie kam an Baustellen und Brachflächen vorbei. Seitenstraßen zwischen Mietshäusern waren aufgerissen, mit Schotterbergen bedeckt und unpassierbar. Christine hatte Zeit. Die Ausstellung „Weinwelten" war gestern für geladene Gäste und heute für normale Besucher eröffnet worden. Somit war ihr Auftrag als Beraterin bei der Zusammenstellung von Weinen, Gemälden sowie Gesteinsproben zum Anfassen aus Winzerregionen beendet. Obwohl sich das Museum in einer berühmten Weinregion befand, beschränkte sich die Ausstellung nicht auf hiesige Anbauflächen. Ebenso waren Übersee und fast ganz Europa vertreten.

Es war nicht mehr weit bis zur Ringstraße, schon erkannte Christine das Hin und Her der Autos. Eine hagere Gestalt erschien im Gegenlicht. Die Abendsonne überstrahlte ihre Gesichtszüge. Zwei dunkle Flecken markierten die Augen, die Nase wölbte sich wie ein klobiger Schnabel. Abermals der junge Mann und dieses Mal konnte es auch keinen Zweifel mehr daran geben, dass er wegen Christine hier war. Er stand still und beobachtete, wie sie sich näherte.

Der Wind spielte am T-Shirt, das über seiner schwarzen Jeans hing. Christine kniff die Augen zusammen und erkannte einen jungenhaft forschenden Blick und verzogene Lippen.

Sie könnte einfach an ihm vorbeigehen. Der Junge starrte jedoch zu offensichtlich und während Christine ihn unschlüssig musterte, erwiderte er ihren Blick. „Frau Sowell!"

„Was wollen Sie von mir?", fragte sie barsch.

Er bewegte lautlos die Lippen, als ob er übte, was er sagen wollte. Christine ging vorbei.

„Frau Sowell!"

„Was wollen Sie, woher kennen Sie mich?"

„Ich habe Ihr Bild in Zeitschriften gesehen. Sie haben eine Kolumne…"

Christine sah ihn an.

„Food&travel heißt sie. Ich war so verblüfft, als ich Ihren Namen dann hier in Krems wegen der Ausstellung las. Da bin ich los, um zu sehen, ob Sie es wirklich sind. Sorry, ich habe mich bisher nicht getraut, Sie anzusprechen!"

Sein Gesicht bekam einen angenehmeren Ausdruck. Christine behagte die Situation nicht. „Ich verstehe Sie nicht", sagte sie, während sie weiterging.

Er lief an ihrer Seite. „Sie schreiben sehr gut über Wein. Besser als andere, falls man meinem Vater glauben sollte."

„Ihr Vater."

„Er sucht Leute, die sich mit Wein wirklich auskennen. Wir machen Urlaub. In Spitz."

„Wie schön. Also – wenn Sie eine Frage zu einem meiner Artikel haben und keinen Leserbrief schreiben möchten, können Sie sie jetzt stellen. Ich habe aber nur noch wenig Zeit."

Sie hatten die Ringstraße erreicht. „Ich bin Jeremy Wehrsam. Ich kann Sie gern fahren, wenn Sie dringend irgendwohin müssen." Er schritt neben ihr her, als sei er ihr gewohnter Gefährte. An der nächsten Straßenmündung würde sie sich von ihm verabschieden.

„Waren Sie schon in Spitz? Mich würde sehr interessieren, was Sie von manchen Weinen halten, unbekannte Winzer." Trink erstmal deine Milch aus, lag Christine auf der Zunge. „Oder manchen aus Wien. Wir kommen daher. Kommen Sie doch mit nach Spitz. Ich wette, es wird interessant für Sie."

Christine lachte. „Glauben Sie mir, ich kenne Spitz."

„Habe ich mir schon gedacht. Wir haben viele Weine und: Wussten Sie, dass ich als Kind mit dem toten Hund gespielt habe? Als er noch lebte natürlich."

Christine blieb stehen. Sie wusste sofort, was er meinte.

„Es stand damals in der Zeitung. Mein Vater sprach oft davon. Wegen des Hundes machte er sich Sorgen um dessen Frauchen. Magisterin Wolfrath. Sie meldete sich nicht mehr und er ließ die Wohnung aufbrechen. Und nun sind Sie hier in Krems. Ist das nicht ein Zufall!"

„Ihr Vater kannte Jasmin Wolfrath?" Christine vergrub, ohne es selbst richtig zu merken, ihre Hände in ihren langen, blonden Haaren. „Sie hat sich umgebracht."

„Die Kehle aufgeschlitzt."

3

Christine mochte die Route zwischen Krems und Spitz. Auf der anderen Flussseite thronte Stift Göttweig auf einem Hügel. Die Straße schlängelte sich zwischen der umgrünten Donau und den Weinbergen entlang und führte durch Weindörfer, zu Füßen von Gütern, deren Namen bei Kennern starke Gefühle auslösten. Während der Fahrt auf Jeremys Sozius veränderten die felsigen Anhöhen elegant ihre Position. Wie Tänzer, die stetig in neue Stellungen schwebten. Die Ruine im Waldgipfel über Dürnstein hatte Christine bisher nie anders als in der Sonne schimmern sehen. Es war nie schlechtes Wetter, wenn sie hier vorbeikam. Als sie Weißenkirchen passiert hatten, fuhr Jeremy von der Hauptstraße ab und knatterte mit seinem Moped über die Parallelpiste in den Rebenpflanzungen.

Christine hatte Jasmin Wolfrath einst in der Redaktion des Stadtmagazins „Flex" kennengelernt, in dem die Magisterin stets mit ihrem Hund erschien, um Artikel zu besprechen oder abzuliefern. Sie war eine Frau mit schwarzem Lockenhaar, großen hellblauen Augen und einem offenen, schönen Gesicht. Selbst wenn sie kritische oder zynische Sätze formulierte – was oft geschah – wich aus ihrem Gesicht nie ganz ein Ausdruck von Fröhlichkeit. Eigentlich arbeitete Jasmin Wolfrath im Magistrat für Stadtentwicklung. Nachdem sie einen langen Leserbrief über die Leopoldstadt an „Flex" geschickt hatte, bot man ihr eine freie Mitarbeit an. Sobald ihr anmutiges Lachen durch die Büros in einer Stiegenetage im 6. Bezirk schallte oder sie mit klarer, voller Stimme debattierte, zog Jasmin das Interesse auf sich. Christine beobachtete sogar, dass Aufmerksamkeit und Schmeicheleien gewisser Leute, die bisher ihr zuteil geworden waren, nun der neuen Mitarbeiterin galten. Schwierig wurde es, als Jasmin Wolfrath Einfluss auf die redaktionelle Arbeit gewann und sich auch in Christines Angelegenheiten einmischte. Nach einem Schlagabtausch, den die Frauen nicht zum Streit werden ließen, respektierten sie einander. Sie kamen sich näher, verbrachten Nachmittage im Kaffeehaus Hummel ... Doch bald war Christines Zeit in Wien vorbei. Über Jasmin Wolfraths Tätigkeit im Magistrat hatten sie nur oberflächlich gesprochen. Später konnte Christine ihre mangelnde Neugierde nicht mehr verstehen. Warum sie nicht gefragt hatte, an welchen Projekten Jasmin Wolfrath mitwirkte. Vielleicht wertete sie auch nur Statistiken aus oder prüfte Anträge. Christine hatte sich vor 13 Jahren für vieles in Wien zu wenig interessiert. Sie nahm auf, was in Zeitungen, Radio und Fernsehen verbreitet wurde, redete mit anderen darüber, wenn es sich ergab, und war vor allem mit ihrem eigenen Leben beschäftigt gewesen.

Die Polizei fand keine Hinweise auf ein Verbrechen. Jasmin Wolfrath galt als gewöhnliche Selbstmörderin. Interessant wurde der Fall jedoch durch ihren toten Hund und die mit ihr bekannte Journalistin, die ihn im Intercity von Wien nach Hamburg entdeckt hatte. Aufgrund ihrer Tätigkeit bei einem kleinen Stadtmagazin stilisierte man Christine zu einer Person des öffentlichen Lebens und druckte ihr Foto ab. Laut den Vermutungen hatte die lebensmüde Magisterin auch ihren Hund umgebracht, um ihm ein ungewisses Schicksal zu ersparen. Es konnte als symbolischer Akt angesehen werden, das Tier auf ähnliche Weise zu töten wie sich selbst und dann auf eine weite Reise zu schicken. Umso mehr, wenn in dem Zug in die Ferne eine gute Bekannte saß. Vielleicht verband die beiden Frauen gar eine unheilvolle Liaison?

Christine war damals wieder nach Wien zurückgekehrt und hatte die Berichte verfolgt. Nach wenigen Tagen war der Spuk vorbei gewesen. Vielleicht, weil sich ihr Ressortleiter Harald Lod eingemischt hatte. Er arbeitete für einen Hungerlohn und lief in ausgewaschenen Sachen herum, kannte aber nicht nur erstaunlich viele wichtige Menschen, sondern besaß auch die Fähigkeit, sie zu beeinflussen.

Und nun hockte sie auf dem Moped eines jungen Mannes, der die Geschichte von damals in allen Einzelheiten wieder aufleben ließ. Dessen Vater vielleicht eine enge Beziehung zu Jasmin Wolfrath gehabt hatte. Trotz einiger Bemühungen hatte Christine nie überzeugende Gründe für ihren Selbstmord entdeckt, nur Spekulation. Freunde des Opfers, die Christine kannte, stellten sich plötzlich als doch nicht so enge Freunde dar. Nicht eng genug, um genug über ihre Gefühle und Gewohnheiten zu wissen.

Das Moped knatterte aus dem Grün der Rebenfelder hinauf in die Gassen von Spitz, vorbei an Bahnhof, Wirtshäusern, Mietshäusern und weiter an den alten, malerischen Gebäuden entlang zum Kirchplatz, sauste um den Brunnen herum, startete zu einem weiteren Anstieg, wich schwungvoll einer Mauer und einem Jeep aus und kam vor einem stämmigen Winzerhaus zum Stehen. Christine stieg ab und umgriff ihre Haare, die sich nach Stroh und Feuchtigkeit anfühlten. Sie sah sich um. Die nächsten Häuser standen in einigem Abstand. Kein Mensch war zu sehen.

„Kommen Sie!" Er war schon die Stufen zur Haustür hinaufgelaufen. „Mein Vater wird sich freuen, Sie zu begrüßen! Vielleicht könnten Sie zu seinem Geburtstag eine Weinprobe leiten. Er wird bald 48!"

„Ich nehme 500 Euro pro Stunde."

Jeremy verschwand durch die offene Tür ins Dunkel eines Raums. Christine folgte ihm.

Er schaltete eine Stehlampe ein und zog die Vorhänge zu. An einer Wand hingen Gemälde, die Blüten über zerzaustem und wie zertretenem Gras zeigten. Es sah extrem realistisch aus. Neben dem Durchgang zur offenen Küche hingen die Bildnisse nackter weiblicher Oberkörper. Sie waren mit scharfer schwarzer Feder gezeichnet, wirkten kühl, anatomisch exakt und wie zu den Blüten ausgesucht. Braune, knautschige Ledersofas. Jeremy schaltete eine weitere Lampe auf einem Tischchen an. Sie bestand aus silbrigem Stahl und sah aus wie ein Ufo, das auf einem Dreieck gelandet war. Rechts von der Eingangstür stand ein langer Holztisch mit vielen Stühlen, der schlecht zur übrigen Einrichtung passte.

Christine versuchte sich zu erinnern, was sie über Jasmin Wolfrath wusste und formulierte Fragen, die sie dem Vater von Jeremy stellen wollte.

Während sie nachdachte, sah sie das Gesicht ihrer ehemaligen Kollegin so deutlich vor Augen wie seit Jahren nicht mehr.

„Wie heißt ihr eigentlich?"

„Unser Familienname? Wehrsam."

„Aha." Ein Name, an den Christine sich erinnert hätte, wenn sie mit ihm früher schon zu tun gehabt hätte. Nach dem, was Jeremy erzählte, musste sein Vater Jasmin zur gleichen Zeit gekannt haben wie sie selbst. Wäre sie länger in Wien geblieben, wäre Christine vielleicht zu Partys von Jasmin, zu ihrem Geburtstag eingeladen worden. Es gab allerdings etwas Rigoroses in Jasmins Charakter, das ihre Verbindung von heute auf morgen hätte zerstören können. Wenn sie weitergelebt hätte.

„Kommen Sie runter!" Mit ausholender Geste seines Armes bedeutete Jeremy ihr, ihm die Kellertreppe hinunter zu folgen.

„Wozu?"

„Wenn Sie in diesem Land sind, um die besten Weine Österreichs zu finden, brauchen Sie nicht weiterreisen. Betreten Sie einfach diesen Keller."

Er stieg nach unten und Christine fragte sich, ob seine Worte ironisch gemeint oder überheblich waren. Sie folgte ihm über steinerne Stufen. Unten liefen sie über einen durchgetretenen grünen PVC-Belag und an geweißten Wänden vorbei in einen Partykeller. Barhocker mit Kunststoff-Polstern standen vor einem Tresen wie aus den 70er Jahren mit vielen bunten Flaschen im Hintergrund. An der Wand gegenüber dem Tresen lagen dicke Sitzmatten in verschiedenen Farben auf dem Boden. Bunte Kissen waren in Kopfhöhe an die Wand genagelt. Davor stand ein langes, schmales Tischchen mit verschnörkelten Beinen. Es sah aus wie ein Sonderangebot aus einem Indien-Shop.

Auf den Raum folgte ein Durchgang zu einer niedrigen Holztür. Direkt daneben war ein Tastenfeld in die Mauer eingelassen. Jeremy tippte etwas mit dem Zeigefinger ein. Dann schloss er die Holztür auf und sie betraten ein kühles Gewölbe mit Weinregalen. In der Mitte leuchtete das Display eines elektronischen Geräts auf einem Schreibtisch. „14 Grad Celsius", las sie. „Alles unter Kontrolle, was?"

Jeremy hantierte mit Flaschen. „Meine Eltern würden Temperatur und Luftfeuchtigkeit nie dem Zufall überlassen. Und wenn jemand eindringt, ohne einen Code einzutippen, springt eine Alarmanlage an, die bis zum anderen Ufer der Donau zu hören ist."

Christine schritt an den Reihen der liegenden Flaschen entlang und war enttäuscht, die Etiketten nicht lesen zu können. Ein sirrendes, nervtötendes Geräusch ertönte.

„Haben Sie die Tür nicht zugemacht?", rief Jeremy, der vor einem Regal kniete. „Unsere Körperwärme reicht schon, um einen Klimanotfall auszulösen, wenn man nicht gerade nur reingeht und schnell mit einer Flasche wieder raus... Bescheuert."

„Den Flaschen tut es gut."

„Allein, dass der Keller nur 14 Grad kühl ist statt 12, macht meinen Vater schwermütig. Er würde glatt eine Klimaanlage einbauen, egal zu welchen Kosten, wenn nicht deren hauchzarte Erschütterungen den Weinen Schaden zufügen könnten. Alles für mich Gründe, lieber Wasser, Bier oder Milch zu trinken."

Christine zog die Augenbrauen hoch.

„Ich dachte, Sie sind Weinexperte."

„Experte vielleicht, das wird man zwangsläufig in diesem Haushalt. Ich trinke auch mit, aber ich bleibe kühl. Beim Bier werden Menschen nur redseliger. Beim Wein erfährt man, was sie in einem Glas sehen und das kann viel aufschlussreicher sein. Und nun raten Sie einmal, was mein Vater von Beruf ist."

„Weinhändler? Winzer?"

„Psychologe."

Er stand auf und hielt eine Flasche am Hals. „Raus hier, bevor es noch wärmer wird."

Zurück im Partykeller stellte er die Flasche auf den Tresen und bohrte einen Korkenzieher hinein.

„Was tun Sie da?" Es war sicher nicht richtig, mit dem jungen Mann, den sie erst seit heute kannte und der sie quer durch Krems verfolgt hatte, im Haus seines Vaters Wein zu trinken.

„Hinter Ihnen, die Vitrine. Holen Sie uns zwei Gläser raus. Es ist ein Veltliner Smaragd 98. Sie sind die Expertin."

Christine wusste noch nicht, wie sie von Spitz wegkommen würde. Auf Jeremys Sozius jedenfalls nicht. Von welchem Winzer der geöffnete Wein stammte, hatte er nicht gesagt. 1998 war ein schwieriger Jahrgang in der Wachau gewesen, mit schlechtem Wetter im Herbst. Unter den edelsten Weinen wie den „Smaragden" gab es aber viele, die noch großen Genuss versprachen – traute man Berichten. Sie kannte den Jahrgang nur aus der Zeit, als er noch jung war.

Es wäre falsch, jetzt zu gehen. Sie würde sich ewig fragen, ob Jeremys Vater ihr Wichtiges über Jasmin hätte erzählen können.

„Von welchem Winzer stammt er?"

Jeremy blickte auf die Flasche und nannte einen Namen, den Christine nicht kannte.

Sie holte die Gläser und er schenkte grinsend ein. Jeremy wusste natürlich, dass er Entsetzen damit hervorrief, bis knapp unter den Rand einzuschenken, als handelte es sich um Bier.

„Sehr witzig."

„Entschuldigung", murmelte er wie ertappt und stellte die Gläser auf das Tischchen vor den Sitzpolstern. Christines Jeans passten in diesen Keller. Sie ließ sich im Schneidersitz auf einem Kissen aus orange-gelben Nebeln nieder und balancierte vorsichtig das übervolle Glas an ihre Lippen.

Der Wein schmeckte. Dass er nicht mehr jung war, offenbarte eine gewisse Schwere und Öligkeit auf der Zunge. Viel kräftiger als diese Eindrücke war jedoch das Aroma eines frisch aufgeschnittenen Apfels.

Christine probierte noch einmal und noch einmal. Jetzt schmeckte der Apfel nicht mehr ganz so jung, aber das machte seine Aromen nicht fragwürdig, sondern kräftig. Ja, das war ein reifer Apfel. Aber da war noch etwas anderes, was Christine irritierte.

Jeremys Augen bekamen einen glotzenden Ausdruck. Christine erwiderte seinen Blick.

„Entschuldigung", sagte er wie zuvor, als er die Gläser zu voll geschenkt hatte. „Es ist ein 2005er."

„2005?"

Er nickte. „Ich habe Sie belogen. Ich habe es ab und zu gemacht, wenn mein Vater seine Weinfreunde eingeladen hatte und mich bat, eine bestimmte Flasche zu holen." Er grinste. „Ich habe absichtlich einen falschen Jahrgang oder den richtigen Jahrgang und den falschen Winzer eingeschenkt. Wenn dann die Debatten losgingen und es hieß, der und der hat ja wieder was Grandioses auf die Flasche bekommen, denn er hat dies oder das mit seinem Wein gemacht, dann habe ich sie eine Weile weiterreden lassen und dann plötzlich erschrocken gerufen: ,Mist, ich habe danebengegriffen!'"

„Sie waren der Mundschenk?"

„Ich habe auch probiert. Nur wenig. Wir waren keine Spießer, verstehen Sie?"

„Und Sie haben sich einen Spaß mit dem Verwechseln der Flaschen gemacht. Wie jetzt."

Er ging hinter die Bar. Nach wenigen Sekunden ertönte laute Musik. Dann erlosch das Deckenlicht und die Lichtorgeln sprangen an. Pastellfarbige Spinnennetze drehten sich durch den Raum als seien sie in einem psychedelischen Film gelandet.

„Kennen Sie die Musik?"

„All along the Watchtower."

Jeremy setzte sich neben sie und rückte umständlich seinen Rücken auf den Polstern zurecht. „So was lärmte hier ständig, als ich klein war. Ich habe Jimi Hendrix gehasst. Inzwischen mag ich es. Ein genialer Songschreiber."

„Sie wissen aber, dass der Song nicht von ihm ist."

„Nicht von ihm?" Er bewegt seinen Kopf im Rhythmus und sang gemeinsam mit Hendrix: „Businessmen they drink my wine, earthmen plug my earth." Christine dachte, dass sie den Song noch nie beim Weintrinken gehört hatte. Jedenfalls nicht bewusst.

„Bob Dylan hat ihn geschrieben. Er mochte die Version von Hendrix sehr."

„Ach so." Jeremy hielt das Weinglas an seine Lippen. „Hat er Ihnen das erzählt?"

„Nein, ich - " Sie schaute erschrocken auf. Das Deckenlicht war angegangen und eine dunkle Männerstimme rief: „Was ist hier los?"

Ein kantiges Gesicht mit starker Kinnpartie und Nase blinzelte gegen die Lichtwirbel an. Unter der breiten gewölbten Stirn waren zwei große Augenhöhlen zu erkennen. Christine stand auf.

„Hast du was aus dem Keller genommen?", rief der Mann gegen die Musik an.

Er hatte einen mittelgroßen, kräftigen Körper und große Hände, die nun vorsichtig, als fürchtete er, das Glas könne zerplatzen, die Flasche auf dem Tisch umdrehten, bis er das Etikett sah.

Jeremy nahm mit gewichtiger Miene vor ihm Aufstellung.

„Das ist Christine Sowell! Erinnerst du dich nicht?"

Jeremy eilte zur Bar und stellte Hendrix ab. Sein Vater starrte auf das Etikett der Flasche und murmelte: „Den darf man doch jetzt nicht aufmachen!" Mit großen Schritten erreichte er das Tippfeld neben dem Weinkeller. „Und du hast die Alarmanlage abgeschaltet. Mein Gott!" Laut schnaufend schloss er die Tür auf und ging in den Keller. Bevor er sie wieder schließen konnte, war Jeremy seufzend aufgesprungen und ihm gefolgt.

Christine stand alleine da und wartete ab. Kein Laut drang aus dem Weinkeller. Sie biss auf ihre Unterlippe. Wenn die beiden wieder zum Vorschein kamen, würde sich schnell zeigen, ob ihr Ausflug einen Sinn hatte.

Doch sie kamen nicht heraus. Mit jeder Sekunde fand Christine ihre Situation unerträglicher. Sie ging zur Treppe und stieg die Stufen hinauf. Sie würde mit den Wehrsams später telefonieren.

Als sie hinaus ins Abendlicht trat, hatte sie das Gefühl, angetrunken zu sein, obwohl sie kaum an dem Glas genippt hatte. Ein weiter Weg schlängelte sich den Hang hinunter in die Ortsmitte von Spitz. Dahinter war die Donau zu ahnen –zwischen letzten Häuserdächern und den waldigen Anstiegen auf dem anderen Ufer. Ein Taxi, überlegte Christine, wäre nicht schlecht. Sie entschied, zum Kirchplatz zu gehen. Die Luft war frisch, aber nicht kalt. Vielleicht war sie mit dem Wind vom Fluss hinaufgekommen. Lichter hinter Buschwerk tauchten auf und Stimmen drangen aus dem Hof eines Heurigen an ihr Ohr.

„Frau Sowell!", gellte es hinter ihrem Rücken.

„Frau Sowell!"

Christine drehte sich um und sah eine zierliche Gestalt in schwarzer Strumpfhose und einer Kombination aus einer rockartigen kurzen Hose und einem Jackett in einem Pflaumenton. Die Frau kam schnell näher. Sie war schlank und hatte ein hübsches Gesicht, das Christine an das Antlitz eines Eichhörnchens aus einem Trickfilm erinnerte.

„Frau Sowell!" Die Frau war außer Atem. Ihre zurückgebundenen Haare und ihre Augen waren braun und ihre zarte Nase bog sich energisch. Christine kannte sie nicht.

„Silvia Wehrsam", stellte sie sich vor. „Ich bin die Mutter von Jeremy und er hat mir alles erzählt." Sie atmete ein. „Dass Sie Jasmin kannten."

Als Christine abermals das Haus betrat, lag der Wohnraum in seidigem Lampenlicht.

„Frau Sowell, ab und zu tauchte Ihr Name auf in den Jahren", erklärte ihr Silvia Wehrsam. „Unter einem Artikel, unter irgendwas, was wir im Internet fanden. Jedes Mal waren wir wie elektrisiert, aber wir ließen die Dinge auf sich beruhen. Dann las ich über die Weinwelten-Ausstellung und dass Sie plötzlich ganz nah sind. Es war ein Schock, aber warum rühren an der Vergangenheit? Wäre Jeremy nicht gewesen..." Silvia Wehrsam drehte sich auf ihren Absätzen: „Jeremy! Norbert!"

Sofort kamen sie zum Vorschein. Jeremy grinste gequält und sein Vater schritt Christine mit erhobenen Armen entgegen, als ob er sie umarmen wollte.

„Ich hatte einen Blackout", erklärte er beim Händeschütteln. „Norbert Wehrsam."

„Christine Sowell."

„Es war Jeremys Musik, ich hatte Ihren Namen nicht verstanden. Darf ich..."

Er bot ihr mit ausholender Geste einen Platz an, doch Christine schüttelte den Kopf. Sie wollte endlich zur Sache kommen.

„Wir alle kannten also Jasmin und Sie wussten, dass ich mit dem Drama um den Hund zu tun hatte. Was hatten Sie mit Jasmin zu tun?"

„Ich war ihre Ärztin. Ihre Frauenärztin. Bitte, setzen Sie sich!"

„Nein, danke. Ich habe nicht viel Zeit."

„Und mein Mann... Jasmin hat nie wirklich zugegeben, dass sie sich seelisch nicht gut fühlte. Aber es war offensichtlich. Als ich sie eines Tages fragte, ob sie schon einmal eine psychotherapeutische Behandlung ins Auge gefasst habe, war ich auf Abwehr gefasst. Aber es war nicht so, ich hatte ins Schwarze getroffen. Sie fragte mich, ob ich ihr jemanden empfehlen könne. Na ja, habe ich gesagt, um ehrlich zu sein, ist mein Mann der beste, den ich kenne."

„Ja", sagte Norbert Wehrsam. Seine Wangen waren gerötet und seine große kahle Stirn sah aus, als hätte er an ihr gekratzt. „Natürlich bin ich nicht der beste, aber so war es. Ich war praktisch der Erste, zu dem die Polizei damals gekommen ist. Für die war die Frage, ob es doch ein Mord gewesen sein könnte, überhaupt nicht mehr interessant. Den Eindruck hatte ich. Eine Frau, die bei einem Psychologen in Behandlung ist, bringt sich um. Das hätte der Psychologe verhindern müssen, falls er nicht selbst dazu beigetragen hat – in diese Richtung gingen die Gedanken unserer Gesetzeshüter. Wissen Sie, was ich oft wünsche: Dass Jasmin ermordet wurde und jemand es beweist."

„Na ja!", rief Silvia Wehrsam. „So muss man es auch nicht sehen. Aber verrückt, dass Sie jetzt hier sind! Manches Mal dachten wir, Sie seien die einzige Zeugin, die beweisen kann, wie absurd diese Vorstellung ist, also, als ob ein paar falsche Worte meines Mannes Jasmin in den Tod hätten treiben können!"

„Ich kann mit Sicherheit nichts beweisen."

„In den Zeitungen stand, Sie waren mit Jasmin bekannt und fanden ihren getöteten Hund", erklärte Norbert Wehrsam. „Natürlich haben wir überlegt, Sie zu kontaktieren, aber wir waren nicht sicher, ob es richtig ist. Jetzt bin ich sehr froh, dass mein Sohn Sie hergebracht hat."

Christine war nichts über Jasmins Behandlung bekannt gewesen. Auch nichts von dem Problem, das ihr Tod für ihren Psychotherapeuten bedeutete. Sie bekam im Gespräch mit den Wehrsams aber das Gefühl, von ihnen nichts Neues über die damaligen Ereignisse zu erfahren. Man tauschte Erinnerungen und Einschätzungen aus, wie es Menschen eben tun, die am selben Ereignis teilhatten. Norbert Wehrsam schien einen ähnlichen Eindruck zu haben.

„Wir brauchen mehr Zeit. Sie müssen an unserer Weinrunde teilnehmen."

„Auf keinen Fall. Ich muss zurück."

„Nicht heute. Wir sind fünf und treffen uns meistens in Wien. Sören Hausschildt, Ronald Wolf, Annelie Gmener, meine Frau und ich. Manchmal sind wir auch acht oder drei, aber zurzeit fünf. Ich schätze, ich kann sie für diese Woche in Spitz zusammentrommeln. Sie müssen dabei sein!"

„Ich muss mich von den letzten Weinproben erst einmal erholen."

Er streckte die Hand aus, wie um ihren Arm zu berühren. „Es ist mehr als nur eine Weinprobe. Was damals mit Jasmin Wolfrath geschehen ist, konnten wir nicht verhindern. Dieses Mal ist es aber möglich, in das Schicksal einzugreifen. Dass Sie hier sind, ist wie ein gutes Omen und es wird Zeit, etwas anzukündigen, worüber ich seit langem nachdenke. Sie sind ein Glücksfall für mein Vorhaben und ich schätze, dass es für Sie als Journalistin hochinteressant sein wird."

4

„Halten Sie doch still!" Sören Hausschildt bereute seinen rabiaten Ton. Die junge Frau auf der Behandlungsliege riss die Augen auf. Nicht mit einem strafenden Blick, sondern – und dies beschämte ihn umso mehr – mit einem schuldigen.

„Es tut mir leid", sagte er. „Ich sollte mir heute besser selbst den Puls fühlen."

Mit einem Lächeln reagierte sie auf seinen Scherz und beruhigte sich. Das Gezappel der Füße, die kreisenden Bewegungen der Schultern und das Hin und Her der Hüfte hörten auf. Sören Hausschildt wusste, dass er sich nicht durch ihre Nervosität hätte stören lassen dürfen. Oft beherrschte er die chinesische Pulsdiagnostik wie ein angeborenes Talent. Dann aber kam unvermutet ein Tag, an dem seine Hand ein Eigenleben zu führen schien. Sören Hausschildt verlor dann das Gefühl für die unterschiedlichen Druckstärken seines Daumens und in ganz schlimmen Fällen hatte er das Gefühl, das Blut des Patienten pulsiere durch seine eigenen Finger.

Die Patientin verfolgte jetzt mit fröhlicher Aufmerksamkeit seine Arbeit an ihrem Handgelenk. Hellbraune Löckchen umspielten ihr zartes Gesicht. Da kam es endlich, das Gefühl, einen anderen Körper mit allen Sinnen verstehen zu können, offen zu sein für seine Regungen und sie deuten zu können. Diese Gewissheit blitzte nur ab und zu in ihm auf, aber half immer, wenn er Zweifel an seiner Tätigkeit als Naturheilkundler spürte. Es bedeutete mehr als das Lob oder die Zufriedenheit von Patienten.

Die Signale am Gelenk der Frau waren eindeutig. Unmöglich, sie durch seine heutige Schwäche zu erklären.

Sören Hausschildt legte ihre Hand vorsichtig neben ihrem Oberschenkel auf der Liege ab und lehnte sich auf einem der weißen Lederstühle zurück, die er für die Praxis angeschafft hatte. Da er die meisten privaten Möbel dieser Wohnung im dritten Stock übernommen hatte, glaubte er einst, beim Praxisinventar großzügig sein zu können. Eine Rechnung, die nicht aufging, da in der ersten Zeit seiner Tätigkeit die Unkosten anwuchsen, während die Einnahmen klein blieben. Jetzt, zwei Jahre später, war seine Praxis erfolgreich genug, um von ihr leben zu können. Den Rest des Vermögens, das er neben der Wohnung geerbt hatte, brauchte er nicht anzurühren. Die Erinnerung an die damaligen Sorgen hemmte ihn jedoch, abgenutzte Praxismöbel gegen neue auszutauschen.

Die Patientin stützte sich auf den Ellenbogen. Plötzlich war ihm sein Schnurrbart peinlich, den er schon seit langem abrasieren wollte. Ihr Mund war recht groß, aber die Lippen fein. Eigentlich hatte er auch schöne Lippen. Er nestelte mit einer Hand an dem Bart und darunter fühlten sie sich wie Würstchen an.

„Haben Sie etwas herausgefunden?"

Er senkte den Blick, um sich besser auf seine Worte konzentrieren zu können. „In der traditionellen chinesischen Medizin arbeiten wir ja mit völlig anderen Begriffen als die moderne, westliche Medizin." Er dachte an die Lehrmeister, die ihn unterwiesen hatten. Würden sie bei einer Untersuchung der Patientin zu anderen Schlussfolgerungen kommen als er? Nein, er war sich seiner Sache sicher.

„Bei uns gibt es Begriffe wie Fülle und Mangel, die umschreiben, auf welche Weise die Lebensenergie durch den Körper fließt. Dieses Qi ist die

Quelle des Lebens, kann sich aber gut oder schlecht auswirken. Wie überall: Auf die Dosis kommt es an."

„Ich habe davon gehört."

„Ja, sonst hätten Sie mich wahrscheinlich nicht aufgesucht", erwiderte er, obwohl ihm die Hintergründe suspekt waren. Ausgerechnet Silvia Wehrsam hatte ihn ihr, so berichtete es die Patientin, empfohlen. Seltsam, denn wenn die Doktorin sich in seiner Gegenwart über Naturheilmedizin äußerte, dann meist ironisch oder abfällig. Nahm sie an den Weinrunden teil – was immer öfter geschah – vermied Sören inzwischen berufliche Gespräche. Das gelang leicht, da den Weinen sowieso Vorrang eingeräumt wurde. Als existierten andere Themen nicht, als seien die Menschen am Tisch nur in ihrer Funktion als sensorisch begabte Wesen existent. Heute stand eine neue Probe bevor und Sören vermutete, dass seine schwachen Nerven, seine gedrückte Stimmung und Reizbarkeit daher rührten, an ihr teilnehmen zu müssen.

„Habe ich Bluthochdruck?", fragte Margot Balemy.

„Ah, nein. Besser gesagt: Ich weiß es nicht. Das sollten Sie von Ihrem Hausarzt untersuchen lassen. Ich stelle andere Dinge fest."

„Und?" Ihr Lächeln wirkte amüsiert. Sören Hausschildt fürchtete den Moment, wenn sie seine Praxis wieder verlassen würde.

„In Ihrem Puls sind widersprüchliche Kräfte zu spüren. Manche wirken schlüpfrig und schwerfällig, als bewegten sich Füße durch Schlick. Wenn ich dann etwas abwarte und tiefer gehe, befinde mich in einer anderen Welt. Der Puls jagt wie ein ausgehungertes Pferd auf der Flucht. Es bewegt sich schnell, sehr schnell, doch man weiß, dass es bald stürzen wird."

„Oh, Gott!"

Sie richtete ihren Oberkörper auf und ihr Gesicht war nun todernst.

„Hören Sie." Er legte seine Hand auf ihren Arm. „Frau Wehrsam hat Sie doch gründlich untersucht."

„Ja."

„Und die Nervosität, die Unruhe, unter der Sie litten…"

„Die Doktorin meinte, es wäre eine psychosomatische Angelegenheit und in dem Fall könne die Naturheilkunde hilfreich sein, weil sie positive Vorstellungen erzeugt."

Natürlich – allenfalls einen Placebo-Effekt traute die Gynäkologin ihm zu.

„Frau Wehrsam hat also festgestellt, dass Sie körperlich gesund sind?"

„Abgesehen von den Beschwerden, die sie erfolgreich behandelt hat. Die hatte ich ja dann nicht mehr."

„Von welchen Beschwerden sprechen Sie?"

„Regelbeschwerden. PMS."

„Aha." Er erhob sich und ging zum Fenster. Das Prämenstruelle Syndrom war geradezu geschaffen für eine Behandlung durch Akupunkturnadeln oder Akupressurmassagen. Es handelte sich außerdem um ein diffuses Beschwerdebild mit komplexen Ursachen. Eines, das Silvia Wehrsam wahrscheinlich nicht ernst genug nahm, um es selbst zu behandeln. Was sollte sie mit ihrem Instrumentarium auch ausrichten, außer Tabletten gegen Schmerzen und zur Entwässerung zu verschreiben? Allerdings hatte die Patientin erklärt, dank Silvia Wehrsams Therapie unter keinen PMS-Symptomen mehr zu leiden...

„Welche Behandlung wurde denn vorgenommen?"

„Sie hat mir Hormone verschrieben."

Sören Hausschildt kniff die Augen zusammen. „Sagen Sie, dass das nicht wahr ist."

„Warum sollte ich lügen?"

„Hormone gegen Regelbeschwerden. Mein Gott."

Er wandte sich ab. Normalerweise hätte er Margot Balemy einen erbitterten Vortrag über die oft fahrlässigen, wenn nicht verbrecherischen Machenschaften von Schulmedizinern gehalten. Da er aber die Ärztin kannte, und heute bei ihr eingeladen war, wollte er zuerst mit Dr. Silvia Wehrsam sprechen.

Erst als sie gegangen war, fing Sören Hausschildt an, sich zu schämen. Er hatte sich während einer Behandlung verliebt. Das wäre noch zu entschuldigen gewesen, hätte er es geschafft, seine Gefühle zu unterdrücken. Doch seine Berührungen waren nicht immer medizinisch zu begründen gewesen. Wenn er Margot Balemys Haut spürte, hatte er sich manchmal daran erfreut. Er errötete bei der Erinnerung und hasste sich für seine Reaktionen. Er fühlte sich klein und nichtswürdig als Mensch und Heilkundler. Dann beruhigte er sich. Er hatte niemandem geschadet. Niemand nahm Anstand an seinem Versagen und Margot Balemy hatte nichts bemerkt.

Es war kurz nach 17 Uhr, noch zu früh, um loszufahren. Sören trug einen vanillefarbenen Leinenanzug und ein himmelblaues Hemd. Sein Kopf fühlte sich schwer an und seine Brust verkrampft. „Tolle Weine und wichtige Neuigkeiten!", lautete die Überschrift der E-Mail-Einladung von Norbert Wehrsam. Er musste die Weinverkostung besuchen, da sie die schnellste Chance bot, mit Silvia Wehrsam über Margot Balemy zu reden.

Er schaute hinab auf die ruhige, schmale Straße mit ihren historischen Fassaden. Es erfüllte ihn mit Stolz, wenn er seinen Kopf aus dem Fenster streckte und zeigte, dass er ein Bewohner dieses weißen Hauses war. Über der Eingangstür hing ein mächtiges Ritterwappen. Sie wurde von zwei Säulen eingerahmt, die von Engeln umschwirrte Pokale trugen. Sören hatte die Wohnung von seinen Eltern geerbt, die bei einer Urlaubsreise tödlich verunglückt waren. Trotz seiner Trauer passte ihr Tod in sein Leben. In Wien, wo er zuerst eine heilkundlerische Praxis betrieben hatte, war es ihm in drei Jahren nicht gelungen, sich einen ausreichenden Patientenstamm aufzubauen. Hier in Krems nahmen viele Urlauber seine Dienste in Anspruch und inzwischen – Ironie des Schicksals – reisten sogar Patienten eigens aus Wien an.

Sein Fahrrad stand im Innenhof, in einem Verschlag nahe bei den Mülltonnen. Als Sören Hausschildt losfuhr, bemühte er sich langsam und gleichmäßig in die Pedale zu treten. Bloß nicht zu sehr ins Schwitzen kommen, damit sich sein Körpergeruch in den Nasen der Mittrinker nicht mit den Weinaromen vermischte! Darüber hatte es schon Beschwerden gegeben. Er fuhr eine Weile die Steiner Landstraße hinunter und stieß auf die große Uferstraße. In seinen Ohren erklang der Motor eines Autos, das sich rasch näherte und dann mit heiserem Klang an ihm vorbeizog. Sören Hausschildt erhöhte das Tempo. Der Fluss hinter der Böschung auf der anderen Straßenseite schien stillzustehen. Mit dem Fahrtwind im Gesicht nahm er die Landschaft intensiver wahr als üblich und schaute begierig auf die Biegungen, Anhöhen und Häuser, auf die er zufuhr.

Dürnsteins Silhouette kam angeflogen und verschwand bald schon wieder hinter seinem Rücken. Als er St. Michael erreichte und die Kirche am gewaltigen Fels passierte, schlug er einen langsameren Rhythmus an. Es war nicht mehr weit und er wollte seinem Puls Zeit geben, sich zu beruhigen. Als er die Straße verließ und den Weg hinauf in den Ort strampelte, taten seine Muskeln weh. Früher war er die Strecke öfter gefahren. Ihm graute vor der Rückfahrt. Zum Glück hatte er dann Alkohol im Blut.

Das Haus lag grau und abweisend vor den Bergen. Hinter den Fenstern schien ein schwaches Licht. Er stieg die Treppe hinauf und klingelte. Die Tür sprang auf und zuerst erkannte er nur Norbert Wehrsams Umrisse.

„Da bist du ja!" Der Gastgeber schüttelte seine Hand und machte den Weg frei. „Komm schnell hinein."

Sören freute sich über die freundliche Begrüßung. Doch als er den Gastgeber passierte, machte Norbert Wehrsam ein säuerliches Gesicht. Die Bilder mit Blumen und Brüsten an den Wänden fand Sören widerlich wie eh und je.

Die anderen waren schon da. Ronald Wolf, Annelie Gmener, Silvia Wehrsam. Und eine Frau, die Sören nicht kannte. Schlank und mit langen blonden Haaren. Vielleicht eine von Norbert Wehrsams Kolleginnen – Psychologin, das wäre vorstellbar.

„Christine Sowell – Sören Hausschildt", ertönte Norbert Wehrsams Stimme, während Christine und Sören sich die Hände schüttelten. „Was sagst du nun?"

Sören verdrehte überrascht den Kopf.

„Erkennst du sie etwa nicht?"

Sören schmunzelte unsicher, legte die Hand ans Kinn. „Ich glaube nicht."

„Komm, Sören, du hast sie bestimmt schon einmal gesehen."

„Ich kenne Sie auch nicht", sagte Christine. „Vielleicht haben Sie einen Artikel von mir gelesen."

„Einen Artikel..."

„Ja, Mensch", rief Norbert Wehrsam. „Dieses Convention-Dings!"

Sören sah endgültig überfordert aus.

„Das Magazin!", rief Norbert Wehrsam.

„Ja, also." Er schüttelte den Kopf. „Ich lese keine Weinmagazine."

„Das ist kein Weinmagazin!", rief Norbert Wehrsam und lief davon. „Das ist eine Frauenzeitschrift!"

Sören schüttelte verwirrt den Kopf und wollte lächelnd etwas sagen. Da kam Norbert Wehrsam schon zurück: „Hier!"

Er hielt ein uraltes Exemplar von *Convention* in Händen, für die Christine über Länder, deren Weine und Speisen schrieb.

„Ach so!"

„Was heißt, ‚ach so'?", fragte Norbert.

Sören lächelte. „Jetzt fällt mir der Titel wieder ein. Entschuldigen Sie bitte. Das ist ja toll!"

„Wir sind spät dran", erklärte Norbert Wehrsam. „Bitte zu Tisch."

Die Tafel vor den Fenstern zur Donau war wie immer mit einem weißen Tischtuch gedeckt, das nach jeder Weinprobe zahlreiche Flecken aufwies. Sören hatte sich oft gefragt, ob die Wehrsams jedes Mal ein neues benutzten und das alte wegwarfen. Zuzutrauen wäre es ihnen. Während die Gäste zu ihren Plätzen schritten, strich Norbert Wehrsam an Sören vorbei und raunte:

„Wenn du dich vorher frisch machen willst..." Er rümpfte die Nase und deutete in Richtung Gäste-Toilette.

Die Gläser auf dem Tisch verblüfften Christine. Auf den ersten Blick war zu erkennen, dass sie von geringer Qualität waren. Noch mehr erstaunten die Wasserflecken und blinden Stellen sowie eingetrocknete Rotweinreste. Denn meistens, wenn sie zu Proben eingeladen wurde, legten die Gastgeber Wert auf exquisite Gläser. Sie protzten geradezu mit ihrer Ausrüstung.

Rechts von Christine nahm Silvia Wehrsam Platz und links Ronald Wolf, ein junger, dunkelhaariger Mann in blauem Hemd und Bluejeans, den Norbert Wehrsam als Mitarbeiter einer Bank vorgestellt hatte. Neben ihm saß Annelie Gmener, eine Frau im roten Kostüm und mit perfekter Frisur, die viel lachte. Christine schätzte sie auf Mitte 40 und laut Norbert Wehrsam war sie in der Pharmabranche tätig. Nun tauchte auch Sören Hausschildt am Tisch auf, dessen Profession als einzige nicht genannt worden war. Er war schließlich auch kurz nach seiner Ankunft zur Toilette verschwunden.

Den ersten Wein hatte Norbert Wehrsam bereits eingeschenkt. Aus einer Flasche mit verdecktem Etikett.

Die Gespräche verstummten. Die Gäste sogen die aromatisierte Luft aus den Gläsern und tranken dann kaum hörbar. Schmatzen oder Gurgeln, das manche Weinfreunde für unverzichtbar hielten, tat hier niemand. Christine konnte sich schwer an die Atmosphäre gewöhnen. Sie war gestern zum ersten Mal in diesem Haus gewesen, um etwas über Jasmin Wolfrath zu erfahren. Seit gestern spielte die Tote wieder eine Rolle in Christines Leben und es mutete sonderbar an, sich bei den Wehrsams auf Wein zu konzentrieren. Sie waren immerhin Jasmins Ärzte gewesen.

Aufs Trinken folgten zart gehauchte „Ahs" und dann das Geraschel von Schreibwerkzeugen auf Papier, denn einige machten sich Notizen. Sören Hausschildts Oberkörper lehnte weit über der Tischplatte. Er schaute ins Glas, das vor ihm auf dem Tisch stand. Dann begegneten sich sein und Christines Blick und beide schmunzelten.

„Und?", fragte Norbert Wehrsam. „Hat jemand eine Meinung?"

Es musste sich um einen Veltliner handeln, das hatte Norbert Wehrsam angekündigt. Aber Christine war unfähig, ihn zu beschreiben, wie sie es sonst bei solchen Gelegenheiten tat. Ein guter Wein, der zu keinen großen Gedanken herausforderte. Dem man gewissermaßen mit Wohlgefallen zunickte, wie einem Menschen, der einem die Tür aufhielt. Und dann ging man schon weiter. Schon der nächste Schluck wirkte anders und forderte ihre ganze Aufmerksamkeit. Es lag Würze und köstliche Säure in ihm. Noch zu unklar, um sie in Worte zu fassen. Doch dann sagte Ronald Wolf: „Lakritze." Christine probierte erneut und es stimmte. Wieso war ihr dieses Lakritz-Aroma nicht selber aufgefallen?

„Punkte?", fragte Norbert Wehrsam in die Runde.

„Von mir wie immer keine", erwiderte seine Frau.

„85, 86", sagte Ronald Wolf mit fragendem Unterton.

„Das ist aber knapp bemessen!", erwiderte Norbert Wehrsam mit einem Seitenblick auf Sören Hausschildt. Jede Gesprächspause wurde durch das klickernde Geräusch von Sörens über das Papier hastenden Kugelschreiber gefüllt. Norbert Wehrsam ließ seinen Blick eine Weile auf ihm ruhen, als wolle er eine Reaktion provozieren. Sören tat ihm den Gefallen nicht. Er kannte die ewig gleichen Kommentare über seine langwierigen Notizen à la „Wie lautet der Titel des Romans?"

Arme Leute, dachte er, die nie erfahren würden, was er erlebte. Die sich nicht einmal die Mühe machten, seine Notizen nachzuvollziehen. Wenn er ihnen zuhörte, ihren knappen Umschreibungen der Weine, die mit den immer gleichen Wendungen auskamen, dem „goldgelb" oder „rubinrot", dem Geruch nach „Stall", „Leder", „Herbstlaub" oder „Heublumen", dem Aroma von Marillen oder Sauerkirschen, dem langen, mittleren oder kurzen Abgang … dann hatte er den Eindruck, Chemikern zuzuhören oder Vermessungsingenieuren. Sören Hausschildt hatte sich in einer Zeit seines Lebens für Weine zu interessieren begonnen, in der er so gut wie keinen

Alkohol trank. Was ihn damals aber interessierte, waren Mittel zur Erweiterung der Grenzen von Körper und Geist, ohne in halluzinogene Bereiche vorzustoßen. Diese verpönte er, da sie nach Sörens Ansicht dem Menschen etwas Künstliches hinzufügten. Es war ein Durchschnittstropfen vom Kalterer See, ein heller Rotwein, der ihm eines Tages eine Offenbarung zuteil werden ließ. Das Gefühl, mit etwas verschmelzen zu können und eine Möglichkeit gefunden zu haben, die Grenze zwischen sich und der Welt aufzuheben. Die Aromen, die er schmeckte, zeugten von der unendlichen Natur und wurden gleichzeitig von ihm persönlich, von Sören Hausschildt, erzeugt. Von seinen Sinneszellen, so wie ein Instrument Klänge erzeugt. Der Rausch war eitel und dumm, und die Kunst beim Weintrinken bestand für ihn darin, der Inspiration nur bis zu dessen äußerer Grenze zu folgen.

„Also, wer bietet mehr?", rief Norbert Wehrsam in die Runde. „Ist 86 das Ende der Fahnenstange?"

„Man braucht ja noch Luft nach oben", sagte Annelie Gmener.

„Ja, der erste Wein ist eine doppelt tragische Figur. Alle bewerten ihn bescheiden in der Angst vor weit größeren Weinen, für die man seine Punkte sparen muss. Kommen sie nicht, wird man freigiebiger, und der erste steht immer schlechter da."

„Tja, alles ist relativ, ist Kommunikation, mein lieber Norbert", meinte Annelie Gmener. „Der erste Wein ist wie ein einsamer Mensch."

Norbert Wehrsam lachte in sich hinein und wandte sich an Sören.

„Was sagst du?"

Sören wollte über Margot Balemy reden. Die ganze Zeit über dachte er an sie. Doch was für ein verrückter Gedanke, an diesem Abend Behandlungsfehler ansprechen zu wollen! Selbst wenn es gelingen würde, mit Silvia Wehrsam kurz allein zu sein, passte das Thema nicht hierher und war trotz seines Ernstes keines, das ihm als Gast anzusprechen erlaubt war... Schmerzhaft wurde ihm bewusst, dass er sich vor der Konfrontation fürchtete.

„Keine Meinung? Musst du noch überlegen?"

„Das", Sören betonte das Wort, „ist entweder ein Kellerfehler. Dann gibt es keine Punkte. Oder du hast uns etwas untergejubelt, vielleicht aus einer Autobahn-Raststätte. Bravo, dort gibt es bestimmt noch Schlechteres als 70-Punkte- Weine."

Norbert Wehrsam Oberkörper sackte zusammen. „Du gibst dem Wein 70 Punkte?"

„Höchstens."

Norbert schüttelte den Kopf.

Ronald Wolf lachte. „Manchmal denke ich, du legst es darauf an, Sören."

„Nein, er ist so!" Annelie Gmener schmunzelte. „Kommt, wir alle haben unsere Vorlieben und Abneigungen. Die einen vielleicht stärker als die anderen."

„Und das macht den Reiz einer solchen Runde ja auch aus", bemerkte Silvia Wehrsam. „Wenn wir alle das Gleiche schmecken oder uns kein Urteil zutrauen würden... Oh Gott, dann lieber einsam betrinken."

Alle lachten, auch Sören, mit einem bissigen Gefühl. Er mochte es nicht, wenn sie sein Verhalten wie das von einem liebenswerten Spinner entschuldigten.

Mit leiser Stimme teilte Norbert Wehrsam seinem Diktaphon Namen, Jahrgang und Verkostungszeitpunkt des Weines mit. Neben seinen eigenen geschmacklichen Eindrücken fasste er auch die Meinungen der anderen zusammen.

Der nächste Wein schmeckte schwer und hatte eine beinahe ölige Konsistenz. Christine erinnerte sich an die ersten Veltliner, die sie getrunken hatte. Bewusst hatte sie die Sorte erst in den 90er Jahren in Wien kennengelernt. Als Wein, den man in Kneipen oder zum Essen trinkt. Diese Erlebnisse hatten nichts mehr mit ihrer heutigen Wahrnehmung zu tun. Damals wusste sie kaum, ob „Grüner Veltliner" eine Rebsorte, eine Lage oder etwas anderes war.

„Und der, bitte?", fragte Norbert.

Sören Hausschildts Gesicht hing konzentriert über dem Wein. Seine Nase bewegte sich langsam hin und her.

„Schwierig."

„Wahnsinnsstoff." Gebannt schaute Ronald Wolf ins Ungewisse. „Ein Top-Veltliner. Der hat eine wunderbare Struktur und übt so einen dermaßenen Druck am Gaumen aus. Mächtig mineralisch, mit einer stahligen Frucht und mit einem ganz, ganz heißen Schmelz."

Christine stellte ihr Glas ab. Ihr war ein Gedanke gekommen.

Norbert nippte wie selbstvergessen an seinem Wein.

„Haben Sie auch Weinproben mit Jasmin gemacht?", fragte sie.

„Wie mit Jasmin gemacht?" Er schaute in sein Glas, als habe er im Farbenspiel des Getränks eine Botschaft entdeckt.

Silvia Wehrsam stöhnte auf. „Hat sie doch gesagt! Ob sie bei Weinproben dabei war. Ja, ich glaube zwei, drei Male."

„Hm." Norbert Wehrsam nickte, während er immer noch das Glas anstarrte. Er hatte seine Wangen ein wenig aufgeblasen. „So zwei bis drei Mal wird sie dabei gewesen sein."

„Eine Patientin von euch?", fragte Sören Hausschildt.

„Ich habe ab und zu mal mit ihr über Wein gesprochen, mehr nebenbei", murmelte Christine, während sie überlegte. Hatte Jasmin jemals etwas über ihre Ärzte erzählt oder über Weinproben? Nein, Christine würde sich daran erinnern. Auf ihrer Wiener Abschiedsfeier vor 13 Jahren war sie anwesend gewesen. Doch Christine hatte sie und die anderen nur wie aus der Entfernung wahrgenommen. Ihre Gedanken waren bei Gilbert gewesen.

„Sie gab sich eher unbedarft, was Weine angingen", fuhr Christine fort.

„Sie werden der armen Frau Respekt eingeflößt haben", erwiderte Norbert Wehrsam. „Sie werden schon damals nicht mit Wissen gespart haben, das ist ja Ihr Job. Und Jasmin war jemand, der nicht sogleich offenbarte, was alles in ihr steckte."

„Ich habe sie anders kennengelernt", meinte Christine ruhig. „Aber vor allem im Beruf. Wenn Sie auch privat mit ihr zusammen waren, ergeben sich natürlich andere Dinge."

„Andere Dinge", wiederholte Norbert Wehrsam. „Da Silvia und ich zufällig beide Jasmin Wolfrath behandelten und zufälligerweise als Ehepaar auch privat über den Fall sprachen, gab es sozusagen cross-over-Kontakte. Letztlich hat sie wohl gerade deswegen, weil sie das so wünschte, mich konsultiert, nachdem sie von meiner Frau in der gynäkologischen Praxis erfahren hatte, dass ich Psychologe bin. Also was tut man in einem solchen interdisziplinären Fall und wenn man sich außerdem sympathisch findet? Man trifft sich mal im Café oder lädt einander sogar mal zu sich nach Hause ein."

„Verhält sich das bei Margot Balemy auch so?", fragte Sören Hausschildt.

„Wie bitte?"

„Behandelt ihr sie auch gemeinsam?"

Norbert Wehrsam blickte hilflos zu seiner Frau.

„Nein", sagte sie.

Christine hatte keine Ahnung, worum es ging, musste aber frustriert beobachten, wie Sören ihre Bemühungen mit seinen eigenen Anliegen durchkreuzte.

„Margot Balemy", wiederholte er und nahm einen großen Schluck aus seinem Glas. „Silvia, sag mir bitte: Hast du sie mit Hormonen behandelt?"

„Ich verstehe deine Frage nicht."

„Du hast einer jungen Frau, die unter prämenstruellen Beschwerden leidet, Östrogen-Präparate verschrieben?"

„Was soll das, Sören? Ich habe ihr deine Adresse gegeben, weil ich dachte, du könntest eine Hilfe für sie sein."

„Und, um Sören einen Gefallen zu tun", rief ihr Mann.

„Ich brauche keine Gefallen. Es geht nicht um uns, sondern um die Patientin. Es dürfte euch ja wohl bekannt sein, dass man Regelbeschwerden nicht mit Chemie bekämpft. Es gibt bessere, natürliche Mittel, die auch von eurer Zunft längst anerkannt werden."

„Der ganze Mensch ist Chemie", sagte Silvia Wehrsam.

Sören Hausschildt blies mit einem verächtlichen Geräusch Luft aus. „Das darf nicht wahr sein, stellst du dich absichtlich dumm?"

„Hormontabletten geben dem Körper doch nichts anderes, als was er selbst produziert", sagte Annelie Gmener. „Und wenn er selbst nicht produzieren kann, was er braucht, gleichen Medikamente lediglich den Mangel aus."

„So einen Unsinn habe ich noch niemals gehört! So was behaupten ja noch nicht einmal eure eigenen Wissenschaftler!"

Christine staunte, wie sich Sörens Mienenspiel grimassenhaft veränderte, wie er die Augen aufriss, beim Reden die Tischplatte umklammerte und Gläser zum Klirren brachte. Norbert Wehrsam hielt vorsichtshalber die Weinflasche fest.

„Sören, wovon redest du?", fragte Silvia freundlich. „Hast du vorher schon etwas getrunken?"

„Gib es zu, Sören!", feixte Ronald Wolf.

„Ihr habt mit dem Thema angefangen. Und da habe ich ruhig versucht, mit euch zu sprechen. Über diesen Irrsinn, den ich dir nie zugetraut hätte, Silvia."

„Was willst du eigentlich?" Silvia Wehrsams Stimme wurde spitz. „Du hast doch gar keine Ahnung." Sie schüttelte den Kopf. „Ich muss Frau Balemy raten, deine so genannte Praxis nicht mehr aufzusuchen. Ich werde ihr sagen, dass ich keine Verantwortung für ihre Gesundheit mehr übernehmen kann, wenn sie es weiterhin tut."

Sören Hausschildt stand auf. „Verantwortung mit Hormonpillen? Gewalt auf den Organismus ausüben, statt ihm seine eigene Kraft zurückzugeben? Schlimme Nebenwirkungen riskieren?"

„Hahaha. Kraft durch Freude, was? Deine Esoterik ist nicht nur naiv, sondern auch gefährlich."

„Ich muss mir das nicht anhören." Sören hob die Hand zum Abschiedsgruß.

Norbert Wehrsam sprang auf. „Nun mal ruhig bleiben. Setz dich wieder."

Sören blickte ihn kühl an. „Ich danke dir für deine Gastfreundschaft."

„Stell dich nicht so an, setz dich!"

Sören ging zur Tür. Er drehte sich noch einmal um und wies auf die Weinflasche. „Ein Veltliner war das nicht." Dann verschwand er.

„Völlig von der Rolle", sagte Silvia Wehrsam und seufzte. „Unsere Naturheilkundler. Wie gut, dass es sie gibt."

Annelie Gmener prustete hinter vorgehaltener Hand.

„Aber im Ernst", fuhr Silvia fort. „Ein bisschen Fußmassage und Nadelpieksen, die Arme im Zeitlupentempo durch die Luft heben, Kräuter dazu – warum nicht? Bestimmt super gesund und entspannend. Aber diese Anmaßung, Jahrhunderte medizinischer Forschung – lebensrettender Forschung – anzuzweifeln. Ich weiß, die chinesische Medizin ist älter, jedoch, mit Verlaub, keine exakte Wissenschaft."

„Du redest, als sei er noch im Raum."

„Finde ich auch", sagte Ronald Wolf und zeigte grinsend seine Zähne. „Warum hast du ihm nicht genau das gesagt?"

„Wozu? Ist doch egal, für ihn gilt sowieso nur, woran er glaubt."

„Aber er hat recht."

„Recht?" Silvia Wehrsam musterte ihren Mann irritiert.

„Es war ein Pirat, ein Riesling, den ich unter die Veltliner gemischt habe. Nur er hat es gemerkt." Norbert Wehrsam räusperte sich. „A propos Pirat. Liest eigentlich niemand von euch Zeitung? Das frage ich mich in letzter Zeit häufiger, ob ihr euch überhaupt für die Dinge vor eurem Vorgarten interessiert."

„Nichts für mich", antwortete Ronald Wolf ernst. „Ich arbeite in der Finanzbranche." Er lachte.

Norbert Wehrsam füllte erneut die Gläser. „Der Vergleich ist nicht so weit hergeholt. Nur, dass Aktien nicht so leicht zu stehlen sind. Jedenfalls nicht auf illegalem Weg."

„Das ist mir jetzt zu hoch."

„Ich rede von realen Werten."

„Alles ist real. Du meinst nicht etwa diese Kellerpiraten?"

„Du liest also doch Zeitung!"

„Was für Kellerpiraten?", mischte sich Annelie Gmener ein.

„Von dir hätte ich es am ehesten erwartet. Prost!"

Erneut war Geschnüffel und vornehmes Gluckern zu hören. „Ich möchte euch von meiner Idee erzählen. Einer Verkostung, wie es sie so noch nie gegeben hat. Ich hoffe, Sören hat sich bis dahin beruhigt. Jammerschade, wenn er nicht dabei wäre. Anders als ihr ist er über die Vorgänge gut informiert."

„Aber ich wollte euch doch erst einmal einladen, zu der Toskana-Vertikale", protestierte Ronald Wolf.

„Es geht um keine Weinprobe, Ronald. Es hat mit dieser Gangsterbande zu tun, den Kellerpiraten. Eine viel zu harmlose Bezeichnung, sie klingt ja wie aus einem Jugendbuch."

„Hat man bei dir eingebrochen?", fragte Annelie Gmener.

„Noch nicht! Aber es stimmt mich sorgenvoll, wie lässig mit den publik gewordenen Fällen umgegangen wird. Vor allem von denjenigen, die die nächsten Opfer sein könnten."

Annelie Gmener nickte heftig. „Könnte nicht Neid hinter diesen Verbrechen stecken?"

„Du hast gerade noch erklärt, über die Angelegenheit nicht Bescheid zu wissen!"

„Dunkel kommt mir etwas in den Sinn."

„Dunkel kommt ihr etwas in den Sinn. Ahahaha. Was soll denn das bedeuten?"

„Dass ich etwas gelesen habe, was meinem Hirn letztlich zu unwichtig erschien, um es in meinem aktiven Gedächtnis zu speichern."

„Aktives Gedächtnis – das notiere ich mir. Wenn jemand eine Bank ausraubt, ist sicher auch Neid im Spiel. Aber vor allem Gier."

„Geld ist etwas anderes als Wein. Ich vermute eine Polit-Gruppe."

„Die Bewegung ‚Freiheit dem Kork'."

„Einfach Leute, die Luxus kaputt machen wollen. Jeder soll nur noch Discounter-Zeug trinken statt Sachen, für deren Preis der gemeine Bürger in den Urlaub fährt."

„Siehst du. Es steckt eben viel Geld dahinter. Und wer weiß, wie viele Einbrüche nicht zur Anzeige kamen, weil die Flaschen durch unsaubere Geschäfte und unversteuertes Geld finanziert wurden. Buchstäblich in Wein gewaschen. Davon profitieren unsere Feinde."

„Na ja, es ist ja nicht so, dass man sich als Weinfreund nicht mehr in seinen Keller trauen kann", meinte Ronald Wolf. „Es gibt doch immer mal wieder neue Trends in der Kriminalität. Wenn einer droht, Lebensmittel in Supermärkten zu vergiften, gibt es plötzlich viele Nachahmer. Aber fast alle werden geschnappt."

„Tja, mein Lieber", Norbert Wehrsam klopfte mit dem Fingerknöchel auf den Tisch, „danke für den Kommentar, das ist genau die Einstellung, die diesen Leuten hilft. Anders als bei den Erpressungen von Supermärkten sind leider nicht die kleinen Familien um die Ecke in Gefahr, sondern nur ein paar Besserverdienende, die sich zur Not selbst schützen können. Modernste Alarmanlagen, Sicherheitsdienste. Habt ihr das?"

Verhaltenes Gelächter.

„Und dann überlegt einmal, wie viele Weine ihr habt, die ihr nicht nächste Woche oder nächstes Jahr trinken wollt, sondern in fünf, zehn oder 15 Jahren. Und ob darunter welche sind, die in 30 Jahren hohe Preise erzielen könnten."

„Also, ich hoffe schon, dass einige meiner Wachauer Auslesen erst in 30 Jahren, wenn ich in Rente gehe, auf ihrem Höhepunkt sind", erklärte Ronald Wolf. „Ich würde sie nur ungern zu Geld machen, aber denke, dass nur wenige Aktien eine vergleichbar sichere Wertsteigerung mit sich bringen."

„Du glaubst also an eine hohe Kellerrendite."

„Wenn ich viel Geld für einen Wein ausgebe, denke ich natürlich immer auch an den Marktwert. Und der Marktwert preist stets die Zukunft ein. Wenn ich es überschlage... Wenn ich die besseren Weine so zusammenrechne... Ein Mittelklassewagen sollte schon dafür herausspringen."

„Ein Mittelklassewagen also", sagte Norbert Wehrsam. „Vielleicht auch weniger. Nur eine Luxuskreuzfahrt oder eine Designeruhr? Oder das Monatsgehalt eines mittleren Angestellten? Glaubt ihr, diese Dinge sind kein Grund? Es ist schwierig, in den Keller eines Milliardärs einzudringen, der große Gewächse seit Mitte des letzten Jahrhunderts hortet. Einfacher ist es, bei Ronald oder Annelie einzusteigen."

„Worauf willst du hinaus? Sollen wir gemeinsam einen Weinsafe mieten?"

„Nein. Wir werden diese Leute überführen. Ihnen eine Falle stellen."

„Wir?" Annelie Gmener hob die Schultern. „Das sollten wir besser der Polizei überlassen."

„Ich sage noch einmal: Die Einschüsse kommen näher. Es gibt in Wien nicht unendlich viele Leute, die Weine im Wert eines Autos horten. Zwei meiner Patienten wurden ausgeraubt, könnt ihr euch das vorstellen? In Krems ist noch nichts passiert, doch es wird nicht mehr lange dauern. Ich habe eine Methode entwickelt, die Bande zu überführen und bin entschlossen, sie auch anzuwenden. Ich werde den Fortgang der Ereignisse laufend dokumentieren und später veröffentlichen."

„Du hast eine Methode entwickelt?", fragte Ronald Wolf. „Bist du neuerdings Kriminalpsychologe? Warum redest du nicht mit der Polizei über deine Methode?"

„Natürlich habe ich schon mit verbohrten Kriminalisten gesprochen. Die glauben nur an ihre eigenen Regeln. Ich werde die Täter hinter Schloss und Riegel bringen und neue Maßstäbe für polizeiliche Ermittlungen und nebenbei auch für die Personalabteilungen in Betrieben setzen."

„Jetzt verblüffst du mich", sagte Ronald Wolf. Wie die anderen hatte er lange nicht mehr zum Glas gegriffen.

„Es ist meine feste Überzeugung, dass die Täter sich ihre Opfer über das Internet aussuchen. Sie checken Weinportale und Blogs, über die sich Weinfreunde kennenlernen und verabreden. So machen sie sich ein Bild von den Gewohnheiten und Vorlieben ihrer Opfer und darüber, ob sich ein Diebstahl lohnt. Ich bin außerdem der Überzeugung, dass die Täter selbst über das Internet mit Weinliebhabern Kontakt aufnehmen, sie besuchen und sich in Weinrunden einschleusen."

„Willst du, dass wir dir bei der Recherche helfen und Internetportale filzen und so?"

„Nein. Ich will, dass die Gangster uns ins Visier nehmen. Dass sie uns ausforschen, unterwandern und berauben wollen. Ein dicker Köder – das müssen wir sein."

5

Nach dem Aufstehen zwang sich Gilbert, seinen Computer nicht einzuschalten. Erst zu frühstücken und unter die Dusche zu gehen. Wahrscheinlich gab es ausgerechnet auf sein letztes posting noch keine Antwort. Er konnte eine Menge Albernheiten in einem der Weinforen schreiben, nebensächliche Beobachtungen, Aufgeschnapptes, Halbgewusstes, und unzählige Leute fühlten sich angesprochen, sandten Kommentare,

Ergänzungen, bedankten sich. Auf seine wichtigen Worte über Weine, Gedanken zur Geschichte des Getränks oder Einwürfe in schwierigen Debatten fielen die Antworten mager und banal aus. Bald würde er aufhören mit dieser Art von Konversation. Sie hatte ihm erlaubt, in die Köpfe von Menschen zu schauen, die sich meist nicht so intensiv wie er mit Wein beschäftigten, aber weit mehr als die meisten anderen. Sie berichteten über Besuche bei Winzern, von Verkostungen und von betrügerischen Händlern. Er hatte besser zu schätzen gelernt, was andere wussten. Generell hatte er das Gefühl, demütiger und offener geworden zu sein. Er besaß inzwischen auch einen Fernseher und achtete auf die Sonderangebote in den Supermärkten. So kam er gut über die Runden und manchmal probierte er sogar einen der Weine aus den Regalen. Das Weinangebot war besser geworden, keine Frage. Auch die Supermärkte selbst hatten sich verändert und Gilbert dachte etwas sentimental an die Zeit zurück, als sie wie schummrige Höhlen aussahen, statt wie seidig ausgestrahlte Designerphantasien. Damals hatte sich Gilbert nicht für Wein interessiert, auch nicht für Alkohol. Nur billigen Amaretto kaufte er damals manchmal und trank einen Schluck, bevor er das Haus verließ. Der Likör schmeckte wie auf der Flasche beschrieben, nach süßen, flüssigen Mandeln und ließ das Leben draußen, den hässlichen Fahrstuhl, den Hinterhof mit seinen Teppichstangen, die düsteren Durchgänge und Gittertore angenehmer erscheinen. Die Amaretto-Flaschen standen heute immer noch in den Regalen und erschienen Gilbert wie archäologische Fundstücke aus der Vergangenheit. Irgendwann würde er sich wieder einen Schluck davon genehmigen.

Nachdem er den Computer eingeschaltet hatte, rief er die Weinseite auf, tippte „Kosslovski" und sein Kennwort ins Anmeldekästchen. Forums-Mitglied Wein-Frosch hatte einen Kommentar geschrieben. In seinem Profil, das er sorgfältig ausgefüllt hatte, gab Wein-Frosch seinen richtigen Namen als „Norbert Wehrsam" an. Angeblich arbeitete er als Psychologe in Wien, war Ende 40 und schätzte neben dem Wein Hobbys wie Sport, Wandern, alte

Musik und englische Literatur. Außerdem hatte er als Motto den abgegriffenen Spruch gewählt: „Das Leben ist zu kurz, um schlechte Weine zu trinken."

Er schrieb: *Hallo Kosslovski, präzise Verkostungsnotiz, danke. Und du bist skeptisch, was die Lagerfähigkeit angeht? Probieren geht über studieren! Ich denke, da muss man mal eine aussagefähige Probe unter professionellen Bedingungen machen. Hab da einiges aus den 80ern im Keller, mal sehen, ob ich mal was organisiere. Brauchen wir natürlich Leute mit Erfahrung und „gebildetem Gaumen", damits auch aussagekräftig ist. Vorschläge? Ich werde dazu mal einen eigenen thread eröffnen.*

Gilbert schüttelte ungläubig den Kopf. „Wein-Frosch" tat, als seien sie die besten Freunde.

In der Luft lag der Gasgeruch vom Herd, auf dem er das Kaffeewasser gekocht hatte. Das Gerät stand schon bei seinem Einzug hier, ebenso der metallene Wasserkessel und die mobile Dusche. Auch Treppenhaus und Innenhof hatten sich nicht verändert. Was sich verändert hatte, war Wien. Weniger die Menschen hinter den Fenstern, die sich gut beobachten ließen, wie sie im Bademantel ihre Katzen streichelten, vor dem Fernseher saßen, umherhuschten. Es mochten andere sein als vor 25 Jahren, aber sie lösten die gleichen Gefühle bei ihm aus. Auch der blaue Himmel, begrenzt durch die Dächer der Zinshäuser, war alt. Gilbert sah die Stadt von seinen Fenstern aus nicht, nur den Hof und den Himmel. Die Stadt tauchte auf, als er mittags den letzten Durchgang des Zinshauses mit seinem Gittertor passierte und auf die Straße trat.

Gilbert lief in Richtung Landstraßer Hauptstraße. Er freute sich über die Wärme, das frische Licht und dachte, dass es so weitergehen könnte. Er könnte jede Gewohnheit annehmen. Vielleicht sogar auf den Wein verzichten. Irgendwann würde er es tun, aber noch war nicht die Zeit dafür.

Er brauchte vier Flaschen 89er aus Achleiten, beste Lagen, beste Winzer. Achleiten 89... er hätte bei der Weinprobe vorige Woche noch einmal nachschmecken müssen. Aber leider war ihm zuerst nicht wichtig erschienen, was ihm bei zwei unterschiedlichen Weinen aufgefallen war: Eine für sie ungewöhnliche Geschmacksnote aus Rauch und Leder. Die Weine stammten von unterschiedlichen Winzern, aber derselben Lage. Lag es an dem Jahr und dem Reifezustand? Oder an der Nachbarschaft der Weinbauern, dem Boden? Er musste das herausfinden, die Fragen sogen sich in seinem Kopf fest. Am Wichtigsten war es, zu probieren. Die Lösung konnte sich schnell und einfach auf der Zunge ergeben. Falls es sich um eine zufällige Geschmacksimpression oder eine Sinnestäuschung handelte – gut. Aber falls sich sein Verdacht erhärten sollte, dass er ein besonderes Phänomen des Jahrgangs 1989 in Achleiten entdeckt hatte, stand ihm ein hartes Stück Arbeit bevor. Sollte es Beweise dafür geben, musste er sie vollständig in Erfahrung bringen. Der Gedanke beunruhigte Gilbert. Leider – er konnte nicht anders.

6

Die Sonne knallte heiß auf ihre Haut und lähmte ihren Willen, in den Schatten zu gehen. Christine saß auf dem Deck eines Schiffes, das am späten Nachmittag aus Melk abgefahren war. Rechts war das Ufer flach. Viele Bäume und Strände glitten vorbei, auf denen Leute in Badesachen kampierten.

Sie hatte das Stift besichtigt, dessen Prunk sie eher an ein Schloss als an ein Kloster denken ließ. Trotz der machtvollen Insignien des Glaubens bekam Christine den Eindruck von weltlicher Dekadenz.

Den Ausflug nach Melk hatte sie sich schon vor Ende ihrer Arbeit im Museum vorgenommen. Fest stand auch lange schon, dass sie nach ihrem Aufenthalt in Krems einige Wochen in Wien verbringen wollte. Dies passte zu Norbert Wehrsams Plänen. Es war schwer, dem Spiel zu widerstehen, das er sich ausgedacht hatte, obwohl es etwas Irrwitziges und Gefährliches an sich hatte.

Die Burgen, zu denen sie auf der Hinfahrt nach Melk gebannt gestarrt hatte, ließ sie nun gelassener vorüberziehen. Gegenüber diskutierten zwei Renterpaare in dezenter Freizeitkleidung konzentriert in einer osteuropäischen Sprache. Sie beachteten die Landschaft kaum und ihre Gesten und ihre Mimik ließen Christine vermuten, dass es um Themen ging, die sie auch in ihrer Heimat beschäftigten. Als der Wehrturm von Burg Aggstein hoch auf dem Berg auftauchte, hoben sie gleichzeitig mit Christine die Köpfe.

Ihre Ferienwohnung besaß keinen Internet-Anschluss und ihr Büro im Museum hatte sie geräumt. In Krems musste es Internet-Cafés geben.

Die Burgruine Hinterhaus und der bunte Turm der Pfarrkirche von Spitz zogen vorbei. Vor zwei Wochen war sie hier zwischen 1000-Eimer-Berg und den anderen rebbepflanzten Höhenzügen gewandert, hatte das Rote Tor besichtigt und Trauben von den Feldern probiert. Seitdem sie die Wehrsams kannte, erschien ihr der Ort weniger idyllisch.

Vom Anleger in Krems marschierte Christine in Richtung der Justizanstalt und bis zur Steiner Landstraße. Von dort ging sie zur Steiner Kellergasse, um einen Bogen in Richtung Universität zu machen. Jedes Haus besaß sein eigenes Gesicht. Barocke Fassaden wechselten mit klassizistischen Säuleneingängen, verspielten Fenster-Ornamenten und mittelalterlichen Bemalungen. Es herrschte eine Schläfrigkeit wie in einem Dorf zur Mittagszeit, die nur durch Christines knallende Absätze gestört wurde. Sie fragte sich, ob es klüger gewesen wäre, andere Schuhe anzuziehen. Denn aus einem eindrucksvoll verzierten, weißen Biedermeierhaus war ein Mann getreten, der sich mit einem drollig-unschuldigen Blick nach dem Lärm umblickte. Christine erkannte Sören Hausschildt.

Seine Augen standen nicht sehr weit auseinander und Christine erinnerte sich, dass sie blau waren. Ohne den Schnurrbart unter der schmalen Nase würde er besser aussehen, mutmaßte sie. Er bemerkte Christine und sein Gesichtsausdruck wurde ernst.

„Was wünschen Sie?"

Christine kam näher. Seine Augen waren wirklich blau. „Nichts."

„Wegen nichts tauchen Sie vor meiner Haustür auf?", fragte er laut.

„Das ist Zufall. Ich war in der Gegend und kam vom Schiff. Ich wusste nicht, dass Sie hier wohnen."

„Aha", sagte er und schüttelte seinen Kopf. „Ich soll glauben, die beste Freundin von Familie Wehrsam spaziert rein zufällig an meinem Haus vorbei, während ich die Straße betrete!"

Christine ging an ihm vorbei. „Das interessiert mich nicht."

„Warten Sie mal."

„Auf was?"

„Was tun Sie hier?"

„Ich suche ein Internet-Cafe. Ich kenne die Wehrsams seit einigen Tagen. Die Streitigkeiten zwischen Ihnen interessieren mich nicht und gehen mich auch nichts an." Sie lief weiter.

„Haben die sich noch die Mäuler über mich zerrissen?" Christine erinnerte sich an die Degustationsnotizen, die er an seinem Platz vergessen hatte. So etwas hatte sie noch nie gesehen. Neben den üblichen Beschreibungen von Farbe und Konsistenz, Säure, Frucht, Konzentration, Eleganz und Abgang fanden sich Auflistungen wie: „rot-grün-schwärzliches Violett"... „bassrosa, kamillegitarre, roterhauch." Auch wilde Zeichnungen, Kompositionen aus Linien und Kreisen hatte sie erspäht.

„Es wurde überhaupt nicht mehr über Sie geredet."

„Das hätte ich mir denken können. Sie sind nicht wegen der Wehrsams an der Wachau? Würde zu denen passen, sich eine eigene Weinjournalistin zu halten." Er sagte das alles, während ein Lächeln seine Züge umspielte. „Sie suchen nach einem Internet-Anschluss?"

„Ja."

„Wenn Sie im Internet surfen möchten, können Sie das bei mir tun. Meine Besorgung kann ich auf später verschieben."

Wieder tauchte ein drolliger Ausdruck in seinen Augen auf. Es interessierte sie, wie er in dem schönen Haus lebte.

Sören Hausschildt schloss eine Tür im dritten Stock auf. Sie betraten einen langen, weiß gestrichenen Flur mit vanillefarbigem Läufer. An den Wänden hingen Darstellungen chinesischer Schriftzeichen. Christine konnte bis zu einer offenen Doppeltür sehen, hinter der dunkle Möbel und ockerfarbene Wände schimmerten.

„Das ist ja schön hier", sagte sie unbeholfen. Mit ausdruckslosem Gesicht schob Sören Hausschildt eine Tür zu einem kleinen Zimmer auf. Ebenfalls weiß, an den Wänden Kiefernholzregale mit Ordnern und Büchern. Und vor dem Fenster mit Blick auf den Innenhof stand ein Computer auf einem Schreibtisch. Er schaltete ihn ein. „Surfen Sie einfach los. Ich koche Kaffee."

Christine tippte die Adresse ein, die Norbert Wehrsam ihr gegeben hatte. Eine Seite in den Farben weiß und rot öffnete sich: „Erstes österreichisches Weinforum."

Sie musste nicht lange nach dem richtigen Beitrag suchen: *Große Sause für große Wachauer* lautete sein Titel im Ordner *Neue Beiträge*. Der Autor war Forumsmitglied „Wein-Frosch", der bereits über 3000 Beiträge verfasst hatte. *„Liebe Leute, habt ihr Lust?", schrieb er. „Wie schon an anderer Stelle angekündigt, möchte ich eine Momentaufnahme meines Kellers machen und in Erfahrung bringen: Wo stehe ich, welche Weine habe ich in den letzten Jahren erworben und was sind sie wert? Nicht materiell, sondern auf der Zunge. Ich habe in den letzten Jahrzehnten viel gesammelt und würde am liebsten alles mit einer kenntnisreichen Gruppe von Weinfreunden probieren – fraglich, ob dafür meine Lebenszeit reicht. Genauso wichtig wie ein zu-Ende-kommen ist jedoch ein Anfang-machen, was hiermit geschieht. Ich lade euch ein – jeden, der Lust hat zu kommen. Den Anfang können große Wachauer der letzten Jahre machen, aber natürlich bin ich auch für jeden* *anderen Vorschlag offen. Interessenten bitte melden! Einen Termin finden wir schon. Kurzfristig in Spitz oder erst später in Wien."*

Laut der Datumsangabe hatte er das vorgestern Nacht gepostet, nach dem Weinabend in Spitz. Erst zwei Forumsmitglieder hatten geantwortet: Sie bedankten sich für die Einladung und schrieben, sie seien gerne bereit, an einer Degustation teilzunehmen. Über Termine könne man sich verständigen, Beruf und Familie würden die Sache leider oft erschweren und außerdem der Anfahrtsweg... Die Reaktionen auf die Einladung eines Kenners, der anscheinend bereit war, epochale Weine aufzutischen, fielen schwach aus.

Christine musste sich registrieren, um antworten zu können.

Sie gab als Beruf „Journalismus" an und als Wohnort „Hamburg, zurzeit Krems." Wenige Minuten später konnte sie ihren Namen am unteren Ende der Seite sehen: *„Unser neuestes Mitglied ist Chris."*

Nun schrieb sie: „Hallo Wein-Frosch, ich bin neu hier und hoffe, durch euch mehr über die Wachauer Weine zu erfahren und gebe auch gerne Tipps weiter, wenn ich welche habe. Da ich zurzeit in Krems wohne, würde ich gern dich und andere Weinfreunde kennenlernen. Deine Verkostung interessiert mich sehr. Liebe Grüße, Chris." Das klang hoffentlich authentisch nach einem neuen, wissbegierigen Mitglied. Sie lehnte sich zurück und zögerte, den Beitrag abzuschicken, mit dem sie zu einem Teil von Norbert Wehrsams Plan werden würde.

Christine glaubte, Kaffeeduft durch die offene Bürotür zu riechen. Sie könnte das posting löschen und die Entscheidung aufschieben. Dann wäre alle Mühe umsonst gewesen. Sie klickte auf den Button „senden". Ein Textfeld erschien: *„Ihr Kommentar wurde veröffentlicht."* Sie klickte sich weg ins Hauptmenu, an dessen unterem Ende zu lesen war: *„Den letzten Beitrag schrieb Chris."*

Sören Hausschildt blätterte in seinen Aufzeichnungen über seine Patienten, hielt sie vor seine Augen, ohne sie wirklich zu lesen. Der Kaffee war fertig, doch er hatte sich noch nicht eingeschenkt, weil er es als unhöflich empfand, Christine nicht auch etwas anzubieten. Als noch unhöflicher empfand er es, sie zu stören und ihr eine Tasse an den Schreibtisch zu bringen. Denn wenn jemand im Internet surfte und die besuchten Seiten riesig auf dem Bildschirm erschienen, war das Betreten des Zimmers gleichbedeutend mit einem spionierenden Blick über die Schulter. Er verfluchte seine Feinfühligkeit und schüttelte sich bei dem Gedanken, sie sei doch von den Wehrsams geschickt worden, um ihn auszuhorchen. Welches Motiv sollte das Ärzte-Ehepaar aber haben? Die Differenzen im Fall von Margot Balemy bedeuteten nicht viel... Prämenstruelle Beschwerden mit Hormonpräparaten zu behandeln gehörte zwar nicht zu den Leitlinien der ärztlichen Fachgesellschaften. Spätestens seit Nebenwirkungen wie ein erhöhtes Krebsrisiko ans Licht gekommen waren, hatten sich die Schulmediziner dazu verpflichtet, Östrogene nur wenn unbedingt nötig zu verschreiben. Gegen solche Grundsätze verstieß Silvia Wehrsam. Doch konnte man ihr das nachweisen, konnte man sie deswegen belangen und, vor allem, würde sie sich deshalb vor Sören fürchten? Sie gab ja alles offen zu und behauptete, richtig zu handeln.

Er wühlte weiter in den Papieren mit halbherzigem Interesse an dieser oder jener Beobachtung, die er vor Monaten über Patienten aufgeschrieben hatte und vor der nächsten Untersuchung brauchen könnte. Nur selten las er sich fest und staunte, wie präzise er das Wechselspiel der Organe und ihrer Mangelerscheinungen auszudrücken verstand. Wie er über Fülle schrieb, die kein Maß fand, die drängte und drückte und letztlich explodieren wollte. Oder über die schnell pulsierende Energie eines anderen Patienten, eine Energie, die leicht den Boden hinter sich ließ, schwebend sich behauptete, aber Gefahr lief, die festen und tragenden Elemente des Körpers zu schwächen.

Wenn er seine Texte las, hatte er das Gefühl, sie nur den Patienten vortragen zu müssen, um sie erleuchten und zu einem besseren, heilsamen

Leben anregen zu können. In diesen Worten lag die ganze Magie, die Macht. Wenn er den Patienten jedoch gegenüberstand, änderte sich alles. Dann übersetzte er seine Diagnosen spontan in eine Sprache, die behauptete: „Ihre Kopfschmerzen werden wir mit ein paar Nadelstichen lindern und Ihre Ekzeme mit Hilfe von diesem Kräuterrezept."

Er blätterte und blätterte und hielt plötzlich seine Aufzeichnungen über Margot Balemy in Händen. Ihren Namen zu lesen, war wie eine süße Droge. Immerhin, Silvia Wehrsam hatte ihn Margot Balemy empfohlen... Dafür sollte er dankbar sein.

Sören legte die Patientenakten zur Seite und schaltete seinen Laptop ein, der ebenfalls ans Internet angeschlossen war. Sören rief die Seite seines Providers auf und sah sich die letzten Verbindungsdaten an. Aha, Christine Sowell hatte sich in ein Weinforum eingeloggt. Sören studierte die Themenliste und las unter einem thread von „Wein-Frosch": *„Chris hat zuletzt geantwortet."*

Der Eröffnungsbeitrag von „Wein-Frosch" war unterzeichnet mit den Worten *„Herzlich euer Norbert"* ... Sören überflog auch die anderen Texte und gratulierte sich, misstrauisch und neugierig geblieben zu sein. Nur was sollte das alles? Wozu verständigten sich Christine Sowell und Norbert Wehrsam über den Umweg dieses Forums und taten, als kannten sie sich nicht? Falls dieser Norbert tatsächlich Norbert Wehrsam war. Sören klickte sein Profil an. Es hieß, er müsse sich anmelden, um es lesen zu können. Natürlich handelte es sich um Norbert Wehrsam! Unter Christines Beitrag gab es plötzlich einen neuen Text, der soeben geschrieben worden sein musste:

„Herzlich Willkommen im Forum, Chris. Auch ich bin an der Verkostung interessiert, vielleicht sieht man sich. Grüße, Kosslovski."

Sören hörte Schritte auf dem Parkett und schaltete den Computer aus.

„Oder möchten Sie lieber Tee?" Christine war Sören Hausschildt in die Küche gefolgt. Eine halbrunde rötlichbraune Lederbank stand vor einem ovalen Tisch aus dunklem Holz. Große Farbfotos, auf denen jeweils Tomaten, Erdbeeren und Bananen zwischen Sträuchern und Steinen wie in einer Wildnis wuchsen, hingen eingerahmt an den Wänden. Links und rechts vom Fenster Fotos von Weinbergslagen, die im Unterschied zu den anderen Naturdarstellungen einen äußerst geordneten Eindruck machten. Nur die Bilder im Flur zeugten davon, dass sich Sören Hausschildt mit traditioneller chinesischer Medizin beschäftigte. Als hätte er ihre Gedanken erraten, setzte er hinzu: „Ich habe auch grünen Tee."

„Kaffee ist gut."

„Noch einmal Entschuldigung für mein Misstrauen. Die Wehrsams und ich... wir verstehen uns solange, wie wir nicht über berufliche Themen sprechen. Und ich wusste nicht, dass Sie die beiden erst seit kurzem kennen. Wahrscheinlich haben Sie sich zufällig in einem Ausschank kennengelernt. Spitz ist ja nicht groß."

„Die Wehrsams kannten mich schon länger, nur ich sie nicht."

„Ach ja?" Er hörte auf, die Milch in seinem Kaffee umzurühren. „Also doch kein Zufall."

„Jeremy hat mich aufgespürt und angesprochen. Die Wehrsams und ich hatten eine gemeinsame Bekannte in Wien, das ist aber schon 13 Jahre her."

„Ich verstehe. Die Patientin, über die in Spitz gesprochen wurde?"

„Ja. Aber Sie kennen die Wehrsams schon lange?"

„Wir haben uns bei einer Veranstaltung einer Medizintechnik-Firma in Rom kennengelernt, ich und Silvia. Vorträge, Abendessen, teure Weine. Ich richtete damals meine Praxis ein und gab viel Geld für dies und das aus. So rutschte ich auf die Einladungsliste. Sie dachte zuerst, ich sei arrivierter Doktor und ich hielt sie für so was wie mich oder für eine Physiotherapeutin. Es machte Spaß, kostenlos im 5-Sterne-Hotel verwöhnt zu werden und kurze

Vorträge anhören zu müssen. Es blieb viel Zeit, über die Chiantis und Brunellos zu reden, die uns vorgesetzt wurden."

„Und jetzt haben Sie sogar die gleichen Patienten und streiten sich deshalb?"

„Es handelt sich um eine einzige Patientin."

Sörens Gedanken schweiften ab. Er musste Margot Balemy bereits vor ihrem nächsten Untersuchungstermin in fünf Tagen treffen! Es war doch seine Pflicht, seine Patientin zu warnen, sie darüber aufzuklären, welche Folgen die Hormontherapie haben könnte. Und dass sie bei einer Fortsetzung der Behandlung weder von ihren Beschwerden befreit noch das Gefühl haben würde, gesund zu sein. Wahrscheinlich wartete sie stündlich auf eine Nachricht von ihm, nachdem er sie bei ihrem letzten Besuch in Sorge versetzt hatte.

Sören stand auf und schenkte, ohne zu fragen, Christine Kaffee nach. „Bin gleich wieder da."

Er ging ins Schlafzimmer und tippte auf seinem Handy Margot Balemys Nummer ein, die sie auf ihrem Anmeldeformular für die Behandlung angegeben hatte. Nichts passierte und erst jetzt registrierte er, dass sein Handy keine Verbindung zum Netz hatte. Das passierte schon mehrfach in letzter Zeit. Das Gerät war alt und Sören vergaß oft, dass er überhaupt eines besaß.

Er schaltete es aus und wieder ein, schüttelte es und wählte die Nummer erneut. Es meldete sich eine Hotelrezeption in Dürnstein – Margot Balemy sei außer Haus. Sören bat, seine dringende Bitte um Rückruf auszurichten.

Auf seinem Anrufbeantworter befand sich eine neue Botschaft von Norbert Wehrsam: „Ich bin es noch mal. Schade, dass du dich nicht meldest. Hätte gut gepasst und besser man redet früher als später. Schade. Außerdem: Du musst mich beraten für meine nächste Verkostung. Als Aperitif Federweißer von Schmelig und Tanneck, was hältst du davon? Meine 96er Kollektion Kremstal ist interessant, aber belassen wir es bei der Wachau.

Sören, bist du da?" Pause. Norbert wartete offenbar in der Hoffnung, dass Sören den Hörer abnahm. Dann seufzte er und sagte. „Von Pallreimer habe ich nur noch eine und habe Angst, der Korken zerbröselt mir unter der Hand. Vielleicht übernimmst du das mit deinen Akupunkteursfingern. So, ich geb's auf."

Warum hatte ihm Margot Balemy keine Handy-Nummer gegeben? Sie war Urlauberin und wahrscheinlich erst spät wieder im Hotel. Wahrscheinlich würde sie bis zum nächsten Vormittag warten, bevor sie sich bei Sören meldete. Falls überhaupt. Falls die Wehrsams sie nicht, wie es Silvia angedroht hatte, von Sören fernhielten. Er hätte gern sofort noch einmal in Dürnstein anrufen – Margot Balemy konnte soeben durch die Tür gekommen sein. Sören kaute an seinen Fingernägeln und riss die Hand weg, als er es bemerkte. Dann wählte er Norbert Wehrsams Nummer. Die Stimme des Anrufbeantworters bat um eine Botschaft.

„Immer mit der Ruhe, Norbert", sprach Sören. „Wir können uns kaum aus dem Wege gehen. Komm vorbei, wenn du magst."

7

„Nein, Sie machen sich unnütze Sorgen. Es ist etwas ganz Natürliches. Sie werden es mögen."

Wie Margot Balemy ihr mit großen Augen in einem Straßencafé an der Unteren Landstraße in Krems gegenübersaß, mit einem Blick wie von einem Kind, das über ein Märchen staunte und sich zugleich davor ängstigte, hätte Silvia Wehrsam gern ihre Hand getätschelt, die neben der Kaffeetasse lag. Doch obwohl die junge Frau verletzlich und weniger selbstbewusst auftrat als viele andere Patientinnen, fiel Silvia bei ihr körperliche Nähe schwerer. Es irritierte sie, wie schüchtern Margot Balemy aussehen konnte, um mit dem nächsten Augenaufschlag Überlegtheit und Entschlossenheit auszustrahlen.

„Ich könnte meine Beschwerden auch ertragen und behandeln wie bisher, mit Tabletten, Tees und so. Es ist nicht so, dass es mich seelisch sehr beeinträchtigt. Wieso sollte ich also meinen Kopf beeinflussen lassen?"

Es war ein sonniger Nachmittag und auf der Fußgängerzone strömten die Leute vorbei. Silvias Blick folgte den Taschen, die sie um die Schultern, in den Händen und manchmal auf dem Rücken trugen. Die Taschen erschienen ihr interessanter als die Gesichter.

„Kopf beeinflussen lassen!" Sie lachte überrascht auf. „Sie sind eine gebildete junge Frau..."

Margot Balemy pfiff durch die Zähne.

„Ich wollte nicht tantenhaft klingen, aber Psychotherapie bietet die Möglichkeit, das eigene Leben besser zu verstehen. In allen möglichen Bereichen lassen wir uns von Experten beraten. Nur für das Intimste und Wichtigste hält man sich allein zuständig."

„Ob mir das hilft? Ich wünsche mir, dass meine Schmerzen verschwinden. Seelisch komme ich gut zurecht, auch, wenn es mir schlecht geht."

„Sie klingen wie ein Fallbeispiel. So reden Frauen, die sich tapfer durchs Leben beißen, nie an sich selber denken und schließlich mit psychisch bedingten Problemen kämpfen, die sie als ihr Schicksal ansehen. Das ist das Dilemma und die Selbsttäuschung. Aber die Schmerzen und die Beschwerden sind da."

„Na ja." Margot Balemy nahm ihre Tasse, schaute hinein und stellte sie wieder ab. „Ich bin für alles offen. Also ein Informationsgespräch in diesem Fall. Gern."

Silvia Wehrsam seufzte erleichtert und setzte ihre ernste Kongress-Miene auf.

„Natürlich nur ein Info-Gespräch, das liegt doch in der Natur der Sache! Wir sind im Urlaub, wir machen hier keine Behandlungen."

Margot Balemy wühlte in ihrem Portemonnaie.

„Was ist los?"

„Ich habe noch eine Verabredung." Jetzt sah sie wieder aus wie ein kleines Mädchen in der Gestalt einer Erwachsenen.

„Aber nein, ich lade Sie ein. Ich habe sowieso ein schlechtes Gewissen."

Margot Balemy ließ ihr Portemonnaie sinken. „Wieso denn?"

„Weil ich denke, dass Sie ursprünglich in die Wachau reisen wollten, um auszuspannen und sich zu erholen. Auch von Ihrer Krankheit, womöglich sogar von Ihren Behandlungen. Ich hätte Ihnen nicht erzählen müssen, dass wir ebenfalls hier Urlaub machen, obwohl wir ihn seit vielen Jahren hier verbringen. Vor allem hätte ich Ihnen nicht empfehlen müssen, die Behandlungen in den Ferien fortzusetzen."

„Sie meinen den Heilpraktiker?"

„Heute bin ich unglücklich darüber."

„Dass Sie ihn mir empfohlen haben? Ich bin dankbar dafür! Es ist mal etwas anderes."

„Aber Sie brauchen nichts anderes! Ich habe eine Weile nach etwas Ergänzendem für sie gesucht, aber nun schlägt unsere Therapie gut an. Machen Sie keinen Hokuspokus mit!"

Margot Balemy schüttelte den Kopf. Löckchen streichelten ihre Schläfen und Silvia spürte, dass einige Menschen an den anderen Tischen sie beobachteten. Margot Balemy war eine auffallend zarte Schönheit. Vielleicht wurde auch Silvia beäugt. Doch darum ging es nicht. Wer Sinn für das Einzigartige hatte, musste Margot Balemy ansehen.

„In Wien haben Sie anders geredet. Sie sagten, man müsse naturheilkundliche Methoden nutzen, denn die moderne Wissenschaft allein sei zu einseitig."

Silvia nickte. „Das stimmt." Sie erinnerte sich gut an ihre Worte. Sie glaubte daran, obwohl sie ihre Empfehlungen mit Hintergedanken ausgesprochen hatte. Sie hatte gewünscht, Sören Hausschildt einen Gefallen zu tun und ihn enger an sich und Norbert zu binden. Eine süße Patientin aus Wien, die in die Wachau fährt... Sie war sicher, dass er ihr dankbar für die

Empfehlung sein würde. Künftig hätte man weitere Patienten austauschen können. „Die Dinge stellen sich nun für mich anders dar. Damals passte alles. Sie wollten Urlaub in der Wachau machen, ich hielt ihn für einen guten Kremser Naturheilkundler. Inzwischen lernte ich Sören Hausschildt besser kennen."

„Er hat mich nach Ihrer Behandlung gefragt und es schien, als sei er damit nicht einverstanden."

„Es schien so?"

„Er wollte nicht weiter darüber reden."

Silvia machte dem Kellner ein Zeichen. „Sie müssen selber entscheiden, Frau Balemy. Sie können alle Ärzte testen, die reißen sich um Sie!" Sie lachte laut. „Ich kann nur tun, was ich für richtig halte. Vor allem will ich niemandem etwas tun." Sie schaute über Margot Balemy hinweg, und machte ihr ernstes Gesicht. „Wir sollten nicht mehr darüber reden."

Der Kellner stellte sich mit fragendem Blick vor ihnen auf.

„Zahlen bitte."

Margot Balemy studierte überrascht das Gesicht der Doktorin. „Bitte, fragen Sie Ihren Mann, ob er Zeit für mich hat. Sie würden mir einen Gefallen tun."

Norbert Wehrsam lief schnell weiter in Richtung Steinernes Tor. Er spürte wie sein Herz klopfte und hätte sich gern in das Bistro am Weg gesetzt, mit dessen Wirtin er sich duzte und die auch einige achtbare Wachauer Weine anbot.

Stärker war der Wunsch, abzuhauen. Sie war wirklich sehr schön, Silvia hatte recht. Es war ihre Idee gewesen, dass er im Vorbeigehen einen Blick auf Margot Balemy erhaschen sollte.

Als er das Steinerne Tor erreichte, wandte Norbert sich nach rechts in Richtung des stets gut besuchten Lokals. Davor war die Straße aufgerissen und Bauarbeiter ließen Schlagbohrer krachen, ohne dass sich die Gäste auf der Terrasse gestört zu fühlen schienen. Er ging zum Park, den er liebte und viel zu selten besuchte, wenn sie hier Urlaub machten. Er fühlte sich schon wieder ruhiger. Manchmal beneidete er seine Patienten darum, wie leicht eine einzige Empfindung einen oder auch mehrere ihrer Tage ausfüllen konnte. Von solchen Gefühlen, ob gut oder schlecht, wurden sie wie von einer unsichtbaren Strömung erfasst, sie strampelten darin und kämpften um ihr Glück. Norbert hingegen wusste, wie sein Kopf funktionierte und konnte über Gefühle nachdenken, während sie noch überschäumten. Vielleicht wäre sein Leben einfacher, wenn er leidenschaftlicher sein könnte oder bedingungslos ein Ziel verfolgen würde. Doch er war kein Mensch, der aus sich selbst heraus lebte, er brauchte Hilfsmittel oder Interessen wie den Wein.

Der Park verfehlte heute seine Wirkung. Unschlüssig stapfte Norbert an den Bänken, Bäumen und jungen Leuten vorbei, die auf dem Rasen hockten. Verführerisch war der Gedanke, noch einmal Margot Balemy anzuschauen. Aber das sollte er nicht tun.

Unschlüssig prüfte er sein Handy, das er vor seinem Pirschgang ausgestellt hatte. Sören hatte endlich geantwortet und lud Norbert in seine Wohnung ein.

Norbert verließ den Park im Laufschritt. Schon umgab ihn die angenehme Ruhe Steins. Kaum jemand war unterwegs.

Die Straßen wurden schmaler und dörflich, die Fassaden uralt. Lief er richtig? Er war nur einmal bei Sören gewesen und obwohl er geglaubt hatte, den Weg leicht wiederzufinden, rätselte er, in welche Richtung er gehen sollte.

Warum lag ihm so viel an Sören Hausschildt, fragte er sich. Vielleicht, weil er ein origineller Weinkenner war und hervorragend in sein Experiment passte. Vielleicht hatte er auch Respekt vor ihm und wollte nicht mit ihm verfeindet sein.

Ein großes, weißes Haus mit imponierenden Stuckverzierungen tauchte auf. Norbert war richtig gegangen.

Es gab eine Gegensprechanlage.

„Hallo", sagte Sören, nachdem Norbert geklingelt hatte.

„Ich bin's, Norbert."

„Hahaha!", schallte es ihm blechern entgegen. Dann ertönte der Türöffner.

Konnte es eigentlich sein, dass ein Naturheilkundler, ein Mensch, der mit folkloristischen Therapien und ohne akademischen Abschluss sein Geld verdiente, in einem schöneren Haus wohnte als zwei Doktoren wie er und seine Frau? Norbert Wehrsam wälzte auf dem Weg nach oben diesen Gedanken, bis ihm einfiel, dass hier Krems-Stein und nicht Wien war und Sören Hausschildt geerbt hatte.

In der dritten Etage tauchte Sören in seiner Wohnungstür auf. „Unverhofft kommt oft."

„Hä?"

Sören Hausschildt machte eine kleine Verbeugung und eine einladende Bewegung in Richtung Diele. Norbert stapfte an ihm vorbei.

„Frau Sowell!"

Sören schloss geräuschvoll die Tür.

„Was machen Sie denn hier?" Er drehte sich zu Sören um. „Kennt ihr euch schon länger?"

„Wir haben uns bei Ihnen kennengelernt", sagte Christine. „Aber dass ich hier bin, ist reiner Zufall. Ich kam zufällig vorbei."

„Sie kamen zufällig vorbei?"

„Ich finde das auch unglaubwürdig", sagte Sören. „Du musst sie vorbeigeschickt haben."

Norbert drehte den Kopf hin und her, als halte er nach weiteren Personen Ausschau. „So ein Unsinn, warum sollte ich jemanden herschicken?"

„Aus dem gleichen Grund, warum du jetzt auch noch gekommen bist. Doppelt hält besser."

Norbert machte ein gequältes Gesicht. Sören grinste.

„Hier entlang."

Seine Gäste folgten ihm und betraten das ockerfarbene Zimmer mit den dunklen Möbeln. Niedrige Sessel und Sofas mit Polstern in derselben Farbe wie die Wände und Tischchen aus dunklem Holz gruppierten sich in einem Halbkreis.

„Tee, Kaffee?", fragte Sören. „Ich habe auch schönen Stoff aus dem Spitzer Graben."

Norbert Wehrsam gab einen Brummton von sich.

„Es ist zwar noch nicht 18 Uhr", sagte Sören. „Aber vielleicht können wir heute eine Ausnahme machen." Er verließ das Zimmer und kehrte mit einer Flasche und drei Gläsern zurück. „ Ich hatte sowieso vor, sie heute zu probieren."

Sören hantierte mit einem Korkenzieher und es fiel auf, dass er das Flaschenetikett verbarg. Als er einschenkte, ließ die goldklare Farbe des Getränks Christine vermuten, dass es sich um einen älteren Jahrgang handelte. Sören schwenkte sein Glas lässig zwischen Daumen und Zeigefinger und beobachtete aus dem Augenwinkel, wie der Inhalt rotierte.

„Aber du bist nicht zufällig vorbeigekommen."

Norbert Wehrsams Gesicht bekam einen schmerzlichen Ausdruck und er nahm das Glas von der Nase. „Du hast doch auf meinen Anrufbeantworter gesprochen! Zufällig bin ich zurzeit oft in der Gegend. Du würdest kaum mögen, wenn ich dann jedes Mal vorbeikäme. Ich bin wegen eines Gedankenexperiments gekommen."

Christine fand den Wein zurückhaltend, fast fahl. Etwas irritierte sie und sie nahm einen zweiten Schluck. Was sie jetzt wahrnahm, erinnerte sie an die Minuten vor Beginn von sinfonischen Konzerten. Wenn die Musiker ihre Instrumente stimmten, man aber plötzlich glaubte, sie würden bereits ein Stück spielen, weil sich die Klangfetzen kurzzeitig zu Melodien formten. Ebenso irrlichterten die Aromen im Glas.

„Ein Gedankenexperiment, so, so. Aus deinem Mund klingt das gefährlich."

Norbert Wehrsam sah ihn verständnislos an.

„Wie etwas Psychiatrisches", fügte Sören hinzu.

„Oh, nein! Obwohl ich zugeben muss, dass meine Denkweise mit meinem Beruf zu tun hat. Ich bekomme oft mit, wie Leute ticken. Nicht nur die großen emotionalen Dramen, auch den ganzen Kleinkram, die kleinen Gefühle und Handlungen. Was auch mein Leben bestimmt, ich aber womöglich mit mehr Abstand betrachte."

„Interessant."

„Ja, und soll ich dir was sagen: Diese Erfahrung lehrte mich, in die Zukunft zu schauen. Bei unserem letzten Treffen kam es zu einer, ich will nicht sagen unnötigen, jedoch schlichtbaren Auseinandersetzung. Es wurde leider nichts geschlichtet, du bist verschwunden, als der Streit seinen Höhepunkt erreichte. Und nun sage ich dir was: Ich denke, dass nun Funkstille zwischen uns herrschen würde. Vielleicht für eine sehr lange Zeit. Wenn ich nicht hier wäre."

„Wenn du nicht hier wärst... Darauf zum Wohl." Sören hob sein Glas.

„Oh sorry", sagte Christine, „ich habe schon probiert." Sie hatte sich wie bei Weinproben verhalten, wo man auch nicht aufeinander wartete, da die Zeiträume, die verschiedene Teilnehmer zwischen Schauen, Riechen und Schmecken verstreichen ließen, sehr unterschiedlich sein konnten.

Nun hoben sie gemeinsam ihre Gläser. Christine staunte. Der Wein hatte sich stark verändert. Nichts Fahles oder Zurückhaltendes mehr. Eine frische, üppige Frucht stand im Vordergrund, fast ein wenig zu süß und schmeichelnd. Es lauerte aber auch bissige Säure im Hintergrund.

„Sehr schön." Norbert setzte das Glas ab. „Ja, wenn ich nicht hier wäre und praktisch in das Schicksal eingegriffen hätte. Denn ebenso wie du offensichtlich nicht die Neigung hattest, dich sofort nach jenem Abend zu versöhnen, hatte ich sie ursprünglich auch nicht. Es bedurfte eines Schrittes außerhalb des Geschehens oder simpel eines Sprungs über den eigenen Schatten."

„Du hast mit alledem doch überhaupt nichts zu tun."

„Allerdings habe ich das, wenn einer meiner besten Verkoster ausfällt!"

„Wo ist mein Honorar?"

Norbert Wehrsam seufzte und blickte ins Glas. „Du hast uns einen guten Wein eingeschenkt. 2002 schätze ich, Achleiten, könnte von Meyerholz sein."

Sören Hausschildt blickte ihn ruhig an. So ruhig, dass Christine auffiel, wie sich sein Brustkorb hob und senkte.

„Meyerholz ist falsch."

Norbert Wehrsam verzog keine Miene. Christine nahm noch einen Schluck. Die Aromen wirkten plastisch wie Fußabdrücke auf ihrer Zunge. Sowas dürfte sie niemals sagen in einer Weinrunde, die Leute würden sich kaputtlachen.

„Weißt du eigentlich, dass ich noch nie in deinem Keller war?"

„Du warst doch auch erst einmal hier. Möchtest du ihn besichtigen?"

„Irgendwann. Im Augenblick genügt mir die Phantasie. Ich kann mir vorstellen, wie du dort die Schätze hortest, hinter einem primitiven Vorhängeschloss. Wie du mit Kisten im Arm über den Hinterhof stapfst und ab und zu den Handwerker kommen lässt, weil du fürchtest, es stimmt etwas mit der Isolation nicht."

„Willst du auf die Kellerpiraten hinaus? Mit Verlaub, ich hätte gern mal freie Wahl in einem der Keller, die sie ausgeraubt haben. Einmal hindurchgehen und, sagen wir, zwölf Flaschen aussuchen. Aber ich werde wohl nie in den Genuss solcher Raritäten kommen."

„Das ist es doch, worüber ich mir den Mund fusselig rede! Leute wie du, die sich in Sicherheit wiegen, weil sie glauben, kleine Fische zu sein. Und doch wirst du einige Flaschen besitzen, die auf dem freien Markt nicht mehr verfügbar sind und für Sammler wertvoll. Auch die anderen werden ihren

Preis haben. Erst jagt der Hai nur die dicken Fische. Wenn die weg sind, kommt trotzdem sein Hunger zurück. Und rate mal, was dann passiert."

„Bin kein Meeresbiologe. Worauf willst du überhaupt hinaus?"

„Wir werden diese Bande hereinlegen. Wir werden sie überführen und in die Hände der Polizei locken."

„Warum sollten wir das tun? Gibt es eine hohe Belohnung?"

„Vielleicht die, als Weinfreund wieder ein sicheres Leben führen zu können?" Norbert deutete mit dem Zeigefinger auf sein Glas. „Ein besonderes Getränk für besondere Menschen. Wir müssen seine Qualität schützen, aber auch uns – die Möglichkeit, unserer Leidenschaft nachgehen zu können."

Sören grinste. „Als ein Fall für Amnesty International fühle ich mich noch nicht."

„Schnürt es dir nicht die Kehle zu, wenn du hörst, dass wunderbare Weine, die Liebhaber wie wir jahrelang gelagert haben, um sie irgendwann mit Gleichgesinnten freigiebig zu teilen, in dunklen Kanälen verschwinden? Geraubt und verhökert, auf den Tischen irgendwelcher Partymenschen oder Ganoven? Es ist egal, ob so ein Wein 30 oder 3000 Euro kostet. Die Gemeinschaft der Weinfreunde ist immer eine besonders gastfreundliche gewesen. Fremden wird ohne weiteres das Haus geöffnet, um dem Genuss zu huldigen. Das will ich verteidigen."

„Nein, es schnürt mir nicht die Kehle zu. Aber so was wie ‚Allein gegen die Mafia' finde ich spannend. Wie willst du es schaffen, gegen die Fieslinge anzukommen?"

„Du machst dich nur so lange lustig, wie es dich nicht selbst trifft."

„Ich mache mich nicht lustig."

„Also dann. Es muss ein dicker Köder her. Die Hoffnung auf hohen Gewinn bei geringem Risiko. "

„Ich habe nichts dagegen, wenn du meinen Weinkeller retten willst."

Christine hatte kein Problem, der Debatte zu folgen und gleichzeitig den Wein zu genießen. Im Gegenteil, ihre Sinne schienen besonders sensibel zu reagieren. Der Wein behielt sein Gleichgewicht. Kompottige, mitunter aufdringliche Süße, dann wieder Würze. Er schmeckte immer frischer und schien manchmal geradezu zu prickeln.

„Das Interessanteste an meinem Plan ist", fuhr Norbert Wehrsam fort, „dass er nicht den Fehler so vieler anderer Pläne macht und die Wirklichkeit nach seinem Bilde formen will. Um zu unserem Ziel zu kommen, plane ich im entscheidenden Moment gar nichts, sondern lasse den Geschehnissen freien Lauf."

Sören seufzte. „Erzählst du so etwas auch deinen Patienten?" Er überlegte, ob er erneut bei Margot Balemy anrufen sollte. Nein, er wollte sich zwingen, bis nach der Verabschiedung seiner Gäste zu warten. Dann war die Wahrscheinlichkeit größer, sie anzutreffen.

„Ich mache es für dich einfacher. Wir werden Anreize bieten, damit sie uns als Opfer einstufen, ausspionieren und ausrauben wollen. Wir dürfen in keiner Minute nur spielen. Wir wissen nicht, ob die Leute, die sich angesprochen fühlen, ehrbar oder Verbrecher sind. Wir wissen es erst, wenn sie zur Tat schreiten."

Norbert Wehrsam nahm einen großen Schluck wie aus einem Wasserglas. Sören rutschte auf seinem Platz herum und rieb über seinen Mund. „Erst warnst du mich vor dieser Bande und meinst, sie könnten an meinen Weinen interessiert sein, und dann willst du sie mit der Nase darauf stoßen." Er lachte. „Und ich soll bei einem Plan mitmachen, der offen lässt, wer gewinnt."

„Das wird uns zum Sieg verhelfen! Um deinen Weinkeller brauchst du dir keine Sorgen zu machen. Ich lenke alle Aufmerksamkeit auf meinen. Du brauchst nur anwesend zu sein. Mehr verlange ich nicht für die Rettung deiner Weine."

Norbert Wehrsams Handy klingelte. Er hielt es ans Ohr. „Meine Frau!", flüsterte er. „Ja, ja. Ah. Hm. Jetzt sofort? Nein, ich bin in der Nähe, bei Sören... Ja, ja. Ich finde, es ist eine hervorragende Idee. Ja, okay, kein Problem. In einer halben Stunde. Servus." Er schaltete das Handy ab und steckte es wieder in die Tasche. „Ich muss leider los."

„Ich auch", sagte Christine. „Ach, Herr Wehrsam..."

Er hob die Hand: „Norbert – unter Weinfreunden."

„Ja, gerne, Norbert. Kannst du mir die Nummer von deinem Sohn geben? Er hat mich ja damals zu euch gebracht und dann ging alles drunter und drüber. Ich möchte mich bei ihm bedanken und ihn vielleicht zu einer Melange einladen."

„Selbstverständlich."

8

„Es sieht toll aus, es sieht wahnsinnig aus!"

„Jaah." Ächzend antwortete Silvia Wehrsam ihrem Sohn. Sie trug die falschen Schuhe – hatte gedacht, der Weg zur Burg sei ausgebaut für Urlauberscharen. Tief unten floss die Donau. Auf einer Seite wurde der Pfad von der hohen Trockenbau-Mauer eines Weingartens begrenzt, der steil bergan verlief. Um die Burgruine und aus ihr heraus wuchsen Bäume; der Weg dahin war noch weit.

Anfangs hatte Silvia auf dem Weg nach oben das Gefühl, einen Waldspaziergang zu machen. Ab einer gewissen Höhe lichtete sich der Bewuchs über ihren Köpfen und es wurde noch wärmer. Jeremy nahm Abkürzungen über steile Trampelpfade. Regelmäßig hielt er inne, um auf sie zu warten, und checkte sein Handy. Silvia beobachtete, wie er mit dem Finger tippte, SMS wahrscheinlich. Neben der Weinbergsmauer tauchte ein Trecker auf, dahinter ein gelbes Moped. Silvia hob den Kopf. Über ihr in den Reben arbeitete ein junger Mann.

Weiter oben gab es eine Bank, auf der Jeremy Platz genommen hatte. Eine gute Idee. Der Aufstieg hatte sich gelohnt. Was für ein grandioser Blick auf die breit sich schlängelnde Donau, auf Spitz und seine Weinlagen! Die benachbarten Berge wirkten so nah, als könne man ein Seil zu ihnen spannen und sich hinüberhangeln. Jeremy wollte aufstehen, als Silvia herannahte.

„Mal eine Minute ausruhen!"

Er grinste, ließ sich wieder zurückfallen und hackte weiter auf sein Handy ein. Sie nahm schnaufend Platz.

„Du hast ja ordentlich zu tun."

„Immer diese Frauengeschichten."

„Frauengeschichten?"

„Ein Scherz."

Er hielt ihr sein Handy vor die Augen. Ein Foto war zu sehen. Eine grüne Landschaft. Wiesen, Felder, Himmel. Im Vordergrund eine junge Frau in einem knappen Top.

„Birgit Martinak – das ist doch wohl nicht deine Frauengeschichte?"

„Es war doch nur ein Scherz."

„Ich denke, die ist verlobt."

„Ich sage doch, dass es ein Scherz ist."

Die junge Frau auf dem Foto war die Tochter eines Wiener Ehepaares, das auch oft in Spitz Urlaub machte. Man traf sich ab und zu in einem Heurigen.

Silvia schaute sich um. Die Burg war ganz nah.

„Komisch, dass hier niemand ist. Ich hatte gedacht, hier sind hunderte Leute."

Jeremy zuckte mit den Schultern. „Wenn du kein Kassenhäuschen aufstellst, bleiben sie weg."

„Jahre fahren wir nach Spitz und sind nie hier gewesen."

Jeremy sah sie an. „Wie kommst du darauf, dass ich nie hier war?"

Silvia lachte. „Mit Birgit, was?" Sie bereute augenblicklich ihre Bemerkung. „Also weiter!"

Mutter und Sohn schritten durchs Tor und erreichten den mächtigen Burghof. Es gab eine Hauptburg, die den ältesten Teil der Festung darstellte, mehrere Nebenburgen, Türme und verfallene Gemächer. Brücken und Treppen verbanden die Komplexe.

„Verlobt ist ja nicht verheiratet", sagte Jeremy. Sie liefen durch ein dickwandiges Tor, dessen Rundung sorgfältig aus flachen Steinen gefertigt war.

„Ist Birgit nicht mit einem Wiener Anwalt verlobt?"

„Chirurgen werden auch gebraucht." Jeremy lachte. „Wer verlobt sich denn heute noch?"

Ihr Sohn interessierte sich für die Chirurgie, das war bekannt. Es war aber unklar, ob es so bald mit dem Medizinstudium klappen würde. Sie traten auf eine steinerne Veranda mit einem weiten Ausblick über Spitz und die Berge. Niedrige Rundbögen führten in kleine Gewölbe. Das letzte besaß eine Öffnung, eine Art Fenster aus groben Steinen, das den 1000-Eimer-Berg einrahmte.

„Sind das Damensalons?", fragte Silvia. „Oder Ehegemächer? Natürlich werden Chirurgen gebraucht. Erstmal schaffen, einer zu sein. Hat Birgit nicht bald schon fertig studiert?"

Sie verließen die Veranda wieder. Nach wenigen Schritten blieb Jeremy stehen. „Erst runter oder erst rauf?" Er drehte sich um, als sie nicht antwortete. „Wollen wir erst in den Zwinger oder auf den Turm?"

„Äh, in den Zwinger", antwortete Silvia.

Sie erreichten eine Treppe, die in einem finsteren Kellergewölbe verschwand. Jeremy ging voran. Silvia kehrte nach ein paar Schritten um. Es dauerte lange, bis Jeremy wieder zum Vorschein kam.

„Du hast etwas verpasst! Ein echter Zwinger, ein Horrorkeller. Du gehst und gehst und kommst an kein Ende. Total dunkle Gänge und Kerkerfenster. Jetzt zum Turm!"

Sie passierten einen Brunnen, in dem Unrat lag. Silvia fiel ein, dass sie die gesamte Strecke auch wieder zurückgehen mussten. Jeremy strebte enthusiastisch dem riesigen Turm zu und sie wollte ihm die Freude nicht nehmen. Wer wusste schon, wie oft sie noch gemeinsam Urlaub machen würden – vielleicht war dies ihr letzter.

„Die bekommen bestimmt bald ihr erstes Kind. Die Birgit ist so ein Typ." Silvia hätte sich am liebsten auf die Zunge gebissen.

„Bist du immer noch bei der? Da wird sie sich freuen, vorher noch eine leidenschaftliche Affäre zu erleben."

„Ausgerechnet mit dir."

„Du wirst schon sehen."

Alberner Junge, dachte sie. Ihr lag schon wieder ein Satz auf der Zunge: Du glaubst doch nicht im Ernst, dass sie dich ranlässt? Sie bezweifelte, dass er schon über Petting auf Klassenfahrten hinausgekommen war.

Sie stiegen über kurze, dunkle Steinstufen den Turm empor. Eine Schießscharte tauchte auf. Dann wendete sich die Treppe scharf nach links und sie erreichten einen helleren viereckigen Raum mit einer modernen Metalltreppe, die weiter in die Höhe führte. Silvia atmete auf. Sie besaß kein Geländer, war aber breit. Jeremy war oben angekommen und stieß begeisterte Rufe aus. Silvia erreichte die Plattform, trat zu den Zinnen und schaute in die Weite. „Ist das schön!"

Jeremy kam strahlend auf sie zu. „Wir haben es für uns allein!"

Silvia genoss die Umklammerung seiner knöcherigen Arme. Ihr musste nicht jede Phase gefallen, in der er gerade steckte. Es würde bald ein anderes Verhältnis zwischen ihnen geben, zwischen Erwachsenen.

„Ich werde ein großes Schnitzel essen, mit Kartoffelsalat!", rief Silvia. Sie wollten nach der Burgbesichtigung im Restaurant am Kirchplatz essen, das immer sehr gut besucht war. Silvia hatte einen Tisch reserviert. Mit Norbert mussten sie meist kalte Hausmannskost in Heurigen zu sich nehmen, weil er die Weine der jeweiligen Winzerfamilien durchprobieren wollte.

Sie liefen langsam von Zinne zu Zinne, um die verschiedenen Aussichten zu betrachten. Silvia konnte in die Weinberge hineinsehen und erspähte einen korpulenten Mann in kurzer Jeans und rotem T-Shirt vor einem kleinen Transporter auf einem sandigen Waldweg. Links vom Weg wuchsen Bäume, bergan Reben.

„Da ist unser Auto!", rief Jeremy.

Sie folgte seinem Fingerzeig.

„Stimmt!"

Sie wusste nicht mehr, was er im Ernst oder im Scherz meinte. Es würde sie freuen, wenn Jeremy ihr in Wien eine Freundin präsentieren würde, ihrethalben auch eine, die älter war als er. Stattdessen stellte er der verlobten Tochter einer befreundeten Familie nach.

„Hast du das Foto von ihr selbst gemacht? Ich höre jetzt wirklich auf damit, aber wir sind hier auf dem Land. Jeder kennt jeden und uns kennt man seit Jahren."

Sein Kopf fiel in den Nacken. „Bist du schon wieder bei dem Thema? Ausgerechnet, wenn es um mich geht, seid ihr plötzlich um euren Ruf besorgt. Papa..."

„Was ist mit Papa?"

„Sag ich doch gerade! Er macht doch auch, was ihm passt."

„Er fragt dich so oft, ob ihr nicht zusammen was unternehmen wollt. Immer hast du keine Zeit."

Silvia stand wieder vor der Treppe und sah abwartend zu ihrem Sohn.

„Unterbreche mich doch nicht dauernd. Als würde ich nie was mit Papa machen. Ich habe ihm sogar die Journalistin herangeschafft."

„Wir können über alles sprechen." Silvia fiel ein, was Norbert seinen Patienten gern erzählte. Dass nicht Ehrlichkeit schwierig sei, sondern die Fähigkeit, zu erkennen, was ehrlich ist.

Sie begannen, nach unten zu steigen. Jeremy schwieg, bis sie aus dem Turm ins Freie traten.

„Eure Freundin hat mir übrigens auf die mailbox gesprochen."

„Freundin?"

„Christine Sowell."

„Was wollte sie denn?"

„Sich bedanken, weil ich euch zusammengebracht habe, alles für sie sehr interessant sei, blabla. Vielleicht zusammen einen Kaffee trinken. Obwohl ich für sie euren Weinkeller aufgemacht habe, fürchtet sie, ich sei nicht alkoholreif."

„Siehst du." Schon wieder etwas Falsches gesagt. „Dann nimm doch eine schöne Flasche aus unserem Weinkeller mit und besuche sie", ergänzte sie schnell. „Aber nicht danach Moped fahren. Ich spendier dir ein Taxi."

„Wein trinken mit dieser alten Frau?"

„Nun hör mal!"

Mit gesenkten Köpfen trotteten sie zum Burgtor. Wieder lief Jeremy voraus, wieder tippte er in sein Handy. Als Silvia ihn erreichte, erklärte er: „Ich hab ihr eine SMS geschickt, ob sie in einer halben Stunde Zeit hat. Dann kannst du mich gleich vorbeibringen."

„Aber..." Sie wollten doch zusammen essen gehen, wollte Silvia sagen. Jetzt hatte er sich einfach mit jemand anderem verabredet, was auch immer er damit bezweckte. Seine Mutter erziehen vielleicht. Silva schwieg, weil eine Wut in ihr aufstieg, die diesen Ausflug vollends zum Misserfolg machen konnte, falls sie sich nicht zusammenriss.

Die Linke Kremszeile ging auf dem Weg zu Christines Unterkunft in den Weinzierl über. Die Straßen waren lang und manchmal hatte sie das Gefühl, keine Hausfassaden, sondern einen Wall zu passieren. Tatsächlich wiesen einige der hier ansässigen Weingüter und hofartigen Gebäude hohe, stämmige Mauern auf. Das große Krankenhausgelände in nördlicher Richtung und die Schienen und Unterführungen südlich schirmten diese Welt von der Innenstadt ab. Hier hatte sich Christine, obwohl Weinzierl eine mächtige Schneise war, mehrmals verlaufen.

Ihre Ferienwohnung befand sich auf einem Winzerhof, auf dem die Besitzerfamilie lebte, Urlauber beherbergte und den Vertrieb ihrer Produkte organisierte. Die Weine gärten und lagerten woanders. Während ihres bisher zweiwöchigen Aufenthalts hatte Christine einige Radlergruppen an- und abfahren sehen. Aus dem Innenhof schallten oft noch spät Stimmen hinauf zu ihrer Veranda. Die Winzerfamilie saß in warmen Nächten bis zum frühen Morgen am Gartentisch und unterhielt sich über Familienangelegenheiten, Kommunalpolitik und Urlaubspläne. Dabei trank sie ihre eigenen Weine.

Vormittags war der Winzer, ein hoch aufgeschossener Mittvierziger, häufig auf dem Grundstück zu sehen. Christine hatte ihn heute abgepasst, um ihren Aufenthalt zu verlängern. Von Angesicht zu Angesicht wirkte er jünger und seine Stimme schüchterner, als wenn sie aus dem Garten heraufschallte. Er schien sich über ihren Wunsch zu freuen und als sich Christine erkundigte, ob es in der Nähe ein Internet-Café gebe, sagte er: „Wenn Sie einen Computer haben, können Sie den Anschluss im Parterre nutzen. Dort haben die Wohnungen Internet und sind zurzeit leer."

Christine ging am Nachmittag hinunter, schloss ihr Gerät an und bemühte sich, nichts in der gereinigten, auf neue Gäste wartenden Wohnung zu beschmutzen. Die Internet-Leitung funktionierte und sie klickte sich ins Weinforum.

Norberts Einladungstext wirkte beim erneuten Lesen unglaubwürdig. Wer einfach Leute zu einem geselligen Weinabend einladen wollte, würde nie so schreiben. Allerdings war in den Antworten kein Misstrauen zu erkennen.

Jetzt las sie ihre eigenen Worte: *„Hallo Wein-Frosch, ich bin neu hier und hoffe, durch euch mehr über die Wachauer Weine zu erfahren und gebe auch gerne Tipps weiter, wenn ich welche habe. Da ich zurzeit in Krems wohne, würde ich gern dich und andere Weinfreunde kennenlernen. Deine Verkostung in Spitz interessiert mich sehr. Liebe Grüße, Chris."*

Das hatte sie geschrieben? Es klang noch unglaubwürdiger als Norberts Beitrag und irgendwie dämlich.

Jemand hatte geantwortet. Auch er schien keinen Anstoß zu nehmen und an der Verkostung ehrlich interessiert zu sein. Christine rief sein Profil auf. Wieder G. Kosslovski aus Wien. Keine Angaben zu Alter, Hobbys oder Beruf. Sie beruhigte ihren rhythmisch auf den Dielenboden schlagenden Schuhabsatz. Vielleicht war ihr erster Beitrag doch nicht so schlecht gewesen. Einfach sachlich schreiben, worum es ging... Aber war es richtig, fremde Weinfreunde in die Angelegenheit hineinzuziehen, in eine Versuchsanordnung? Womöglich wurden harmlose Leute zu Opfern, wenn die Kellerpiraten Norberts Degustation ausnutzten, um lohnende Ziele auszuspähen. Noch war es unbedenklich, in diesem Forum eine Verkostung zu planen. Die Sache konnte im Sande verlaufen. Aber auch schnell an Fahrt gewinnen. Sie klickte auf den Button *Antworten*.

Das Handy klingelte und sie nahm es aus der Handtasche. Jeremy hatte auf ihre SMS geantwortet: „Hi. Treffen in 30 Min. bei Ihnen? Mutti fährt mich. Wohin?"

Er wollte zu ihr kommen? Besser, als wenn sie noch einmal losmüsste. Sie tippte: „Gern. Ab 19 Uhr OK. Gruß, Christine." Dann quetschte sie ihre Adresse vor den Gruß und schrieb die Antwort für das Weinforum: *„Hallo Kosslovski",* schrieb sie, *„danke für die nette Begrüßung. Leider bin ich nicht mehr ewig in der Wachau und hoffe, dass die Verkostung bald stattfinden kann. Aber das liegt natürlich an unserem Gastgeber. Viele Grüße, Chris."*

Kurz darauf traf eine Antwort ein.

„Wenn wir eine Verkostung machen wollen, sollten wir sie machen. Dazu sind nicht die Keller von Bessertrinkern nötig, Kosslovski."

Und was jetzt? Ihr Namenskürzel stand – als Zeichen, dass sie im Forum präsent war – am unteren Rand der Seite nicht weit von „Kosslovski". Sie hatte das Gefühl, zig Leute säßen in diesem Moment vor ihren Computern und warteten gespannt auf den Fortgang der Auseinandersetzung. Christine tippte: *"Ich gehe nicht zu jeder Weinprobe und denke, Wein-Frosch meldet sich bald. Gruß, Chris."*

Sie loggte sich aus. Die Software war gut, denn ihr Namenskürzel war nicht mehr zu sehen, nachdem sie die Seite abermals geladen hatte. Kosslovski hatte inzwischen erneut geantwortet: *"Alles klar! Viele Grüße, Kosslovski."* Und nun tauchte, als hätten sich Norbert und Christine abgesprochen, der Name „Wein-Frosch" am Seitenrand auf. Es dauerte nicht lange, bis er geschrieben hatte: *"Hallo! Wie schön, Kosslovski, dass Du mir einen herausragenden Keller zutraust und stell Dir vor, ich habe sogar mehrere davon. Doch was nützen die schönsten Weine, wenn der Gaumen sie nicht würdigen kann? Ich lade ein zu Stunden der Wahrheit, um einige der besten Wachauer streng zu prüfen. Mit dem Risiko, dass sie selbst zu Kritikern werden und über das Unvermögen von Verkostern richten."*

Christines Sorge, Kosslovski könne verprellt werden, wich dem Respekt vor Norberts Methode. Gespannt wartete sie, ob eine Antwort folgen würde. Bis sie sah, dass sich die Tür im Holztor zum Innenhof öffnete. Jeremy. Sie schaltete den Computer ab und packte ihre Sachen zusammen.

„Wie schön, dass es geklappt hat!"

Überraschend für Christine breitete er die Arme aus, so dass sie den Laptop in eine Hand nahm, um seinen Rücken umschlingen zu können. Sie spürte seine Lippen leicht an ihrer Wange.

„Da oben!"

Sie stiegen die Treppe hinauf und dann sah sich Jeremy grinsend in der Ferienwohnung um.

„Solche Möbel hat nicht einmal meine Oma mehr."

„Authentisches Möbelhaus-Barock."

„Möbelhaus an der Autobahn."

„Dafür ziemlich neu." Christine öffnete eine Tür der Schrankwand. Genau zwei Gläser standen darin.

„Gibt's was zu trinken? Vielleicht einen 98er?" Jeremy ließ sich ins Sofa fallen, das breit geschwungene Armlehnen aus hellbraunem, gemasertem Holz besaß. Die Schrankwand bestand aus dem gleichen Holz mit rundlichen Ornamenten auf Türen und Schubladen.

„Die Wohnung ist für zwei Personen, also gibt es hier alles doppelt: Messer, Gabel, Teller, Tasse, Löffel, Gläser. Mehr nicht."

„Keine Töpfe?"

„Einen. Sind Sie wieder mit dem Moped hier?"

„Ich sagte doch, Mutti hat mich gebracht."

„Warum ist sie denn nicht mit rein?"

Er beugte sich vor. „Es war doch unsere Verabredung."

„Natürlich, ich dachte nur zur Begrüßung. Wie kommen Sie denn zurück?"

„Mobiltelefon. Sie hat noch was in Krems vor."

„98er habe ich hier nicht. Aber was von dem Winzer hier. Seine Weine aus dem letzten Jahr finde ich ziemlich klasse."

„Ich bin gespannt."

Christine sah in den Kühlschrank. Nichts da, was sie schnell hätte warm machen können, aber auch kaum Käse und Wurst für eine kalte Platte. Selbst frisches Brot fehlte, den nächsten Einkauf hatte sie sich für morgen vorgenommen. Wenn sie nicht zum Essen ins Lokal ging, ernährte sich Christine abends simpel. Im Kühlschrank lagen noch eingeschweißte Brühwürste.

„Worauf haben Sie Appetit?"

„Danke."

„Sie haben doch bestimmt noch nicht zu Abend gegessen."

„Wie gesagt, satt."

„Ich könnte uns ein paar Würstchen heiß machen."

„Danke!" Seine Stimme klang schneidend. „Wie meine Mutter."

Christine stellte Salzstangen auf den Tisch, schenkte Veltliner vom Hausbesitzer ein und stellte höfliche Fragen. Nach den ersten Schlucken erzählte Jeremy über seine Gewohnheiten während des Urlaubs, welche Leute er hier seit Jahren kannte und wie seltsam die meisten sich entwickelt hätten. Und über seine Eltern. „Ob sie Urlaub machen oder zu Hause bleiben, macht kaum Unterschied. Ständig gibt es was zu tun und sogar hier noch Weinproben. Das war früher nicht so."

„Es ist ja auch eine besondere Situation."

„Sie meinen den Spleen von meinem Vater? Seine Methode? Schlimmer als in einer Fernsehserie. Haben Sie hier auch Musik?"

Christine stellte „Bright Size Life" von Pat Metheny ein, eine Musik, die sie oft beim Autofahren oder Kochen hörte.

„Oh super!" Jeremy sprang mit dem Glas in der Hand auf. „So was mag ich. Den Wein auch. 2006 was? Unglaublich straff und klar."

Christine schmunzelte. Sie wusste nicht recht, wie sie sich verhalten sollte. Nach jedem Satz von ihr folgte ein Redeschwall von ihm. Er bewegte die Hüften zur Musik und hielt dabei beide Arme, in einer Hand das Glas, in die Höhe. „Warum ist Ihr Freund nicht hier? Oder haben Sie keinen?"

„Eine ganze Menge."

„Ich meine, Sie wissen schon. Meine Eltern sind jetzt so lange zusammen. Und Sie haben einen Freund oder mehrere oder keinen. Sie können immer neu entscheiden. Wie können Leute wie meine Eltern einer Entscheidung ihr ganzes Leben lang folgen?"

„Haben Sie schon mal an die Möglichkeit von Liebe gedacht?"

„Die geht vorbei. Ich soll glauben, meine Eltern lieben sich so sehr, dass sie seit über 20 Jahren zusammen sind?

„Wieso nicht? Es können weitere Gefühle dazugekommen sein."

„Feigheit, Gewohnheit, Abstumpfung."

„Na ja, ich kenne Ihre Eltern nicht gut genug."

Christines Glas war leer. Sie stand auf, um sich in der Küche nachzuschenken. Jeremy tanzte mit schlangengleichen Bewegungen auf dem Fleck und streckte eine Hand nach ihr aus. Christine gab ihm ihre, worauf er sein Glas auf dem Couchtisch abstellte und sie langsam umkreiste.

„Meine Eltern sind pervers."

Christine lachte auf und versuchte, ihre Hand zu entziehen. Es gelang nicht. Sie spürte seinen Handballen auf ihrem und während er sie weiter zog, rutschten sein Daumen und sein Zeigefinger über ihr Handgelenk und umklammerten es.

„Was glauben Sie, was mit Jasmin Wolfrath geschah?"

Schon im Begriff, sich aus seiner Umklammerung zu lösen, gab Christine nach. Jeremy bewegte sich akkurat im Takt der Musik. „Sie waren ja noch ziemlich jung. Können Sie sich überhaupt an sie erinnern?"

„Und wie."

„Das ist die große Frage, was mit ihr passiert ist."

„Vom Hund weiß man immerhin, er wurde ermordet. Und wissen Sie auch, warum?"

Christine spürte, wie sein Daumen über ihre Handfläche glitt. Nur kurz und wie zufällig.

„Sie wissen es?"

„Ich will es nicht wirklich behaupten, doch mein Vater hat seine Überzeugungen in seinem Beruf."

Jeremy machte einen zusätzlichen Tanzschritt und stand ihr plötzlich frontal gegenüber. „Er hasst Bindungen. Nein, das ist falsch. Verknotete Bindungen, wie er sagt. Und er glaubt, dass viele Menschen selbst dann noch gebunden sind, wenn sie sich getrennt haben. Jasmin Wolfraths Hund stammte aus einer früheren Freundschaft von ihr. Liebe vorbei, Hund geblieben. Mein Vater wollte, dass sie ihn weggibt. Sie hat es auch versucht, aber er kam immer wieder."

Christine blieb stehen. „Der Hund kam immer wieder?"

„Oft war er bei uns und ich freute mich. Aber er riss immer wieder aus und kehrte zu ihr zurück. "Jeremy zog sie weiter in den Tanz. „Und mein Vater meint, es geht irgendwann nicht mehr um die Menschen, die einem etwas zufügten oder um die man trauert, sondern um Bilder, Symbole und Boten. Die muss man zerstören. Übrigens habe ich ein schlechtes Gewissen, Sie in Krems angesprochen zu haben."

„Weshalb?"

„Ich dachte, meine Eltern hätten Respekt vor Ihnen, weil sie eine begnadete Weinautorin sind. Das ist alles Quatsch."

Er packte sie an den Schultern und versuchte, sie im Kreis zu drehen.

Christine schob Jeremy von sich weg. „Ich möchte nicht mehr tanzen.
„Wie meinen Sie das?"

„Meine Eltern respektieren nur sich selbst und ihre eigenen Wünsche. Das hatte ich vergessen. Alle anderen sind Mittel zum Zweck und manche wollen das auch nur sein. Wer weiß, vielleicht auch Sie."

9

Sie zu küssen war leichter, als Sören geahnt hatte. Die Weichheit von Margot Balemys Lippen, ihr Aroma und die Feuchtigkeit ihres Mundes verzückten ihn. Es gab manche Weine, die ihn ästhetisch ähnlich begeisterten, die gewissermaßen auf seinen Sinnen tanzten und ihm für Sekunden das Gefühl gaben, in eine unendliche Strömung geraten zu sein. Ästhetisch, rein ästhetisch. Der Kuss ging darüber hinaus. Neben der Ergriffenheit und Spannung, die Sören beim Genuss mancher grandioser Weine spürte, bewirkte dieser Kuss weit mehr. Sören fühlte sich mit Haut und Haar vom Leben gepackt und hatte das Gefühl, dass es sich in diesem Moment entscheidend veränderte. Zudem durchzuckte Margot Balemys Kuss Regionen seines Körpers, die Weine nicht erreichten.

Es war ein Wunder geschehen, der ganze Tag war ein Wunder. Gestern hatten sie telefoniert. Er würde sie gerne bereits vor dem nächsten Behandlungstermin noch einmal untersuchen, hatte er gesagt. Weil er glaube, es sei wichtig, rasch zu einer Entscheidung zu gelangen. Sören hatte sich über seine ruhige und sichere Stimme gewundert. Margot Balemy hatte manchmal niedlich gekichert und schließlich erklärt, jetzt etwas essen zu müssen. „Haben Sie als echter Wachauer einen Lokal-Tipp für mich?"

„Bin ich ja nicht."

„Puh, aber heute Abend auch allein? Ich habe heute keine Lust, alleine zu essen."

Das war es, dieser Satz, der Sörens Leben veränderte. Er war zu seinem Fahrrad gerannt und in den Abend gejagt. Dürnstein war nicht weit.

Sie gingen ins nächstbeste Lokal, sprachen kein Wort über Gesundheit und Medizin und verabredeten sich für den nächsten Tag zu einem Ausflug nach Weißenkirchen. „Sie waren noch nicht in Weißenkirchen?", hatte Sören gesagt. „Man kann hinauf in die Weinberge wandern. Ich kann es Ihnen zeigen."

Und so spazierten sie heute durch den Ort, dessen Schönheit sich, wenn man von unten nach oben wanderte, buchstäblich aufblätterte. Neben modernen Garagentüren saßen bleiche Holzflügel und Kellerluken in grobem Mauerwerk, die seit Jahrhunderten dem Wetter ausgesetzt zu sein schienen. Von Dächern wuchsen wilde Gräser und aus aufgesplittertem Putz lugte Feldstein. Bald lagen die Dächer in vielen Ziegelfarben zu ihren Füßen. Sie stiegen weiter hinauf zum Achleiten, setzten sich vor einem Rebenfeld ins Gras und dort kam es zu dem Kuss.

Margot Balemy seufzte und löste sich mit leichtem Druck von ihm. „Es tut mir leid. Es ist nicht gut."

„Nicht gut?"

Eines ihrer Beine hatte flach im Gras gelegen, das andere war lässig angewinkelt. Nun setzte sie sich auf und spähte hinunter in den Ort.

„Es ist nicht gut, weil es mir ja eigentlich schlecht geht. Das klingt blöd, aber so ist es. Ich bin verliebt, ja, aber sollte ich es sein? Es kann Wichtiges verdecken, vielleicht für Jahre, und dann bricht es wieder aus."

Sie war also verliebt. Hatte sie einen anderen Menschen gemeint als ihn, Sören Hausschildt? So sah es nicht aus, nein.

„Was bricht denn auf, ich verstehe nicht."

„Das ist zu kompliziert. Aber Herr Wehrsam meint, ich solle mich schonen."

„Sie lassen sich von ihm behandeln?"

„Er meinte, dass ich zwangsläufig Probleme anhäufe, wenn ich mich zu schnell an einen neuen Menschen binde. Probleme, die unnötig sind und die bestehenden verschlimmern. Das leuchtet mir ein und es ist einfach zu schaffen, so lange ich allein bin. Aber nun sitzen wir hier."

„Norbert müssen Sie nicht glauben. Wahrscheinlich hat er seinen Doktortitel im Tausch gegen ein paar Flaschen Bordeaux erhalten."

„Na ja. Ich habe ihm erzählt, dass zwischen uns etwas passiert ist, schon bei der ersten Begegnung."

Sie trug eine Jeans und flache, halb offene Schuhe, die das lange Gras plattdrückten. Zum ersten Mal konnte er sich vorstellen, die Wohnung zu verkaufen. Mit Margot in Krems zu leben, erschien ihm nicht passend.

„Und er hat mich gewarnt und auch gesagt, dass ein Heilkundler sich in jeder persönlichen Beziehung zurückhalten muss, weil die Folgen für den Patienten dramatisch sein können. Auch, wenn Sie mich nur körperlich behandeln. Das Seelische spiele eine große Rolle, weil ich zurzeit empfindlich sei."

Sören schoss das Blut ins Gesicht. Er erinnerte sich, wie er Margot Balemy zum ersten Mal untersucht und was er dabei empfunden hatte. Es schien ihm, als wäre Norbert dabei gewesen, als hätte er ihn durchschaut.

„Was hat er noch gesagt?"

„Nicht viel mehr."

Sören legte seinen Arm um ihre Schulter. „Gute Gefühle können nicht schlecht sein, auch wenn der Herr Psychologe so etwas behauptet. Er ist ganz und gar ein Vertreter der westlichen Wissenschaft. Er denkt mechanisch und in eindeutigen Qualitäten. Gutes ist aber nicht ein für alle Mal gut und Schlechtes nicht schlecht. Es gibt nur Energien. Wie wir sie lenken und pflegen, bestimmt, was sie mit uns machen. Norbert irrt. Natürlich kann aus der Energie der Liebe die Energie der Zerstörung werden. Aber deshalb dürfen wir doch nicht auf Energie verzichten. Dann sind wir tot."

Sie wanderten nicht weiter hinauf zum Achleiten, sondern gingen auf einem anderen Weg zurück in den Ort. Unterhalb eines Weinfeldes führten Torbögen zu einer Schule aus dem 14. Jahrhundert, in der immer noch unterrichtet wurde. Gegenüber stand eine Kirche. Eine Frau mit Schürze staubsaugte im Mittelgang.

„Ich will Sie nicht bedrängen..."

Sie grinste: „Du willst mich nicht bedrängen."

„Genau! Du alleine kannst wissen, was gut für dich ist. Du musst selber entscheiden. Ob ausgerechnet die Wehrsams gute Berater sind, bezweifle ich aber. Hormonpillen zu verschreiben, ist absurd und gefährlich. Und dann noch die Psychowäsche obendrauf..."

„Was ist?"

Sören war für einen Moment mit seinen Gedanken woanders gewesen. Er hatte sich an etwas erinnert. Christine Sowell hatte bei der Verkostung in Spitz von einer Patientin gesprochen. Von einer Frau, die genau wie Margot von Norbert und Silvia Wehrsam behandelt worden war.

„Dieses Hormonmittel nimmst du immer noch?"

„Ich hatte den Eindruck, dass es mir hilft, aber jetzt weiß ich nicht mehr, was ich tun soll."

„Wie heißt das Zeug?"

„Gynera."

„Na, wie schön."

Sie mussten sich beeilen, um die nächste Fähre zu bekommen. Margot wollte es. Sören fragte nicht, welchen Termin sie noch hatte. Seine eigenen Worte klangen ihm in den Ohren nach: „Du musst selber entscheiden..." Und wenn sie sich falsch entschied? Silvia Wehrsam würde sie kaum hier in der Wachau behandeln, aber Norbert Wehrsam hatte es bereits getan. „Ich würde jedenfalls nicht mehr zu dem Quacksalber gehen", entfuhr es ihm. Er schämte sich und ihr bedeutungsvolles Schweigen bohrte in seiner Wunde. Das hätte er besser nicht gesagt.

Auf den Gesichtern der Urlauber auf dem Fahrgastschiff glühten die Erlebnisse des Tages nach. Kinder tobten, als sei der Tag soeben angebrochen und Schiffskellner servierten Wein und Bier. Margot Balemy verfolgte auf dem Sonnendeck mit offensichtlicher Begeisterung die vorbeigleitende Landschaft. Sören spürte den Abschied nahen und überlegte, wie er sie vom Aussteigen abhalten könnte oder ob er sie nach Dürnstein begleiten sollte. Die Geschäftigkeit, mit der Margot Balemy ihre Tasche ordnete, auf die Uhr schaute und ihm zu allem Überfluss empfahl, den Rest der Fahrt zu genießen, statt „so ein Gesicht" zu machen, schüchterte ihn ein. Sie erhob sich und beide machten ein paar Schritte zur Treppe, über die zahlreiche Passagiere nach unten strebten.

„Verabschieden wir uns hier!" Margot Balemy schlang ihre Arme um seinen Hals und küsste ihn schnell, bevor sie nach unten verschwand. „Ich melde mich." Kurz bevor die Fähre wieder ablegte, sah Sören sie noch einmal vom Anleger hinauf in den Ort laufen - ohne sich umzublicken.

Als er das Schiff in Krems verließ, lächelten seine Lippen wie von selbst. Er spürte, wie die Leute ihn ansahen. Er empfand große Zuneigung zu ihnen und hätte ihnen gerne die Hände geschüttelt. Doch damit hätte Sören sie beschämt, denn sie besaßen sein Glück nicht. Er wollte sie nicht demütigen oder verstören.

Die Patientin fiel ihm wieder ein, was war noch mit ihr gewesen? Silvia und Norbert Wehrsam hatten sie gemeinsam behandelt, genau wie jetzt Margot Balemy. Christine Sowell hatte bei der Weinprobe in Spitz nach der Frau gefragt. Die Wehrsams hatten geredet, als ob sie sich rechtfertigen müssten. Sören wusste nicht, wie er Christine Sowell erreichen konnte. In seiner Wohnung setzte er sich an den Computer, an dem zuvor die Journalistin gesessen hatte, und gab ihren Namen in Suchmaschinen ein. Alles Mögliche tauchte auf, sogar die Adresse eines Kremser Museums, mit dem sie zu tun hatte, aber keine Möglichkeit, direkt mit ihr Kontakt aufzunehmen.

Sören dachte an Margot Balemy. War es heute passiert, heute? Hatte er sie geküsst, liebten sie sich? Ja.

Links auf dem Bildschirm wurden die zuletzt besuchten websites angezeigt. Christine Sowell war ausgiebig auf den Seiten des „Ersten österreichischen Weinforums" herumgesprungen. Sie hatte, wie Sören schon herausgefunden hatte, auf eine Einladung von Norbert Wehrsam geantwortet.

Sören rief die Seite erneut auf und überflog die Texte, die er bereits kannte. Darauf folgten neue Beiträge von Christine Sowell und Norbert Wehrsam und dann einige des Forumsmitgliedes „Kosslovski". Er lieferte sich mit Christine Sowell einen Schlagabtausch, in dem es um die Durchführung und Aussagekraft von Weinproben ging. Im Großen und Ganzen vertrat Kosslovski die These, solche Proben taugten vor allem dazu, Leute kennenzulernen und Weine zu trinken, die man selber nicht kaufen wollte. Die wahre Seele eines Weines – so drückte er sich aus – ließe sich nur in Ruhe und Einsamkeit erfassen. Allenfalls zu zweit. Und zwar nicht durch kleine Probeportionen, sondern die stundenlange Beschäftigung mit einer einzigen Flasche. Christine Sowell versuchte, ihn vom Sinn einer großen Probe zu überzeugen. Sören las aufmerksam, was Kosslovski schrieb und erkannte manche seiner eigenen Gedanken wieder. Der Mann gefiel ihm.

Nur Forumsmitgliedern war es möglich, sich gegenseitig private Nachrichten zu senden. Sören meldete sich notgedrungen an und schon bald tauchte sein Aliasname unten auf: *„Unser neuestes Mitglied ist Weinchi."* Nun ging alles ganz einfach. Sören schrieb eine Nachricht an Christine Sowell, in der er den Namen der geheimnisvollen Patientin erbat und Auskunft darüber, was mit ihr passiert sei.

Nichts passierte. Seine Unruhe brachte ihn dazu, auf einen Kommentar von Kosslovski zu antworten. Sich in einem Internet-Forum anzumelden und dort etwas zu schreiben – noch gestern hätte er gewettet, dies niemals in seinem Leben zu tun.

„Sehr geehrter Herr Kosslovski, zum ersten Mal schreibe ich heute in diesem Forum und hoffe, weder die Mitglieder zu langweilen, noch, zu arge Banalitäten dem weltweiten Netz beizusteuern. Nun, Überlegungen darüber wie die Glasform den Weingenuss beeinflusst, sind nicht neu. Ich würde sogar sagen, sie sind inflationär. Du bringst jedoch Gesichtspunkte ins Spiel, über die ich so noch nicht gelesen habe, welche aber durchaus meinen eigenen Erfahrungen entsprechen." Sören fiel auf, dass sein Beitrag bereits jetzt länger war, als die meisten anderen in diesem Forum und er versuchte, sich auf sein Anliegen zu konzentrieren. Das Duzen kostete ihn Überwindung, doch da es alle hier taten... *„Wie Du habe ich auch die Erfahrung gemacht, dass Weine aus kleineren Gläsern weniger süß schmecken als aus größeren. Auch bestätige ich Deinen Eindruck, dass die Form des Glases eine schwer zu erklärende psychologische Wirkung haben kann. Während viele Sensoriker meinen, die Differenzen beim Genuss aus unterschiedlichen Gläsern ließen sich rein physikalisch erklären, da die einen mehr, die anderen weniger Luft an die Oberfläche des Getränks ließen, bin ich hingegen der Meinung, dass schon die rein optische Anmutung eines eher bauchigen, schlanken oder anderweitig geformten Glases die geschmackliche Wahrnehmung vorbereitet und tief beeinflussen kann."* Sören hätte das gern genauer erklärt, spürte aber, dass es unpassend wäre. Er

schickte seinen Kommentar ab und wanderte ziellos durch die Wohnung. Wieso rief Margot nicht an? Wenn sie ihn so sehr liebte wie er sie, dann müsste sie es doch tun. Aber vielleicht hatte sie wirklich einen wichtigen Termin. Oder spielte die Waffen einer Frau aus. Welchen wichtigen Termin sollte sie hier haben? Einen mit Norbert Wehrsam, ihrem Psychologen – das ergäbe einen Sinn.

Kosslovski hatte auf seinen Beitrag geantwortet: *"Du hast aber keine Probleme, oder?"*, stand dort. Schlagartig wurde Sören bewusst, wie eitel und geschwätzig sein Beitrag gewesen war und Kosslovski machte sich zu Recht darüber lustig.

"Nichts für ungut, Weinchi. Aber dieses Theoretisieren gefällt mir nicht. Die Wahrheit ist im Glas, ob es so oder so aussieht. Und ob das Aussehen etwas ändert, erfahren wir auch nur, wenn es wir es an die Lippen führen."

Nach einer Weile folgte ein neuer Beitrag. Von Norbert Wehrsam.

"Hallo Jungs! Genau, probieren geht über studieren. Ihr werdet euer Wunder schon erleben. Termin für meine Weinprobe ist nächstes Wochenende 17 Uhr bei mir in Spitz. Genaue Adresse folgt. Herzliche Grüße, Wein-Frosch."

Christine Sowell schien hingegen nicht online zu sein.

Sören trank an diesem Abend mehr als sonst. Irgendwann wartete er nicht mehr auf Margot Balemys Anruf. Er fühlte sich stark genug, ein Leben ohne sie zu führen. Bevor er am frühen Morgen ins Bett ging, zwang er sich, seine Kleidung auszuziehen.

Er wachte mit einem Glücksgefühl auf. Kurz vor elf. Erschrocken sprang Sören aus dem Bett und sagte per Handy den ersten Praxis-Termin ab, der schon in einer Stunde geplant war. Dann auch die drei weiteren für heute. Zum Glück hatte er noch keine Sekretärin eingestellt, was er, wenn die Praxis besonders gut lief, oft in Erwägung zog. Er müsste sie morgens frisch und ordentlich gekleidet hereinbitten. Und könnte sie auch schlechter belügen als seine Patienten.

Keine Nachricht von Margot Balemy. Aber es war ein Tag später. Völlig normal, dass sie sich gestern nicht mehr gemeldet hatte. Heute würde sich alles finden.

Nach dem Frühstück startete er sein Mail-Programm. Nichts von Christine Sowell – vielleicht klappte die Nachrichten-Funktion des Forums nicht. Aber er spürte Vertrauen in Margot Balemy und in den Tag. In das, was sie miteinander verband. Es war gut, wenn sich die Dinge in Ruhe entfalteten.

Sören gelang es, zwei Stunden am Schreibtisch Patientenakten zu studieren und Entscheidungen für die nächsten Wochen zu treffen. Danach fand er eine Mail von Christine Sowell vor.

„Hallo, Herr Hausschildt. Ihr Name ist Jasmin Wolfrath. Sie starb 1995 angeblich durch Selbstmord. Angeblich hatte sie sich selbst die Kehle durchgeschnitten. Auch ihrem Hund wurde die Kehle durchgeschnitten, bevor er in einen Zug nach Hamburg gelegt wurde. Norbert Wehrsam hatte Jasmin Wolfrath behandelt und den Hund eine zeitlang bei sich aufgenommen, weil er ursprünglich einer unglücklichen Liebe von Jasmin gehört hatte. Er lief aber immer wieder weg. Was interessiert Sie daran?"

„Blöde Frage", seufzte Sören.

Vor heute Abend würde er Margot Balemy nicht anrufen. Vielleicht würde er es schaffen, erst morgen mit ihr zu sprechen. Aber wozu, Unsinn. Sören wechselte wieder das Zimmer und arbeitete weiter. Gegen 14 Uhr entschied er, in einem Lokal etwas zu essen. Vorher prüfte er sein Handy auf Nachrichten. Zwei Patientinnen sorgten sich um ihn und hofften, dass die nächste Behandlung wie geplant stattfinden würde.

Die dritte SMS stammte von Margot Balemy.

„Es war schön, danke. Für mich aber, bitte verstehen, zu früh. Ich habe berichtet und wir sind zu dem Ergebnis gekommen, dass Zeit verstreichen muss. Bitte nicht anrufen, ich melde mich, aber es wird dauern."

Sörens Rückrufe waren erfolglos. Margot Balemy hatte sogar ihren Anrufbeantworter abgeschaltet. Und das Hotel erklärte ihm, sie sei abgereist. Verdammt, was war geschehen? Sören entkorkte eine Flasche Weißenkirchener Smaragd. Norbert Wehrsam, er war der Schlüssel zu den Ereignissen. Mit Sicherheit. Obwohl er wusste, dass er keinen Erfolg haben würde, rief Sören stundenweise bei Margot Balemy an. Und er versuchte, über das Internet ihre Festnetznummer und Adresse herauszufinden. Ohne Erfolg. Schließlich wählte er erschöpft die Handy-Nummer von Norbert Wehrsam.

„Hallo Sören, was gibt es?"

„Hör mal..." Sören machte eine Pause und holte Atem, weil sich seine Zunge von der geleerten Flasche schwer anfühlte. „Frau Balemy, was hast du ihr gesagt?"

„Du, ich gebe über meine Patienten keine Auskunft. Hat sie mit dir gesprochen?"

„Eine blöde SMS."

„Ja – weil sie Abstand will. Buchstäblich und im übertragenen Sinne. Respektiere das."

„Was gibst du mir Befehle und mischst dich ein! Wie kann ich sie erreichen?"

„Du hast doch ihre Nummer. Ich bin nicht schuld. Sie will ihre Ruhe. Und jetzt schlaf deinen Rausch aus. Ich werde nicht mehr mit dir über das Thema reden."

Norbert Wehrsam beendete die Verbindung. Sören saß eine Weile starr vor dem Computer und überlegte, welche Flasche er als nächste öffnen sollte. Dann tippte er einen neuen Namen in die Suchmaske: Jasmin Wolfrath.

10

Es war einer dieser warmen Sommertage in Wien, in denen die Luft in den Straßen dick und fühlbar war. Der Staub schien in ihr zu wogen und das milchige Sonnenlicht aufzusaugen. Gilbert Kosslovski hatte schlecht geschlafen. Und doch bog er bei der Rochuskirche beschwingt in die Landstraßer Hauptstraße ein.

Hier gab es mehr Touristen und auf den Terrassen wurden erste Biere getrunken. Selten Wein. Gilbert hatte in seiner Wohnung aufs Frühstück verzichtet und setzte sich ins „Zuckergoscherl" vor der Kirche, bestellte die Jausenplatte und trank einen Großen Braunen. Er aß schneller als gewöhnlich, stieg dann in die U-Bahn und fuhr zum Franz-Josef-Bahnhof.

Er nahm den Zug um 11 Uhr 51. Gut eine Stunde Zeit, um alte Wein-Notizen zu überfliegen. Dieser Sören war womöglich Synästhet. Ein Mensch, der Bilder und Klänge mit Weinaromen verband. Eine überflüssige Begabung, fand Gilbert – vergleichbar den Fähigkeiten von Rechengenies, die endlos Zahlenreihen verlängerten, oder dem Erinnerungsvermögen eines Autisten. Doch welche Wohltat verglichen mit den Marotten von Leuten wie Norbert Wehrsam, die ihren sinnlosen Reichtum in Wein umsetzten. Die wegsoffen, was sie kaum verstanden und zum Leidwesen wahrer Genießer die Preise in die Höhe trieben.

In Krems nahm er die Regionalbahn nach Spitz. Noch über fünf Stunden, bis Norbert Wehrsams Weinprobe beginnen sollte. Ob er all die großen Weine extra aus Wien heranschaffte? Oder hortete er sie seit geraumer Zeit in seinem Ferienhaus? *„Ihr werdet euer Wunder schon erleben."* Gilbert hatte diesen Satz nicht ignorieren können. Der Verkostungssort zog ihn magisch an.

Vom Bahnhof in Spitz war es kein weiter Fußmarsch bis zu dem Grundstück, das der Gastgeber auf einer Karte eingezeichnet und als Mailanhang versendet hatte.

Das freistehende Haus war schon von weitem gut zu erkennen. An der äußeren Kellertür hantierte ein großer stämmiger Mann. Gilbert wandte schnell das Gesicht ab, denn es konnte sich nur um Norbert Wehrsam handeln. Er marschierte mit gesenktem Kopf bergauf zum Roten Tor. Nach einiger Zeit kehrte er wieder um.

Norbert Wehrsam genoss die Stunden vor einer Verkostung oft mehr als das eigentliche Ereignis. Wie ein Kapitän allein auf seinem Schiff fühlte er sich, der die Takelage prüfte, die Seekarten ordnete und Aufbauten sturmsicher machte, während unter seinen Füßen das Wasser vibrierte und ihn alsbald auf große Fahrt bringen würde. Er war der Meister über die Gläser, die er sorgsam anordnete, die silbernen Spuckbehälter, die blitzenden Messer, das weiße Geschirr. Vor allem Meister über die Flaschen, die zum Teil noch im Keller lagerten, zum Teil bereits geöffnet und in Karaffen gefüllt waren. Mit seinem Diktaphon zeichnete er auf, wie er bei jeder einzelnen Flasche vorging. Mühelos erhielt er eine lückenlose Dokumentation, die später keine Fragen offen ließ.

Er glaubte nicht, dass heute Entscheidendes passierte. Es wäre verwunderlich, wenn bereits der erste Versuch auf die Spur der Kellerpiraten führte. Aber tatsächlich war es jederzeit möglich. Zwei Gäste aus Wien hatten sich angesagt und jemand aus St. Pölten. Und eventuell schlichen andere Leute, die sich nicht angesagt hatten, ums Haus. Die Vorstellung, das Objekt fremder Begierden zu sein, versetzte Norbert in Spannung. Während er die Teller zurechtrückte, spürte er seine Macht, diese Begierden lenken zu können.

Ronald Wolf und Annelie Gmener hatten ihr Kommen zugesagt. Sören nicht und das war gut so. Die Journalistin Christine Sowell hatte weder auf Norberts Einladung im Internet noch auf seine Email reagiert.

Er hatte die Alarmanlage im Weinkeller ausgeschaltet, um sich bequem bewegen zu können. Vielleicht sollte er einen Gartentisch unten auf die

Wiese stellen und die Gäste dort mit einem Aperitif empfangen. Am Abend würde der Himmel noch blau sein und eine milde Brise vom Fluss die Haut umschwärmen. Silvia würde die Idee gefallen. Sie wollte erst kurz vor den Gästen zurückkehren, wie immer vor Weinproben, damit er in Ruhe werken konnte. Norbert Wehrsam begann, die Gartenmöbel aus dem Keller zu tragen.

Dann sah er Sören. In der Ferne auf seinem Fahrrad, die Schultern spitz in die Luft gereckt. Die Umrisse seiner schlanken Figur im Licht der nachmittäglichen Sonne besaßen etwas Beeindruckendes, so dass Norbert seine Fahrt bergauf eine Weile verfolgte.

Das Fahrrad verschwand in einer Wegbiegung und kam dann klappernd direkt auf Norbert zu. Sören stieg ab und betrachtete mit einem belustigten Gesichtsausdruck die Gartenmöbel.

„Leider hast du dich nicht gemeldet", rief Norbert. „Deshalb gibt es heute auch keinen Platz für dich."

„Leider?"

„Sören, du weißt, dass ich dich schätze."

„Willkommen im Club."

„Sehr lustig. Wir trinken kurz einen Schluck, aber dann muss ich mich wieder um die Vorbereitungen kümmern."

Was könnte er ihm einschenken, was würde ihn beeindrucken, überlegte Norbert. „Sören, du hast freie Wahl. Sage mir einen Wunsch, vielleicht kann ich ihn erfüllen."

„Hör dich mal an."

„Was?"

„Aufgeblasen."

„So ein Quatsch." Norbert spürte, wie ihm das Blut in den Kopf schoss und er fragte sich, warum Sören ihn immer so leicht treffen konnte. Er ließ ihn stehen und ging hinunter in den Keller. Sören kam hinterher.

Wie ein Hund vor dem Fenster eines Schlachterladens, dachte Norbert, als er Sören an seinen Weinregalen entlangstreifen sah. Sprachlos und schnüffelnd, obwohl die Buketts der Weine durch Korken gut geschützt waren. Norbert riss einen Karton auf, in dem Wein eines weltberühmten Winzers aus 2006 lag. Ein Jahrgang, dem Experten bescheinigten, Jahrzehnte reifen zu können, um sich in all seiner vielschichtigen Großartigkeit zu präsentieren.

Norbert hatte den Wein auf einer Messe probiert und 12 Flaschen geordert. Keine einzige hatte er bisher geöffnet. Denn wenn er jährlich eine trinken würde, wäre sein Vorrat bereits in 12 Jahren erschöpft. Diese Rechung hatte ihn immer wieder davon abgehalten, auch nur eine zu öffnen. Aber in diesem Augenblick bekam er unbändige Lust auf den Wein und seine bisherige Haltung kam ihm absurd vor. Er hob eine in die Luft und drehte sich freudig zu Sören um, der ihn griesgrämig anblickte.

„Ich bin nicht zum Weintrinken gekommen."

„Ist mir klar." Norbert lächelte und entkorkte die Flasche. „Man kann zu vielen Gelegenheiten Wein trinken. Ist es nicht sogar am besten, wenn wir es nebenbei tun?"

„Kommen wir zur Sache."

„Zur Sache", wiederholte Norbert grinsend und schenkte zwei Gläser voll.

„Hast du Margot Balemy umgebracht?"

Norbert nahm das Glas an die Nase, schnupperte und trank dann in einem ruhigen, langen Zug. Er war überrascht, wie dicht und schwer der Wein schmeckte. Ein wohlgeformtes Monster und wahrscheinlich doch zu früh geöffnet.

Sören stand da mit verschränkten Armen, das Glas unberührt auf dem Tisch. Norbert spürte: Es war das Ende ihrer Freundschaft.

„Ich habe recherchiert, was damals mit Jasmin Wolfrath passiert ist. Der Frau, auf die Christine Sowell euch ansprach."

„Du hast recherchiert. Bei Wikipedia."

„Man kann nicht nur im Internet recherchieren. Ich habe auch einen Bekannten, der bei der Zeitung arbeitet. Und der hat weitere Bekannte."

„Und mit einem von denen soll ich schon einmal getrunken haben?"

„Wenn Margot Balemy noch lebt – dann ruf sie an und lass mich mit ihr sprechen."

„Du bist verrückt."

„Ihr habt Jasmin Wolfrath damals gemeinsam behandelt, oder? Dann ist sie umgekommen. Dein Name ist damals in den Zeitungen aufgetaucht. Psychologe W. Man konnte nichts nachweisen, nur andeuten. 13 Jahre habt ihr abgewartet, bis genug Gras über die Sache gewachsen ist. Dann habt ihr euch ein neues Opfer gesucht."

Norbert Wehrsam schlug die Hand gegen die Stirn. „Ich ruf den psychiatrischen Notdienst."

„Du schaffst es bestimmt, ins Narrenhaus statt in den Knast zu kommen." Sörens Stimme vibrierte hell. „Bei deinen Beziehungen."

Norbert wandte sich ab und stapfte die Stufen hinauf. Er musste ihn loswerden. Sörens Augen spiegelten Übermüdung, Promille, Jähzorn. Vielleicht einfach alles abschließen und den Gästen absagen. In seinem Rücken hörte er Sörens Keuchen. Norbert eilte über den Rasen und wusste nicht, was er machen sollte. Nervös fuhr er fort, den Tisch zu decken.

„Es ist nicht so, dass ich mir völlig sicher bin", sagte Sören. „Noch ist auch eine harmlose Erklärung möglich. Wenn du mich mit Margot sprechen lässt, habe ich mich wohl geirrt. Wahrscheinlicher aber ist, dass sich in deinem Weinkeller ein Beweisstück dafür finden lässt, dass ihr Jasmin Wolfrath umgebracht hat."

Norbert sah auf. „Wohl kaum, da es Selbstmord war."

Sören schüttelte den Kopf. „Also?"

„Du wirst nicht mit Frau Balemy sprechen. Und ein blutiges Messer in Auslese eingelegt findest du auch nicht in meinem Keller."

„Trotzdem beweist Wein deine Schuld. Wollen wir nachsehen? Bist du nicht neugierig? Ich kann auch gehen und mein Wissen sofort der Polizei mitteilen."

Norbert stöhnte und ballte die Fäuste. „Danach verschwindest du, okay?"

Sören nickte. Sie stapften zurück in den Keller.

„Also los, wo ist das unumstößliche Indiz?"

Erneut ließ Sören den Blick aufmerksam über die Regale schweifen. Norbert wurde klar, dass Sören bereits zuvor nach etwas Bestimmtem gesucht hatte.

„Habt ihr Jasmin Wolfrath damals auch selbstgedrehte Pillen verabreicht?"

„Was hat das mit meinem Weinkeller zu tun?"

„Du gibst es also zu?"

Norbert griff nach seinem Glas. „Ja, ich gebe alles zu. Bevor du mich festnimmst, könntest du einen Schluck von dem Wein probieren, den ich dir eingeschenkt habe." Sören blieb vor einem Regal stehen. „Hast du deinen Beweis schon gefunden?"

„Nein aber..." Sören deutete auf eine Kiste mit der Jahreszahl 1989. „Wenn ich mich richtig erinnere, war die vorhin noch geschlossen."

Eine Holzlamelle des Deckels war aufgebrochen. Die beiden öffneten die Kiste ganz.

„Es scheinen vier Flaschen zu fehlen."

„Nein. Drei habe ich gleich nach dem Kauf herausgenommen und dann die Kiste wieder zugenagelt. Nur eine ist gestohlen!"

Sören deutete auf etwas Metallisches, das zwischen den Flaschen schimmerte.

„Ein Schraubenzieher. Damit wurde die Kiste aufgebrochen. Ist dem Dieb wohl aus der Hand gerutscht, als er nach dem Wein grabschte."

„Da hatte es jemand sehr eilig."

Norbert eilte durch den Keller, schaute hinter Kistenstapel und in Nischen nach einem Eindringling. Dann liefen die Männer hinauf ins Freie.

„Mein Fahrrad ist weg!", rief Sören.

Aufgeregt liefen sie ums Haus.

„Schau da!", rief Norbert und streckte die Hand aus. In den Weinbergen zuckte das Sonnenlicht auf schnell sich drehenden Radspeichen. „Der kommt nicht weit. Wir nehmen den Jeep."

Sie sprangen nebeneinander in die weichen, vom Sommertag aufgewärmten Autopolster und Norbert jagte das Fahrzeug über den Sandweg.

„Wir kommen da nicht hoch, aber wir kommen ihm entgegen."

„Dass ich so etwas erlebe."

„Habe ich nicht die ganze Zeit davon erzählt? Und du liegst mir mit deinem Schwachsinn in den Ohren."

Norbert raste auf den Wald zu. Sören schloss erschrocken die Augen. Es tat sich ein Weg auf, der für das Fahrzeug knapp breit genug war.

„Leider habe ich nicht das Gefühl, dass es sich um Schwachsinn handelte."

„Meinetwegen. Schnappen wir den Kerl, oder? Meine Rechnung ist aufgegangen, nur anders als geplant. Wie geplant ungeplant."

„Er muss im Weinkeller gewesen sein, bevor wir wieder nach oben gingen."

„Exakt." Der Wagen begann, wie ein Motorboot über Bodenwellen zu schaukeln. „Und als wir rausgingen, ist er hinter unserem Rücken weg."

Norbert bremste scharf und blickte durch die Baumreihen. Über ihnen bewegte sich etwas. Auf einem Pfad nicht weit von ihrer Piste sauste ein Fahrradfahrer bergab.

„Du hast zwei Bedingungen gestellt. Wenn wir den Typen geschnappt haben, dann telefoniere meinetwegen mit Margot Balemy, ist mir doch egal."

„Du gibst mir ihre Nummer?"

„Nein. Ich rufe Sie an, frage sie, ob sie mit dir reden will und wenn ja, gebe ich dir den Hörer. Nein, sogar noch besser, ich werde ihr empfehlen, mit dir zu reden, damit kein Trauma bei dir zurückbleibt. Du kannst alles mithören."

„Du meinst es ernst?"

„Wie alles."

„Holen wir ihn uns."

Norbert machte hektische Lenkbewegungen. Der Motor klang ruhig und unbeeindruckt. Eine weitere Vollbremsung warf sie in die Gurte.

„Raus. Wenn wir uns beeilen, erwischen wir ihn."

Sie liefen ins Dickicht. Vögel zwitscherten, das Laub bewegte sich im Wind und es war ein leises regelmäßiges Klappern zu hören. Sören kniff die Augen zusammen. Da oben rollte ein Fahrrad heran. Es kam mit großer Geschwindigkeit den Hang hinunter. Die Männer rannten wie entfesselt und warfen ihre Arme nach vorne, um sich vor Geäst zu schützen. Norbert Wehrsam sprang als erster auf den Wanderweg und hob gebieterisch die Hand. Das Fahrrad wurde langsamer. Sören raste mit gestreckten Armen direkt auf den Fahrer zu. Der versuchte auszuweichen und geriet ins Schlingern. Wie verzweifelt trat er in die Pedale, sein Fahrrad machte einen großen Satz und er flog mit ihm hinter die Böschung.

„Verflucht", schrie Sören.

„Bleib hier." Norbert kletterte die Böschung hinunter. Sören kam zitternd hinterher.

„Das ist überhaupt nicht mein Fahrrad."

„Mist."

Norbert rutschte ab an der glitschigen Wegböschung, hielt sich an Baumwurzeln fest, die aus der Erde ragten und fand mit den Füßen Halt. Er sah hinab auf einen älteren Mann. Radurlauber aus der näheren Umgebung, schätzte er. Seine Augen waren geschlossen. Dann fiel Norberts Blick auf die riesige Blutlache unter seinem Kopf. Sören wimmerte und sah aus, als wollte er sich gleich zu dem Mann da unten legen.

„Geh zurück auf den Weg", zischte Norbert ihn an.

Sören gehorchte und wartete oben. Nach kurzer Zeit kehrte Norbert zu ihm zurück. „Er ist tot. Die Weine hat er auch nicht. Irgendein Tourist. Warum hast du das getan?"

„Ich wollte nur..."

„Wir hatten ihn doch schon. Hör mir zu. Den letzten Teil des Unglücks vergessen wir."

Sören nickte.

„Es ist alles so geschehen, wie es war. Wir wollten dem Weindieb den Weg abschneiden, haben uns auf die Straße gestellt. Und dieser Trottel fährt vor Schreck in die Büsche."

„Ich weiß nicht." Sörens Augen drehten ziellos hin und her. „Ist er tot?"

„Ja, natürlich, ich bin Arzt, Mensch. Meinetwegen erzähl der Polizei, was du gemacht hast. Es wird dann aber kompliziert, fahrlässige Tötung oder Totschlag oder so. Meinetwegen. Aber wir haben so schon genug Stress."

Sören stand gekrümmt da wie ein uralter Mann und schien unfähig, einen Schritt zu tun.

„Was soll ich denn jetzt machen?", fragte er.

„Nichts. Du hast keine Schuld, Mensch, du kannst nichts dafür. Wenn du klug bist, machst du es, wie ich gesagt habe. Wenn du dann noch Probleme hast, behandle ich dich gratis."

„Er ist wirklich tot?"

„Vielleicht sollten wir doch die Wahrheit sagen."

Sören schüttelte den Kopf. „Wozu? Wozu überhaupt etwas sagen?"

„Wie meinst du?"

„Warum sollen wir hier gewesen sein?"

„Du hast recht!" Norbert fasste an Sörens Schulter. „Wer weiß, was oder wer ihn erschreckt hat. Der Weindieb war es wahrscheinlich!" Norbert überlegte. „Das ist am besten und lässt unnötige Probleme überhaupt nicht erst aufkommen. Komm jetzt."

11

„Es hat mich überrascht, dass Sie plötzlich abreisen wollen."
„Ich bin sowieso nur wegen Ihnen länger geblieben."

Christine und Norbert hatten sich auf der Terrasse des Chorhausstiftes in Dürnstein verabredet. Sie hatte den Ort vorgeschlagen. Sie hatte keine Lust mit ihm im Café zu sitzen, wollte aber auch nicht im Strom der Besuchermassen stehen. Doch es war überraschend ruhig in Dürnstein. Auf die großen veilchenblauen Balkone mit Aussicht auf die Donau schritten nur vereinzelt Touristen und fotografierten andächtig den breiten Flusslauf zwischen dem flachen Baumufer zur einen und den Bergen auf der anderen Seite. Einzig lange, flache Kreuzfahrtschiffe störten mit ihren Lautsprecheransagen die romantische Szene. Die Passagiere fotografierten ihrerseits den Balkon. Hoch über Christines Kopf schaute ein steinerner Heiliger mit einer Putte zu seinen Füßen flussabwärts, so dass sie sein Gesicht nicht sehen konnte.

„Haben Sie Lust mit mir zum Weinbergsschlösschen zu spazieren?", fragte Norbert. „Ich überlege, es für eine berufliche Veranstaltung zu mieten."

„Warum nicht."

Die engen Straßen waren warm und schattig, der Himmel bog sich wie ein samtblauer Baldachin über den alten Gebäuden. Die Sonne schien kräftig auf sie hinab. Norbert Wehrsam schnaufte gleichmäßig. Sie erinnerte sich gut, wie sie die Landschaft zum ersten Mal gesehen hatte. Noch mehr als die Burgruine auf dem Berg und die mittelalterliche Stadtsilhouette imponierten ihr die zur Donau abfallenden, dichten Rebengärten.

Sie nahmen den Fußgängertunnel unter der Durchgangsstraße und passierten den Parkplatz. Die schmale Straße gegenüber wurde von wenigen Häusern gesäumt, bevor sie sich zwischen Weinbergen zu verlieren schien. Doch nach einigen Schritten tauchte ein Weingut in einem herrschaftlichen Gebäude auf.

Norbert Wehrsam deutete in die Ferne. In den Weinbergen war eine kleine, schlossartige Villa zu sehen.

Das Gut beherbergte eine Vinothek. Norbert Wehrsam sprach mit der Frau am Tresen, dann informierte er Christine: „Wir können an einer Führung teilnehmen. Ich bin nie auf die Idee gekommen, an so einer Touristenveranstaltung teilzunehmen. Aber wieso nicht, ist vielleicht interessant. Und zuerst geht es in die Villa. Haben Sie Lust?"

„Ja."

Eine kleine Frau im Trachtenkleid führte wenig später sie und ein Dutzend weitere Besucher hinaus in die Hitze. Auf dem Weg zum Schlösschen berichtete sie, dass hier Napoleon eine Schlacht verloren, hungrige Soldaten die Gegend verwüstet und den Weinbau um Jahre zurückgeworfen hatten.

Norbert Wehrsam blieb stehen. „Sagten Sie nicht einmal, Sie wollten nach Wien weiter?"

„Ja, ich fahre nach Wien."

„Das ist doch famos! Meine Frau und ich leben doch in Wien. Haben Sie schon ein Quartier? Ich kann Ihnen gerne helfen."

„Habe ich schon, vielen Dank."

Im Schlösschen gab es getäfelte, mit gerahmten Zeichnungen übersäte Säle, die essende und trinkende Menschen darstellten. Die farbenfroh ausgemalten Decken zeigten lebenslustige Gartenszenen.

„Hat man ihn schon gefasst – den Mann, der Ihnen die Weinflaschen geklaut hat?"

„Die Polizei interessiert sich mehr für den Dieb von Sörens Fahrrad. Aber viel passiert da nicht und das Rad liegt wohl längst auf dem Grund der Donau. Es wäre auch nicht gut, wenn er geschnappt würde."

„Weil Sie mehr dahinter vermuten?"

„Erraten. Der Diebstahl ist schon eingesponnen in meine Strategie."

„Damit sich die Täter im selbst gestrickten Netz verfangen."

„Sie haben es verstanden. Ob es alles in allem so perfekt läuft – selbst die großen Theorien der Physik gehen ja nicht vollkommen auf. Bislang bin ich aber verblüfft, wie gut es läuft."

Es gab kühlen Sekt. Die Verandatüren wurden geöffnet und sie konnten den nahen Reben zuprosten.

„Der Ort ist prima für mein Vorhaben geeignet", flüsterte Norbert Wehrsam.

„Ganz schön aristokratisches Ambiente."

„Gäbe es eine bessere Bühne, um über meine Erkenntnisse zu den Kellerpiraten zu berichten? Vielleicht gibt es eine Pressekonferenz mit einem Kripomann zu meiner Rechten und einem Staatsanwalt zur Linken. Der ORF überträgt. Das deutsche Fernsehen ist natürlich auch dabei. Vielleicht erwähne ich Ihren Namen. Oder Sie sind selbst vor Ort, auf dem Podium. Wer weiß, wie die Geschehnisse sich entwickeln werden und wie berühmt uns die Sache noch alle macht."

Um zum Weinkeller zu gelangen, musste die Gruppe erneut durch das heiße Sonnenlicht zurück zum Hauptgebäude wandern. Die Kelleröffnung sah aus wie der Schlund eines Meeresungeheuers. Feuchtigkeit und Pilzkulturen hatten das Mauerwerk angegriffen. Glühbirnen leuchteten in eine große, kühle Tiefe hinab. Unten passierten sie ein Flaschenlager, dann Gewölbe mit monströsen Holzfässern, waschküchenartige, gekachelte Wege mit Bullaugen, Röhren, Schläuchen und Armaturen. Sie passierten Pressen mit der Schönheit von Zementmischmaschinen sowie Metallsäulen als moderne Alternativen zu Holzfässern. Die Gruppe wurde wieder zur Erdoberfläche und in ein Probierzimmer geführt.

„Ich hoffe, wir werden uns schon bald bei einer anderen Verkostung treffen."

Sie blickte ihn fragend an.

„Bei mir in Wien. So schnell wie möglich, damit Sie nicht sagen können, Sie seien schon wieder in Hamburg. Übrigens glaube ich, dass wir einen Kellerpiraten bereits kennen", sagte Norbert Wehrsam.

„Wer soll das sein?"

„Also, nicht ganz persönlich, soweit man das im Internet-Zeitalter sagen kann. Gilbert Kosslovski ist unser Mann."

Der erste Wein war eingeschenkt und die Besucher folgten wohlwollend den Erläuterungen der Trachtenträgerin. Christine und Norbert Wehrsam nippten.

„Kosslovski wollte an meiner Weinprobe in Spitz teilnehmen. Aber als einziger der angemeldeten Gäste erschien er nicht. Seit dem Einbruch habe ich nichts mehr von ihm gehört. Die zweite Tatsache ist, dass er im ‚Ersten Österreichischen Weinforum' mehrfach nach Achleitener Weinen des Jahrgangs 1989 gefragt hat. Genau die wurden mir gestohlen. Drittens ist er nicht mehr über die Email-Funktion des Forums zu erreichen. Anscheinend hat er seinen Account abgemeldet. Ich kenne mich zu wenig mit Technik aus, um dies zu verstehen, denke aber, er will seine Spuren verwischen."

„Ich kenne ihn nur als Kosslovski."

„Ich habe mir die Mühe gemacht, seine Beiträge durchzulesen. Er war mir im Forum bisher kaum aufgefallen und hat in den letzten drei Jahren auch nur ein paar Dutzend Beiträge geschrieben. Zwei, drei Mal bekam er Antwort von Leuten, die ihn anscheinend privat kennen. ‚*Hast recht, Gilbert*' steht da."

Am Ende der Probe waren die Gesichter röter und die Gespräche reger und lauter geworden. Christine konnte nicht verhindern, dass ihre Gedanken fortwährend um Gilbert kreisten. Es gab in Wien natürlich viele Männer mit diesem Namen und sicher auch einige, die sich für Wein interessierten. Aber ihr schwirrten Zeilen aus seinen Internettexten durch den Kopf. Hätte der Gilbert, den sie vor 13 Jahren in Wien kennengelernt hatte, genauso über Wein geschrieben wie der Mann aus dem Internet? Drückte sich in manchen Wendungen nicht seine ganz besondere Art aus?

„Sie haben Ihre Vermutungen sicher der Polizei mitgeteilt. Die müssen Kosslovski doch leicht ausfindig machen!"

„Klar habe ich das. Aber jemanden finden, der sich im Internet Kosslovski nennt und vielleicht ein Gilbert aus Wien ist, geht nicht so einfach. Groß ist das Interesse der Polizei sowieso nicht."

„Glauben Sie, er wird bei der nächsten Verkostung erneut zuschlagen?"

„Wer weiß. Wenn Sören die Kiste nicht so genau angeguckt hätte, hätte ich den Diebstahl vielleicht bis heute nicht bemerkt. Kosslovski kann sich also sicher fühlen. Die Polizei hat Spuren gesammelt am Tatort, jede Menge Fingerabdrücke vom Täter. Aber den Schraubenzieher, mit dem er die Kiste aufgebrochen hat, habe ich behalten. Was die Polizei mit ihren Spuren anstellt, ist ungewiss – ich habe die meinen! Das gibt mir ein Gefühl der Sicherheit. Es bleibt in meiner Macht, den Täter zu identifizieren."

12

Sören hatte das Gefühl, ein zweites Leben begonnen zu haben. Er saß viel länger in Cafés, als das Trinken einer Tasse erforderte, folgte plaudernd einfach dem Strom seiner Gedanken und las täglich mehrere Zeitungen. Er konnte sich nicht erinnern, jemals zuvor die Zeit dafür gehabt zu haben. Margot Balemy liebte den Müßiggang im Umkreis ihrer Wohnung im 8. Bezirk. Sören fühlte sich nicht immer ganz wohl dabei. Vor allem nicht, wenn er an seine Praxis dachte. Sobald er ins lächelnde Gesicht von Margot Balemy sah, die ihm gegenübersaß, verflogen seine Sorgen.

So ging es schon einige Tage. Norbert Wehrsam hatte Wort gehalten und ihn mit Margot Balemy telefonieren lassen. Sie erklärte, ihr ginge es gut. Sie brauche eine gewisse Zeit Ruhe und würde sich bald wieder bei Sören melden. Sie liebe ihn. Er müsse ihr vertrauen und abwarten.

Bereits zwei Wochen später erfüllte sie ihr Versprechen. Sie verabredeten sich in Margots Wiener Wohnung. Seither wohnte er dort.

Bald merkte Sören, dass er in den Kaffeehäusern gut vergessen konnte, was geschehen war. Wenn sie wieder auf die Straße traten, beschwingt von den Gesprächen und den Getränken, glaubte er für kurze Zeit, seine Welt sei in Ordnung. Er hatte nichts Böses tun wollen und was geschehen war, war geschehen.

Margot lief morgens unbekleidet durch die Wohnung. Ohne schamlos zu sein, kannte sie keine Scham. Mit ihr zu schlafen, war für Sören das beste Mittel, das Unheil aus seinem Kopf zu vertreiben. Manchmal dachte er an die altfernöstlichen Liebestechniken, über die er schon doziert hatte. Sie anzuwenden, wäre völlig abwegig gewesen. Was sie taten, geschah wie von selbst, zumindest zu Beginn.

Ihre Wohnung befand sich in einem schönen Haus aus der Biedermeierzeit. Treppenhaus mit schwarz verschnörkeltem Geländer. Fahrstuhl wie aus einem alten Grand-Hotel. Margot Balemys Fenster gingen auf den Hinterhof. Es war ruhig, auch von den anderen Bewohnern war kaum etwas zu hören.

„Wie verdienst du dein Geld?", hatte er sie schon am zweiten Tag gefragt. Sie lagen mit Kaffeetassen im Bett und Margot schien über unendliche Zeit zu verfügen. Er wusste nur, dass sie einen musikalischen Beruf hatte.

„Ich kann Klarinette spielen und Saxophon. Ich werde mal hier und da engagiert und bin auch in einem Orchester, das auf Tourneen geht. Ich unterrichte auch, aber jetzt sind Ferien. Wenn ich will, kann ich überall hingehen. Was hältst du davon, weg aus Wien? Akupunktur braucht man doch überall..." Sie kicherte. „Bis hinunter nach China."

Sören nickte. Er wollte schon immer Wien verlassen, war aber nur bis in die Wachau gekommen. Er wäre gern nach Italien, Spanien oder Griechenland gegangen, hatte aber keinen Grund dafür, kein wirkliches Ziel.

Sie besuchten Ausstellungen, Theater und Konzerte und schliefen mindestens zwei Mal täglich miteinander. Die Entspannung, die ihm Margot Balemys Körper schenkte, ließ jedoch nach. Vielmehr spürte Sören morgens oft ein unangenehmes Hämmern in den Adern. Er hatte das Gefühl, seine Gedanken würden versteinern und auch sein Gesicht, das sich weigerte, seine Freude zu zeigen. Er freute sich, er wusste, dass er sich freute, aber er freute sich nur tief im Innern.

Eines Tages rief Christine Sowell aus der Wachau bei ihm an und sie verabredeten sich. Norbert Wehrsam hatte ihr seine Handy-Nummer gegeben. Margot wollte nicht mitkommen.

„Ich bin bald zurück", sagte er und brach zu dem Lokal in der Stiegengasse auf, das Christine vorgeschlagen hatte. Es lag nicht weit von Margots Wohnung an den Treppen, die Kettenbrückengasse und Gumpendorfer Straße verbanden.

Sören erhob sich vom reservierten Tisch im Freien, als er Christine sah. Sie erschrak. Sein Gesicht war blass und spitz geworden.

„Ich freue mich so, Sie zu sehen!" Er schüttelte ihre Hand und zwinkerte auf eine drollige Weise. „Der Maitre", Sören deutete auf einen nervösen jungen Mann, der sich viel zu lange mit einzelnen Gästen unterhielt, „hat mir schon erzählt, was für Kreationen alle nicht auf der Karte stehen. Klingt gut."

Christine bestellte Eierschwammerln mit Nockerln, Sören ein Scampi-Risotto. Dazu zwei Gläser Veltliner vom Galgenberg. Als sie probierten, glich Sören wieder dem Mann, den sie in Norbert Wehrsams Ferienhaus kennengelernt hatte. Er blickte ihr in die Augen, als gäbe es ein großes Vertrauen zwischen ihnen.

„Gefällt es Ihnen, wieder in Wien zu sein?", fragte er.

Sie hatte sich mehr erwartet vom Hereinfahren in die Stadt. Fortwährend wurde sie abgelenkt von lauten Geräuschen, blendendem Licht auf belanglosen Fassaden und Gedanken, die sie schnell wieder vergaß. Dann war sie mit praktischen Dingen beschäftigt gewesen, bezog ihr Hotel in der Nähe der Bergstraße und lief später staunend, aber schlechter Stimmung durch die windigen Straßen. Jetzt war es viel näher, das Gefühl in Wien zu sein.

„Ihr Anruf hat mich gefreut", erklärte Sören, ohne ihre Antwort abzuwarten. „Ich nahm kaum an, Sie noch einmal wiederzusehen. Und dann passierte so viel, dass ich sogar vergaß, mich von Ihnen zu verabschieden."

„Nicht nur aus dem Wunsch, Sie wiederzusehen, habe ich Sie angerufen", erwiderte Christine. Sören, der mit langsamen, schnappenden Lippenbewegungen seine Scampi aß, hielt inne.

„Und?"

„Ich wollte Sie nach diesem Kosslovski befragen. Sie wissen, aus dem Weinforum. Haben Sie auch davon gehört, dass sein Vorname Gilbert lautet?"

„Ja, Gilbert, so hat er sich einmal mir gegenüber genannt."

„Sie haben ihn getroffen?"

„Nein, nur einige Mails ausgetauscht. Warum?"

„Auch Norbert Wehrsam berichtete mir von Kosslovskis Vornamen und es kam mir der Verdacht, dass ich ihn vielleicht kenne. Können Sie ihn noch genauer beschreiben?"

„Mhm..." Sören schüttelte ratlos den Kopf. „Ein interessanter Typ. Weiß sehr viel über Wein. Wirkt etwas arrogant, scheint aber nett zu sein... Viel weiß ich nicht. Weil jemand den gleichen Vornamen hat, glauben Sie, er ist derselbe?"

„Es passt viel zusammen. Die Stadt, die Begeisterung für Wein, die Ausdrucksweise. Und, wie wir dadurch wieder ins Gespräch gekommen sind."

„Kommt man mit jemandem ins Gespräch, könnte es schon einmal geschehen sein?"

Christine lachte. „Prost." Sie ließen die Gläser aneinanderklirren.

„Aber warum fragen Sie ihn nicht einfach selbst, ob er der Mann ist?"

Kosslovski fragen, ob er Gilbert ist? Die Vorstellung erschreckte Christine und das hatte nichts damit zu tun, dass er als Fahrrad- und Weindieb verdächtigt wurde.

„Selbst wenn ich wollte, wüsste ich nicht, wie. Norbert Wehrsam hat erzählt, dass er seinen Account gelöscht hat."

Sören zuckte mit den Schultern. „Übrigens, ich werde wohl länger in Wien bleiben", erklärte er. „Denn ich habe mich ernsthaft verliebt. Ausgerechnet in eine Patientin..."

„Oh."

„Für einen Heilkundler ist das ja weniger problematisch als für einen Psychologen."

„Ich meinte: Oh, wie schön."

„Problematisch ist höchstens, dass Margot auch Patientin der Wehrsams ist. Von beiden. Genau wie einst die Dame, die Sie gekannt haben – die Frau Wolfrath."

„Interessant."

„Ich habe noch mehr herausgefunden."

Sören schlug die Augen nieder. Sollte er wirklich davon erzählen? Vielleicht sollte er alles unterlassen, was das Gefüge zwischen ihm, Margot und Norbert verändern würde. Er wusste, der Wein hatte seine Zunge gelockert. Es bereitete ihm Schmerzen, wenn Margot über Stunden fort war oder mit gedämpfter Stimme Telefonate führte und er suchte nach einem Ventil. Sören wollte Margot aber auf keinen Fall das Gefühl geben, von ihm vereinnahmt zu werden. Wie oft schon hatte er Patientinnen erklärt, dass gestautes Qi und andere körperliche Phänomene von einem besitzergreifenden Partner herrühren konnten. Sören musste akzeptieren, dass sich Margot weiterhin von Norbert Wehrsam behandeln ließ. Dieser hatte das Wiedersehen zwischen ihnen erlaubt und behielt die Aufsicht.

„Was haben Sie herausgefunden?"

„Ich glaube, dass Norbert einer der letzten Menschen gewesen ist, die Jasmin Wolfrath lebend gesehen haben. Vielleicht der letzte."

„Die Wehrsams erzählten mir, es habe damals Spekulationen um ihn gegeben. Weil er der Psychologe einer Selbstmörderin war und sie sich kurz nach einer Therapiesitzung das Leben genommen hat."

Christine wartete auf eine Antwort von ihm. Nichts geschah und ihr Tisch lag plötzlich wie eine öde Insel inmitten der gutgelaunten Gespräche der anderen Gäste. „Wenn Kosslovski wirklich der Wein- und Fahrraddieb ist, wird er wahrscheinlich weder in einem Telefonbuch noch sonstwo zu entdecken sein", meinte Christine.

Sören war froh, dass sie das Thema wechselte.

„Viel Aufwand wegen ein, zwei Flaschen Wein und einem alten Rad. Macht man sich so nicht gerade verdächtig?"

„Nicht zuviel Aufwand, wenn man tatsächlich noch mehr verbrochen hat."

„Es gab ja am selben Tag diesen Todesfall." Sören ärgerte sich, es ausgesprochen zu haben.

„Den anderen Radfahrer? Für die Zeitungen wurde der Diebstahl nur dadurch interessant ", meinte Christine. „Weil sie einen Zusammenhang vermuteten."

„Dafür hätte man auch irgendeinen Unfall auf der Donau oder der Bundesstraße nehmen können."

„Ja – mit dem kleinen Unterschied, dass das Opfer etwas von einem Angriff gestammelt haben soll, bevor es bewusstlos wurde."

Sören starrte sie verständnislos an.

„Haben Sie nichts davon gehört?", fragte Christine.

„Ich erfuhr nur, dass der Mann sofort tot war."

„Nein. Er ist im Krankenwagen bewusstlos geworden und im Krankenhaus gestorben."

Sören spürte einen Schlag in der Brust. Die Schritte auf den Stiegen, das helle Gelächter, Geklimper und Geklirre lärmten in seinen Ohren. Denke an dein Qi, dachte Sören, an deine Lebensenergie. Atme ruhig, entspanne dich und sammle deine Kräfte. Sein Herz verkrampfte sich, als wollte es jeden Moment aufhören zu schlagen. DU HAST NICHTS SCHLIMMES GETAN. Dieser Satz, mehrfach in Gedanken formuliert, half ihm.

„Sind Sie sicher?"

„Seine Blutung wurde zu spät gestillt, stand in der Zeitung."

„Schlimm." Sören schaute sich nach dem Kellner um. „Ein Dessert oder Café?" Er hatte auch etwas anderes nicht getan, schoss es ihm durch den Kopf. Der Radfahrer hätte gerettet werden können.

„Für mich nichts mehr", sagte Christine.

„Dann bestelle ich die Rechnung. Ich lade Sie ein, es ist mir eine Ehre."

13

„Die Wachau ist schön. Aber hier ist es schöner!"

Silvia Wehrsam hatte die schweren Vorhänge zur Seite gezogen und blickte über den Westbalkon ins spätmittägliche Sonnenlicht.

Sie sagte es wie zu sich selbst. Für Norbert Wehrsam, der im Eingang des großen Wohnzimmers stand, zeigte der Ausspruch gleichwohl, dass seine Frau den Streit über die Weinprobe beenden wollte. Er entspannte und freute sich, da er es darüber hinaus mochte, wenn sie Dinge lobte, die zu ihrem Zusammenleben gehörten. Und eines der wichtigsten war die Wiener Villa in der Nähe des Türkenschanzparks. Eine hervorragende Praxisadresse für ihn. Silvia behandelte ihre Patienten in der Innenstadt. Er empfing die Patienten im Erdgeschoss – in einem riesigen Raum, dessen Wände mit Akten tapeziert waren – inklusive der Unterlagen über Patienten, die sie gemeinsam behandelten. Hier unten befanden sich auch Gästezimmer und der „Gartensalon". Seine Glastüren führten zur Terrasse hinaus und ähnlich wie in Spitz gab es hier einen Bartresen. Wegen diesem Raum stritten sie sich.

Es machte Norbert Freude, Silvias Silhouette im Gegenlicht zu sehen. Sie war schlank und hatte schmale Schultern, aber sie war, wie ein mit ihnen bekannter Regisseur einmal gesagt hatte, eine „Rose mit Muskeln." An diese Worte musste Norbert oft denken, wenn er seine Frau sah.

Silvia hätte das Haus weniger geliebt, wenn es nicht nahe dem Wienerwald und in einer Umgebung gestanden hätte, die mit ihren Alleen, herrschaftlichen Fassaden und ruhigen Villenstraßen eine erlesene geistige Kultur repräsentierte. Nicht die der Eigenbrötler und Subkultur der Inneren Stadt, sondern eine vom 19. Jahrhundert durchdrungene Welt, in der sich Großbürger- und Künstlertum vermählten.

Silvia liebäugelte lange mit dem Gedanken, in die Tradition legendärer Gastgeberinnen einzutreten und einen Salon erfüllt von originellen Köpfen zu führen. Unvermutet hatte sich das gesellschaftliche Leben der Wehrsams in eine andere Richtung entwickelt. Anfangs hatte Norbert nur ab und zu mit langjährigen Freunden ein, zwei Flaschen Rotwein getrunken. Bald wurden die Gläser nicht mehr voll geschenkt, sondern nur bis zu einem Pegel, der eine Prüfung des Weines erlaubte. Ein Spucknapf stand für diejenigen bereit, die den Alkohol nicht herunterschlucken wollten. Statt ein, zwei Flaschen wie einst standen mindestens ein Dutzend auf dem Tisch.

Es fanden sich immer mehr Besucher ein, die Norbert erst durch sein neues Hobby kennengelernt hatte. Silvia beobachtete es mit Befremden. Er fügte sich ihrem Wunsch, seine Zusammenkünfte im Gartensalon abzuhalten, wo Flecken leichter zu verschmerzen waren und der Weinkeller näher lag. Da jedoch die Besuche von Schriftstellern, Regisseuren und Medienleuten auch nach wiederholten Versuchen mit wechselndem Personal ein schales Gefühl bei Silvia hinterließen, während Norberts Weinkumpel geistreich und witzig sein konnten und interessante Anekdoten aus ihren sehr unterschiedlichen

Berufen zum Besten gaben, wurde Silvia nachdenklich. Sie erklärte sich bereit, Snacks für die Besucher vorzubereiten, probierte manchen Wein selbst und merkte, dass sie die Eigenarten einer Rebsorte, eines Anbaugebietes und Winzers immer besser herausschmecken konnte. Die Sache machte Spaß und sie spürte den Respekt der anderen.

Gleichwohl blieb sie misstrauisch, achtete darauf, dass die Besucher nicht durchs Haus schlichen und die Zusammenkünfte nicht zu häufig stattfanden.

Jetzt war es nötig gewesen, Norbert wieder deutlich in die Schranken zu weisen. Sie hatte keine Lust auf weitere Diskussionen und entschieden, die Diskussion sanft auslaufen zu lassen.

Er umarmte sie und strich mit seiner kräftigen, breiten Hand über ihren Rücken, über das leichte Kleid aus dunkelblauem Chiffon. Es tat ein wenig weh, wie er zwischen ihren Wirbeln herumdrückte. Eigentlich war das Haus zu groß für sie beide. Jeremy könnte, wenn er wollte, Frau und Kind einziehen lassen, wenn er welche hätte. Schon jetzt bewohnte er zwei Zimmer mit Bad im ausgebauten Dachgeschoss. Norberts Hand rutschte tiefer und Silvia schmiegte ihr Becken an ihn. Sie musste heute nicht in die Innere Stadt und hatte einen langen, freien Nachmittag. Norbert hatte etwas von Telefonaten erzählt, die er in seinem Büro tätigen wollte. So wichtig schienen sie nicht zu sein. Sie spannte ihren Po an, als seine Hand unter den Slip glitt, weil ihr nichts mehr zuwider war, als dort etwas hängend erscheinen zu lassen. So empfand sie schon als Teenager.

Das Schlafzimmer ging nach Norden. Es war der tagsüber dunkelste Raum. Klar wie ein Fischerhaus auf einer Kykladeninsel, so hatten sie sich ihn nach einer Griechenlandreise gewünscht. Mit seinen weißgetünchten Wänden, dem großen Holzbett, Bauernschrank und rustikalem Tischchen kam er ihren Vorstellungen nahe. Silvia legte sich aufs Bett und warf ihre Arme nach hinten. Norbert entledigte sich seiner Unterhose.

„Du bist schön, du bist wunderbar", raunte er.

„Aähm, aähm."

Norbert half ihr, den Slip abzustreifen, dann zog er sein Hemd aus und legte behutsam seine große Brust auf ihre. Silvia kicherte und spielte mit dem Fuß an seiner Wade.

„Da da da dadadada da, dadada da, dada dada dada da", sang sie. Norbert atmete flacher und küsste sie.

„Da da da da."

„Willst du jetzt singen?"

„Je t´aime, oui je t´aime baba baba ba. Kennst du das etwa nicht?"

„Ist das gerade in den Hitparaden?"

„Quatsch. Der weltberühmte Stöhn-Song aus den 60ern. Jane Birkin, Serge Gainsbourg."

Er spürte, wie ihm die Lust verging. „Du singst jetzt Stöhn-Songs?"

„Quatsch." Sie küsste ihn heftig auf den Mund. Norberts Atmung entspannte sich und er schlang seine Arme um ihre Taille, bis Silvia auf seinen Händen lag.

„Hier ist es am schönsten."

„Ja. Oh ja."

„Wir könnten den Salon genauso gestalten. Die ganzen alten Stiche, wer guckt die schon an? Omas Kronleuchter, die Stilmöbel. Eigentlich...", er ächzte, „müsste so ein Antiquitätengeschäft es uns teurer wieder abnehmen, als es den Kram an uns verkauft hat. Ist doch noch älter geworden."

„Wovon redest du?" Silvias Atmung hörte sich an wie ein rauschender Wind, der in ein Heulen überging.

„Dass wir uns umstylen. Die Kerzenleuchter, die Porzellanvasen, die Gabbehs und der ganze Kram, die Platzteller in den Vitrinen und das vor 100 Jahren zuletzt gespielte Grammophon." Norbert bewegte sich im Rhythmus seiner Worte, es war, als ob sie ihn trugen und stärker machten. Er suchte nach weiteren Möbelstücken, auf die sie verzichten konnten. Silvias Atem war nicht mehr zu hören, sie drehte unablässig und langsam ihren Kopf von links nach rechts.

„Bücher - das war vor 30 Jahren en vogue, Bücher im Salon auszustellen. Heute ist es prätentiös und für uns unnötig, wir haben woanders genug Platz."

Silvia lachte leise. „Wir brauchen auch kein Bett mehr. Wir können es auf dem harten Fliesenboden machen."

„Im Salon? Meinetwegen. Bei Festbeleuchtung. Weg mit den Maria Theresia-Gardinen. Altes, unnötiges Zeug."

„Die sind wertvoll."

„Wir verbrennen sie im Garten."

„Und alle Nachbarn schauen rüber zu uns und sehen das Feuer und uns, wie wir es auf dem Boden machen."

„Ja, ja. Und sieh, da haben wir einen perfekten Anlass. Wir reißen alles heraus und streichen alles weiß wie hier. Aber dazwischen, wenn die alten Tapeten, die Papiertapeten mit den Blümchen drauf, mit den großen und den kleinen Blumen..."

„Den wilden Schlingpflanzen, den alles verzehrenden Ungeheuern."

„Wenn wir absinken in die Tiefe, in den Schlund des Seerosenteichs..."

Norbert bemühte sich an etwas Nüchternes zu denken, während Silvia wieder zu stöhnen begann. Der Anblick unerledigter Akten an einem Regentag verschwand sogleich wieder vor seinem inneren Auge und er hatte das Gefühl, seine Lenden würden sich auflösen, als er sich rechtzeitig erinnerte, wie er während seines Studium einmal fast des Plagiats überführt worden war. Es wäre zu recht geschehen. Norbert versuchte, gleichmäßig zu atmen. Es gelang ihm und er konzentrierte sich darauf.

„Wenn die alle abgerissen sind und allein die nackten Wände und Böden noch existieren, dann lassen wir alle kommen und trinken einige der besten Weine der Welt."

„Sie trinken, während wir es machen?"

„Meinetwegen stellen wir die Weine auf den Tapetentisch. Es wird nichts beschmutzt, es wird nichts verdreckt, es ist nur eine Zäsur. Ich rufe nachher mal einen Fachmann an. Es könnte schon bald losgehen!"

„Wovon sprichst du?" Silvia öffnete die Augen.

„An einem der nächsten Wochenenden – wenn der Salon dann völlig leer wäre, wäre es doch egal, wer da verkostet."

„Redest du immer noch von deiner blöden Verkostung? Du willst den Salon leerräumen, alles niederreißen, damit deine Weinfreunde genug Platz haben und nichts mehr beschmutzen können?"

„Nein, die Idee kam mir nur in dem Zusammenhang. Aber wenn wir uns für einen neuen Stil entscheiden, dann brauchst du dir keine Sorgen machen, falls ein einziges Mal eine Verkostung im Salon stattfindet."

Silvia hob den Kopf und stützte die Ellenbogen auf.

„Du hast es immer noch nicht begriffen, Norbert. Es geht mir nicht darum, dass eine Porzellanvase einen Sprung bekommt, der Teppich besudelt wird und die harten Schritte von Leuten mit erlesenem Weingeschmack und schlechten Manieren den Kronleuchter zum Klirren bringen. All das wird passieren, ist aber nicht entscheidend. Ich will, dass du die Geschichte mit den Kellerpiraten aufgibst, verstehst du? Ein Krimineller ist dir an die Angel gegangen, prima. Ein großer Erfolg für dich. Leider ist er mit dem Köder abgehauen, was eine ernste Warnung, ein Hinweis darauf ist, dass du der Sache nicht gewachsen bist. Du bist nicht die Kripo und auch nicht James Bond. Ich will keine Kriminellen in unserem Haus, ob im Salon, in der Küche oder auf dem Dach!"

„Aber..."

Silvia packte seine Schultern und stemmte ihn weg von sich. Dann zog sie ihre Beine unter Norberts hervor und stieg aus dem Bett. „Es kommt nicht infrage."

Norbert Wehrsam ließ seinen Körper zur Seite kippen. Es hatte keinen Zweck. Er musste die Verkostung ohne Silvias Wissen durchführen. Wenn sie nächstes Wochenende verreiste, auf Einladung eines Pharmakonzerns nach Kopenhagen.

Er sprang aus dem Bett. Es galt einiges zu organisieren, Leute zusammenzutrommeln. Er schwor sich, sein Projekt nicht weiterzuverfolgen, wenn er dieses Mal nicht weiterkommen sollte. Wenn er mit seinen Vermutungen recht hatte, würde er Erfolg haben. Eine kurzfristig angesetzte Probe konnte die Kellerpiraten nur zusätzlich ermutigen... Norbert zog sich an und hörte Silvia draußen eine Melodie pfeifen. Vorsichtig schaute er um die Ecke.

Silvia lief mit einem silbernen Tablett durch die Diele und verschwand im Salon. Norbert hörte Rascheln und Scheppern und lugte durch die Tür. Seine Frau kniete vor einer Glasvitrine, in der sie Süßes für Gäste aufbewahrten. Da lagerten Pralinés und Knabbergebäck in Kristallbehältern ohne jeden Hinweis, dass die Haltbarkeitsdaten der meisten Süßigkeiten abgelaufen waren. Silvia griff hinein und drapierte ihre Beute sorgfältig auf dem Tablett. Schließlich schritt sie mit stolz emporgerecktem Körper, das Tablett elegant auf einer Hand balancierend, zurück in Richtung Schlafzimmer. Norbert biss sich auf die Lippen.

„Schatz, ich muss jetzt dringend die Telefonate führen", rief er in ihren Rücken. Silvia zuckte zusammen. Pralinen rutschten vom Tablett und sprangen auf den Fußboden.

14

„Open House in Döbling. Begrenzte Teilnehmer. Jetzt melden. Mit Glück ist noch ein Platz frei."

Christine schüttelte jedes Mal den Kopf, als sie die Einladung las. Norbert Wehrsam ließ nicht locker und sie vermutete inzwischen hinter jedem Satz, den er im Weinforum schrieb, geheime Strategien. Anfangs hatte sie staunend zugehört, wenn er von seinen psychologischen Verfahren der

Verbrecherjagd erzählte. Sie stellte sich ein ausgeklügeltes System an Ködern, Psychofallen und Schritt-für-Schritt-Techniken vor. Doch inzwischen hielt sie Norberts Plan für Hokuspokus. Aus den eintreffenden Anmeldungen – so weit war sie im Bilde – wollte er mit Hilfe seiner analytischen Fähigkeiten diejenigen Persönlichkeiten herausfiltern, die als Verbrecher infrage kamen. Aber dass Verbrecher unter ihnen waren, stand für Norbert Wehrsam von vornherein fest!

Hinter den Fenstern des gegenüberliegenden Hauses sah sie eine Frau eine Wohnung betreten. Ein Mann kam ihr entgegen und küsste sie. Manche Gewohnheiten der Nachbarn hatte Christine kennengelernt, seit sie in diesem Appartement-Hotel wohnte. Von der Straße aus betrachtet unterschied sich das Haus nicht von den anderen. Es war, als habe sie wie damals ihre eigene Wohnung in der Stadt. Sie ging jeden Abend in den Liechtensteinpark, wo sie ihre Aufzeichnungen ordnete und Notizen für Artikel machte, während jedes Mal zu dieser Stunde ein junges Mädchen mit Kopfhörern an den Ohren und Inline-Skates an den Füßen ihre Runden ums Grün drehte. Heute würde Christine wegen der Verkostung bei Norbert Wehrsam nicht dort erscheinen.

Sie erreichte Döbling zu früh und spazierte durch den Türkenschanzpark, der sich mit seinen Seen und Wiesenkuppen, Skulpturen und dem Aussichtsturm seit ihrem letzten Besuch vor über 13 Jahren nicht zu verändert haben schien. Waren die Bäume kleiner gewesen? Mussten sie, aber vielleicht gab es einige inzwischen nicht mehr und andere waren hinzugekommen. Die Vögel sangen wahrscheinlich mit den gleichen Stimmen. Christine fragte sich, ob die Kinder auf gleiche Weise schrieen.

Christine hatte gelesen, es gebe eine neue Skulptur im Türkenschanzpark: Die eines Kosaken, der hier im 17. Jahrhundert gegen die Türken gekämpft hatte. Christine blickte über die weit geschwungen Wiesen, entdeckte aber keinen. Und nun war es Zeit, zu den Wehrsams zu gehen.

Sören traf eine halbe Stunde zu früh ein und lief im vanillefarbigen Anzug durch das Haus.

„Ist Silvia nicht da?"

Norbert konnte kaum so schnell hinsehen, geschweige denn folgen, wie Sören um die nächste Ecke verschwand und ungeniert offene Zimmer betrat.

„Gibt's heute keinen Schampus?" Eine Tradition, die Silvia zur Begrüßung eingeführt hatte. Viele der Weinfreunde starrten dann pikiert auf das Tablett mit den perlenden Gläsern, weil sie hier waren, um „richtige Weine" zu trinken und weder ihr Geschmacksnerven noch ihr Promillekonto belasten wollten. Es half nichts, Silvias forderndem „Bitte nehmen Sie ein Glas" musste man folgen. Norbert war sicher, dass manche Gäste nur wegen diesem Champagner kein zweites Mal gekommen waren.

„Nein, heute nicht. Weder Champagner noch Silvia. Ich habe noch alle Hände voll vorzubereiten."

„Das trifft sich gut."

„Wie meinen?"

„Ich wäre dir gern behilflich. Deswegen bin ich so zeitig."

Sörens Benehmen behagte Norbert nicht. Dieser selbstbewusste Blick, das emporgereckte Kinn... Der griesgrämige Sören hatte ihm besser gefallen.

„Ich muss in den Keller."

Norbert wandte sich um und ging los. Er spitzte die Ohren und hörte hinter sich Sörens leichtfüßiges Getrappel. Es klang geziert. Wenn Sören nur nicht so weichlich und auf alberne Weise eingebildet wäre! Mit dem einen versuchte er das andere auszugleichen.

Norbert schloss geräuschvoll die Tür zum Weinkeller auf und ging zur Seite, um Sören eintreten zu lassen.

„Aaaah", machte Sören. Das Gewölbe ähnelte einer Basilika. Mit Flaschenregalen, deren Ende im schummrigen Licht nicht abzusehen war.

„Reichsparteitag."

„Idiot."

Norbert glaubte zu erkennen, wie Sören mit der Hand in die Luft schlug und gab seiner Stimme einen fröhlichen und freundlichen Klang: „Soll ich dir was verraten, genau weiß ich noch nicht, was es heute geben soll."

„Wie wäre es mit einem 92er von Spengler."

„Puuh, gern. Wenn er irgendwo noch zu bekommen ist, serviere ich ihn gern beim nächsten Mal!"

Norbert ließ Sören stehen und ging zu einem der Regale. Er hatte plötzlich das Gefühl, es sei wichtig, aus diesem Keller wieder herauszukommen. Er sollte schnell erledigen, was hier zu tun war, und dann schnell hinaus.

„Ist dir eingefallen, wo der 92er liegt?"

„Ich habe dir doch schon gesagt..."

„Nun komm schon, streng dich an. Tu mir den Gefallen."

Norbert Wehrsam beschloss, Sören zu ignorieren und in Ruhe seine Flaschen einzusammeln. Sie alle hatten eine Temperatur von 12 Grad. Würden sie innerhalb der nächsten Stunde getrunken, wäre dies für die leichteren Weine unter klimatischen Gesichtspunkten perfekt. Die schweren Smaragde konnten ruhig einige Grad mehr vertragen. Norbert zweifelte jedoch an einem zügigen Verlauf der Verkostung. Er musste die Begrüßungen absolvieren und die Präsente entgegennehmen, Wasser und Brot reichen und eine Weile auf die Verspäteten warten. Manchmal kam die erste Flasche mit halbstündiger Verzögerung auf den Tisch.

„Trinkst du nichts mehr von Spengler, hast du die Lust an ihm verloren?"

„Das Preis-Leistungs-Verhältnis passt nicht mehr."

Die ersten beiden Weißweine legte Norbert in den Weidenkorb, der im Keller bereitstand. Norbert stellte die danach eingesammelten Flaschen wieder zurück ins Regal. Gute Winzer, gute Jahrgänge – aber warum sollten er und seine Gäste ihre Energie an eher unterhaltende, denn anbetungswürdige Kreszenzen verschwenden? Norbert hatte Großes versprochen, ganz Großes.

„Du kannst dich nicht entscheiden?" Sören folgte mit einigem Abstand und beobachtete jede von Norberts Bewegungen. „Mit meinem Rat liegst du nicht falsch."

Jetzt wurde es Norbert klar. Sören konnte nur die Amphorenweine von Spengler meinen. Extrem rares Zeug. Weinbereitung wie in der Antike. Zwei oder drei Jahre hatte Spengler jeweils knapp 300 Weine aus diesen Amphoren in Tonflaschen angeboten und Norbert hatte sich jeweils einige gesichert. Auf Festen waren sie ein Augenschmaus. Und ideal, um einem Menschen eine Gunst zu erweisen. Der Wein war gut, damals. Wenn Norbert sich recht erinnerte, hatte er die letzten nicht ausgetrunkenen Amphorenweine in dem Wunsch im Keller verstaut, sie zu vergessen. Um viele Jahre später feststellen zu können, ob sich ihr Reifeprozess von dem herkömmlicher Weine unterschied. Und wer weiß, dachte er damals, wie teuer das Zeug irgendwann nach dem Jahr 2000 sein würde.

Keine schlechte Idee, heute einen solchen Tropfen auf den Tisch zu stellen. Die Chancen standen gut, die Kellerpiraten mit der Verkostung dieses Weines zu reizen. Auch falls keiner heute am Tisch saß, würden sie über Blogs und Forumsbeiträge erfahren, welche Unikate Norberts Keller hergab.

Es gab eine Nische im Keller, in der er Weine verstaut hatte, die er „vergessen" wollte. Davor stand ein Weinregal.

„Hilf mir mal!"

Norbert nahm vorsichtig eine Flasche nach der anderen aus dem Regal und stellte sie auf den Boden. Sören unterstützte ihn eifrig. Das geleerte Regal schoben sie zur Seite und starrten in die schemenhaft beleuchtete Nische. Flaschen lagen übereinander und bildeten mehrere kleine Pyramiden. Norbert deutete in eine Ecke mit verstaubten Tonflaschen.

„Sind die auch echt?"

„Alle zertifiziert, durchnummeriert und eingebrannt. 92er von Spengler – das war sein erster Amphoren-Jahrgang. Dass du das wusstest."

„Ich weiß auch die Vorlieben von Silvia, weißt du, damals in Rom sind wir uns sehr nahe gekommen. Kümmere dich noch einmal um sie, bevor du für lange, lange Zeit im Gefängnis verschwindest."

Warum war er nicht seiner Eingebung gefolgt? Warum, wenn er wusste, dass es hier im Keller mit Sören nicht gut gehen konnte – warum hatte er ihn dann mit ihm betreten?

„Geh jetzt nach Hause, Sören."

„Warum sollte ich?"

„Betrachte meinetwegen unsere Freundschaft, wenn man es je so nennen konnte, als beendet. Ich habe keine Lust mehr und keine Energie."

„Hast du ihn deshalb liegengelassen?"

„Was?"

„Soll ich dir noch mehr vorsagen, was du selbst weißt? Den Mann im Wald. Der gestürzt ist."

„Den du angegriffen hast."

„Du hast ihn umgebracht, obwohl du Arzt bist."

Norbert fiel auf, wie unvorteilhaft seine Position mit dem Rücken zur Nische war.

„Sören, wenn du einen Mord aufklären willst, dann geh zur Polizei. Oder willst du hier auf sie warten? Ich rufe sie nämlich, falls du nicht gleich mein Haus verlässt."

„Hast du keine Zeitung gelesen? Der Mann ist erst im Krankenhaus gestorben. Wegen unterlassener Hilfeleistung."

„Wo hast du das gelesen?"

„Es stand in der Zeitung."

„In welcher?"

„Was weiß ich. Frau Sowell hat mir davon erzählt."

„Ha. Haha. Und du glaubst, Frau Sowell oder eine Zeitung könnten besser als ich beurteilen, wann ein Mensch tot ist."

„Nein. Es gibt nur die Tatsache, dass er nicht im Wald, sondern in der Klinik gestorben ist. Und du ihn unbedingt liegenlassen wolltest."

„So ein Quatsch. Du hättest ihn ja in die Klinik bringen können. Dann wäre er dort gestorben und du säßest im Knast, statt Margot zu dienen."

„Du wusstest, dass ich auf deiner Spur bin. Als ich in Spitz vor deiner Verkostung auftauchte. Dabei wusste ich damals nicht einmal so viel wie jetzt. Der Weindieb kam dir wie gerufen. Zeitgewinn. Und noch mehr Zeitgewinn durch den Unfall mit dem Fahrradfahrer. Dann dein größter Coup: Mich glauben lassen, der Mann sei tot, mir Angst machen und weismachen, wenn ich deinen Vorschlägen folge, geschieht mir nichts, ich bekomme aber Margot Balemy. Du hast deinen Beruf wahrlich gut gewählt."

Norbert schob sich an Sören vorbei. Ein Amphorenwein von Spengler würde heute auf keinen Fall auf den Tisch kommen. Sein Blick fiel auf den Weinklimaschrank in der Ecke neben dem Eingang zum Keller. Er stammte aus der Zeit, bevor der Keller perfekt gedämmt worden war. Er war eigentlich überflüssig geworden, doch Norbert würde sich nie von ihm trennen. Er rechnete eher mit einer Überschwemmung im Keller als mit dem Versagen dieses Geräts. Außerdem war es sicher wie ein Safe, weshalb Norbert seit Jahren einige seiner wertvollsten Flaschen dort aufbewahrte. Und manchmal auch anderes.

„Wie gesagt, wenn du auf die Polizei warten willst, bitte. Soll ich sie rufen?"

„Warum nicht. Jasmin Wolfrath, du wirst dich erinnern, hat ausgerechnet diesen Amphorenwein getrunken am Tag ihres Todes."

Norbert hielt seinen Weinkeller immer für zu klein. Jetzt erschienen ihm die tausende daliegenden Flaschen wie ein gewaltiges ruhendes Heer und er sehnte sich danach, sie hinter sich zu lassen und wieder nach oben ins Tageslicht zu treten. Noch war es dafür zu früh. Während Norbert zum Klimaschrank schritt, hörte er Sörens Atem dicht an seinem Ohr.

„Ich hatte gehofft, eine solche Amphore in deinem Keller in Spitz zu finden, aber es sah nicht danach aus."

„Du stehst auf die Amphoren."

„Lies die alten Berichte. Jasmin Wolfrath hatte einen Amphorenwein von Spengler in der Küche stehen am Tag ihres Todes. Im Glas hatte sie ihn auch. Als man sich noch nicht sicher war, ob vielleicht doch ein Ripper bei ihr in der Wohnung war, servierten die Zeitungen genüsslich alle Details. Dann plötzlich Schluss, Ende der Vorstellung. Selbstmord, keine Widerrede, hieß es von den Behörden. Wahrscheinlich auf Weisung eines einflussreichen Patienten von dir. Patient und Weinfreund."

Norbert Wehrsam steckte den Arm tief in den Klimaschrank. Ihm war trotz der Kühle im Keller heiß geworden.

„Warum soll sie keinen Amphorenwein trinken? Was ist daran so bemerkenswert?"

„Du kaufst reihenweise von diesem teuren, seltenen Zeug und zufällig trinkt sie es an ihrem Todestag."

„Hat Sie kein Recht, es sich selbst zu kaufen? Oder geschenkt zu bekommen?"

„Hast du Jasmin Wolfrath einen Amphorenwein geschenkt?"

Norbert Wehrsam hantierte schweigend weiter. „Hast du nicht. So einen Wein würdest du nicht verschenken. Du willst jede Flasche verkosten. Wenn nicht allein, dann mit anderen. Mit jemandem wie Frau Wolfrath lieber als mit den meisten anderen."

„In was für einen Unsinn steigerst du dich herein."

„Es wird irgendwo vermerkt sein, welche Seriennummer auf Jasmin Wolfraths Flasche stand und dass sie aus deinem Besitz stammt. Einzig unklar ist dein Motiv. Aber da bin ich auch schon weiter."

Zwischen all dem kühlen Glas ertasteten Norberts Finger Kunststoff. „Sprich zu mir."

„Du und Silvia, ihr seid hinter jungen Frauen her. Vor Jasmin Wolfrath wird es welche gegeben haben, vor Margot ebenfalls. Ihr spielt sie euch zu, von Arzt zu Arzt, ergötzt euch an ihnen. Seelisch, körperlich. Und am Ende treibt ihr sie in den Tod. Vielleicht nicht alle. Vielleicht war Jasmin Wolfrath bislang die einzige. Aber es kann jederzeit wieder passieren."

Norbert Wehrsam nahm eine Flasche Mouton 1989 aus dem Regal, wog sie in den Händen, betrachtete das Etikett. Einen solchen Wein sollte es heute nicht geben, aber der Anblick beruhigte ihn.

„Wie kommst du auf solche Gedanken, Sören?", fragte er ruhig. „Welche Filme guckst du? Oder hast du solche Träume?"

„Es kommt vieles zusammen. Beschwerden gegen dich und Silvia. Andeutungen von Margot. Ich dränge sie nicht, mehr zu erzählen. Sie fängt allmählich von selbst an, klarer zu sehen. Silvia hat mir in Rom von ihrer Ehe berichtet und was sie anregt. Fast wären wir zu dritt mit einer jungen Anästhesistin im Bett gelandet. Das war mir zu heiß, die ganze Frau war mir zu heiß. Fast tust du mir leid."

Norbert Wehrsam behielt den Mouton in der Hand, während ihm andere Flaschen auffielen, die er tatsächlich vergessen hatte.

„Hast du außerdem noch etwas zu sagen?"

„Dir nicht, aber anderen. Ich bin ein guter Diagnostiker. Wir in der Traditionellen Chinesischen Medizin denken nicht wie ihr. Wir sehen nicht eine einfache Ursache, die geradewegs eine einfache Folge hat. Für uns sind Krankheiten Muster, die sich ausgeprägt haben. So wie dein Leben mit Silvia. Ich hatte ein Muster vor Augen, sehr deutlich. Nur fehlte ihm noch der Amphorenwein in deinem Keller. Ach, und noch etwas."

„Ja, bitte."

„Eure Behandlung von Margot ist nicht nur anstößig, nicht nur verwerflich, weil ihr sie mit Hormonen vollgestopft habt. Silvia hat ihr ein Präparat gegeben, das es in keiner Apotheke gibt, weil es überhaupt nicht zugelassen ist."

„Muss auch nicht im Rahmen von Studien."

„Nur, dass Margot an keiner Studie teilnimmt. Jedenfalls an keiner legalen. Soll ich deine Frau noch einmal aufs Kreuz legen, bevor ihr in den Knast kommt?"

Norbert wirbelte herum und Sören spürte seine Faust dumpf in seinem Gesicht, während er um sich herum eine Art Strudel wahrnahm. Dann lag er am Boden.

Norbert wandte sich erneut dem Klimaschrank zu. Sören sah auf Augenhöhe das Etikett des Mouton 1989. Der Flaschenhals ragte über ihm wie ein Vulkanschlund. Norbert hatte die Flasche einfach auf den Boden gestellt. Warum legte er sie nicht zurück in den Schrank? Sören fragte sich, ob er, wenn er den Arm ausstreckte, die Flasche mit den Fingerspitzen würde berühren können. Er versuchte es, doch es gelang nicht. Mühsam stützte er seinen Oberkörper auf. Nun konnte er nach der Flasche greifen. Norbert wusste nicht, dass Sören auch einige Moutons besaß. Er hatte sie teuer gekauft, weil er Lobpreisungen geglaubt hatte, hielt sie aber inzwischen für überschätzt.

Als Norbert sich nach ihm umdrehte, hatte Sören es geschafft, sich auf die Füße zu setzen. Er holte mit der Flasche aus, konzentrierte sich auf eine Stelle an Norberts Stirn und schleuderte sie durch die Luft. Es gab ein helldumpfes Geräusch, als der Mouton gegen Norberts Kopf prallte. Die Flasche zersprang auf dem Kellerboden, wo sich eine dunkelrote Lache ausbreitete. Norbert wankte und ging in die Knie. Sören sprang ihm entgegen. Er sorgte sich, sein Gastgeber könne hart aufschlagen und so griff er unter seine Achseln und stützte ihn ab, bis er flach auf dem Boden lag. Norbert atmete stoßweise und wie aus tiefer Kehle.

Die Tür des Klimaschrankes stand weit offen. Hinter französischen Rotweinen und österreichischen Weißen blitzte etwas. Sören reckte den Hals. Ein Schraubenzieher mit blauem Kunststoffgriff. Er sah aus wie der Schraubenzieher, den der Weindieb in Spitz vergessen hatte.

Norbert röchelte. Er hatte die Augen noch geschlossen, doch wischte sich mit der Hand über das Gesicht. Jetzt erst fiel Sören auf, dass der Griff des Schraubenziehers mit Klarsichtfolie umwickelt war.

Norbert hustete und redete unverständliche Worte. Ein Mörder, dachte Sören. Er wusste es, wie er die Krankheiten seiner Patienten wusste, und doch den Schulmedizinern nicht erklären konnte. Sie verstanden weder die Sprache, noch die Beweise.

Hatte Norbert nach dem Schraubenzieher gesucht, um Sören den Rest zu geben? Mit einem Schraubenzieher? Es sah ganz danach aus und Sören wurde klar, wie hervorragend der Schraubenzieher in Norberts Mordplan passte.

Norbert kam mit dem Oberkörper hoch, als gehöre es zu seinem täglichen Krafttraining. „Sören", sagte er mit ruhiger, wichtiger Stimme. Sören stellte sich vor, wie er aufstehen, sie ein paar Worte wechseln und sich vielleicht sogar die Hände schütteln würden. Danach fand die Verkostung statt.

„Hau ab." Norbert stemmte sich vom Boden auf. „Erzähle der Polizei, was du weißt. Die werden sich freuen. Ich empfange die Polizei gern. Und dann lassen wir dich einweisen. Wer so was tut", er deutete auf die roten Scherben des Mouton, „braucht Betreuung."

„Glaubst du, deine Drohungen reichen aus, um mich mundtot zu machen? Besser, du bringst mich auch um. Dann hast du es auch leichter mit Margot."

Norbert griff nach Sörens Schulter. Sören wich nicht aus, sondern machte einen Schritt auf ihn zu und rammte ihm den Schraubenzieher in den Hals. Norbert schrie entsetzlich und laut.

Sören wandte sich ab und rannte auf die Kellertür zu. Dort wartete er mit klopfendem Herzen, bis er von Norbert nichts mehr hörte.

Zitternd betrachtete Sören seinen Arm. Kein einziger Blutspritzer war zu entdecken. Er spürte Erleichterung und die Gewissheit, etwas Richtiges getan zu haben. Zum ersten Mal hielt er für möglich, man könnte ihm glauben, was er wusste. Würde die Indizien ernst nehmen, die er gesammelt hatte. Falls –

falls er jetzt die Polizei rufen würde. Wenn Margot Balemy nicht wäre, hätte er sie vielleicht sogar gerufen. Er hätte sogar von Notwehr sprechen können, obwohl es nicht stimmte.

Sören schaute auf seine Armbanduhr. In neun Minuten begann die Weinverkostung. Es gab die Möglichkeit, aus dem Haus zu verschwinden und in zehn Minuten wieder vor der Tür zu stehen, so als sei er soeben erst eingetroffen. Aber diese Variante war zu riskant, denn die Wahrscheinlichkeit groß, beim Verlassen des Hauses beobachtet zu werden. Bliebe er hier, dann wäre er der einzige, der den Gästen die Tür öffnen könnte. Jede denkbare Situation erschien ungünstig.

Dumpfes Stimmengewirr drang an sein Ohr. Irgendwie waren sie auch ohne ihn ins Haus gelangt. Oder Verwandte hatten sich noch im Haus befunden, obwohl Norbert behauptet hatte, allein zu sein.

Sören schlich mit eingezogenem Kopf zur Treppe. Vielleicht konnte er sich davonstehlen. Da durchzuckte es ihn kalt. Es kamen keine Stimmen von oben aus dem Haus. Was er hörte, war Norberts Gemurmel.

Es konnte nicht sein. Sören kannte sich aus mit dem menschlichen Körper. Er kannte die Elastizität der menschlichen Gewebe und konnte bei Behandlungen den Druck seiner Hände genau dosieren. Sollte er mit dem Schraubenzieher abgerutscht sein? War dies möglich trotz des vielen Blutes, das er gesehen hatte?

Er war unfähig, einen Schritt vor oder zurück zu machen. Was redete Norbert da? Es klang nicht leidend, nicht am Ende der Kraft, sondern wie ein monotoner Singsang. Kein Zweifel, Norbert sprach über Wein.

Sören hielt den Atem an, während er sich langsam umdrehte und lauschte: „Den Schmitz muss ich noch finden, was sagen die Leute, wenn der nicht dabei ist und wenn der Schmitz dabei ist, dann braucht es auch den Leichtenegger, die sind beide ganz hinten." Es folgte ein unverständliches Geräusch, ein Prusten oder Keuchen. „Ja, an den Jäckl muss ich denken, vielleicht dekantieren... Nein, gar nicht erst mit anfangen, muss nicht sein. Aber Schmitz, Schmitz."

Norbert lag in einer riesigen Blutlache, aus der seine Stimme ertönte. Sören staunte über sich selbst – wie er es schaffte, sich Schritt für Schritt zu nähern. Etwas gab ihm Sicherheit. Wenig von der Blutlache entfernt lag der blaue Schraubenzieher. Der blaue Griff immer noch mit Klarsichtfolie überzogen.

Norbert lag auf dem Bauch und auch seine Stimme schien aus seinem Bauch zu kommen. Vielleicht hatte er ihn nur oberflächlich verletzt und Norbert trieb seine Scherze mit ihm. Vielleicht glaubte Norbert auch, Sören habe ihn nicht verletzen wollen. Einen Moment freute Sören sich an dem Gedanken, dass Norbert noch am Leben war. Man könnte über alles sprechen und neu beginnen. Doch sofort kam Sören das bedrückende Gefühl, dass sich Norbert durch nichts von seinem Weg abbringen lassen würde.

Woher kam das ganze Blut, wenn Norbert noch am Leben war? Sein Jackett war im Sturz zu beiden Seiten geflattert und so lag er nun wie ein großer flügellahmer Vogel da. Sören ging vorsichtig heran.

Seine Hand zitterte nicht, als er in aufmerksamer Sorge, kein Blut zu berühren, das Innenfutter von Norberts Jackett abtastete. Er spürte etwas Hartes und schob es ein Stück hervor. „Schmitz 2003, also vorletztes Regal unten links wird es sein", ertönte es aus dem Gegenstand. Norberts Diktaphon. Er schien für den heutigen Abend eine Generalinventur seiner österreichischen Weine gemacht zu haben. Das Gerät musste sich eingeschaltet haben, als Norbert auf den Boden geknallt war. Sören schaltete es ab und ging erschöpft in die Knie.

Da kam ihm die rettende Idee. Sören suchte Norberts Taschen ab und fand sein Handy. Damit rannte er die Kellertreppe hinauf. Keuchend kam er in der Diele an und stieg weiter über die nächste Treppe. Unten ertönte die Türglocke.

Es gab sicher viele Telefonanschlüsse in diesem Haus. Er kannte aber nur jenen in Norberts Arbeitszimmer im ersten Stock, wenige Schritte vom Salon entfernt.

Die Wände des Büros waren übersät mit Fotos. Auf dem kleinen Schreibtisch lagen akkurat gehäufte Papiere und hier stand auch das Telefon. Sören riss den Hörer ans Ohr, wählte Norberts Handynummer und legte den Hörer auf den Schreibtisch. Dann jagte er wieder die Stufen hinab.

Inzwischen hatte erneut die Türglocke geläutet. In der Vorhalle angekommen, verlangsamte Sören seine Schritte, um seinen Atem zu beruhigen. Norberts Handy ertönte in seiner Hand mit einer Swing-Melodie. Sören nahm den Anruf an und ließ die Verbindung offen. Dann öffnete er die alte, schwere Eingangstür mit ihren schwarz lackierten Ornamenten. Christine sah ihn fragend an. Sören lächelte.

„Bitte einfach die Treppe hinauf! Gleich links der Salon. Da gibt's noch Probleme im Keller, Norbert kann sich nicht entscheiden und ist im Stress, weil die Gäste kommen." Jetzt lächelte sie auch. „Ich versuche, ihn loszueisen!", sagte Sören. „Wir lassen die Haustür für die anderen einfach offen."

Er gab den Weg frei und beobachtete, wie Christine nach oben stieg. Dann raste er die Kellertreppe wieder herunter.

Die Kühle umfing angenehm sein erhitztes Gesicht. Er suchte in seinen Taschen nach seinem eigenen Handy.

Lange war es ihm gleichgültig gewesen, dass es nur noch schlecht funktionierte. Erst seit Sören mit Margot zusammen war, trug er das Gerät immer bei sich und wollte sich bald ein neues anschaffen. Norbert hatte in der Wachau auf den Anrufbeantworter gesprochen und seine Stimme war noch nicht gelöscht.

Sören griff nach dem Schraubenzieher und löste die Klarsichtfolie ab. Sorgfältig achtete er darauf, nur mit ihr in Berührung zu kommen und ließ den Schraubenzieher aus dem letzten Zipfel zu Boden fallen.

Sören rief Norberts Nachricht von seinem Handy ab. Er wählte außerdem die Wiederholfunktion seines Gerätes, so dass sie in einer Endlosschleife immer und immer wieder ertönen würde. Dann legte er sein Handy auf den Kellerboden und Norberts Apparat darüber. Die Geräte lagen da wie zwei Körper Bauch auf Bauch.

„Allenfalls als Aperitif Federweißer von Schmelig und Tanneck", dröhnte Norberts Stimme erneut. Nun kam sie aus Sörens Mailbox. „Besser nicht, Zeitverschwendung. Meine 96er Kollektion Kremstal ist interessant, aber belassen wir es bei der Wachau."

Schweißgebadet erreichte Sören erneut die Halle im Erdgeschoss, wischte sich über die Stirn und stieg mit gemächlichen Schritten hinauf in den Salon.

Christine stand am Fenster und ließ den Blick erwartungsvoll schweifen. Sören zuckte mit den Schultern. Unten läuteten die nächsten Gäste, woraufhin er auf den Balkon trat und rief:

„Kommen Sie herauf! Die Tür ist offen!"

Um Viertel nach sieben waren zehn Gäste versammelt, von denen vier zum ersten Mal an einer Wehrsamschen Verkostung teilnahmen. Auf dem langen, weiß gedeckten Tisch standen Wasser und Brot bereit. Christine lud die Gäste ein, sich zu bedienen. Karaffen und Körbe leerten sich schnell. Trotz des regen Geplauders wuchs die Ungeduld.

Gegen halb acht erklärte Sören: „Vielleicht hat unser Gastgeber etwas zuviel vorgekostet. Ich denke, wir sollten der Sache auf den Grund gehen."

Er suchte Christines Blick und sie nickte.

„Liebe Leute, kommt doch bitte alle einmal her!", rief Sören. „Wir wollen hören, was Herr Wehrsam zu sagen hat."

Sören verschwand im Büro. Die Gäste drängelten hinterher. „Ich frage ihn mal, ob das hier eine Wasserprobe ist!"

Sören hielt, am Schreibtisch stehend, einen Telefonhörer in der Hand. Die Gruppe wurde still.

„Norbert, was ist los?"

Er lauschte in den Hörer, dann stellte er den Raumtöner an.

„Als Aperitif Federweißer von Schmelig und Tanneck, was hältst du davon? Meine 96er Kollektion Kremstal ist interessant, aber belassen wir es bei der Wachau. Sören bist du da?"

„Ja natürlich bin ich da! Nimm einfach was Gutes! Nimm was von Pallreimer!"

„Von Pallreimer habe ich nur noch eine und habe Angst, der Korken zerbröselt mir unter der Hand. Vielleicht übernimmst du das mit deinen Akupunkteursfingern. So, ich geb's auf."

„Hoffentlich! Komm endlich rauf! Wir kommen sonst gleich runter und helfen dir!"

Sören beendete die Verbindung. „Es ist alles gut! Der Meister kann sich bloß nicht entscheiden. Ich schlage vor, dass wir ihm noch fünf Minuten Zeit geben, bevor wir nach unten gehen und uns selbst bedienen!"

Unter unruhigem Gemurmel marschierte die Gruppe zurück in den Salon. Sören grinste. „So eine Verkostung habe ich noch nie erlebt."

Christine holte eine Weinflasche aus der Handtasche. Ihr Gastgeschenk. „Geht's immer noch gut in Wien?"

„Waah", Sören riss Mund und Augen auf. „Alles gut. Zusammenleben kenne ich noch nicht so, aber immer besser. Sie müssen zum Essen vorbeikommen."

Christine öffnete den Schraubverschluss. „Ein wunderbares Weingut aus Spitz", erklärte Christine. „Nur kaum jemand weiß, dass dort erstklassiger Smaragd für acht Euro angeboten wird."

„Sie wollen das ändern?"

„Die Wölfe sind hungrig." Christine ging mit der Flasche um den Tisch und schenkte ein – eine kleine Pfütze für jedes Glas. Die Gäste dankten es wie Wüstenwanderer für kühles Wasser. Dann seufzten sie wohlig und lobten die Eleganz und Fruchtigkeit des Weines, die nicht vordergründig sei. Der Wein sei dicht und habe eine langen Nachhall, über die Rebsorte herrschte jedoch Uneinigkeit. Auf keinen Fall Veltliner, hieß es. Riesling auch nicht. Vielleicht ein Weißburgunder oder eine exotische Sorte aus Südfrankreich.

„Neuburger", klärte Christine das Rätsel auf, worauf einige Gäste sich dafür entschuldigten, diese traditionsreiche Sorte der Wachau nicht erkannt zu haben. In derartiger Brillianz wie hier im Glas, so versicherten mehrere, habe man sie lange nicht erlebt. Die Leute ließen im Stehen die letzten Tropfen in ihre Kehlen rinnen und sahen aus, als wollten sie gemeinsam ein Blaskonzert aufführen.

„Er ist immer noch nicht da", raunte Sören. „Er macht sich lächerlich. Gangster fängt er so schon gar nicht, die Idee war sowieso lächerlich."

„Ich verstehe es auch nicht."

„Jetzt ist es Zeit, in den Keller zu gehen."

15

Christine wusste nicht, wo sie mit dem Suchen anfangen sollte. Sie war einfach losgegangen, ihrem Gefühl und einigen Erinnerungen folgend. Keine besonders gewichtigen Erinnerungen, sondern die einzigen, die sie besaß. Das kleine Theater war keine Hilfe. Spielpause, die Website werde neu gestaltet.

Sie war noch nie über die Taborstraßen-Brücke in den 2. Wiener Bezirk gegangen, sondern immer über die Aspernbrückengasse. Sie erinnerte sich an eine staubige Strecke mit kleinen Allerweltsgeschäften und Möglichkeiten, schnell einen Kaffee zu trinken, die schließlich am bombastisch hässlichen und lauten Praterstern endete. Sie hatte sich für diese Gegend nie interessiert und erinnerte sich an ihren letzten Besuch. Vor über 13 Jahren, um das Clownsmuseum zu besichtigen, über das sie schreiben wollte. Jasmin Wolfrath war im letzten Moment auf die Idee gekommen, sie zu begleiten.

Heute, da sie über die Taborstraße in den 2. Bezirk spazierte, besaßen die Fassaden modischen Chic und einige wirkten luxuriös. Sie hatte darüber gelesen, dass der Bezirk in den letzten Jahren erst als Geheimtipp, dann als „In-Viertel" neue Aufmerksamkeit und Verwandlung erfahren hatte und „Gentrification" – die Verdrängung angestammter Bewohner durch wohlhabende Zuzügler – in vollem Gange sei. War Jasmin Wolfrath womöglich vor 13 Jahren an Projekten beteiligt gewesen, die Anstöße zur heutigen Kulisse gegeben hatten? Sie hatten nicht über ihre Arbeit gesprochen, sondern irgendein Zeug geplappert. Jasmin beschrieb in ihrem ersten Artikel für „Flex" die Orte, durch die Christine jetzt ging. Aber nicht auf eine Weise, wie man es von einer Stadtplanerin erwarten würde. Ihr Text las sich wie ein Streifzug durch eine Gemäldegalerie. Die Gemälde waren die Fassaden der Häuser. Sie beschrieb ihre Farben, ihr Material und ihren Zustand nur so weit, wie es das Auge anging. Als ob sich im Mosaik der Oberflächen alles Wesentliche ausdrückte. Das hatte in der Redaktion für Begeisterung gesorgt. Aber es half Christine jetzt rein gar nichts. Es gab keinen Anhaltspunkt in Jasmins Text, keinen Hinweis auf ein Restaurant zum Beispiel, das sie geschätzt und Christine die Möglichkeit gegeben hätte, Leute zu befragen.

Christine bog in den Karmeliterplatz ein. Einige Häuser sahen aus, als sei seit Jahrzehnten kaum etwas an ihnen verändert worden. Außer die Farben. Auf das kaputte, wie angebissene Mauerwerk eines karminroten Erdgeschosses folgte eine Etage mit lila Fassade, darauf eine weiße. Auf der anderen Straßenseite stand ein blumengeschmücktes altehrwürdiges Bürgerhaus und daneben ein modernes Bürogebäude.

In der Großen Sperlgasse wechselten cremefarben gestrichene Gebäude mit nackten, wie felsartigen Wänden. Alte, schmale Ladenfassaden mit zerbrochenen Fensterscheiben, verrosteten Schiebegattern und Schildern, die von „Waren aller Art" oder in Schönschrift von einer „Putzerei" kündeten, trugen die prächtig restaurierten, schneeweißen Mauern der oberen

Stockwerke. Am Haus gleich daneben stand in großen Lettern „Wiener Kriminal Museum". Christine hatte es noch nie betreten, doch konnte sich vorstellen, dass der Kriminalfall, in den sie verwickelt war, dort in einigen Jahren präsentiert wurde.

Alle Gäste waren am Tag der Verkostung bei den Wehrsams hinunter in den Keller gegangen und Sören hatte die Deckenbeleuchtung eingeschaltet. Christine hatte noch nie so viel Blut gesehen.

„Wartet!", hatte Sören geschrieen und war vorausgelaufen. Christine und die anderen blieben umgeben von der kühlen, dunklen Pracht der Weinflaschen am Eingang stehen.

„Scheiße, Scheiße, Scheiße", schrie Sören so laut, dass es von den Mauern widerhallte. Umständlich und bemüht, der Blutlache auszuweichen, beugte er sich über den liegenden Körper. Christine sah seine Arme fuchteln und seine Hände hin und her fahren. Vielleicht versorgte er Norbert Wehrsam mit etwas, stillte die Blutung mit einem Tuch oder Verband. Vielleicht hatte er etwas dabei, schließlich war er Heilkundler. War Norbert Wehrsam gestürzt, ausgerutscht?

Als Christine heraneilte, streckte Sören die Hand aus, als könnte sie seine lebensrettenden Maßnamen stören. Sie verharrte nur für wenige Sekunden.

War Norbert Wehrsam tot?, fragte sie sich. Was sonst, wenn er mit explodiertem Hals in soviel Blut lag. Auf einmal war Sören aufgesprungen, das Gesicht müde und schief, als seien Nerven gelähmt. „Ich rufe Hilfe", sagte er, bevor er sich im Laufschritt entfernte und Christine mit dem Toten allein ließ.

Christine erreichte den Praterstern, der von Baumaschinen, Umzäunungen und aufgeschütteter Erde umringt war. Nicht wissen, was man sucht und trotzdem das Gefühl haben, zu suchen. So fühlte sie sich.

Der Verkehr toste im Kreis. Christine gesellte sich zu Leuten, die dicht gedrängt vor einem Ampelübergang warteten, um eine abschreckende Bahn-

Unterführung in Richtung Wurstlprater und Riesenrad passieren zu können. Bevor die Ampeln auf Grün schalteten, entschied sie sich anders und überquerte den Donaukanal in Richtung 3. Bezirk.

Es war eine seltsame Situation gewesen. Christine fühlte sich der Familie Wehrsam verbunden, war aber nicht eng befreundet mit ihr. Sie wusste nicht, wie sie ihr Beileid übermitteln sollte. Drei Tage nach Norbert Wehrsams Tod wartete sie erneut vor der Villa in der Nähe des Türkenschanzparkes und sagte sich, dass Silvia nicht öffnen müsste, wenn sie nicht wollte. Annelie Gmener tat es: „Sie wird sich freuen."

Tatsächlich glaubte Christine Erleichterung auf Silvia Wehrsams Gesicht zu erkennen. Sie wechselten nur wenige Worte. Die meiste Zeit blieb sie mit Annelie Gmener im Salon allein.

Annelie Gmener berichtete, was ihr zu Ohren gekommen war: Der – oder die – Täter war über die Weinprobe gut informiert gewesen und durch die offene Tür in den Keller gelangt. Es konnte sich um keinen der geladenen Gäste handeln, denn die waren nach allen Erkenntnissen zwischen Sörens Telefonat mit dem Opfer und dessen Ermordung vollzählig im Salon versammelt gewesen.

Ob Wein gestohlen worden war, wusste man nicht. Wahrscheinlich gab es ein anderes Motiv. Die „Kellerpiraten" hatten bisher nie Gewalt angewandt. Vielleicht hatten sie es jetzt getan, weil Norbert Wehrsam kurz davor gewesen war, sie zu enttarnen.

„Da fällt mir ein", rief Annelie Gmener unvermittelt und es war das erste Mal, dass sie nicht mit gedämpfter Stimme sprach: „Kommen Sie doch auf unsere Pressekonferenz *Wein und Medizin*. Das müsste für Sie interessant sein!"

Christine versprach, es sich zu überlegen.

„Ich schicke Ihnen eine Einladung!"

„Es ist gut, dass der Haupttäter bekannt ist. Seither geht es ihr besser."

„Er ist bekannt?"

„Seine Fingerabdrücke fanden sich auf dem Schraubenzieher, mit dem Norbert ermordet wurde. Die Polizei ermittelte sie aber auch nach dem Einbruch ins Ferienhaus in Spitz. Damals hat Norbert einen Verdacht geäußert, von wem die Fingerabdrücke stammen. Die Polizei prüft das. Fest steht, dass beide Täter dieselbe Person sind."

„Und wer soll das sein?"

„Also, psst. Silvia hat nur unter vorgehaltener Hand davon erfahren. Jemand, den Norbert im Internet kennengelernt hat. Ein gewisser... wie heißt er noch..."

„Kosslovski?"

„Genau! Sie kennen ihn?"

Der 3. Bezirk auf der anderen Seite des Donaukanals erschien Christine wie das belebte Treppenhaus für die Innere Stadt. Sie erinnerte sich vage an Bemerkungen Gilberts über die „Landstraße". Über ein Geschäft mit „alten Büchern". Hatte er es nicht sogar mehrmals erwähnt?

Falls Kosslovski mit Gilbert identisch war, hatte er wahrscheinlich Norbert Wehrsam ermordet. Sollte sich hingegen zeigen, dass es sich um zwei verschiedene Personen handelte, war Gilbert kein Mörder. Christine hätte ihn aber wiedergefunden. Nur weil es die Verdächtigungen gegen Gilbert gab, suchte sie nach ihm. Wenn die Polizei morgen einen anderen Täter ermittelte, würde sie die Suche beenden, obwohl deren wichtigstes Ziel es war, Gilbert als Unschuldigen wiederzusehen... Sie hörte auf, darüber nachzudenken.

Sie passierte graue Zinshäuser in der Abendwärme. Die Straßen strahlten ein ruhiges, beinahe schläfriges Wohlbefinden aus. Löwengasse, Hetzgasse... Wo weitersuchen?

Christine hatte nicht verzweifelt um Norbert Wehrsam getrauert, doch es war etwas Gewaltiges geschehen. Sie hatte das Gefühl, dass unsichtbare

Fäden, an denen ihre Gedanken und Gefühle normalerweise hingen, zerrissen waren. Sie sah die Welt buchstäblich mit anderen Augen. Nur das Suchen lenkte davon ab.

Ein Antiquariat nahm die Eckfassade zwischen zwei Straßen ein. Davor standen Körbe mit vergilbten Taschenbüchern. Mit klopfendem Herzen betrat sie den Laden. Ein schlanker, bärtiger Mann näherte sich hastig.

„Ich schaue mich nur um."

Ein Antiquariat im dritten Bezirk. Es war keine Einbildung, sondern eine Erinnerung. Sie blätterte in einer 60 Jahre alten Ausgabe von Francois Mauriacs „Fleisch und Blut" und dachte nach. „Wo denn?", hatte sie damals Gilbert gefragt.

„Nicht weit vom Donaukanal. Die gesamte Weltliteratur, nur wichtige Bücher. Und alle fast umsonst. Besser als jede Bibliothek oder Leihbücherei."

Sie hatte seine Schwärmerei über ein Geschäft mit alten Büchern, wie es ähnlich in jeder Stadt existierte, belächelt. Jetzt, 13 Jahre später, donnerten seine Worte in ihren Ohren.

„Entschuldigung?", rief Christine in den Raum.

Das bärtige Gesicht kam hinter Bücherstapeln zum Vorschein.

„War Herr Kosslovski kürzlich hier?"

Der Buchhändler musterte sie misstrauisch. „Nicht, dass ich wüsste."

Bedeutete dies, dass er keinen Mann mit Namen Kosslovski kannte? Oder Kosslovski die Buchhandlung schon längere Zeit gemieden hatte? Oder nur während der Arbeitszeiten des Buchhändlers nicht aufgetaucht war? Christine wollte nicht nachhaken, legte den Mauriac weg und verabschiedete sich. Auf der Straße bereute sie, ihn nicht gekauft zu haben.

„Meine Dame!" Christine drehte sich um. Der Buchhändler stand in der Ladentür. „Drüben im Beisl", er hob den Zeigefinger. „Da sitzt oft der Josep. Und er trifft sich oft mit dem Kosslovski. Der kann Ihnen bestimmt sagen, wo er ist." Christine starrte ihn verblüfft an.

„Den Josep erkennen Sie daran, dass er lange, blonde, gut gewaschene Haare hat und meistens in einem Buch liest. Er ist ein Don Quijote-Experte."

16

„Ich danke euch. Danke." Silvia Wehrsam trug ein graues Kostüm, unter dessen Kragen eine Kette aus rötlichen Steinen funkelte. Sie hatte ihre Haare kurz schneiden lassen. Sören senkte den Kopf. Wie schön und erhaben sie aussah. Er wäre gern in die Knie gegangen oder hätte ihre Hand geküsst unter anderen Umständen.

„Norbert war Psychologe", sagte Silvia. „Er liebte Menschen und weil er sie so sehr liebte, hat ihn nichts erschreckt. Reine Erkenntnis, das hat er geliebt, weil er die Menschen liebte."

Warum erzählte Silvia das? Es gefiel Sören. Auch er war ehrlich gewesen. In einem tiefen Sinn. Zum ersten Mal nach langer Zeit dachte er wieder gern an die Nacht, die er mit Silvia verbracht hatte. Als Norbert noch lebte, wollte er nicht daran denken. Jetzt fühlte er sich wie befreit.

Unbehagen bereiteten ihm die Gedanken an Silvias Verbrechen. Oft hoffte er, sie sei unschuldig. Leider eine unwahrscheinliche Möglichkeit. Immerhin war sie durch den Tod ihres Mannes gestraft und vielleicht würde sie keine weiteren Untaten begehen. Manchmal fragte er sich, ob er nicht die Polizei einschalten sollte. Und immer fiel ihm ein, dass sie wahrscheinlich nichts ausrichten würde. Die Abwägung aller Umstände ergab, dass es nicht besser hätte laufen können. Auch wenn es nicht gut gelaufen war. Am meisten fürchtete er sich davor, aus Eigennutz zu handeln. Denn zur Polizei zu gehen bedeutete eine ungewisse Zukunft. Sören hatte nicht astrein in Notwehr gehandelt, sondern aufgrund von Überlegungen, die vor Gericht womöglich nicht berücksichtigt werden durften.

„Vielleicht haben mich Norberts Theorien noch nie so beschäftigt wie jetzt", fuhr Silvia fort. „Ich fürchte, ich habe sie jetzt erst richtig verstanden.

Nach meiner Rückkehr muss einiges getan werden. Vielleicht kannst du jetzt schon etwas vorbereiten, Sören."

Margot raschelte mit den Papieren, auf denen Silvia notiert hatte, was für die Zeit ihrer Abwesenheit zu beachten war. Es ging um Gärtnerbesuche und die Bedienung von Elektrogeräten, den Zugang zum Weinkeller und die Post. Sie und Sören hatten sich bereiterklärt, während Silvias Abwesenheit in der Villa zu wohnen.

Noch vor einiger Zeit war es Sören unangenehm gewesen, dass Margot auch dann gern seine Hand hielt, wenn sie sich mit anderen Leuten unterhielten. Inzwischen hatte er sich daran gewöhnt und vermisste ihre Hand sogar manchmal. Wie jetzt.

„Was könnte ich vorbereiten?"

Silvia Wehrsam reckte ihren Hals. „Mein Mann wurde umgebracht. Keiner weiß, warum und von wem. Dieser Kosslovski soll es gewesen sein. Sein Name ist aber für die Polizei nur Symbol für einen Unbekannten mit unbekannter Identität. Die Unsicherheit ist so groß, dass bislang keine Person offiziell verdächtigt wird. Wo ist Kosslovski? Bis jetzt sind er und seine Motive eine Fata Morgana. Das zweite sind die Kellerpiraten. Da wird ein Zusammenhang hergestellt. Kein Wunder, Norbert hatte sowohl mit ihnen wie mit Kosslovski zu tun. Und was soll ich glauben?"

„Wir werden Geduld brauchen, bis die Ermittlungen abgeschlossen sind."

„Wenn ich Norbert richtig verstanden habe, wollte er die Wahrheit besser ans Licht bringen, als es den Behörden möglich ist. Herauszwingen wollte er sie. Wir werden seinen Plan, die Kellerpiraten zu überführen, vollenden. Und so vielleicht auch seine Mörder."

Sören faltete die Hände.

„Zu diesem Zweck", sagte Silvia, „muss es ja eine Weinliste geben, Einladungen an Kenner und so weiter. Da wäre ich für deine Unterstützung dankbar."

„Alles was du willst. Aber hast du jetzt die Kraft für eine solche Aktion? Du sagst, Norbert wollte Ehrlichkeit, Wahrheit. Dann sind wir verpflichtet, nachzudenken."

„Über was?"

„Ob es eine Schnapsidee war."

„Das ist mir vollkommen egal. Ich kann es nicht beurteilen, ich will nur Norberts Plan zu Ende führen."

Silvia lächelte. Das hatte Sören lange nicht mehr bei ihr gesehen. „Es muss natürlich so schnell wie möglich nach meiner Rückkehr geschehen."

Sören nickte.

Er und Margot halfen ihr, das Gepäck zum Taxi zu bringen, mit dem sie zum Bahnhof fahren wollte. Seit Norberts Tod hatte Silvia ihr eigenes Auto nicht mehr benutzt. Sie bat Sören und Margot aber, es in ihrer Abwesenheit zu tun.

Als sie auf der Rückbank des Taxis saß, war Silvias Gesicht weich und freundschaftlich.

„Kann sein, dass ich länger als die zwei Wochen bleibe. Meine Freundin hätte mich am liebsten noch über Weihnachten da."

Sören stellte sich erleichtert einen auffrischenden Wind über dem Comer See vor und Silvia und ihre Freundin, die in Windjacken bei Kerzenschein auf einer Terrasse saßen. Wenn sie länger wegblieb, vielleicht sogar Monate, wäre der Plan vergessen, eine Verkostung nach Norberts Vorstellungen auszurichten.

Das Taxi fuhr los. Sören und Margot winkten hinterher. Dann umarmte und küsste er sie. Zwei Tage verließen sie nicht das Haus. Am Donnerstag meinte Sören: „Das Wetter soll am Wochenende schön werden. Wir können die Donau hochfahren."

„Du willst den Wagen doch nicht wirklich benutzen?"

„Sonst macht die Batterie schlapp. Sie hat das nicht gesagt, um uns einen Gefallen zu tun."

Als Sören am Sonnabend die Garagentür öffnete, entdeckte Margot zwei Fahrräder. „Die nehmen wir."

Über grüne Villenviertel und die stark befahrene Donaustraße erreichten sie entspannt Klosterneuburg. Sören widerstand der Versuchung, den Weinkeller des Stiftes zu besuchen. Dafür absolvierte er seinen ersten Kirchenbesuch als Mörder. Margot wollte unbedingt hinein. Früher hatte er sich vorgestellt, wie schlimm es sein müsste, mit einem Menschen auf dem Gewissen zu leben. Jetzt beruhigte ihn die Einsicht, dass er wohl einen Mord begangen haben mochte. Aber nicht in der reinen Form, wie er ihn sich früher vorgestellt hatte. Es war ein bestimmter, ein gerechtfertigter Mord gewesen. Wie alles mussten auch Morde von Fall zu Fall beurteilt werden.

Seine Füße bewegten sich leicht auf dem rötlich gemusterten Marmorboden ins Kirchenschiff. Er spürte einen erhabenen Kitzel beim Anblick der hoch aufragenden weißen Säulen mit ihren prächtigen Reliefs und der glänzenden Altarwand. Als ob er sich einem unbekanntem Sternensystem näherte. Sören nahm auf einer Holzbank Platz und genoss seine Ergriffenheit.

„Huhuhuhu!", ertönte es an seinem Ohr. Er fuhr zusammen und spürte Margots Wange. Sie hatte sich in die Bank hinter ihm gesetzt.

„Ich würde gern mal mit einem China-Experten nach China reisen."

„Oh."

„Du bist doch Experte."

„Aber noch nie in China gewesen."

„China und Tibet, die Tempel interessieren mich. Ich habe keine Ahnung davon. Ich stelle mir kahle Mönche vor, die auf Instrumente schlagen, die einen hellen Klang ergeben. Jedenfalls nicht diese protzigen Kostüme und alten Gerüche. Könnten wir auch in so einem Tempel heiraten?"

„Wir könnten zumindest...

Sie umschlang seinen Kopf mit beiden Händen und ihre Lippen berührten seine Wange und seinen Mund. Sie küsste ihn in der Kirche. Peinlich berührt durch den Gedanken, dass sie beobachtet werden konnten, erlebte er den Kuss zuerst wie gelähmt. Dann erwiderte er ihn.

„Kostüme und Gerüche – meinst du die katholische Kirche?"

Sie nickte.

Die katholische Kirche übte in den letzten Jahren eine gewisse Anziehungskraft auf ihn aus. Manchmal sah er im Taoismus nur noch leere Theorien. Dann wieder fiel ihm auf, wie selbstverständlich er alltägliche Dinge durch die Yin-Yang-Brille betrachtete. Und Katholik wollte Sören auch nicht werden.

Hatte Margot ihm soeben einen Heiratsantrag gemacht? Er warf einen Blick auf sie, als sie die Kirche verließen. Ihr Gesicht strahlte und sie schien von der Vorfreude auf neue Entdeckungen erfüllt. Er musste also nichts dazu sagen, das war gut so. Margot heiraten – es konnte nichts Großartigeres geben. Nur jetzt war es zu früh, darüber zu reden. Er würde keine Ruhe finden, bevor er genau wusste, was die Wehrsams getan hatten. Bevor es bewiesen war. Er musste den schweren Weg gehen. Durch Christine Sowell hatte er vom Schicksal Jasmin Wolfraths erfahren. Vielleicht wusste sie inzwischen mehr.

Er selbst war auch nicht frei von Schuld, das wurde ihm immer klarer. Er hätte sich selbst um den Fahrradfahrer kümmern müssen, statt Norberts Urteil zu vertrauen. Es war doch damals schon offenbar, dass Norbert ein Verbrecher war!

Zurück in der Döblinger Villa ärgerte er sich über den leeren Salon, von dessen Wänden die Tapeten heruntergerissen worden waren. Man konnte sich nur in die kleineren Räume zurückziehen. Keine Chance, am Kamin in einem Buch zu blättern oder Gäste zu empfangen.

Margot duschte nach der Radtour. Sören passte sie ab, als sie in ein Handtuch gehüllt über den Flur schritt. Sie schmiegte sich an ihn und Sören bereitete es Vergnügen, sie zum schlichten Schlafzimmer der Wehrsams zu drängen.

„Nein", sagte sie und raffte das Handtuch an sich.

Sören errötete und sie gingen in ihr eigenes Schlafzimmer.

Sören hatte für heute Theaterkarten gekauft. Er wünschte Dinge zu tun wie andere Paare auch. Er wollte alles nachholen. Sie hatten die Decke wie im tiefsten Winter bis unter das Kinn gezogen, während sie sich liebkosten. Die Vorstellung, ins Burgtheater zu gehen, war absurd.

„Heute läuft Faust."

Margot bewegte sich plötzlich nicht mehr.

„Mist. Wann müssen wir los?"

„Wir bleiben zu Hause."

„Meinst du, aber..."

„Meinst du nicht?" Er sah ihre lächelnden Zähne.

Als sie am nächsten Tag aufwachten, schimmerte grelles Sonnenlicht hinter den Gardinen.

„Ich koche Kaffee!", rief Sören fröhlich.

In seiner Wohnung in Stein blieb er nie lange unbekleidet. Inzwischen hatte er sich Margots Lässigkeit zu eigen gemacht und spürte dabei ein ungewöhnliches Gefühl von Freiheit.

Er öffnete schwungvoll die Küchentür.

„Gut geschlafen?", fragte eine Stimme.

Silvia saß mit übereinandergeschlagenen Beinen vor einer dampfenden Tasse. Obwohl sie nur wenige Tage fort gewesen war, sah ihr Gesicht gesünder und ihr Teint gebräunt aus. Ihr weißes Hemd unter ihrer schwarzen Weste hatte sie oben lässig aufgeknöpft. Sören starrte ihre roten, wippenden Stiefeletten an. Er widerstand dem Wunsch, seinen Unterleib mit den Händen abzuschirmen.

„Du bist schon wieder hier?"

„Es gibt viel zu tun."

Sören dachte daran, dass sie seinen Körper gemocht und umarmt hatte. Doch das reichte nicht aus gegen seine Scham und er stellte sich so hin, dass der Tisch ihn halb verdeckte.

„Du meinst, den Salon renovieren?"

Sie blieb ernst. „Gerade nicht. Es bleibt, wie Norbert es vorgesehen hatte." Sören senkte den Kopf.

„Hast du es etwa nicht gehört?", fragte Silvia.

„Was denn?"

„Die Kellerpiraten haben einen Keller in Krems ausgehoben."

„Ist jemand gestorben?"

„Nein. Aber es bestätigt Norberts These, dass sie in Wien nicht mehr ausreichend zum Zuge kommen und auf die Provinz ausweichen. Seine Rechnung geht auf!"

„Wir sind aber nicht in der Provinz."

„Deshalb ist es ja so leicht, sie herzulocken. Sie werden das Gefühl haben, ihre Goldgräberzeit sei zurückgekehrt."

„Ich stelle mir das nicht ganz einfach vor."

„Ach was! Norbert hat das Muster vorgegeben, wissenschaftlich."

Sören entspannte sich. Wie dumm von ihr, an die Wissenschaft zu glauben.

„Ich brauche deine Hilfe. Als erstes werden wir Einladungen konzipieren."

„Sicher."

17

Rustikale Tische und Stühle aus Holz standen auf der grünen Auslegeware einer kleinen, von Pflanzenkübeln gesäumten Holzveranda. Eine mit Kreide beschriebene Speisetafel hing an der Fassade und Kaffeewerbung in den Fenstern. Kein Gast saß im Freien. Christine ging vorbei. Sie konnte nicht erkennen, ob sich außer Josep weitere Personen im Beisl aufhielten. Sie konnte auch ihn nicht erkennen.

Ein Kind mit einem Schulranzen flitzte an ihr vorbei. War es nicht schon zu spät für Schule? Der Himmel lag in bleichem Dunst. Es war die Zeit, in der die meisten Leute ihre Arbeit beendet hatten und viele schon zu Hause waren, aber sich noch nicht in die Lokale, Theater und Kinos bewegten.

Christines Blick fiel in ein Schaufenster mit E-Gitarren. Danach kamen Wohnhäuser, die Querstraße und ein Restaurant.

Sie stoppte vor einem Haushaltswarengeschäft und stellte sich vor das Schaufenster, in dem sich der Straßenzug spiegelte. Das Beisl war zu erkennen und Woks, Pfannen, Messer. Auch Weingläser und einige Karaffen. „Für rote Weine", stand unter Gläsern, die Christine wegen ihrer geringen Größe eher für Weißweine benutzt hätte. Im hell erleuchteten Geschäft diskutierte eine Verkäuferin hinter einem Tresen mit einer Kundin. Christine glaubte, die Blicke der Frauen herüber zum Fenster flattern zu sehen. Sie ging weiter und näherte sich wieder der Buchhandlung, aus der sie gekommen war. Sie wollte sie nicht noch einmal passieren.

Hinter dem Buchladen stand eine Kirche. Dort könnte sie sich ausruhen und abwarten. Aber nichts sehen.

Der Buchladen kam näher. Christine sah unwillkürlich in die Augen des Händlers, der in seinen Auslagen kramte. Er zuckte zurück, etwas Unwirsches lag in seinem Gesicht.

„Ich habe mir überlegt, ihn doch zu nehmen."

Sein Gesicht entspannte sich.

„Mauriac, ‚Fleisch und Blut'."

Christine folgte ihm ins Geschäft und beobachtete, wie er Regale absuchte, in dem die Mauriac-Ausgabe nicht stand. Sie blickte durchs Fenster. Es tat sich nichts.

„Ahh", machte der Mann und lief zum richtigen Regal. Christine sah ihn zum ersten Mal lächeln und kramte in ihrem Kleingeld.

Der Mann hob den Zeigefinger in Richtung Fensterscheibe.

„Das Beisl meine ich."

„Ah ja." Sie hoffte, dass er noch dämlicher war als sie selbst und zählte das Kleingeld zusammen.

„Haben Sie ein besonderes Anliegen an Herrn Kosslovski?"

„Nein, nein." Sie reichte ihm das Geld. „Er ist wahrscheinlich gar nicht der, den ich meine. Zu kompliziert zu erklären."

Kaum stand sie wieder auf der Straße, schob er seinen Oberkörper aus der Ladentür.

„Madame! Da ist er."

Ein Mann, dessen feine lange blonde Haare im Wind aufwehten, entfernte sich vom Beisl.

„Josep!"

Christine hätte den Buchhändler gern gebeten, leiser zu sprechen.

„Vielen Dank." Sie nickte ihm lächelnd zu und hob in der Hoffnung, ihn mundtot zu machen, das Buch in die Luft. Josep verschwand in eine Seitenstraße.

Der Mann entfernte sich schnell. Er war schon kurz vor der Marxergasse, als sie ihn wiedersah. Sie beschleunigte ihren Schritt. Es ging weiter in die Rasumofskygasse.

Am Rochusmarkt verschwand er in der Menschenmenge, tauchte wieder auf und bewegte sich zielstrebig die Landstraßer Hauptstraße entlang. Christine hatte Hunger.

Der Mann lief unentwegt weiter Richtung Innere Stadt. Selten verweilte er kurz vor der Auslage eines Geschäfts. Sein leichter, beiger Mantel schien wie geschaffen für die Jahreszeit. Darunter trug er ein dunkles Jackett. Sein Bauch wirkte etwas füllig.

Erst beim Hotelhochhaus machte er einen scharfen Schwenk in den Stadtpark. Dort verfiel er ins Schlendern, ließ den Blick schweifen und wandte sich dem Kursalon zu. Umso anstrengender es für Christine wurde, dem Langhaarigen zu folgen, desto wahrscheinlicher erschien es ihr, auf die Spur von Kosslovski zu gelangen.

Er lief weiter über Lothringerstraße Richtung Konzerthaus. Dort war auch das Akademietheater, vielleicht hatte er dort zu tun. Das konnte Christine sich vorstellen. Nein, er steuerte den Karlsplatz an.

Plötzlich waren die blonden Haare verschwunden. Christine verdrehte nervös den Kopf. Es war schon dämmerig, sie konnte leicht etwas übersehen. Nein, der Mann war weg. Entweder hatte er sich hinter einem Busch versteckt, in Luft aufgelöst oder war in einem Treppenschacht verschwunden, der unter den Karlsplatz führte. Sie sprang auf die Rolltreppe und drängte sich an den abwärts fahrenden Menschen vorbei.

Die Unterführung war unübersichtlich mit vielen Geschäften und Gängen. Doch er saß wie auf dem Präsentierteller in einer gläsernen Caféteria inmitten dem Strom der Passanten. Auf einem Barhocker am kreisrunden Tresen.

Christine ging einmal vorbei. Im Augenwinkel sah sie ein Glas in seiner Hand. Kein Weinglas. Sie machte kehrt und nahm neben ihm auf einem Hocker Platz. Er schaute verstört zu ihr herüber, denn sie waren die einzigen Gäste. Christine studierte eine in Plastik eingeschweißte Karte und deutete auf sein Glas, in dem sich allem Anschein nach heller Schnaps befand.

„Gibt es hier auch gute Weine?"

Seine Gesichtsfarbe war blass. Als er jetzt grinste, plusterten sich seine Backen zu kleinen Hügelchen auf, auf denen rötliche Flecken zu sehen waren. Auch auf der Nase hatte er solche Flecken.

„Sie reisen aus Deutschland nach Wien, um in der U-Bahnstation hochwertige Weine zu trinken?"

„Das wäre allerdings ein Grund, nach Wien zu reisen."

Er grinste wieder. Die Kellnerin kam. Der Mann hob sein Glas. „Auch eins für die Dame!" Er fasste sie an der Schulter an. „Nein, es gibt hier keinen guten Wein. Aber gute Berner."

Tatsächlich brachte die Kellnerin ihm einen Teller mit Berner Würstchen, Pommes und Salatgarnitur. Und Christine Schnaps.

Er aß mit fast aufrechtem Oberkörper, die Schultern wippten leicht hin und her.

„Ich habe gehört, Sie kennen Kosslovski." Der Mann kaute langsamer. „Gilbert Kosslovski."

„Kosslovski, Kosslovski…" Eine aufgespießte Pommes drehte sich über dem Teller und landete im Ketchup. „Das ist ja mal eine gute Frage. Was wollen Sie von dem Mann?"

„Ich bin seine Geliebte."

„Oh Gott." Seine Kiefer mahlten genüsslich. „Hat er Ihnen die Ehe versprochen? Bekommen Sie ein Kind von ihm?"

„Er wird froh sein, mich zu sehen."

„Das glauben sie alle! Kosslovski, Kosslovski – ich bin auch ein guter Liebhaber. Trinken Sie Ihren Schnaps."

„Sie kennen ihn also nicht."

Er wandte das Gesicht ab und griff nach seinem Glas. „Ich kenne fast jeden in dieser Stadt. Aber nicht alle Kosslovskis. Noch was auf dem Herzen?"

Christine überlegte. „Jasmin Wolfrath?"

„Müsste ich kennen, bei dem Namen."

„Sie mögen Wörter?"

„He?"

„Und Sie lesen gerne Bücher."

Er behielt nach dem Trinken das Glas in der Hand.

„Ich finde auch", sagte Christine, „Don Quijote hilft in allen Lebenslagen. Und sonst der Hetzwirt."

Er hob den Kopf und schaute sich schnell um.

„Haben Sie eine Detektei auf mich angesetzt? Sind Sie Agentin, Reporterin?"

„Ja. Kennen Sie Kosslovski oder nicht?"

Er legte Messer und Gabel hin und schob den Rücken zurück, als ob sein Stuhl eine Lehne hätte. „Behbehbeh Behbehbe. Warum müsst ihr so reden?"

„Ich bin allein."

„Wenn Sie die Geliebte von diesem Herrn sind – warum wissen Sie dann nicht, wo er ist?"

„So geht es vielen."

„Und wieso glauben Sie, dass ich ihn kenne?"

„Soll ich Ihnen wirklich die ganze Geschichte erzählen?", fragte Christine. „Es erklärt sich doch von selbst. Man kann sich nicht aus den Augen verlieren, wenn man dafür sorgt, dass man sich wiederfindet."

Er schüttelte irritiert den Kopf.

Christine schwieg. Er hob die Hand. „Zahlen!"

„Er und ich haben auch gemeinsame Bekannte", sagte sie schnell. „Die Familie Wehrsam."

Alles in seinem Gesicht schien stillzustehen. Sogar die Wimpern.

„Es findet eine Art Trauerverkostung statt. Mit den Weinen, die er nicht mehr ausschenken konnte. Kosslovski wäre verärgert, wenn Sie ihm das nicht weitergeben. Am besten sagen Sie mir, wo ich ihn zurzeit erreichen kann."

Die Kellnerin kam und kassierte. „Hat es geschmeckt?"

Christine nahm einen Schluck aus ihrem Glas. Der Schnaps schmeckte scharf und angenehm. Der Langhaarige hatte eine Hand unter sein Jackett geschoben und starrte ins Leere. Die andere Hand führte er zum Mund und gähnte überdeutlich, während er vom Hocker rutschte. „Wenn Sie sich trauen."

„Was?"

„Vielleicht kann ich Ihnen weiterhelfen. Mein Mitbewohner kann alles herausfinden. Auch, wer Sie sind."

Christine trank ihr Glas aus, sprang vom Hocker und lief mit ihm los.

Die Rolltreppen zogen sie hinauf in die Dunkelheit. Laternen und Autos strahlten. Er ging in Richtung Wiedener Hauptstraße. Dann blieb er stehen und betrachtete Christine mit entschlossenem Gesichtsausdruck.

„Sie wollten doch Wein in Wien probieren. Oder etwa nicht?"

„Unter anderem."

„Na gut." Sein Gesicht wurde fröhlich. „Bei uns können Sie haufenweise Wein trinken, auch guten."

„Das habe ich mir gedacht."

„Sie brauchen keine Angst zu haben. Bei uns gehen ständig Weinfreunde ein und aus."

Die Wiedener Hauptstraße war lang und endete auf dem Gürtel. Der Mann sah gepflegt aus, aber beim genauen Hinsehen entpuppte sich sein Mantel als preiswert, das Hemd abgewetzt, die Schuhe knittrig. Christine fragte sich, ob es richtig war, mit einem Fremden in seine Wohnung am Gürtel zu gehen.

Sie überquerten den Rilkeplatz. Christine hatte plötzlich das Gefühl, nicht mehr umdrehen, nicht mehr flüchten zu können. So ein Unsinn, es waren Leute auf der Straße, sie hatte Platz und konnte hingehen, wohin sie wollte. Diesem Menschen folgen, warum? Wegen Gilbert? Mit dem war sie immerhin in ihre eigene Wohnung gegangen.

Er blieb stehen.

„Also?"

„Was?"

„Da wären wir."

Er machte eine einladende Geste, öffnete die Faust und ging zur nächsten Haustür, in die er einen Schlüssel steckte. Ein hoher Eingang. Kein schlechtes Haus.

Über eine Treppe mit marmornen Stufen und schwarzlackiertem Geländer passierten sie unübersichtliche Etagen. Eine der schweren und etwas abgegriffenen Türen schloss er auf.

Ein fruchtiger und zugleich muffiger Geruch wehte Christine entgegen. Es sah aus, als ob die Wohnung gerade renoviert würde, denn der Fußboden in der langen Diele war mit Zeitungsseiten bedeckt. Als die Tür ins Schloss schlug, war von irgendwo Husten zu hören. Josep lief mit watenden Schritten über die Zeitungsseiten, als fürchtete er, sie könnten an seinen Schuhsohlen festkleben.

Leise Musik drang an Christines Ohr. Trompeten. Sie betraten ein großes Zimmer. In einem Stoffsessel saß ein Mann. Sein Kopf nickte leicht im Takt der Musik, einem Trompetenkonzert. Er war von kleiner, gedrungener Statur, trug kurze Hosen und ein T-Shirt, die bloßen Füße hatte er weit von sich gestreckt. Neben dem linken leuchtete eine Energiesparbirne in einer Lampe ohne Schirm. Auf der anderen Seite stand ein halb aufgeklappter Laptop, der durch ein Kabel mit einer Buchse in der Wand verbunden war.

Christine erschauderte, als ihr Blick über den Boden schweifte, der auch mit Zeitungspapier übersät war und auf dem überall Flaschen standen und lagen. In den Ecken lagen sie aufgeschichtet übereinander und es ließ sich schwer erkennen, welche voll und welche geleert waren. Außerdem gab es nur noch einen Klappstuhl und einen Kühlschrank in dem Zimmer.

„Unser Verkostungszimmer. Das ist Egon. Egon das ist… wie war noch Ihr Name?"

„Ich sagte ihn noch nicht."

„Ach so. Ich bin Josep."

„Christine."

„Are you crazy?", fragte Egon. Auf seinem Bauch ruhte der Fuß eines Glases, dessen Stiel er mit Daumen und Zeigefinger umschloss und jetzt zu den Lippen hob.

Christine spürte kurz Joseps Hand in ihrer Taille. „Mehr Englisch kann er nicht."

„Mal rein, mal rein, mal rein, mal rein, alle Leute, mal rein!" Egon sang laut ungefähr im Takt des Trompetenkonzerts.

„Halt die Klappe, wir haben Besuch."

Egon sah Josep an und führte langsam das Glas an seinen Mund.

„Nehmen Sie Platz."

„Platz gibt's immer!", brüllte Egon.

„Wir werden sehen, was wir tun können."

„Wir tun, was wir sehen!"

„Halts Maul, Egon."

Egons Glas, das immer noch vor seinen Lippen schwebte, zuckte zur Seite. Der Inhalt schwappte, blieb aber in den Tiefen seiner gläsernen Höhle.

„Was schleppst du die Frau an."

„Sie interessiert sich für Wein. Egon und ich, wir sind nämlich Weinjournalisten. Die Güter schicken uns ihre Kartons, gratis natürlich, und wir schreiben, wie schlecht das alles schmeckt. Falls aber mal was Gutes dabei ist, wird der Winzer berühmt."

Egon brummte. „Ein harter Job."

„Ich bin aber nicht nur deshalb hier."

„Stimmt – wie hieß die Dame noch?"

„Jasmin Wolfrath."

Egon schüttelte mit ungläubigem Ausdruck den Kopf und sang: „Der Wein, der Wein ist unser Glück und unser Untergang. Mach doch mal ne Flasche auf, mach doch mal ne Flasche auf." Egon führte das Glas zu seinem Mund und hielt den unteren Rand an seine Oberlippe, so dass seine Nase über dem Weißwein schwebte. Er verharrte eine Weile, dann saugte er die Flüssigkeit mit einem einzigen Zug in seinen Körper. Das leere Glas stellte er behutsam neben die Lampe auf den Boden, fuhr mit den kurzen Händen links und rechts über den Sessel, umklammerte die Lehnen und stützte sich auf. Unendlich langsam erhob sich der Mann aus seinem Sessel. Sein großer Bauch schwankte bedrohlich hin und her, als ob er seinen Träger jeden Moment aus dem Gleichgewicht bringen könnte. Auf dem Sessel blieb ein aufgeschlagenes Heft mit eng beschriebenen Seiten zurück.

Egon stemmte schwerfällig ein Bein vor das andere, als sei auf jedes ein gewaltiges Gewicht gebunden, das er heben müsste. Christine stand in seinem Weg und als sie ihm auswich, erschienen ihr seine Augen wie zwei glänzende Murmeln.

„Wir trinken was und sehen... Burgmann, Pfalz 2003, das muss weg."

„Du willst uns jetzt nicht mit deutschen Weinen langweilen?"

„Nö, na gut, Scheiß drauf."

„Entschuldigen Sie bitte", sagte Josep. „Egon stammt aus Norddeutschland."

„Norddeutschland!", wiederholte Egon brüsk. „Pffh. Also gut. A Weaner. A Weaner bringt so leicht nix uam", sang Egon, „drum baut er Weine oan."

„Spricht man so bei euch?" Josep hockte sich grinsend in einer freien Ecke des Zimmers auf den Boden und machte für Christine eine einladende Geste in Richtung des Klappstuhls.

Egon öffnete den Kühlschrank und grölte: „Freut euch! Freut euch! Freut euch des Lehebens!" Seine kleine Hand umschnappte einen schlanken Flaschenhals. Christine kannte das Etikett auf der Flasche, wusste, wer der Winzer war. Egon schaukelte mit der Flasche in der Hand in ihre Richtung und machte einen plötzlichen, tänzerischen Ausfallschritt, der ihn vor dem Verlust seines Gleichgewichts bewahrte.

Er hatte einen roten Kopf bekommen und schnaufte, als er vor ihr in die Knie ging. „Bitte, erlauben Sie mir, gnädige Frau, diesen edlen Tropfen..."

„Aus der Wachau!", entfuhr es Christine.

„Ahhh." Er pustete Alkoholdunst in ihr Gesicht. „Sie wissen, dass es die Wachau gibt. Und Wein von dort. Und dass dieser einer ist."

Christine konnte jetzt lesen, dass es sich um einen Veltliner Smaragd aus dem letzten Jahrgang handelte. Genau diesen Wein hatte sie kurz vor ihrer Abreise nach Wien in Krems getrunken.

„Soll sie die Flasche an den Hals setzen?" Josep hantierte in einer Zimmerecke und kam mit einem Karton herüber, aus dem er drei offensichtlich fabrikneue Gläser nahm.

Egon schenkte ein. „Ahh. Gut trinken hält Leib und Seele zusammen."

Der Wein war besser, als Christine ihn in Erinnerung gehabt hatte. Tiefer, geheimnisvoller. Seine jugendliche Frucht schmeckte vollmundig, und doch fein mit schönen Facetten, die man verfolgen konnte. Der Wein schien einen geschmacklichen Untergrund zu haben, etwas Dunkles und schwer zu fassendes in der Tiefe unter seinen Fruchtaromen. Aromen exotischer Hölzer und aus Waldboden gegrabenen, lange gerösteten Wurzeln. Hin und wieder tauchte Süße auf. Deutlich im Vordergrund herrschte Pfirsich, aber als noch mächtiger entpuppte sich etwas anderes.

„Mannomann", murmelte Christine, „da ist ein Grapefruit-Laster stecken geblieben."

Um sie war Schlürfen.

„Jetzt schmecke ich es auch", sagte Josep.

„Hm", machte Egon.

„Sie interessieren sich für Wein und kennen sich aus?", fragte Josep.

„Ja."

Er sprang auf, nahm das vierte Glas aus dem Karton und bewegte sich zu einem der Flaschenberge. Das ploppende Geräusch einer Entkorkung hallte durch den öden Raum, dann das Glucksende, wenn Wein auf Glas traf. Josep kam zurück und hielt Christine das Glas vor die Nase.

„Was ist das? Probieren Sie."

„Wie bitte?"

„Na ja, Sie können sagen, was Sie schmecken. Lage, Jahrgang und so. Sie wissen doch. Oder wissen Sie nicht, wovon ich spreche?"

„Ist das ein Gewinnspiel?"

„Hmm." Er streckte den Rücken in die Höhe. „Wollten Sie nicht von uns was wissen?"

„Geben Sie her."

Christine roch, dann nahm sie einen Schluck und ließ ihn im Mund kreisen. Der Wein sandte unordentliche und widersprüchliche Signale aus. Klar war lediglich, dass es sich um Riesling handelte, der nicht aus Österreich stammte.

„Ich habe schon bessere Rieslinge aus deutschen Landen getrunken."

Egon sah Josep an. Der atmete durch.

„Agentin und Journalistin, sagten Sie. In Sachen Wein?"

„Ja. Ich habe meine Aufgabe erfüllt. Ich habe Anspruch auf meinen Preis."

Er nickte.

„Egon!"

„Yes Sir, nicht so ruppig, Sir."

„Beantworte der Dame ihre Fragen. Sie wollte etwas über eine andere Dame wissen."

„Und über Kosslovski", sagte Christine.

„Kosslovski!", rief Egon belustigt.

„Sie kennen ihn? Sie wissen, wo er ist?"

„Wenn wir ihn kennenlernen, lassen wir von Ihnen grüßen, in Ordnung?"

„Jasmin Wolfrath."

Egon schaute in sein Glas. „Bemerkenswerter Name."

Josep stand mit verschränkten Armen vor ihnen. Sein Blick wirkte angespannt. „Egon, was sagst du?"

„Fällt nischt ein."

Josep riss ihm das Glas aus den Fingern. Egon streckte wie ein flehendes Kind die Hände danach aus.

„Gib mir..."

„Streng dich an."

„Sie hat sich vor 13 Jahren die Kehle durchgeschnitten", erläuterte Christine. „Ihrem Hund wurde auch die Kehle durchgeschnitten."

„Daraus müsste etwas zu machen sein!", freute sich Egon. „Eine dunkle Erinnerung. Vielleicht... Mein Adressbuch."

Er setzte sich in Bewegung und genau wie Christine schien auch Josep es für wahrscheinlich zu halten, dass seine Suche einige der Flaschen ins Rollen bringen würde. Er streckte wie ein Verkehrspolizist die Hand aus und griff nach einem Handy, das er seinem Mitbewohner übergab.

Egon tippte auf dem Gerät herum.

„Wolfrath, Wolfrath. Ede kannte solche Leute. Aber der kam aus Lübeck-Travemünde."

„Spinn nicht rum! Du weißt etwas oder nicht."

Egon hielt das Handy ans Ohr.

„Egon hier. Ja, jaaaa. Aber mal was anderes. Ich such da eine Dame. Ja, haha. Die Welt ist aber manchmal zu groß. Also Jaaaasmiiin – ja, natürlich hat sie einen Nachnamen, du lässt mich ja nicht ausreden." Er blickte hilflos zu Christine.

„Wolfrath", flüsterte sie.

„Wolfrath!"

„Woher kennen Sie die Frau?", raunte Josep neben Christines Ohr.

„Ja, ich warte."

„Eine alte Bekannte."

„Na ja. Wir wollen keine Scherereien. Von irgendwelchen Agentinnen."

„Ja, ich bin noch da, aber lange nicht mehr. Ah ja und was sagt er? Nee, weiß ich nicht."

„Sie hat bei der Stadtplanung gearbeitet", rief Christine. „Projekte für den zweiten Bezirk."

„Hast du gehört? Sie hat irgendwas mit Stadtplanung für den zweiten Bezirk gemacht", wiederholte Egon in den Hörer. Er schnaufte ungehalten. „Jetzt ruft er wieder wo an. Würden wir ihn nicht immer so gut versorgen... Aber wenn wir selbst dann mal ein Anliegen haben, glaubt er sich womöglich entschuldet."

„Du vergisst, dass Christine uns auch nützlich sein kann. Zum Beispiel, weniger Flaschen leeren."

„Weniger Flaschen leeren?"

„Wenn Sie mitmacht, haben wir weniger zu tun."

„Natürlich bin ich noch dran!"

Christine hatte Lust, in ein teures Restaurant im 1. Bezirk zu gehen. In einen Laden, wo das Aufstellen der Gläser schon wie der erste Gang erscheinen würde.

„Ha, ha, ha, ha, ha!!" Egons Lachen hallte von den kahlen Wänden brutal wider. Leiser sagte er: „Bauprojekte gibt es eben viele...Ja, ich melde mich. Ciao."

Egon legte die Hand mit dem Handy auf seinen rechten Schenkel und kicherte.

„Was hat er gesagt?", fragte Christine.

Egon nahm sein Glas und trank. Dann kicherte er wieder.

„Sie hat gefragt, was er gesagt hat!", schrie Josep.

„Was soll denn diese Aufregung, dieses ordinäre Geschrei? Ihr erfahrt doch alles von mir! Frau Wolfrath hat definitiv nicht bei irgendeiner Baubehörde gearbeitet."

„Woher wissen Sie das?", fragte Christine.

„Weil ich telefoniert habe, Mensch. Also keine Baubehörde, aber schon eine Art Bauunternehmung." Er trank.

„Rede weiter."

„Assistentin beim Schönheitschirurgen. Die erste und die letzte, die mit den Patientinnen spricht. In der Art."

„Also, es gibt da jemanden, der von ihr gehört hat", erklärte Egon. „Weil, sie hatte mit vielen Leuten zu tun, die wiederum andere Leute kannten in der Stadt. Leute, die in gewisser Weise wichtig waren. Gut in Erinnerung ist sie vor allem wegen ihres Todes – der aufgeschlitzten Kehle."

„Warum überhaupt?"

„Gerüchte behaupten, andere Leute hätten ihren Selbstmord vorgetäuscht."

„Mann, klingt das gut."

„Wer sind diese Leute, die Jasmin kannten?", fragte Christine. „Ich möchte mit ihnen sprechen."

Josep lachte auf. „So einfach geht das nicht, meine Dame."

„Das muss ich aber auch sagen", setzte Egon hinzu.

Josep trank und stand auf. „Alles zu seiner Zeit." Er verschwand in der Diele. Dann bog er seinen Kopf zurück ins Zimmer. „Ich hol nur schnell was."

Er kam mit einem Aktenordner zurück und legte ihn auf Christines Schoß. „Schauen Sie mal rein. Und vorher Schwesternschaft trinken."

Er hob sein Glas und presste seine feinen, geschwungenen Lippen zu einem Lächeln zusammen. Die Männer prosteten ihr zu, sie hob ebenfalls ihr Glas, trank und blätterte ein paar Seiten durch. Weinlisten. Unendlich viele Namen von Weinen. Auf manchen Seiten ein paar Dutzende in Maschinenschrift, auf anderen nur wenige hingekrakelt. Weinnamen, Lagennamen, Winzernamen, Jahreszahlen. Und Preise.

„Was sagen Sie dazu?"

„Sieht aus wie ein Versteigerungskatalog."

„Gar nicht so schlecht, Christine, gar nicht so schlecht."

Sie schob den Ordner in seine Richtung, bis er ihn auffing.

„Sie kennen diese Weine, ja? Die Namen sagen Ihnen etwas."

Christine zuckte mit den Schultern. „Das ist mein Job."

„Was meinen Sie zu den Preisen? Wollen wir die Listen nicht mal durchgehen unter gewissen Gesichtspunkten? Das ist sicher auch für Sie sehr interessant."

„Später mal vielleicht. Es wird Zeit für mich."

Sie lief zur Tür, in der Egon stand.

„Sie sollten bald wiederkommen, Christine."

18

Das Haus war schwer einsehbar. Wegen der dicht wachsenden Hecken und Bäume drang in Sommernächten aus vielen Fenstern kein Licht auf die Straße. Aber auch jetzt lag es dunkel da. Jeremy öffnete vorsichtig die Eingangstür und schlich die Treppe hinauf. Seine Mutter, Sören und Margot schienen fort zu sein.

Auf halbem Weg nach oben machte er Licht an. Seine Räume besaßen einen eigenen Eingang. Das zweite Stockwerk war in seinem 13. Lebensjahr zu einer Wohnung für ihn umgebaut worden. Von seinem Zimmer blickte er über die Lichter der unzähligen anderen Villen zwischen Parks und Baumalleen. Die wuchtigen Konturen der Häuser ähnelten sich im Dunkeln.

Er hatte nichts gegen Sören und Margot. Sören bemühte sich um seine Gunst. Es behagte Jeremy, dass er viele häusliche Angelegenheiten an sich zog, über handwerkliche Arbeiten in Haus und Garten und über Einkäufe entschied. Stets mit einem Gesichtsausdruck, als wollte er Silvia nur helfen, als wollte er ihr Bestes und ihr jederzeit gehorchen. Gerade deshalb widersprach Jeremys Mutter wahrscheinlich nicht.

Jeremy spürte Sörens Anmaßung wie etwas, was ihn nicht betraf, aber dazu diente, seine Mutter in Schach zu halten. Mit ihr allein im Haus zu leben, behagte ihm nicht. Noch schlimmer wäre es, mit ihr und einem Liebhaber zusammenzuleben, obwohl sie zurzeit keinen hatte. Aber es konnte schnell passieren und selbst das würde er vielleicht aushalten, wenn Sören und Margot im Haus waren. Genau betrachtet, zog er nur wegen ihnen nicht aus.

Jeremy vermisste seinen Vater. Er hatte das Gefühl, ohne ihn etwas von sich selbst eingebüßt zu haben. Das würde sich hoffentlich geben. Sein Vater hatte auch keinen Vater mehr gehabt.

Irgendwann mussten die beiden natürlich aus dem Haus verschwinden. Am besten, nachdem er Margot verführt hatte. Sie war niedlich, verhielt sich ihm gegenüber aber schlimmstenfalls mütterlich und bestenfalls schwesterlich. Immerhin hatte er es geschafft, das Schwesterliche zu fördern durch schlagfertige Kommentare und Kostproben seines Wissens, die Margot augenscheinlich beeindruckten. Wenn er an Margot Balemy dachte, konnte er nicht mehr verstehen, sich je für Christine Sowell interessiert zu haben. Inzwischen stellte er sich vor, an welchem Ort er sie zum ersten Mal nackt sehen würde. Zuerst freute es ihn, wie gut die Vorstellung gelang, dann erschrak er. Womöglich war Margot Balemy nur irgendein Weib, das er aus biologischer Bestimmung begatten musste. Bei Christine Sowell hatte er diese Sorge nicht. Sie war auf einem anderen Ufer. Es wäre in gewisser Weise pervers, sich mit ihr einzulassen.

Hier oben hatte er Wohnraum, Schlafzimmer, Küche und Bad. Wenn er ausziehen würde, verfügte er über ähnliche Räumlichkeiten, jedoch nicht in dieser Größe und Ausstattung und auch ohne Putzfrau und Köchin. So gut wie jetzt würde er lange Zeit nicht mehr wohnen, wenn er erst ausgezogen war. Vielleicht nie wieder.

Er fragte sich, was er mit dem Rest des Tages anfangen sollte. Vielleicht die Bücherregale weiter leerräumen. Er wollte sich von allem trennen, was er bisher gelesen hatte und nur noch medizinische Fachwerke hinstellen.

Tief unten hustete jemand. Jeremy fuhr zusammen. Er hörte dumpfe Schritte auf den Stufen – Heimkehrer. Hier oben hatte er seine Ruhe. Zwei Stimmen waren zu hören und eine klang ungewohnt. Jeremy öffnete seine Tür und lauschte.

„Ich liebe dieses Haus, aber meines ist schöner", schallte Sörens Stimme durch die Flure.

„Es fällt mir schwer. Ich muss daran denken, was passiert ist", antwortete Christine. Theoretisch hätte sie den Mord an Norbert Wehrsam verhindern können. Sie war im Haus gewesen!

„Das verstehe ich", meinte Sören. „Aber gerade deshalb müssen wir einen großen Wachauer aufmachen. Was könnten wir hier Besseres tun?"

Hartnäckig hatte er sie in den letzten Tagen über SMS und Anrufbeantworter zu erreichen versucht. Schließlich verabredeten sie sich. Überraschend fuhr er mit Norberts Jeep vor und erklärte, wie wichtig es für Silvia sei, auch in ihrer Abwesenheit Menschen im Haus zu wissen.

Er führte sie in den Salon, in dem die Gäste am Tag von Norbert Wehrsams Tod auf die Weinverkostung gewartet hatten. Er war leer und die Wände frisch gestrichen.

„Es riecht hier noch."

Sie gingen in die Küche und Sören öffnete den Kühlschrank.

„Silvia wollte alles so lassen wie vor Norberts Tod. Verständlich, der Mausoleums-Effekt. Ich habe sie davon überzeugt, Norberts Pläne zu verwirklichen."

„Wie bitte?"

„Norbert wollte den Salon neu gestalten. Weg mit Plunder, Accessoires, Farben. Klar und weiß wie eine archaische Hütte, so stellte er es sich vor."

„Ach so."

Er entkorkte einen Riesling Smaragd vom Loibenberg. Aus dem Jahr 2002.

„Vielleicht ist er noch zu kühl."

„Wie geht es Silvia?"

„Schwere Zeiten liegen hinter ihr, schwierige stehen bevor."

„Ach so?"

„Wir brauchen ja nicht um den heißen Brei reden. Für mich ist es geradezu erschreckend, wie die asiatische Philosophie, die mich schon als Schüler ansprach und der ich gefolgt bin, ohne zu wissen, ob ich wirklich richtig liege..." Er blickte einen Moment still in ihre Augen. „Also, wie sehr sich alles bewahrheitet. Bei Familie Wehrsam kann man wunderschön sehen, wie alles Hand in Hand greift. Wie jeder Gedanke, jede Tat aus der

Vergangenheit fortwirkt und sich entpuppt. Nichts, was die Wehrsams falsch gemacht haben in der Vergangenheit, hat die Gegenwart vergessen. Und sie rächt sich durch die Zukunft. Aber das wäre ein westlicher Gedanke. Man kann es auch anders ausdrücken: Hitze und Mangel – das kann auf Dauer nicht gut gehen. Das versteht jeder."

„Es klingt für mich, als wüssten Sie mehr über Norbert Wehrsams Ermordung als bisher bekannt ist."

Er schob ein Glas zu sich und eines zu Christine und schenkte ein – eine satte, goldschimmernde Flüssigkeit.

„Zum Wohl." Sörens Gesicht verschwand hinter dem Weinglas. „Ah, da möchte ich gleich wieder zurückfahren in die Wachau. Nein, na ja. Spekulationen, was bleibt uns anderes übrig in dieser Situation? Ich bin kein Detektiv. Früher oder später kommt alles von selbst ans Licht."

„Von selbst kam bisher überhaupt nichts ans Licht", widersprach Christine. „Für das Wenige, was ich herausfand, musste ich hart arbeiten."

„Jetzt bin ich neugierig."

Christine nippte, nippte noch einmal und fühlte sich wie in Schwingungen versetzt.

„Sie erinnern sich an Jasmin Wolfrath?"

Sören nickte eifrig.

„Das Neueste ist, dass sie nicht bei einem Bauamt, sondern bei einem Schönheitschirurgen tätig war."

„Wundert mich nicht wirklich. Psychologen, Schönheitschirurgen und die Modeärztin Dr. Wehrsam. Alles eine korrupte Bande, die sich Opfer hin und her schiebt. Zum Glück kann aber niemand die Wahrheit aufhalten oder verändern. Wie soll das gehen? Der einzige Trost ist, dass auch die Lügner Werkzeuge der Wahrheit sind."

„Ach ja?"

„Wir leben in einer verrückten Welt. Erleben Dinge, die nicht zu dem passen, was wir gelernt haben. Wer sich an das Erlernte klammert, wird immer irren. Wir müssen erkennen, was wirklich ist, was passiert. Der Wahrheit folgen. Was kann man sonst tun, als der Wahrheit zu folgen?"

„Etwas genauer bitte."

Er nahm einen schlürfenden Schluck. „In den letzten Minuten ihres Lebens war Jasmin Wolfrath mit Norbert zusammen, sie tranken einen besonderen Wein, den er mitgebracht hatte. Dann war sie tot."

„Woher wissen Sie das?"

„Recherchen."

„Warum sagen Sie das nicht der Polizei?"

„Beweise im juristischen Sinne gäbe es wohl jetzt schon, ich weiß es nicht genau. Solange Zweifel bestehen, werde ich nichts gegen die Familie Wehrsam unternehmen."

„Sie wohnen in ihrem Haus!"

„Wie ich schon sagte: Die Dinge kommen nicht zusammen wie vom Menschen geplant oder weil sie zueinander passen, sondern aufgrund von universellen Gesetzmäßigkeiten. Wo Fülle ist, kommt es auch zur Enge, die Lüge zieht die Wahrheit an."

„Also braucht man nur die Hände in den Schoß legen?"

„Ich hoffe, dass meine Befürchtungen falsch sind, aber befürchte das Gegenteil. Es geht nicht darum, nichts zu tun, sondern tätig zu werden, wenn etwas getan werden muss."

Margot Balemy traf ein. Ihre gute Laune erfüllte augenblicklich die Küche. Sie berichtete von einem aufstrebenden Regisseur, zu dessen Filmpremiere sie gestern eingeladen gewesen war. „Sein Produzent ist noch jünger als er selbst und wich irgendwann nicht mehr von meiner Seite. Es sah komisch aus, als er nicht mitkriegte, wie ich ins Taxi stieg, und sich verdattert nach allen Seiten umsah, als hätte der Erdboden mich verschluckt."

„Das hast du gut gemacht."

Sie probierte vom Wein, blieb aber stehen.

„Ist hier Party?"

Jeremy stand in der Tür. In ausgewaschener Jeans und zugeknöpfter Weste, unter der sein Oberkörper offensichtlich nackt war. Es sah albern aus, fand Christine.

Sören sprang auf und holte aus einem der Schränke ein weiteres Glas. „Noch ist es keine! Ich wusste gar nicht, dass du hier bist."

„Noch nicht lange. Was ist das?"

„Guter Riesling aus 2002."

Jeremy schob sich grinsend einen Stuhl zwischen die Beine, ließ sich fallen und probierte. „Ahaha. Geschmackvoll. A propos." Er sah Margot Balemy an.

„Ach ja!" Sie schlug die Hand an die Stirn. „Wieviel Zeit?"

„Morgen abend."

„Verdammt knapp, da sind wir doch..."

„Worum geht's", fragte Sören.

„Birgits Geburtstag", sagte Jeremy. „Anziehsachen wünscht sie sich. Ich bin einfach los und hab eingekauft. Keine Ahnung von dem Plunder und ob es ihr passt. Margot hat ihre Figur und weiß besser als ich, was ich umtauschen sollte."

„Morgen haben wir viel vor. Am besten ihr erledigt das sofort."

Oben in seiner Wohnung war Margot noch nie gewesen. Ihre Schritte in seinem Rücken klangen energisch, zielstrebig. Der Flur zu seinen Zimmern wirkte wegen seiner Enge fremdartig in dem großzügigen Haus. Umso mehr Eindruck machte dann Jeremys Domizil mit dem Blick über Döbling. Er hatte nur eine Tischlampe brennen lassen.

Er spürte Margots Befangenheit, als sie seine Räume betrat.

„Was ist mit deinen Büchern?" Sie strich mit den Fingerspitzen über Einbände, lugte nach den Titeln.

„Ich tausche sie aus."

Etwas Belustigtes lag in ihren Augen. Grüne Augen unter zarten Wimpern. Jeremy fragte sich, ob seine Existenz sinnlos war. Vielleicht waren alle Hoffnungen vergeben.

„Wo sind die Klamotten?"

Er deutete zu einer Reihe von Plastiktüten neben seinem Schreibtisch.

„Noch nicht ausgepackt!", rief Margot Balemy fröhlich und lief hin. „Darf ich?"

Jeremy nickte.

Sie nahm im Schneidersitz Platz und lupfte zusammengefaltete Kleidungsstücke heraus. Hier einen Ärmel, dort einen Träger, um sie dann wieder zurückzuschieben.

„Ist das für Geburtstag, Weihnachten und Hochzeit zusammen?"

„Ich wusste doch nichts Genaues und kann zurückgeben, was ich will."

„Also gut." Margot Balemy kam auf die Beine, ohne sich abstützen zu müssen, und hielt einen Blazer in der Hand.

„Gibt es einen größeren Spiegel?"

Jeremy deutete in Richtung seines Schlafzimmers.

Margot Balemy verschwand und als sie zurückkehrte, trug sie den Blazer.

„Zu weit", sagte Jeremy.

Sie schaute irritiert auf ihre Schultern. „Ein bisschen Platz habe ich gerne."

„Passt nicht zu dir."

„Soll doch zu Birgit passen!"

„Vielleicht eine der Blusen? Ich habe grün und weiß."

„Na sowas."

Margot zog den Blazer aus und Jeremy wühlte in den Taschen. „Hier! Weiß ist schön."

Margot zog ihren Pulli über den Kopf. Sie trug einen schwarzen BH.

„Also her damit."

Jeremy faltete die Bluse auseinander und half ihr beim Ankleiden. An den Taillen strich er die Bluse mit beiden Händen glatt. Margot Balemy lachte auf, als staunte sie über seine Waghalsigkeit. Er ließ von ihr ab und machte einen Schritt rückwärts, um sie besser betrachten zu können.

„Ha, ha, ha."

„Was ist?"

Jeremy streckte den Zeigefinger aus. „Guck es dir an."

Margot Balemys schwarzer BH zeichnete sich bizarr unter dem Weiß ab. „Na ja. Aber im Großen und Ganzen ein hübsches Teil."

„Es muss perfekt sein!", rief Jeremy und kam mit einer neuen Tüte. „Schau dir das an." Er hielt einen lachsfarbenen BH in Händen. „Behalte du ihn."

Sie lachte. „Unsinn. Er ist für deine Freundin."

„Sie wird ihn nicht wollen."

Margot drehte und wendete das Teil. „Wieso, was ist dagegen zu sagen?"

Jeremy ließ sich auf einen Stuhl fallen und versenkte sein Gesicht in der Hand.

„Was ist denn los?" Margot legte besorgt ihre Hand auf seine Schulter.

„Es ist aus mit Birgit und mir. Aus und vorbei!"

19

Christine erwachte mit Kopfschmerzen. Ab und zu blitzte die Sonne in der Küche auf. Als sie das Haus verließ, um im nahen Supermarkt einzukaufen, der Veltliner im Sortiment hatte wie man sie in Deutschland nur in Fachgeschäften fand, fühlte sie sich zu dünn angezogen im frischen Wind. Auf dem Rückweg nahm sie ihre Post mit. Ein Umschlag war weder frankiert noch adressiert. Auch ein Absender fehlte.

Christine zog ein glattes Blatt heraus. Ein Foto. Sie sah es an und schnell wieder weg. Jasmin Wolfrath war zu sehen. Ihr graues Gesicht mit geschlossenen Augen zur Seite gewandt. Das Foto reichte nur bis oberhalb des Kinns. An ihrer Schläfe war ein roter Schnitt zu erkennen. Aus dem Hintergrund wurde das Foto durch eine helle Lampe überstrahlt. Christine drehte das Foto um. Auf der weißen Rückseite stand: „Aus der Gerichtsmedizin - wenige Stunden, nachdem man sie fand. Nur eine Kostprobe. Bis bald."

Christine sah wieder auf das Foto. Sicher war es ein Schnitt desselben Messers, mit dem sie sich umgebracht hatte. Oder umgebracht wurde.

Zum Glück war das alles über 13 Jahre her. Vielleicht war es kein Messer, sondern ein Skalpell gewesen. Ein chirurgisches Messer. Wenn Jasmin bei einem Schönheitschirurgen gearbeitet hatte, hatte sie es aus der Praxis vielleicht entwendet. Christine zwang sich, sich nicht vorzustellen, was Jasmin in den letzten Momenten vor ihrem Tod erlebt hatte. Vielleicht hatte sie sich gegen die Messerattacke gewehrt.

Bauamt, Schönheitschirurgie... Jasmin hatte erzählt, dass sie nach der Arbeit ab und zu ins Urania-Kino ging. Zwei Mal waren sie zusammen dort gewesen und beim ersten Mal hatte Jasmin vorgeschlagen, sich im Foyer zu treffen und dort vor der Vorstellung ein Bier zu trinken. Christine saß damals also im Foyer des Urania-Kinos und wartete. Der verabredete Termin war lange verstrichen, immer mehr Menschen strömten in den großen Saal, als eine Frau vom Buffet Christine ansprach. „Sind Sie Frau Sowell? Die Jasmin hat angerufen, Sie möchten bitte schon einmal hineingehen. Sie musste länger bei der Arbeit bleiben."

Noch während im Kinosaal die Werbung lief und Christine sich fragte, mit welchen Worten sie der Buffetdame so gut beschrieben worden war, sank Jasmin atemlos auf den Platz neben ihr. „Ein Stress heute! Bin gegangen so schnell ich konnte."

Mehr als 15 Minuten konnte sie nicht gebraucht haben. Allem Anschein nach zu Fuß. Inzwischen hatte Christine herausgefunden, dass es in der Umgebung des Urania-Kinos kein Bauamt gab. Was Egons Aussage bestätigte, Jasmin habe nie bei einem gearbeitet. Woher war sie dann gekommen?

Arztpraxen rings um die Urania waren mit Hilfe des Internets schnell aufgelistet. Das *Institut Renova* stach heraus. Was für ein Name. Die Website bot nur spärliche Informationen, verdeutlichte aber, dass es hier nicht um Gebäudereparaturen, sondern um Lidkorrektur, Brustvergrößerung und Hautstraffung ging. Dr. Grot, Plastischer Chirurg, zeichnete verantwortlich. Christine machte sich auf den Weg.

Die Klingelschilder des großbürgerlichen Hauses waren schlicht. Büros, Agenturen, und *Inst. Renova*. Der mächtige doppeltürige Eingang führte in ein helles, stuckverziertes Treppenhaus. Christine hatte eine Beratung erbeten. Sie musste lange durch den Flur laufen, bis sie auf einen kleinen marmornen Springbrunnen und einen Fahrstuhl stieß.

Im dritten Stock fiel ihr Blick auf eine gläserne Tür. Christine drückte auf einen Knopf der Gegensprechanlage. Es erschien eine Frau in rotem Jackett, blauer Bluse und blauer Hose. Christine hielt sie zuerst für eine Patientin, die nach Hause strebte und wollte sie vorbeilassen. Doch die Dame blieb in der Tür stehen und sah sie an, als ob sie begriffsstutzig wäre.

„Sie hatten einen Beratungstermin vereinbart?", fragte sie mit piepsiger, entschiedener Stimme.

Christine nickte.

„Hereinspaziert!"

Sie betrat einen mild beleuchteten Raum mit niedrigen Sesselchen und langen hellen Sofas. Mitten im Raum standen Plastiken mit rundlichen Formen.

„Bitte, nehmen Sie Platz. Der Herr Doktor wird sich gleich um Sie kümmern können!"

Noch während sie sprach, öffnete sich die cremefarbene Wand. Eine geschickt kaschierte Tür. Ein schlanker mittelgroßer Mann mit graubraunem

Schnauzbart und gleichfarbigem dichtem Haar trat ein. Sein schmales Gesicht lächelte zart überheblich. Er trug einen blauen Anzug mit brauner Krawatte.

„Ich bin Doktor Grot. Wenn ich Sie bitten darf."

Sein Büro passte schlecht zum Wartezimmer. Ein hässlicher Schrank mit einem Durcheinander aus Buchrücken und Aktenordnern stand neben einem kleinen Sofa. Schräg in den Raum war ein Designer-Schreibtisch aus Kunststoff gerückt worden. An den Wänden hingen Urkunden und ein paar abstrakte Gemälde.

Erst als er die Tür geschlossen hatte, reichte er ihr die Hand. Ein warmer, etwas lascher und etwas zu langer Händedruck.

„Wunderbar, dass Sie zu uns gefunden haben. Nun nehmen Sie doch bitte Platz. Kaffee, Tee, O-Saft?"

„Nein danke. Ich wollte nur einige Fragen stellen."

„Nur – sagen Sie das nicht! Die Fragen sind das wichtigste. Zwei Drittel aller gewünschten Eingriffe nehmen wir nicht vor, nachdem die Fragen beantwortet worden sind!"

Christine verzog überrascht das Gesicht.

„Wir seriösen Schönheitschirurgen raten viel eher von einem Eingriff ab, als ihn vorzunehmen. Patientinnen haben leider oft vollkommen falsche Vorstellungen."

„Sie meinen, sie wollen aussehen wie Popstars oder andere Idole."

Er nickte enthusiastisch. „Einigen ist schwer zu erklären, wozu wir allenfalls bereit sind. Der Natur nämlich dann unter die Arme zu greifen, wenn sie sich nicht an ihren eigenen Plan gehalten hat. Wenn sie selbst einen schwachen Tag hatte und danebengriff."

„Höckernase und so."

„Möglicherweise. Dann versuchen wir zu rekonstruieren, wie der Plan idealerweise ausgesehen hätte. Wir gehen wie Bildhauer vor und erfüllen keine überzogenen Wünsche. Die Natur setzt uns den Maßstab und die Grenze."

„Aber die Leute wollen doch wahrscheinlich einfach nur besser aussehen."

„Und jetzt sagen Sie es!" Seine Zeigefinger dirigierten sachte über der Tischplatte. „Nur wenn jemand unter seinem irrtümlich geformten Körper leidet, ist er operabel. Objektive ästhetische Kriterien und eine überprüfbare, anhaltende emotionale Ausnahmesituation – das ist der Stoff, aus dem die Schönheitschirurgie ist."

Christine lehnte sich zurück. Seine Worte vernebelten ihr Gehirn. Der Chirurg schmunzelte. „Bei Ihnen erklärt es sich natürlich von selbst."

Christine hob den Kopf. „Was?"

„Sie erscheinen mir nicht wie eine Person, die unreflektiert in unsere Praxis kam. Sie wirken auf mich wie eine Frau, die weiß, was sie tut und was mit ihr nicht stimmt."

„Was stimmt denn nicht mit mir?"

„Natürlich stimmt alles, aber auch alles mit Ihnen! Aus einem Grund sind Sie aber zu uns gekommen."

Christine senkte den Kopf. „Stimmt."

Dr. Grot erhob sich gemächlich. „Die Brust ist mein Spezialgebiet."

Er ging zu einem Schränkchen, fingerte in einer Schublade, und legte eine Mappe auf den Tisch. „Originalzeichnungen von mir. Ich wollte Künstler werden und habe das zuerst auch studiert. Aber es gab eben auch die Neigung zur Natur und die Sehnsucht, Menschen zu helfen. Und so wählte ich den Beruf, der alle meine Neigungen auf ideale Weise vereint."

Christine sah eine weibliche Brust auf weißem Grund, gezeichnet in rötlichen Tönen. Die weiteren Blätter zeigten ebenfalls Brüste. Runde, ovale, laszive, üppige, von oben, unten, von der Seite...

„Lassen Sie sich nicht täuschen! Es gibt unendlich viele wunderbare Formen. Vom Papier auf die dynamische Natur zu schließen, die sich ewig neue Zusammenhänge erschafft, wäre aber ein Trugschluss." Dr. Grot hielt ihr bereits den nächsten Ordner hin. Dieses Mal mit Fotos von echten Brüsten auf die Striche und Kreise gemalt waren.

„Jede Form ist relativ und die weibliche Brust bezieht ihre ästhetische Qualität einzig allein aus dem Körper, dem sie angehört. Einzig allein nur aus diesem einen Körper. Wir sollten deshalb mit einer ausführlichen Diagnose beginnen." Dr. Grot deutete auf Christines Brust. „Es genügen wenige prüfende Blicke von mir, um eine Disharmonie zu erkennen. Vielleicht bekommen wir sogar einen ersten ästhetischen Entwurf hin!"

Christine fasste sich erschrocken an die Nase. „Deswegen bin ich nicht hier."

Er schloss langsam den Mund, während er sie anstarrte. „Ich verstehe. Tut mir leid. Hm."

Dr. Grot erhob sich und schritt, den prüfenden Blick weiterhin auf Christine gerichtet, einmal um ihren Stuhl. „In der chirurgischen Ausführung bin ich auf jedem Gebiet gut, für die Anamnese und Entwurfsplanung würde ich sie an meine Kollegin verweisen. Es ist das Prinzip des Instituts, dass nicht jeder alles macht. Wir ergänzen uns, damit allein nur die besten Fähigkeiten zur Ausübung kommen. Unsere Nasenspezialistin ist leider gerade nicht im Haus, aber wenn Sie mir Ihre Telefonnummer geben, wird Sie sich umgehend bei Ihnen melden."

Christine hob abwehrend die Hand.

„Oder Sie rufen meine Kollegin selbst an!" Er umrundete eilfertig seinen Schreibtisch und griff in ein Kästchen. „Hier ist ihre Karte."

Christine nahm das Pappstück entgegen und las: „Dr. med Silvia Wehrsam. Gynäkologie. Ästhetische Chirurgie."

Nachdem Christine die Praxis verlassen hatte, ging sie in den Prater. Sie ließ Riesenrad und Amüsierbetriebe links liegen, setzte sich in den Garten eines Lokals an der Hauptallee und aß Gulaschsuppe. Nach dem Bezahlen rief sie Sören an und berichtete ihm, was sie herausgefunden hatte.

„Ich glaube es nicht", sagte er.

„Ich hab's schwarz auf weiß."

Er seufzte. „Das machen so einige Gynäkologen, nebenbei an den Brüsten und Fettpolstern ihrer Patientinnen herumschnippeln. Jetzt ist mir auch klar, woher das ganze Geld der Wehrsams kam, mehrere Häuser und Autos... Silvia ist Schönheitschirurgin in der Praxis, in der Jasmin Wolfrath zuletzt arbeitete..." Christine hörte, wie er durch die Zähne pfiff.

„Das ist noch nicht alles. Ich habe so eine Art gerichtsmedizinisches Foto von ihr. Wohl das letzte, das von Jasmin aufgenommen wurde."

„Waren Sie bei der Polizei?"

„Nein, das Foto wurde mir gewissermaßen zugespielt, von Leuten, die Leute kennen. Es zeigt eine Schnittwunde an ihrer Schläfe."

„Oh Gott."

Christine stand auf und lief über die Hauptallee entlang von Bäumen, die noch so grün waren, als sei der Herbst unendlich fern.

„Entschuldigung, ich bin noch da."

„Ich auch."

Christine wich einem Kinderwagen aus, an dem eine junge Frau hing. Vielleicht würde sie im Ersten Bezirk einen Fresskeller besuchen, eines dieser Gewölbe, in denen sich Touristen tummelten. Der Wein kam in kleine Gläser, Stimmen raunten von überall, Amerikaner oder Franzosen saßen am Nebentisch. Als sie erneut ins Handy hörte, sprach Sören wieder.

„Wieso ist immer von Selbstmord die Rede gewesen, wenn es doch augenscheinlich einen Kampf gegeben hat?", fragte Sören. „Wer sich umbringt, wird sich nicht vorher sinnlos Schmerzen zufügen. Ich verstehe es nicht. Wissen Sie Frau Sowell, ich denke, wir sind einer sehr tragischen Sache auf der Spur. Darf ich das Foto einmal sehen?"

„Ich will es nicht behalten. Ich schicke es Ihnen noch heute per Post."

Kurz nachdem sie sich verabschiedet hatten, klingelte das Handy in ihrer Handtasche.

„Hallo?"

„Hier Josep. Haben Sie unsere Sendung erhalten?"

„Wieso kennen Sie meine Adresse?"

Er lachte. „Kommen Sie in den St. Marx Club."

20

Gilberts Muskeln entspannten sich und das Atmen fiel ihm leichter, wenn er an Budapest dachte.

Noch befand er sich aber in Wien und spürte, dass seine Abreise überfällig war. Er lief am Donaukanal, weil hier weniger Menschen spazierten als auf der Erdberger Straße oder Landstraßer Hauptstraße. Oben über der Böschung des Donaukanals raste der Verkehr Richtung Bratislava.

Selbst wenn man ihn verdächtigte, würde er schwer zu identifizieren sein. Es gab nur eine einzige für ihn bedrohliche Verbindung zwischen seinem konstruierten Ich und seinem echten. Die meisten verfolgten Leute machten aber den Fehler, erst Vorkehrungen zu treffen, wenn die Jagd bereits eröffnet war.

Die kleine Fähre legte vom Ufer der Leopoldstadt ab. Gilbert kannte den Betreiber, einen Späthippie. Sein Boot war bunt bemalt, Pflanzen und Tiere lebten darauf. Gilbert ging schneller, um nicht von ihm erkannt zu werden. Er scheute alles, was zu seinem Alltag gehört hatte. Supermärkte, Weingeschäfte, Buchläden, Beisl, Cafés.

Neben der Bundesstraße zogen sich glatte Firmenfassaden dahin. Als Gilbert sie hinter sich gelassen hatte, bewegte er sich vom Kanal weg in die Tiefe des dritten Bezirks. Im Glauben, den Weg genau zu kennen, verlor er sich bald in einem Gewirr aus Lagerhallen, Fabrikgeländen, Industrieflächen und Straßen.

Gilbert trug einen schwarzen Anzug und ein weißes Hemd. Der passende Aufzug für einen Rockclub, hatte er gedacht. Ein frischer Wind fuhr aber nun unter sein Jackett und er konnte sich vorstellen, dass die Nacht unangenehm würde in dieser Bekleidung. Er nahm einen Stadtplan in die Hand, der wild in der Luft flatterte. Gilbert wandte sich um, ging in eine Querstraße und fand den Club nach wenigen Minuten.

Er setzte eine Schirmmütze und eine Sonnenbrille auf und bezahlte den Eintritt. Sollte man ihn doch für einen kalifornischen Musikproduzenten halten!

Innen war es verwinkelt, schummrig und laut, die Möbel sahen abgenutzt aus. Nicht schlecht gewählt von Josep und Egon. Die Leute trugen Jeans und Leder. Es gab eine große Theke und in einem Nebenraum eine weitere Bar. Auf der Bühne standen Instrumente. Noch schallte Konservenmusik aus den Boxen. Gilbert bestellte ein Bier und senkte den Kopf, bis seine Brille über die Nase rutschte. Die beiden schienen noch nicht hier zu sein. Die Zeit, als sie ihn wie einen König behandelten, war vorüber. Er spürte ihr Misstrauen und war auf der Hut. Ständig die Diskussionen um den Marktwert der Weine. Sie überschätzten die Preise, zumal auf dem Schwarzmarkt, und stellten seine Kalkulationen infrage. Das hatte es früher nicht gegeben.

Eine junge Dunkelhaarige mit Zöpfen brachte ihm das Bier. Gilbert grinste leichthin, wie er es sich von einem Musikproduzenten vorstellte, und schob schnell wieder den Schirm seiner Mütze zwischen sich und sie.

Josep und Egon würden ihn hoffentlich erkennen in dieser Aufmachung. Er wollte sich nicht nach ihnen umsehen. Angeblich hatte sie einen einfachen Weg gefunden, um in die Villa der Wehrsams zu gelangen. Sie taten geheimnisvoll und hatten am Telefon erklärt, ihm eine Person präsentieren zu können, die alle Türen öffnen könnte. Er müsse selbst beurteilen, wie vertrauenswürdig sie sei. Gilbert hatte das Risiko abgewogen und zugunsten des Vorschlags entschieden. Die Chance, ein wichtiges Problem zu lösen, war groß.

Die Kellnerin lehnte ganz in der Nähe am Tresen und knabberte an ihren Fingernägeln. Er nippte am Bier und als er aufblickte lächelte sie ihm zu, als hätte sie darauf gewartet. Warum saßen bloß so wenige Leute an dieser Bar! Weil sich die meisten Plätze vor der Bühne sicherten, fiel ihm ein.

Dort tauchte ein dicker Mann in Jeans und T-Shirt und mit Pferdeschwanz auf, nahm eine Gitarre und stimmte sie. Die Leute johlten. Die Kellnerin hatte den Blick abgewandt, doch er spürte ihre Aufmerksamkeit. Sie sah sehr gut aus und interessant. Gilbert fragte sich, ob er unter normalen Umständen ein Gespräch mit ihr angefangen hätte.

„Welche Band spielt denn?"

Sie hob den Kopf und riss erstaunt die Augen auf. „Die Strizzis!"

„Ah." Wahrscheinlich hatte sie bislang gedacht, er sei der Manager der Strizzis. Oder der Leadgitarrist.

Er griff zum Glas, doch bevor er einen Schluck nehmen konnte, brachte ein Schlag gegen seine Schulter das Bier zum Schwappen. Jemand hatte ihn angerempelt und ging weiter. Der Boden vibrierte. Die Kellnerin putzte einen Zapfhahn. Gilbert verdrehte den Kopf. Ein monströses Kreuz in Lederjacke. Der Mann trug eine Baskenmütze auf dem breiten Schädel und ließ sein Hinterteil auf einen Hocker plumpsen. Egon. Er sah in Gilberts Richtung und rollte bedeutungsvoll mit den Augen. Gilbert wandte sich zur Kellnerin und deutete auf sein Bier: „Was ist das eigentlich?"

„Fass", sagte sie und sah prüfend auf sein Glas, das noch fast voll war.

Egon reckte das Kinn und starrte ins Nichts. Gilbert nahm einen kräftigen Schluck. Die Geheimnistuerei kam ihm plötzlich albern vor.

„Egon!"

Egons Kopf zuckte verschreckt.

Gilbert machte eine einladende Geste und richtete den Blick wieder auf die Flaschenreihe gegenüber, bis Egon sich auf den Platz neben ihn geschoben hatte.

„Josep ist nebenan", raunte Egon. Mit zusammengekniffenen Lidern beobachtete er die lauernde Kellnerin. Sie näherte sich und Egon zog den Kopf ein.

„Bestell dir ein Bier."

„Bier", sagte er rau. „Und was für ein Bier?"

„Dasselbe wie ich ", sagte Gilbert.

Was für ein kurioser Anlass, hier zusammen Bier zu trinken, dachte er. Er wurde verdächtigt für etwas, was er nicht getan hatte und das müsste sich beweisen lassen. Das Problem war, er hatte etwas anderes getan.

„Wie weit seid ihr?"

„Mit Budapest ist alles klar. Du arbeitest in einem Weinladen. Vor allem im Lager. Alles ganz legal, nur mit falschem Namen."

Egon bekam sein Getränk. Erstaunlich wie schnell hier die Fassbiere kamen, wunderte sich Gilbert. Im Saal nebenan ertönte jubelnder Applaus.

„Und die andere Angelegenheit?"

Egon nahm einen tiefen, genießerischen Zug, ohne wie beim Weinprobieren die Stirn zusammenzukneifen.

„Dafür lass uns zu Josep gehen. Wir haben etwas für dich vorbereitet."

Sie ließen die Biere stehen und drängelten sich in den Bühnenraum. Oberkörper wippten zu den Klängen der Band wie beim Gymnastiktraining. Heftige Trommelwirbel des Schlagzeugers versprachen, dass jeder auf seine Kosten kommen würde. Egon schob seinen massigen Körper am Rand des Saals durchs Publikum und Gilbert folgte ihm wie im Schutz einer Bugwelle.

Josep stand komfortabel in einer Nische. Die langen Haare wie immer frisch geföhnt, die Lippen zusammengepresst. Die fröhlichen Konzertbesucher hielten Abstand zu ihm.

Gilbert und Josep schüttelten sich mit dicht am Bauch gehaltenen Armen die Hände. Verständigung war nur schreiend möglich, bis Gilbert seinen Mund dicht an Joseps Ohr hielt. „Budapest ist sehr gut für ein paar Wochen."

Josep nickte und schrie: „Du musst uns mehr Infos geben, bevor du weg gehst. Wir wissen zu wenig, um…"

„Das Geschäftliche regele ich wie bisher. So dramatisch ist mein kleiner Urlaub nicht."

„Ja, nur…" Josep machte ein säuerliches Gesicht.

„Nur was?"

„Übervorteil uns nicht."

„Wie kommst du darauf?"

„Wir haben auch unsere Leute, unsere Beziehungen. Das ist keine Drohung. Aber es muss fair zugehen."

„Natürlich geht es fair zu!"

„Egon und ich sind fair. Wir überbringen dir eine Einladung."

„Wie bitte?"

„Die Familie Wehrsam richtet eine Trauerverkostung aus und du bist herzlich eingeladen."

Gilbert konnte kaum glauben, was Josep ihm sagte und musste lachen. Der Bass dröhnte in seinem Ohr und er folgte der Stimme des Sängers: „Kein Tag wird besser. Du weißt es genau. Entscheide dich jetzt…" Das folgende Schlagzeugsolo klang, als ob ein Gebirge zusammenbrach. Gilbert musste erneut lachen.

„Was ist so lustig?"

Joseps verkniffenes Gesicht half ihm, ernst zu werden.

„Du meinst, die Wehrsams laden mich ein?"

„Wir kennen jemand, der für eine Einladung sorgen könnte."

„Ach so! Das ist also euer genialer Plan, wie man einfach in das Haus gelangen kann. Man lässt sich von einer korrupten Schreibkraft auf die Gästeliste setzen!"

Josep schüttelte den Kopf. „Wir haben Kontakt zu einer kompetenten Person. Du bist offiziell eingeladen zu dieser Verkostung. Anscheinend hält man dich bislang noch für einen normalen Menschen."

Gilbert schüttelte frustriert den Kopf. „Egon, warum mache ich diese Maskerade und gehe nach Budapest? Wegen den Wehrsams. Und ihr glaubt im Ernst, eine Einladung in ihr Haus sei etwas anderes als eine Falle?"

Josephs Miene blieb reglos. „Es muss keine Falle sein. Du wolltest doch in das Haus. Du kannst selber entscheiden, ob du der Person vertrauen kannst. Wir können sie dir gleich vorstellen. Ihr kennt euch gut."

„Wie bitte?!"

Vor der Bühne hatte sich die Stimmung aufgeheizt. Das Publikum sang einen Refrain mit: „Hinterher! Hinterher! Hinterher, hinterher, hinterher!"

„Sie behauptet das zumindest", erwiderte Josep eine Spur kleinlauter. „Wenn du der bist, der du vielleicht bist. In ihren Augen, meine ich. Bei der geplanten Weinprobe ist sie dabei."

„Und vorher soll ich ihr guten Tag sagen."

„Du könntest sie dir ansehen, ohne dass sie es merkt. Ich weiß ja nicht, ob etwas dran ist mit ihr und dir. Und sie auch nicht."

„Und wo soll ich sie bitteschön in Augenschein nehmen?"

Josep blickte auf seine Uhr. „Sie müsste jetzt schon nah bei der Bühne stehen. Ganz links bei den Verstärkern haben wir einen Treffpunkt ausgemacht."

„Bist du verrückt? Du schleppst jemanden her, der mich vielleicht kennt und hier feststellen kann, wo ich mich aufhalte? Wie heißt sie?"

„Christine Sowell."

„Wahrscheinlich kennt sie mich, aber ich nicht sie."

Josep zuckte mit den Achseln. „Du kannst in sicherem Abstand den Zuschauerraum durchqueren."

„Und wie soll ich in dem Gedränge die Kontrolle behalten? Mist. Sie ist womöglich von der Polizei. Bringt mich hier sofort heraus. Sie kann mich jede Sekunde entdecken und ich merke nicht einmal was davon."

Josep zuckte erneut die Achseln.

Sie verließen im Gänsemarsch den Club. Egon vorneweg als Wellenbrecher, dahinter versteckte sich Gilbert und dann folgte Josep.

Vor der Tür spürte Gilbert den Wind weniger kalt als zuvor. Leute rauchten in kleinen Gruppen. Wahrscheinlich war es eine Falle, überlegte Gilbert. Aber er konnte sie für sich nutzen und schlauer sein als ihre Urheber.

„Wenn sie eine Einladung für mich organisieren kann, dann vielleicht auch für euch."

Egon und Josep blieben stehen und verdrehten überrascht die Köpfe, als seien sie mit ihren Gedanken schon weit weg gewesen.

„Möglich."

„Ihr genießt die schönen Weine und ich hole mir etwas, was mir gehört."

„Und das soll sein?"

Gilbert fühlte sich unwohl beim Blick in ihre nüchternen, abwartenden Gesichter. Jede Spur von Charme und Witz war aus ihnen gewichen. Er beobachtete es immer häufiger. Sie wirkten nicht brutal oder abstoßend. Nur auf eine erschreckende Weise ihrem Vorteil verbunden. Dass sie ihn wollten, war nicht das Problem – nur der Verdacht, dass sie alles andere darüber vergessen konnten.

„Wie habt ihr diese Frau kennengelernt?"

Egons Lippen plusterten sich wie in kindlichem Zorn auf und auch aus seinen Augen sprach aufrichtige Entrüstung. „Josep hat sie in unsere Wohnung gelassen!"

„Du machst Witze."

Josep warf trotzig das Kinn zurück. „Warum denn? Unser Vermieter hat Damenbesuch nicht verboten. Und sollte er es tun, wäre es sittenwidrig."

Gilbert schüttelte fassungslos den Kopf.

„Du hast immer gesagt, wir müssten uns um nichts Sorgen machen", sagte Josep. „Einfach normal leben."

Gilbert atmete tief ein. Vielleicht hatte Josep recht. Bald war er in Budapest.

„Die Idee mit der Verkostung bei den Wehrsams gefällt mir. Ihr kontrolliert die Gesellschaft und ich habe Zeit zum Suchen. Ihr versucht das einzufädeln, ja? Ihr wisst nichts von mir, sagt ihr. Aber ihr kämt gern zu der Verkostung."

Die beiden standen wieder unbewegt wie zwei Monumente in der Dunkelheit.

„Wenn ihr einen Termin habt, sprechen wir weiter darüber." Er nahm einen Umschlag aus seiner Anzugtasche. „Behaltet die letzten Weine noch, ich weiß nicht, wann ich sie losschlagen kann. Aber auf euer Geld sollt ihr nicht warten."

Egons Mundwinkel verzog sich.

Gilbert öffnete den Umschlag und blätterte mit dem Daumen über die Scheine. „10000. Das Überzählige als Anzahlung für Unannehmlichkeiten."

Egon lächelte mit ganzem Gesicht und plötzlich konnte sich Gilbert vorstellen, wie er als Kind ausgesehen hatte, wenn er sich über etwas freute.

„Mal sehen, was sich in Budapest ergibt."

Die beiden nickten.

„Servus." Gilbert verschwand in die Nacht.

Hallo du, du weißt genau, die Zeit geht um wieso warum, die Zeit, die schmilzt wie Schnee, durch den ich geh...

Die Texte der „Strizzis" waren zum Glück kaum zu verstehen. Nur wenn sie sich die Ohren zuhielt, entging Christine kein Wort der Songs, zu dem das Publikum inzwischen hüpfte und neckisch die Arme auf und ab schwang.

Applaus. Die Instrumente schwiegen.

„Das ist eine typisch wienerische Kulturveranstaltung", sagte der Mann neben ihr, mit dem sie sich schon zwischen den letzten beiden Stücken angeschrieen hatte. „Aber die Band, ich wette, die sind aus Westdeutschland, Bochum oder Essen."

„Aber ich dachte... Strizzis klingt so wienerisch."

„Strizzis sind überall."

Er hatte ein längliches markantes Gesicht, ein schlecht rasiertes Kinn und schmale Augen. Sein dunkles Haar war wuschelig. Er trug eine billige Lederjacke und Jeans und war schlagfertig. Christine antwortete immer ausführlicher auf seine Kommentare. Es gefiel ihr, dass er sie immer wieder ansprach, als ob er es unbedingt tun müsste.

Zum ersten Mal spielte die Band ein ruhiges Lied.

„Und was machst du in Wien? Urlaub?"

Christine nickte. „Aber du lebst hier."

„Volksschullehrer. Der einzige in meiner Klasse, der den Job mag."

Die Musik wurde lauter: Christine hielt sich die Ohren zu.

Frag mich nicht, was ich denke. Sag mir einfach, was du weißt...

Christine nahm die Hände herunter. „Ich kaufe mir keine Platte von denen."

„Bin hergegangen, weil meine Schüler dafür schwärmen. Hab keinen hier gesehen."

Christine nickte.

„Wollen wir lieber woanders hin?", fragte er.

Sie glaubte nicht, dass Egon und Josep noch kommen würden. Ihre Pflicht hatte sie getan.

„Wie heißt du?"

„Ich bin Tobias." In seinen Augen blitzte Schalk, doch sein Mund blieb ernst.

„Christine."

„Schön, Christine."

Volksschullehrer passte zu ihm, dachte sie. Ein moderner, aufgeschlossener Volksschullehrer.

Das Lied war vorbei und der Sänger verbeugte sich vor dem rasenden Applaus. Etwas stieß in Christines Seite. Ohrenbetäubend laut begann der nächste Song und Christine verstand die erste Strophe auch ohne zugehaltene

Ohren: *Somma, Somma, Somma, Somma, Somma. Es ist Somma wunderbaaaa.*

Sie spürte Tobias Lippen an ihrem Ohr. „Ich glaub, ich geh. Kommst mit?"

„Wohin denn?"

„Ich wohne im ersten Bezirk. Da haben auch noch viele Kneipen offen. Ich hab ein Auto dabei."

Die Vorstellung, an diesem kühlen Abend mit dem Auto aus diesem Niemandsland gebracht zu werden, entzückte Christine.

„Okay."

Sie gaben ihre Stehplätze frei und sofort drängten andere Besucher nach. Die Menschenmasse zwischen ihnen und dem Ausgang schien undurchdringlich. Doch als Christine einfach weiterging, rückten Körper wie von Zauberhand zur Seite.

„Moment, Moment!", schrie eine Stimme. Da waren sie ja, Egon und Josep.

„Wir haben Sie gesucht", brüllte Josep beleidigt gegen den Lärm. „Lassen Sie uns besprechen."

„Keine Zeit!", schrie Christine und beeilte sich, Tobias zu folgen.

Die Luft vor der Tür roch herbstlich. Sie umkurvten glühende Zigarettenstummel und ausgelassen lachende Menschen.

„Hier." Tobias öffnete die Beifahrertür eines großen Autos älterer Bauart.

Im Wagen lehnte Christine sich zurück und genoss es, wie er anfuhr und durch den 3. Bezirk glitt. Ruhige, dunkle Straßen, an denen ab und zu ein Café oder Beisl aufleuchtete.

„Depperte", sagte Tobias nach einer Weile.

„Was ist?"

„Das Auto hinter uns. Fährt nervig auf, ich bremse ab, will ihn vorbeilassen. Er lässt sich aber zurückfallen und jagt dann wieder heran."

„Weißt du keinen Schleichweg, um ihn abzuschütteln?"

„Wir sind eh gleich da. Aber warte mal."

Er lenkte den Wagen in falscher Richtung in eine Einbahnstraße, bog sofort wieder ab und umkreiste einen Wohnblock. Christine starrte orientierungslos aus dem Fenster, bis sie die Rochuskirche erkannte.

„Ist eben der kürzeste Weg in die Innenstadt", murmelte Tobias.

„Noch jemand hinter uns?"

Er schaute in den Rückspiegel. „Nur Langeweiler."

Ihr Auto passierte den Stubenring und bog in die Bäckerstraße. Christine war sicher, niemals so nah am Stephansdom in einem Auto unterwegs gewesen zu sein. Es waren für sie entrückte touristische Pfade mit Kutschen und Kopfsteinpflaster. Tobias sauste hindurch wie ein Bewohner.

Er versuchte, in eine kleine Lücke am Straßenrand einzuparken. In der Nähe befand sich eine Postfiliale. Geradeaus ging es zum Stephansplatz und in den Seitenstraßen gab es jede Menge Bars. Nach kurzer Zeit gab er fluchend auf. „Habe leider keinen Stellplatz. Das Auto ist von meinen Eltern."

Direkt vor ihnen parkte jemand aus. „Glück! Nur ein paar Schritte von meiner Haustür."

Er manövrierte an den Straßenrand, sprang heraus und machte sich am Kofferraum zu schaffen. Christine schaute sich um. „Den Wagen habe ich ja nur wegen dem Flohmarkt auf der Donauinsel, wo ich alten Krempel von mir verkaufen wollte. Ich bin erst vor kurzem hier eingezogen, nach meiner Trennung. Die Wohnung gehört meiner Tante. Es ist eigentlich ihre Ferienwohnung. Wenn sie dann herkommt, um in Wien Ferien zu machen, mache ich auch Ferien, nur woanders."

„Verstehe. Und die Wohnung ist klein und du wolltest dich von Überflüssigem trennen."

Tobias Kopf kam aus dem Kofferraum zum Vorschein.

„Genau. Ich bin aber nur wenig losgeworden. Ich würde das gern schnell nach oben bringen, wo der Wagen hier steht. Es gibt einen Fahrstuhl."

Kartons mit Emblemen von Weingütern lagerten im Kofferraum. Sie enthielten Tassen, Teller, Bücher und CDs. Tobias sagte, wie um eine Ehre von sich zu weisen, die er nicht verdiente: „Mein Tante ist eine große Weintrinkerin. Ich habe noch Kartons mit Lieferscheinen von 1990 gefunden."

„Aber du trinkst Bier."

„Am liebsten."

Ein betagter Fahrstuhl brachte sie in den fünften Stock eines schlichten Neubaus. Sie mussten ein weiteres Mal hinunterfahren, um alles nach oben zu schaffen. Die Wohnung war klein. Deutlich unter 40 Quadratmeter, schätzte Christine.

In der Mitte von Tobias Wohnraum erhob sich ein Bücherregal, das nur zwei schmale Durchgänge zu beiden Wänden freiließ. Vorne standen ein abgewetzter Ledersessel, ein Stoffsofa und ein stilvoller Tisch aus hellem Holz. Hinter dem Regal ein großes Bett mit einem großen weißen Kissen und einer ordentlich übergezogenen weißen Decke.

„Wir könnten auch erstmal hier einen Schluck nehmen", schlug Tobias vor.

„Gute Idee."

Er brachte ein Tablett mit unterschiedlich großen Weingläsern zum Holztisch und schleppte danach ein halbes Dutzend Flaschen an.

„Anstatt zu fragen, was du magst, zeige ich dir das Wenige, was ich besitze."

„Schön gesagt."

Christine blickte aus dem Fenster. Zwei Männer standen tief unten auf dem Bürgersteig, deren Bäuche ihr bekannt vorkamen. Ihre Haare ebenfalls.

Tobias hatte betagte Weine unbekannter Produzenten mitgebracht. Auch einen vierjährigen Steinfeder.

„Für die hat sich deine Tante wahrscheinlich nicht mehr interessiert."

„Schon möglich. Vielleicht für eine Soße gut."

Sie probierten und redeten. Die Männer unten würden schon wieder verschwinden.

Ab und zu sah er sie abwartend an und murmelte etwas über Kneipen in der Nähe, in denen man etwas essen könnte.

„Hast du Hunger?"

„Nein."

Später küssten sie sich. Langsam und zart zuerst. Sie umarmten sich und verschlangen ihre Beine auf dem Sofa ineinander. Nicht erst, als Christine seine Hand ihren Nacken herunterrutschen spürte, war ihr klar, dass die Intensität weder abnehmen, noch so bleiben konnte. Wie schaffte er es bloß, ohne sie zu würgen, unter ihren Kragen zu gelangen. Sie hatte gedacht, ihre Bluse sei zu eng dafür. Dann nestelte er an den Knöpfen, öffnete zwei und strich über ihren BH, während sie sich weiter küssten. Ihre Beine hatten sich weiter ineinander verhakt, und da es Christine nicht gefiel, wie Tobias plötzlich halb auf ihr lag, verkehrte sie die Position und schob Schenkel und Hüfte über ihn. Mit seiner freien Hand umfasste Tobias ihre Taille und drückte sie enger an sich. Christine konstatierte, dass sie wenig nachgedacht hatte bisher, es nun aber Zeit für eine Entscheidung war.

„Wie verhütest du eigentlich?"

Sein Druck wurde schwächer und sein Gesicht schuldbewusst. Christine stützte eine Hand aufs Sofa und löste sich von ihm. Tobias seufzte, stand auf und lief aus dem Zimmer. Christine reckte sich zum Fenster. Egon und Josep waren immer noch da. Der eine lief auf der linken Straßenseite, der andere in einiger Entfernung auf der anderen.

Tobias kramte leise fluchend in einem Dielenschränkchen, als Christine an ihm vorbeilief. „Ich geh mal runter."

Als sie auf die Straße trat, schwärmten Egon und Josep wie zwei hungrige Haie auf sie zu.

„Warum sind Sie abgehauen?", fragte Egon heiser.

„Was tut ihr hier?"

„Und Sie?"

„Noch mehr Fragen?"

Egons angespanntes Gesicht kam ihr sehr nahe. Josep fasste an seine Schulter, während er zu Christine sagte: „Wir müssen etwas besprechen. Deshalb haben wir uns doch verabredet in dem Musikclub."

„Ein schlechter Treffpunkt. Wo gibt es hier Kondome?"

Egon senkte den Kopf. Josep wies nach einigen Schweigesekunden in eine Richtung, die sie gemeinsam einschlugen.

„Ich habe nicht viel Zeit."

„Kann ich mir vorstellen. Kosslovski war bei uns. Alles, wie wir gesagt haben."

Christine hasste das Gefühl, das in ihr aufstieg.

„Er war nicht sicher, ob...", rumpelte Egons Stimme, bis er von Josep unterbrochen wurde: „Er war nicht sicher, ob Sie es wirklich sind."

Egon kicherte. „Wir hatten eine Gegenüberstellung geplant, aber..."

„Bevor er sich überzeugen konnte, hatten Sie Besseres vor. Selbst Schuld, nächster Treffpunkt ist Budapest."

„Ich habe nur euch gesehen."

„Wie schade."

„Was wollt ihr?"

„Was wollen Sie, Madame?"

Die beiden gingen weiter, schweigend und mit gesenkten Köpfen und Christine ging mit. Sie wollte nicht mit Tobias schlafen. Höchstens, wenn es sich ergab.

„Wisst ihr also einen Kondom-Automaten?"

Christine horchte gespannt auf das Geräusch ihrer Schritte auf den alten Straßen.

„Hier entlang."

Josep wies in den Eingang eines Gebäudes, das Christine gut kannte. „Heute kann man hier nur noch Kondome kaufen", bemerkte Josep.

Bis Ende der 90er Jahre hatten in dem Club fast jeden Abend gute Bands gespielt und professionelle Barkeeper Cocktails serviert. Dann wechselten Besitzer und Mobiliar. Lackiertes Kiefernholz wie in einer Imbissbude prägte die Räume, sehr helles Licht und auffallend junge, Bier trinkende Leute.

Egon verschwand in Richtung Herrentoilette. Christine und Josep warteten an einem Stehtisch. Er sah mit seinen rundlichen, braunen Augen in ihre.

„Also, wir sagen dem Kosslovski nix davon. Wissen ja auch gar nix über die intimen Beziehungen."

Ein hübscher junger Kellner lächelte Christine ins Gesicht.

„Wodka."

Der Kellner klimperte fragend mit den Wimpern.

„Ohne alles."

„Für mich auch", rief Josep. „Wären Sie ein Mann, würde ich davon jetzt nicht zuviel trinken."

„Worum geht es?"

„Der Kosslovski kann leider die Einladung bei den Wehrsams nicht wahrnehmen, möchte aber, dass wir statt seiner teilnehmen. Vielleicht schafft er es, später dazuzustoßen. Wenn alles gut läuft, steht dem Wiedersehen mit Ihnen nichts im Wege."

Die Toilettentür öffnete sich und Egons massiger Körper schob sich durch den Raum. Sein grauer Bürstenhaarschnitt stand zu Berge, das T-Shirt zeigte einen Schweißfleck, der über Brüste und Unterbauch reichte. Niemand achtete auf ihn.

„In Ordnung", sagte Christine. „Ich kümmere mich um die Einladungen."

Der Kellner überholte Egon und servierte Christine und Josep die Wodkas. Sie griffen danach, der Kellner verschwand und als leise keuchend Egon am Tisch auftauchte, waren die Gläser geleert.

„Die Toilette ist ewig runter im Keller", erklärte Egon und öffnete die linke Hand, in der sich eine Kondom-Packung befand.

21

Wollte sie etwa mit ihm flirten? Das war doch lächerlich. Sie hatte wohl kein Gefühl für ihr Alter, das man ihr weniger aufgrund von Falten, sondern aufgrund ihrer im Vergleich zu jüngeren Frauen kantigeren Gesichtszüge ansah. Wenn Sören Margot und Silvia verglich, da genügte ein Blick. Silvia war eine schöne Frau, keine Frage, aber keine Wahl für einen Mann, der eine Frau wie Margot an seiner Seite hatte.

Silvia Wehrsam redete und redete und plötzlich tat sie ihm leid. Wenn sie schwieg, irritierte ihn der rote Lippenstift auf ihrem kleinen Mund. Aus irgendeinem Grund reizte ihn der Anblick. Vielleicht weil sie zum ersten Mal seit dem Tod ihres Mannes wieder Lippenstift trug. Es war ein warmer Tag und sie saßen auf einer Hotel-Veranda, von der aus sie die emsigen Geschäftsleute, Kauflustigen und Touristen unten auf dem Neuen Markt beobachten konnten.

„Oder hat dich der Mut verlassen?", fragte Silvia. Sie hatte über die geplante Weinprobe gesprochen.

„Der Mut verlassen?", wiederholte er, aus seinen Gedanken gerissen. „Wohl kaum."

Sören saß schon einmal auf dem riesigen Balkon des Hotels. Ein naturheilkundlicher Verlag, den es längst nicht mehr gab, präsentierte hier vor Jahren sein Frühjahrs-Programm. Sören hatte einen schmalen Band über Chinesische Medizin beigesteuert.

„Ich bin doch der, der die Dinge vorangetrieben hat!"

„Na, schön." Sie führte erneut das Champagnerglas an den Mund, das Sören ihr soeben wieder vollgeschenkt hatte. Besorgt beobachtete er, wie schnell es sich leerte. „Dann mach das, organisier das", fuhr sie fort. „Nimm aus dem Weinkeller, was du willst, ist mir völlig egal."

Sören wandte sein Gesicht ab. „Darüber wollte ich mit dir auch sprechen."

„Du hast freie Hand." Sie winkte dem Kellner.

„So einfach ist es nicht. Ich habe mit Christine Sowell gesprochen."

„Wie schön. Sie muss natürlich auch kommen. Jeremy will dieses Mal auch dabei sein. Ihm fallen übrigens immer weitere Fragen ein über die Ereignisse an jenem Tag. Ob du denn der erste Besucher im Haus gewesen bist und wie es kam, dass später alle anderen Gäste dein Telefonat mit Norbert mithörten. Ist doch völlig egal, aber vielleicht braucht er dieses genaue Wissen. Seelisch meine ich. Dann soll er aber besser dich fragen. Hat er?"

„Kann schon sein. Über einiges haben wir natürlich gesprochen. Scheint mir, dass er mit den Gedanken hin und her springt und schnell nicht mehr weiß, was ihn soeben noch interessierte."

Silvia stand auf und drückte dem herbeieilenden Kellner einen Geldschein in die Hand. Sören folgte ihr seufzend. „Ich muss Einkäufe machen", erklärte Silvia. „Komm mit und erzähl mir alles."

Ein Hotelangestellter verabschiedete sie vor der Rezeption mit Handschlag. Wahrscheinlich der Direktor, mutmaßte Sören. Forsch überquerte Silvia den Neuen Markt und passierte den Würstelstand, bei dessen Anblick Sören es bereute, sich nichts zum Essen bestellt zu haben. Ihm hatte die Vorstellung nicht gefallen, von Silvia mit einem Champagnerglas in der Hand beim Mampfen beobachtet zu werden.

„Was willst du denn kaufen?"

„Klamotten. Ich will weder die schwarzen Sachen noch das alte Zeug. Ich gebe täglich volle Arme davon weg."

Sören machte einen großen Schritt, um neben sie zu gelangen. „Das freut mich sehr. Ich fürchtete, du würdest zu lange leiden. Ich finde es wunderbar, dass du wieder nach vorne blickst."

Sie blieb stehen. „Du irrst, Sören. Ich habe die Hoffnung aufgegeben, dass es mir besser gehen wird. Das ist immerhin ein Fortschritt, nicht mehr kämpfen zu wollen. Nur wenn ich spannende Dinge unternehme, vergesse ich eine Weile. Wie Einkaufen. Oder Norberts Pläne zu Ende führen. Das ist eine Aufgabe wie ein Nachlass, den man pflegt. Und wenn ich auf die Weise seinen Mörder finde... seinen Mörder zu finden, das ist mehr als Vergessen, das hat Sinn. Und Vergeltung das Schönste, was ich mir vorstellen kann."

„Mach keinen Unsinn", sagte Sören flau. Sie öffnete die Glastür einer Boutique in der Ertlgasse.

Sören wartete an einem Kaffeehaustisch, der in einer Ecke des Ladens stand. Dort bekam er eine Melange serviert, während Silvia zwischen Kleiderstangen und Anprobekabine hin und her schwebte, ihm ab und zu mit einem neuen Teil am Körper einen fragenden Blick zuwarf und seine Reaktion kaum abwartete. Sie verließen das Geschäft mit drei Tüten und betraten das nächste, übernächste und überübernächste, wo sich der Vorgang wiederholte. Es forderte Sörens Konzentration, die schnell wachsende Anzahl der Edel-Tüten zu transportieren. Als sie auf die Kärntner Straße einbogen, reichte es ihm.

„Ich habe noch was vor."

„Ja, Entschuldigung mein Lieber. Wir suchen ein Taxi. Aber du wolltest mir etwas sagen."

„Ja." Sein Kopf kippte vornüber und richtete sich sofort wieder auf. „Wir können diese Weinprobe machen. Sie könnte aber erfolgreicher werden, als dir lieb ist."

„Wie meinst du das?"

„Christine Sowell hat womöglich Leute ausfindig gemacht, die mit den Kellerpiraten zu tun haben. Vielleicht sind sie es! Diese Herren könnten wir nach Döbling locken. Aber vielleicht rufen wir besser gleich die Polizei?"

„Norbert hat seine Methode doch gerade deshalb ersonnen, weil die Polizei versagt. Worauf gründet Christine Sowells Verdacht?"

Sören zuckte mit den Schultern. „Es klang mehr nach Ahnungen."

„Wenn es die Kellerpiraten sind und sie sich für die Weinprobe interessieren ... dann funktioniert Norberts Methode!"

Sören nickte.

Silvia streckte den Zeigefinger aus. „Ein Taxenstand. Ich brauche nur noch ein Geschenk für meine Freundin. Sie liest gern – Melodramatik mit Anspruch."

„In der Annagasse gibt es ein schönes Antiquariat. Da kannst du eine standesgemäße Ausgabe von Proust, Jane Austen oder D. H. Lawrence aussuchen. Das ist immer ein hübsches Geschenk."

Er bereute seinen Rat, kaum dass sie das Antiquariat betreten hatten. Es war ihm peinlich, mit all den Tüten und ihren prahlerischen Aufdrucken zwischen den literatursinnigen Menschen zu stehen. Die Buchhändlerin mit dem halblangen, schwarzgraugesträhnten Haar beobachtete streng, ob er auch keine kostbare Ausgabe oder gleich ein ganzes Regal zu Boden fegte. Silvias gekrauste Stirn signalisierte, dass sie kaum Hoffnung hatte, hier etwas Passendes zu finden. Sören zog sich in eine Ecke mit Glasvitrinen zurück, wo er keinen Schaden anrichten konnte.

Eines der ausgestellten Bücher elektrisierte ihn. Das war es, ohne Zweifel.

„Silvia!", rief er laut in den Raum und streckte den Zeigefinger in Richtung eines schmalen Bandes. Er sah aus wie ein abgeschabtes, braunes Pappstück und erreichte kaum die Ausmaße einer Postkarte.

Silvia winkte die Verkäuferin herbei. „Wir möchten den Kisfaludy ansehen!", erklärte Sören.

Die Verkäuferin legte das Bändchen vorsichtig auf einen Tisch. In ehrfürchtiger Angst, die angegilbten Seiten könnten jeden Moment zerbröseln, blätterte Sören.

„Ich weiß nicht", sagte Silvia. „Es sieht aus wie aus einer Mülltonne gefischt. Einer alten Mülltonne."

„Himfys auserlesene Liebeslieder", las Sören. „Pesth 1829. Übersetzt von Johann Grafen Mailáth. Sagt dir das nichts?"

Sie schüttelte den Kopf.

„Das ist es! Himmel, Sándor Kisfaludy war ein ungarischer romantischer Dichter, der gegen Bonaparte kämpfte und auf seinem Weingut am Plattensee lebte. Und Mailáth muss der Hauslehrer von Kaiserin Elisabeth der Zweiten gewesen sein. Von Sisi!"

„Hm." Sie schob den Kopf über das Buch und las die ersten Sätze der ‚Zueignung': **Unser Heimat Philomele**
Sang der Liebe Schmerzensblüthen;
Sang mit Götterfreud´ger Seele
Als der Liebe Wonne glühten."

„Vielleicht hast du recht."

Auf der Rückfahrt in Silvias Wagen ärgerte sich Sören, nach einer Geschenkverpackung gefragt zu haben. Die altertümlich übersetzten Verse über Freud und Leid der Liebe schwirrten durch seinen Kopf und es gab keine Chance mehr, sie zu lesen. Wahrscheinlich wäre es Silvia nicht aufgefallen, wenn er einige ihrer Einkaufstaschen irgendwo stehengelassen hätte. Kisfaludys Gedichte hingegen hütete sie wie einen Schatz in ihren Händen.

Unterwegs ließ sie ihn an einem Lebensmittelmarkt halten und kam mit Einkäufen zurück, aus denen „etwas Leckeres" werden sollte. Als sie in Döbling aus dem Wagen stiegen, drückte Silvia ihm den Kisfaludy unvermittelt in die Hand und kümmerte sich um ihre Tüten. Sören schob das kleine Geschenkpäckchen in die Innentasche seines Jacketts.

Wie immer empfand Sören Ehrfurcht, wenn er die Treppen der Villa hinaufstieg. Silvia wäre vor einigen Jahrzehnten wahrscheinlich eine berühmte Gastgeberin großer Künstler und Schriftsteller gewesen. Wenn er und Margot hier waren, übernachteten sie im Erdgeschoss.

Silvia ging sofort in ihr Schlafzimmer im ersten Stock und verstaute ihre neuen Sachen im Kleiderschrank. Sören beobachtete sie.

„Perfekt", murmelte er.

Sie lächelte auf eine zugleich kesse und ironische Weise. Wenn Margot nicht wäre, würden sie sich vielleicht näher kommen, überlegte Sören. Wie schon einmal. Damals lebte Norbert noch und allein das hatte mehr als eine kurze Affäre verhindert. Theoretisch, wenn die Umstände stimmen würden, könnten sie aber ein Paar sein, oder? Bei dieser Vorstellung hatte Sören ein Gefühl, als ob sich in ihm ein Knoten löste. Sie hatte buchstäblich etwas Erlösendes, denn zurzeit erschien ihm sein Verhältnis zu Silvia falsch und krank. Einerseits mochten sie sich und zogen einander an. Andererseits verdächtigte er sie und hatte wegen Norbert ein schlechtes Gewissen.

„Was ist?", fragte Silvia, als sie das Zimmer verlassen wollte und Sören mit verändertem Gesichtsausdruck immer noch in der Tür stand.

„Ich habe einen Mordshunger."

„Deshalb wird jetzt ja auch gekocht!"

In der Küche schnitt Silvia fingerfertig Zwiebeln und Fleisch und Sören musste daran denken, dass sie halb geheim auch als Chirurgin arbeitete.

„Pasta mit Filetstückchen und einer hellen Soße. Magst du das?"

„Ist schon recht."

Er schloss die Augen, hörte nur Geschirr klappern und wie Silvia leise vor sich hinpfiff. Einen Moment gab er sich dem Eindruck hin, ihre Welt sei normal und sie könnten über alles sprechen.

„Soll ich etwas helfen?"

Silvia stellte einen Topf mit Wasser auf die Herdplatte.

„Einen Wein könntest du aussuchen. Ich muss gestehen, dass mein Interesse an Wein abgenommen hat. Ich denke, weil ich mich eigentlich nur wegen Norbert dafür interessiert habe."

„Dafür hast du dich aber stark interessiert."

„Aber das ändert nichts daran, dass ich mir über Weine keine Gedanken mehr machen will."

„Wir haben einen dabei, wenn es Gescheites zu essen gibt!", rief es von der Tür.

Sören fuhr herum und versuchte zu lächeln. Jeremy und Margot betraten die Küche.

„Komisch, dass ich doppelt so viel Fleisch eingekauft habe, als ich vorhatte", sagte Silvia fröhlich. „Sehr eigenartig."

Schmetterndes Gelächter schallte ihnen entgegen und Sören strengte sich an, sein Gesicht glattzuziehen. Schon erfüllte betriebsames Geklapper mit Tellern und Bestecken den Raum.

„Was habt ihr gemacht?"

„St. Michael!", stieß Margot hervor. Jeremy trug nur ein T-Shirt über seiner Jeans. „Wir sind einfach hingefahren."

Silvia machte ein fragendes Gesicht.

„Es war klasse", sagte Jeremy. „Wie in den Urlaub zurückfahren. Wir hatten ein Cabrio."

„Ein Cabrio?"

„Gemietet. War allerdings etwas kühl."

Margot schlug auf Jeremys Schulter. „Jeremy hat in der Kirche ständig geniest, beim Barockkonzert. Deshalb sind wir eigentlich nur hin, um die alten Instrumente zu hören. Aber danach hat Jeremy die ganze Kollektion des Weinguts nebenan probiert."

Sörens Schultern verkrampften sich. Was war sie naiv. Ein Kind. Noch ganz dumme Gans.

„Du hast aber gespuckt, weil du noch Auto fahren musstest", sagte Silvia.

„Gespuckt aus dem Auto!", schrie Jeremy. Zu Sörens Verwunderung fielen die anderen in das Lachen des jungen Mannes ein.

„Es war ein wunderschönes Konzert", sagte Margot. „Wunderwunderschön. Und wir haben zu den Weinen auch gut gegessen. Warum ich schon wieder Hunger habe?"

„Mitgebracht!", schrie Jeremy schrill und hob eine Flasche, als stieße er einen Siegerpokal in die Höhe. Alle lachten. Alberne Leute, schrecklich alberne Leute, dachte Sören. Mit überdrehten, satirischen Gesten entfernte Jeremy Kapsel und Korken, an dem er in der Art eines Gourmettempel-Sommeliers schnüffelte. Margot und Silvia spielten mit und hielten ihm mit verdrehten Augen ihre Gläser hin. Sören fühlte sich wie erstarrt und Margot fragte ihn plötzlich: „Willst du lieber nichts?"

„Wieso? Warum nicht?"

„Ich dachte, es geht dir nicht gut."

Sören blies die Backen zu einer Art Lachen auf und hielt sein Glas hin. „Na, gerade dann!"

Der Wein schmeckte ihm. Zuerst war da eine stark nussige Note. Dann schoben sich die Aromen von Früchten in den Vordergrund, jedoch anders, als wenn Sören einen Fruchtsaft oder eine Limonade trank. Während er schmeckte, hatte er eine helle Frucht vor Augen, ein phantastisches Phänomen aus Marille, Banane und Orange. Sein Gaumen und sein inneres Auge tasteten es gleichzeitig ab. Die Frucht verströmte Süße, aber auch Säure. Diese beiden Elemente schienen sich gegenseitig dominieren und voreinander zurückweichen zu wollen. Etwas hielt sie zusammen, bewegte sie.

Sörens Lächeln war echt, es gelang ihm aber nur kurz, es zu halten. Das Wasser kochte längst, jemand rief nach den Nudeln und vor lauter Gelächter war immer schwerer zu verstehen, was Margot, Jeremy oder Silvia sagten. Zumal sie durcheinander plapperten und weniger an einem Gespräch interessiert zu sein schienen, als daran, ihrer gute Laune Ausdruck zu verleihen.

Silvia zwinkerte Sören aufmunternd zu und sagte in die Runde: „Wir haben über unsere Einladung geredet, ihr wisst schon. Wir sollten es jetzt so schnell wie möglich machen."

„Die ‚Haltet-den-Dieb-Geschichte'", sagte Sören.

„Genau. Aber mitmachen darf nur, wer ernst bei der Sache ist."

„Und wie ich das bin", antwortete Jeremy. „Ich frag mich auch immer zum Beispiel, wo auf den Nudelpackungen die Kochanweisungen stehen." Margot nahm ihm die Packung aus der Hand, drehte sie um und gab sie ihm zurück.

„Danke!"

Sören erreichte die Tür, ohne dass die anderen etwas zu merken schienen. Mit leisen Schritten entfernte er sich, suchte den Weg hinab und wagte nicht, Licht auf der dunklen Treppe einzuschalten. Während er Stufe für Stufe hinab schritt, stellte er sich vor, er sei ein Taucher, der immer tiefer hinunter zum Meeresboden drang. Schließlich stand er vor der dunklen Eingangstür mit dem großen, eiförmigen Ornament und zögerte. Wenn er aus dieser Tür trat, würde er nie wiederkehren. Es gab keinen Grund, einfach zu verschwinden, außer dem, nie zurückzukehren.

Knarrte oben der Parkettboden? War besorgtes Stimmengewirr zu hören? Spontan entschied er, in den Garten zu gehen. Am Schlafzimmer vorbei, dass Margot und er nutzten, wenn sie hier waren. Weiter durch den einsamen Gartensalon. Er öffnete die doppelflügige Verandatür und als er den Abendwind spürte, entspannte sich sein Gesicht. Er hörte Rascheln oben in den Bäumen und das Geräusch eines Autos. Aber als er in den Garten schritt und die wie getuschten Umrisse der Hecken sah, fühlte er sich ruhig und wohl.

„Sören?"

Silvias Stimme erklang aus dem Gartensalon und sie kam hinaus auf den Rasen.

„Brauchst du frische Luft? Haben wir dir etwas getan?"

„Nein, überhaupt nicht. Aber es müssen ja nicht immer alle gleicher Stimmung sein."

„Es stört dich, wenn gelacht wird?"

„Ach was! Ohne mich kommt ihr gut zurecht."

Sie trat nah an ihn heran. „Rede keinen Unsinn!"

Ob er sie umarmen sollte? Sören hatte das Gefühl, sie wünschte es. Er hielt sich zurück.

„Lass uns wieder nach oben gehen, die Nudeln sind fertig und wir müssen die Sache zu Ende besprechen."

Sören ließ den Blick noch einmal über die Hecken schweifen.

„Ich bin dabei, wenn wir konsequent sind. Ohne Spielereien. Mindestens so gut, wie Norbert es gemacht hätte."

Silvia nickte. „Mach es, wie du denkst. Du bist der Chef."

„Wir essen und formulieren die Einladung."

22

„Du kannst ja mitkommen."

„Was soll ich bei einer Weinprobe?"

„Zur Pressekonferenz."

Tobias zögerte. „Ich könnte dich zumindest hinbringen."

Es war noch Zeit bis zur Veranstaltung *Wein und Medizin*, zu der Annelie Gmener Christine eingeladen hatte. 19 Uhr war spät für eine wissenschaftliche Veranstaltung. Der Wortlaut der Einladung hob den launigen Charakter hervor, mit reichlich ess-und trinkbaren Genüssen.

„Ich lauf nicht gern in Kongressklamotten herum."

„Das verlangt niemand von dir."

Und doch wühlte er in seinem Kleiderschrank und zog eine frische schwarze Jeans und ein passendes dunkles Jackett an.

„Du siehst aus wie ein aufstrebender Gehirnchirurg. Bloß nicht rasieren."

Sie hatten Zeit und spazierten durch die Innere Stadt in Richtung Burgring. Irgendwo wollten sie in einen Bus oder eine Straßenbahn steigen, wenn es sich anbot.

„Ist das nicht ein alter Hut, dass Wein gesund sein soll? Willst du das deinen Lesern noch einmal erklären? Oder füllt diese Firma Wein in Tabletten ab?"

„Denke ich nicht."

„Und warum gehen wir hin? Weil so gute Weine ausgeschenkt werden?"

„Mein lieber Freund Sören hat herausgefunden, dass seine Freundin von Silvia Wehrsam ein nicht zugelassenes Hormonpräparat bekam. Zufällig wird es von der Firma hergestellt, die uns heute zur Pressekonferenz eingeladen hat. Besser gesagt, die PR-Angestellte Annelie Gmener lud uns ein, die wiederum eine alte Freundin der Wehrsams ist."

„Ich habe mir während des Studiums auch einmal überlegt, bei Tests nicht zugelassener Medikamente mitzumachen."

„Das ist aber legal unter strenger Kontrolle. Hier wurde jemandem einfach was zum Schlucken gegeben."

Die mächtigen Rolltreppen des Albertinamuseums zogen Menschen von der Straße. Christine spürte die gefährliche Nähe des Karlsplatzes – von Egon und Josep. Er war noch ein großes Stück weit weg, aber schon oft war sie in Wien wie mit einer tückischen Meeresströmung an ungewollte Orte gelangt.

„Verstehe. Pharmakonzern produziert Medikament mit weiblichen Hormonen, mit denen Frauenärztin zuerst ihre Rivalin, dann den Ehemann umbringt."

Christine ging voran in die Hanuschgasse. „Etwas anderes erscheint mir wahrscheinlicher. Es kostet viel Geld, Medikamente zu testen, um die Zulassungen zu bekommen. Das geschieht auch alles mit großer Vorsicht. Gibt man nun einigen Leuten so ein Mittel unter der Hand und untersucht sie regelmäßig, kann man viel besser abschätzen, ob sich die offiziellen Tests lohnen oder nicht."

Christine sah sich rätselnd um.

„Wohin willst du?"

„Mariahilfer Straße."

Er streckte den Zeigefinger aus. Ihr Weg führte sie entlang des Burggartens.

„Und wenn es Nebenwirkungen gibt, dann sagt die Ärztin, alles Mögliche sei schuld, aber nicht das Medikament."

„Genau. Sie meldet es nur dem Pharmakonzern, der nun weiß, welche Verbesserungen nötig sind. Vor allem, wenn dutzende Ärztinnen und Ärzte mitmachen. Offizielle Testreihen werden dann erst gemacht, wenn ziemlich sicher ist, die Entwicklungskosten nicht in den Sand zu setzen."

„Die Versuchskaninchen dürfen keinen Verdacht schöpfen. Sie dürfen vor allem nicht sterben."

„Richtig. Bevor sie am Medikament sterben oder daran groben Schaden nehmen, müssen sie auf andere Weise ins Jenseits befördert werden. Etwa durch angeblichen Selbstmord."

Tobias fasste nach seinem Hinterkopf.

„Frau Doktor hat also ihren eigenen Mann als Versuchskaninchen benutzt und als er dann Herzrhythmusstörungen oder irgendwas bekam, was bei einer Untersuchung seltsam aufgefallen wäre, brachte sie ihn sicherheitshalber um."

Christine nickte. „Schwer vorstellbar. Ich denke eher, sie haben unter einer Decke gesteckt. Vielleicht Rache eines Patienten oder Angehörigen? Oder etwas, was mit all dem nicht zusammenhängt."

„Die Waffenindustrie?"

„Ich würde mich auch gern darüber lustig machen. Vielleicht war es wirklich nur ein Einbrecher. Es würde mich fast freuen, wenn es so wäre, allein, ich kann es nicht glauben."

„Gut gesagt. Zum Glück hast du mich überredet mitzukommen. Sowas schau ich sonst nur im Fernsehen. Da gibt es aber immer Leute, die Obduktionen vornehmen und den wahren Ursachen eines Todes auf die Schliche kommen."

„Wenn Ärzte die Mörder sind, wissen sie das möglicherweise zu verhindern."

Die Mariahilfer Straße hatte sich verändert in den vergangenen zehn Jahren. Christine vermisste das Grobe, den Anflug von Anrüchigem. Im Café Ritter hatte sie eine letzte Melange vor der Rückfahrt nach Hamburg getrunken. Noch unentschlossen, ob sie ihren Zug am Westbahnhof nehmen oder nach Gilbert suchen sollte.

„Wir haben mehr Zeit gebraucht, als ich dachte", murmelte Christine. „Lass uns ein Taxi nehmen."

Die Konzernzentrale befand sich hinter der großen Straßenumrundung Wiens namens Gürtel und sah aus wie das Modell eines unbekannten Flugobjekts für einen Science fiction- Film. Die Fenster im Erdgeschoss waren dunkel. Erst als Christine genau hinsah, erkannte sie helle Punkte wie von einer Notbeleuchtung.

„Scheint nichts los zu sein."

„Abwarten."

Sie betraten das Foyer. Versteckt an der Seite hockte ein Pförtner hinter einem langen Tresen und ließ sich ihre Einladung zeigen. „Die Treppe hoch. Sie können auch fahren. Zweiter Stock."

Oben bestrahlte grelles Licht weiße Wände und Böden. Zwei Frauen in Kostümen blickten sie erwartungsvoll an.

„Wen dürfen wir begrüßen?"

„Sowell."

Eine der beiden machte ein Häkchen auf einer Liste. „Viel Vergnügen."

Staunend liefen sie den Gang entlang. Türen zu Laboren standen offen, in denen schmale Tische mit Gerätschaften, Spülbecken und seltsamen

Maschinen zu sehen waren. Eine Kellnerin mit Sekttablett kam ihnen entgegen. Christine und Tobias bedienten sich.

Am Ende des Ganges ging es einige Stufen hinab, bis sie eine Kantine erreichten. Mit Tresen zur Essensausgabe, Tischen, Stühlen und Gestellen für die Tabletts. Ein hagerer Mann im blauen Anzug und mit grauem Vollbart streckte die Hand aus. „Es freut mich sehr, dass Sie es ermöglichen konnten."

Die Tische waren gut besetzt. Die Kleidung der anderen Gäste war auffallend formell. Fachsimpeleien drangen an ihr Ohr. Gespräche über Pressekonferenzen, die in letzter Zeit besucht wurden. Viele kannten sich. Es handelte sich nach Christines Eindruck vor allem um Medizinjournalisten.

„Wie schön, dass Sie kommen konnten!" Annelie Gmener umarmte sie und schaute ihren Begleiter fragend an.

„Tobias Lamberti."

„Freut mich. Wie ich sehe, seid ihr schon versorgt. Es muss gleich losgehen. Wir werden später reichlich Gelegenheit haben, zu reden. Entschuldigung – die Pflicht ruft!" Sie eilte davon.

Infomappen lagen auf den Stühlen. Der Bärtige hielt eine Begrüßungsrede. Er war ein bedeutender Universitätsprofessor und nicht beim Konzern angestellt. Er kalauerte über geistiges und körperliches Wohlbefinden in Zusammenhang mit Wein, gab ein paar Anekdoten seiner privaten Beschäftigung mit dem Getränk und die Resultate aktueller Forschungsergebnisse zum Besten. Fortan moderierte er die Auftritte seiner Kollegen, die sich mit dem Thema aus verschiedenen wissenschaftlichen Perspektiven beschäftigten. Christine hatte vermutet, sich über alte Halbwahrheiten zur Wirkung phenolischer Substanzen langweilen zu müssen. Ein Vorzug der Vorträge war jedoch, dass sie offensichtlich nicht von der Weinwirtschaft gesponsert worden waren und präzise die wissenschaftlichen Grundlagen des verbreiteten Illustriertenwissens erklärten. Ob Wein nun gesund war oder nicht, konnte Christine daraus weniger denn je entnehmen.

An jedem Tisch saß mindestens ein Firmenangestellter mit Namenschildchen an der Brust. Bei Tobias und Christine Frau Doktor Roswitha Reis. Eine junge Frau mit schmalen Lippen und einer hübsch geschwungenen Nase.

Christine spürte, dass Roswitha Reis ihren Blick suchte. Wahrscheinlich war sie die einzige Journalistin hier, die nicht jährlich vom Pharmakonzern zu Pressereisen in Luxushotels rund um den Globus eingeladen wurde. Jemand, der noch nicht auf allen Listen stand und daher verunsicherte und lockte.

Tobias kam mit der Frau ins Gespräch. Er habe oft ein schlechtes Gewissen, wenn er vor seinen Schülern sein Wissen abspule und behaupte, was richtig sei, obwohl er es sich doch selbst oft nur angelesen hätte. Während man in den Labors ja gewissermaßen der Wahrheit beim Entstehen zuschauen könne. Christine verdrehte die Augen. Doktor Reis flüsterte, man könne gern mal einen Austausch mit der Schule „andenken". Wissenschaftler dorthin oder Schüler hierher schicken. Dann stand sie auf und stellte sich selbst aufs Podium.

„Willst du ihr vielleicht noch deine Lebensgeschichte erzählen?", zischte Christine. „Dass sie weiß, dass du Lehrer bist, ist für unser Vorhaben schon mal weniger gut."

„Und dein böser Blick, wozu ist der gut, außer, dass die Leute gewarnt sind? Außerdem ist es dein Vorhaben, nicht meins."

Tobias klatschte laut am Ende des Vortrags. Dr. Reis Thema war originell gewesen. Sie sprach darüber, wie das Schnuppern am Wein unendliche Assoziationen im Gehirn auslöse. Von Blüten, Früchten, Käsesorten, Hölzern, Frühlingswiesen... Intensives Schnuppern am Wein – das war ihre These – funktioniere wie eine Aromatherapie und sei sehr gesund. Und: Patienten, die keinen Alkohol vertragen, könnten über die Nase trotzdem intensiv Wein genießen. Eventuell intensiver als die trinkenden Menschen. Christine gestand ein, dass der Vortrag Applaus verdient hatte.

Als Dr. Reis sich wieder zu ihnen setzte, ergriff Tobias kurz ihr Handgelenk. „Das war super!"

Christine horchte auf, als die Doktorin fragte: „Ihre Frau ist auch Lehrerin?"

„Oh, nein! Sie ist nicht meine Frau. Es ist Zufall, dass wir zusammen hier sind." Er zwinkerte Christine zu.

Der bärtige Hagere ergriff erneut das Wort und forderte zum zwanglosen Beisammensein auf.

Tobias sprang von seinem Stuhl. „Ich hoffe, Sie zeigen uns ein wenig das Institut, Frau Reis."

„Gern, wenn es Sie interessiert. Wir haben die Türen extra offen gelassen."

Die Gäste wirbelten durcheinander und strebten zum imposanten Buffet, das unbemerkt aufgebaut worden war. Christine folgte Dr. Reis und Tobias in den Gang mit den offenen Türen.

„Ihr Unternehmen verpulvert sicher eine Menge in die Forschung?" Das Näselnde in Tobias Stimme war Christine neu.

„Verpulvern? Ja, es ist schon ein Verpulvern. Im Grunde Unmengen Geld, die einfach verschwinden. Für uns ist das Geld aber wie ein Werkzeug. Man sagt ja auch nicht, der Aufwand zur Herstellung eines Hammers sei verschwendet, weil es nur um einen Nagel geht."

„Das leuchtet ein."

„Interessieren Sie sich für etwas Bestimmtes?"

„Die Forschung ist aufregend, auch für meine Schüler."

„Was kann ich Ihnen zeigen?"

Christine hatte die beiden eingeholt. „Misserfolge. Oder gibt es die nicht?"

Eine junge Frau mit einem Tablett gefüllter Sektgläser blieb vor ihnen stehen. Tobias lächelte Dr. Reis aufmunternd zu und sie nahm zögernd ein Glas. Christine und Tobias ebenfalls.

„Natürlich archivieren wir alle unsere Entwicklungen. Wir sind ein kleines Unternehmen und wissen nie, wann etwas wichtig wird. Im negativen oder positiven Sinne. Wir müssen aufpassen, denn schon Kleinigkeiten, über die große Player nur schmunzeln, können uns gefährlich werden."

Player klang niedlich aus ihrem Mund. Sie musste es in einem ökonomischen Aufbau-Lehrgang für Naturwissenschaftler aufgeschnappt haben, vermutete Christine.

„Ach", sagte sie. „Sie heben alles auf?"

„Vieles."

„Den Giftschrank muss ich sehen!", rief Tobias.

„Das Archiv ist aber auf einer anderen Etage…"

„Sekt schleppe ich mit."

Dr. Reis kicherte. Sie hatte schöne kleine Zähne. „Die Veranstaltung ist hier und ich sollte auch hier sein."

Tobias beschirmte mit der Hand seine Augen und blickte ins Getümmel der essenden und trinkenden Leute.

„Ihre Abwesenheit fällt nicht auf."

Dr. Reis fuhr mit ihnen ins Untergeschoss.

„Es ist zwar nicht direkt verboten, Sie hierher mitzunehmen. Aber auch nicht direkt erlaubt. Sie brauchen es ja nicht an die große Glocke zu hängen."

„Auf keinen Fall."

Unten öffnete sie eine Tür mithilfe einer Tastatur. „Das ist hier insofern interessant, weil man gewissermaßen durch die Firmengeschichte spaziert. Unser Naturhistorisches Museum! Ob es für Laien oder Leute interessant ist, die nicht dran mitgearbeitet haben, weiß ich aber nicht zu sagen."

Christine erblickte rechts und links zwei Reihen Stahltüren im Neonlicht. „Ein Museum für Pillen?"

„Oder was von ihnen noch übrig ist. Mehr oder weniger gut konserviert. Das hat nur archäologischen Charakter und wird bald mal entsorgt."

„Die ganze Firmengeschichte?"

„Seit 1987, glaube ich. Bitte nichts anfassen."

Sie öffnete eine weitere Tür zu einem unübersehbarem, schlauchartigen Lager, an dessen Wänden Schränke und Regale standen. Dr. Reis hastete los.

„Tja, da liegt das alles, totes Material. Fehlte nur noch, dass wir die Versuchsratten ausgestopft hätten."

Fläschchen und Dosen, ausgediente Retorten und Messinstrumente waren mit handgeschriebenen Etiketten versehen. Es wirkte auf Christine wie ein verstaubtes Provinzmuseum. Ab und zu gab es Fotos zu sehen: Menschen in Klinikbetten, die weißbekittelten Betreuern die Hand schüttelten, Ekzeme, Wunden, Vorher-Nachher-Darstellungen. Christine bemühte sich, genau hinzuschauen. In einer kopfhohen Vitrine fiel ihr das Etikett vor einem Pillendöschen auf: *Phase 1 Januar 96, Phase 2 April 97, Phase 3 Dezember 97. Markteinführung 1999.*

Dr. Reis bemerkte Christines Blick und blieb stehen.

„Alles beginnt ganz harmlos mit Labor- und Tierversuchen. Das ist aber auch schon schweineteuer." Sie lächelte verschämt. „Die Phasen 2 und 3, wo dann mit Menschen, Wirkstoffen und zum objektiven Vergleich auch mit Scheinmedikamenten getestet wird, sind exorbitant. Ein Misserfolg kann die Firma in die Insolvenz stürzen."

Christine deutete auf ein Kärtchen, auf dem keine Markteinführung verzeichnet war.

Dr. Roswitha Reis nickte. „Ein Blindgänger."

Sie gingen weiter. „Lenk sie ab", raunte Christine und ließ sich zurückfallen.

Sie zwang sich, Vitrine für Vitrine zu betrachten und nichts zu überstürzen. 1992, 1993... In keinem der beiden Jahre hatten sie ein neues Produkt herausgebracht.

„Frau...", schallte Dr. Reis Stimme zu ihr herüber.

„Sowell heißt sie", sagte Tobias. „Sie sieht sich leicht fest. Und was ist in dem Schränkchen dort?"

Die beiden bogen um die nächste Ecke. Er machte das gut, fand Christine. 1994, 1995, 1996. Gekicher klang herüber. Sie schienen vom Sekt zu nippen. 1995. Fotos von der Einweihung eines Firmenanbaus. Kein Kärtchen, keine Beschreibung. Aber ein Pillendöschen.

Christine betastete vorsichtig den Glasdeckel der Vitrine. Es war plötzlich so still, als seien Tobias und Dr. Reis in einem anderen Gebäude verschwunden. Der Deckel schien nur aufzuliegen. Die Kante befand sich auf Höhe ihrer Nasenspitze. Christine quetschte ihren Daumen unter die Glasplatte. Es tat weh.

Der Deckel bewegte sich. Mit beiden Händen hob sie ihn weiter empor und presste ihre Finger durch die Öffnung. Sie stellte sich auf die Zehen, während sie mit einem Arm ins Behältnis tauchte und gleichzeitig ein ohrenbetäubender Alarmton schrillte. Verzweifelt fischte Christine tiefer. Der Glasdeckel behinderte ihren Arm. Sie übte mehr Druck aus, wodurch die Platte aus dem Gleichgewicht geriet und ihr entglitt. Christine schlug die Hände schützend vor das Gesicht, als das Glas wegrutschte und auf dem Boden in dicke, große Scherben zersprang. Dann griff sie zu und bekam endlich die Pillendose zu fassen.

Dr. Roswitha Reis Gesicht war hochrot, als sie um die Ecke schoss. Tobias folgte ihr grinsend und fragte: „Was hast du denn da gemacht?"

Von der anderen Seite des Ganges stürmten zwei Männer in blauen Uniformen heran und stoppten, als Dr. Reis die Hand hob. „Ich bin hier."

„Ich weiß auch nicht, wie das passieren konnte", sagte Christine. „Ich habe geguckt, mir den Hals verrenkt, um besser zu sehen und irgendwie das Gleichgewicht verloren." Skeptisch betrachtete Dr. Reis die offene Vitrine.

„Wir müssten…", brummte einer der Herren.

Dr. Reis seufzte laut, dann nickte sie entschieden mit dem Kopf. „Ja, es ist besser, damit gar nicht erst Vermutungen aufkommen. Stellen Sie sich vor", bat sie Christine, „da geraten Medikamente illegal in den Handel und die Polizei schaut sich dann jeden Vorfall an, der im Entferntesten ungewöhnlich erscheint. Auch wenn hier nur eine Menge Schrott aufbewahrt wird, es sollte alles auf der Stelle bereinigt werden."

„Und das gelingt wie?"

„Sie gehen kurz mit, lassen bestätigen, kein Firmeneigentum an sich genommen zu haben und der Vorfall wird gewissermaßen gelöscht. Denn jeder Alarm wird aufgezeichnet und bekommt einen umso längeren Rattenschwanz, je länger die Beschäftigung damit dauert."

Die Leibesvisitation wurde in einem Raum hinter der Pförtnerloge von einer Frau vorgenommen, die ebenfalls eine blaue Uniform trug. Sie reagierte auf Scherze nicht. Christine räumte ihre Handtasche aus. Die Angestellte befingerte den Stoff.

Zurück im Foyer wurde Christine von Annelie Gmener in Empfang genommen. „Na so ein Missgeschick. Sie hätten mich gleich rufen müssen, dann hätten wir weniger Umstände gehabt."

„Soll ich meine Haftpflichtversicherung bemühen?"

„Ach was." Annelie Gmeners Stimme klang dünn. „Wir sollten Ihnen danken, die Sicherheitslücke aufgedeckt zu haben."

Als Tobias und Dr. Reis um eine Säule bogen, machte die Wissenschaftlerin ein Gesicht, als hätte Christine ihr eine Ohrfeige verpasst.

Christine verabschiedete sich schnell. Tobias begleitete sie hinaus auf die Straße.

Als sie den Gürtel überquert hatten, sagte er: „Keine so geglückte Aktion."

„Den Versuch war es wert."

„Aha."

Sie hob die Hand. „Lass uns in das Beisl gehen."

Sie betraten ein schmuckloses Ecklokal, an dem der späte Autoverkehr vorbeiraste. Nur wenige Gäste saßen an den Tischen. Christine wählte einen schlecht einsehbaren. Tobias studierte die Tafel mit den Tagesgerichten.

Als der Wirt kam, sagte Christine: „Wir möchten nur etwas trinken."

„Aha ", murmelte Tobias. „Ein Bier."

„Für mich einen Veltliner."

Tobias verfolgte, wie der Wirt hinter seinem Tresen verschwand. „Was bezwecktest du also mit deinem Auftritt?"

„Wenn sie 1995 ein Medikament erfolglos getestet haben und meine Theorie stimmt, könnte Jasmin Wolfrath deswegen umgebracht worden sein. Um Nebenwirkungen zu vertuschen. Wer weiß, nach einer Exhumierung wäre die Substanz womöglich noch nachweisbar."

„Willst du heute noch mit einer Schaufel zum Zentralfriedhof?"

„Erst müsste man das Mittel kennen."

„Vielleicht hättest du einfach danach fragen sollen."

„Dir hätte sie es vielleicht gezeigt. Und zeigen können, was sie will. Wie sollten wir das denn prüfen?"

„Und du glaubst, diese Leute bewahren Zeug im Museum auf, das sie hinter Gitter bringen könnte?"

„Die Sachen laufen mit Sicherheit komplizierter! Was weiß ich, wer was weiß. Und ich weiß auch nicht, wie gravierend eine Nebenwirkung sein muss. Vielleicht reicht schon Wimpernzucken beim Patienten aus, damit Reputation und Konten Schaden nehmen. Hast du keine Phantasie? Ehrgeizige Phase 1–Laboranten fürchten, dass alle ihre Anstrengungen hinfällig sind, sobald am Menschen getestet wird. Sie werden das aber erst in ein paar Jahren wissen, nachdem unglaublich viel Geld und Energie investiert wurden. Da ist die Versuchung einiger groß, in die Zukunft blicken zu wollen. Ich sage nicht, dass die gesamte Firma kriminell ist."

„Aber sein kann?"

Der Wirt stellte die Getränke auf den Tisch und Tobias griff seufzend nach seinem Glas.

„Einen Moment." Christine wühlte in ihrer Tasche.

„Hast du etwas mitgehen lassen? Dr. Reis tut mir ehrlich leid."

„Was hast du mit ihr eigentlich gemacht die ganze Zeit?" Sie brachte die Kondompackung zum Vorschein.

„Bist du eifersüchtig?"

„Eifersucht ist zum Kotzen." Christine nahm eines des Kondome aus der Packung und löste es aus seiner Schutzfolie. Sie sah sich um, senkte den Kopf und blies kräftig hinein.

„Ich verstehe dich nicht. Du wolltest doch, dass ich sie ablenke. Das ist mir hervorragend geglückt, bevor du alles zunichte gemacht hast. Wahrscheinlich werden wir auch gleich aus diesem Lokal geworfen."

Christine blies das Kondom mehrmals auf und ließ die Luft wieder entweichen. Dann zog sie es sich wie einen Handschuh über, zupfte und dehnte es. „Tobias, ich bin dir sehr dankbar. Es war nicht umsonst. Unser Einsatz hat sich gelohnt."

„Du hast eine Pille eingesteckt?"

„Geschluckt."

Er riss die Augen auf, griff nach seinem Bier und zog die Hand wieder zurück. „Wozu? Wenn Gift drin ist, soll ich es dann aus deiner Leiche obduzieren lassen?"

Sie hielt das Kondom über zwei Fingern in die Höhe. „Bestimmt ist nichts Hochgiftiges darin, jedenfalls nicht, wenn man sich rechtzeitig erbricht. Ich gehe jetzt auf die Toilette. Ich hoffe, es dauert nicht zu lange. Dann trinken wir aus, ich bringe das in Sicherheit und lade dich zum Essen ein. Falls du nicht mehr magst, kann ich…"

Er hielt eine flache Hand vor seine Augen, kicherte und schaute sie wieder an. „Du machst mich sprachlos, Christine. Viel Glück."

23

Sören zog das Jackett aus und nahm ein neues Hemd aus dem Schrank. Das andere warf er auf die aufgewühlten Laken. Margot und er hatten heute in Döbling übernachtet, wegen der Vorbereitungen. Jetzt gab es nicht mehr viel zu tun. Dafür war er furchtbar nervös.

Er besaß zum Glück noch ein passendes Hemd zum hellen Anzug, den er seit dem Sommer nicht mehr getragen hatte. Hellblau, nicht perfekt, aber dafür auch nicht durchgeschwitzt wie das cremefarbene. Im abgelegten Jackett steckte immer noch der eingewickelte Gedichtband von Kisfaludy. Hatte Silvia ihn vergessen? Sie provozierte ihn geradezu, die Verpackung aufzureißen und noch einmal in Ruhe durch die Seiten zu blättern. Oder das Buch zu behalten.

Er zog das neue Jackett an und steckte das Buch mit dem Vorsatz in die Innentasche, es Silvia heute Abend zurückzugeben. Sie hatte es geschafft, ihn in die Rolle des Gastgebers zu zwängen, der verantwortlich für die Verkostung war, als sei es seine eigene. Die Erinnerung an den Schlagabtausch mit ihr machte ihn wütend: „Wir brauchen kein großes Menu, Silvia. Es geht nicht darum, den Gästen einen großen Abend zu bieten, sondern kritisch Wein zu prüfen!"

„Du hast also keine Zeit, die Enten abzuholen."

„Das habe ich nicht gesagt. Mir geht es nur darum, den Abend nicht unprofessionell aussehen zu lassen. Du solltest diese Veranstaltung nicht als eine sehen, bei der man brillieren muss."

„Das glaubst du ernstlich? Norberts Todesjahr ist noch nicht um und du meinst, ich will brillieren?"

So ging es, sobald er versuchte, sich einem ihrer Wünsche zu entziehen, die sich ums Essen, die Dekoration, die Art der Weine drehten. Zum Schluss gab er klein bei.

Beruhigen! Das war seine Profession. Einatmen, tief ins Dan Tian, dem Energiezentrum unterm Nabel. Er versuchte es, verlor aber schnell die Lust. Über Jahre war es sein Ziel gewesen, entspannt zu leben. Das passte jetzt nicht mehr.

„Sören!", schallte fordernd Silvias Stimme von irgendwoher. Man sollte, so lange man zu wenig Macht hatte, sich nicht erhöhen – das war taoistisch. Man musste sich fügen und beobachten, wann die Gezeiten günstig wären.

„Sören, wo sind die Sets?"

„Auf dem Kühlschrank!"

Er raste die Treppe hinauf.

„Wo? Welcher Irre hat die da hingetan?"

Staunend betrat er den Salon. Wo vorhin noch Pappkartons mit neuen Weingläsern, Servietten, Dekanter, Tischdecken und Stühle wild durcheinander standen, herrschte einladende Ordnung. Der Tisch war gedeckt. In seiner Mitte verlief eine schmale lange Spitzendecke. Silvia tauchte mit den Sets auf. Sören rollte mit den Augen. Platten aus gepresstem Sperrholz mit Bildchen von Flaschen, auf denen die Namen berühmter Weingüter zu lesen waren. Eines nach dem anderen schob sie unter die Teller.

„Die Decke können sie ruinieren, aber nicht den Tisch."

Sören riss sich zusammen. Kein Wort darüber, dass bei Weinproben den Gästen üblicherweise nicht sofort Teller unter die Nase gestellt wurden. Kein Wort darüber, dass die Sets auf eine Runde hochkarätiger Weinkenner lächerlich wirken mussten. Silvia hatte ihm stolz von dem Kauf in irgendeinem Billigladen berichtet. Eine Weinprobe, wie Norbert sie veranstaltet hätte, war das nicht.

„Auf dem Balkon ist noch Salat, Dressing und Weißbrot. Das könnte schon mal rüber. Mariniere das doch bitte schon einmal. Es wird höchste Zeit."

Salat und Brot auf dem Balkon. Sören blickte fassungslos in den Himmel. Reiner Zufall, dass es nicht regnete. Abgedeckte Schüsseln standen in der Ecke. Sören lupfte die Aluminiumfolie und erschrak. Der kräftige Geruch von Zitrusfrüchten und aufgeschnittenen Tomaten schoss ihm in die Nase. Silvia hatte einen subtropischen Salat angerichtet, der die Fruchtdüfte jedes Weißweins spielend absorbierte. Wieso machte sie alles anders, als sie es bei Norbert gesehen hatte? Neben dem Salat stand gekauftes Joghurt-Dressing in Glasflaschen.

Er trat mit leeren Händen zurück in den Salon.

„Liebe Silvia, wir sollten unsere Strategie überdenken..." Sie war nicht mehr da. „Silvia?" Er hörte Stimmen. Sören wandte sich zum Flur und da kamen sie ihm entgegen.

„Unser erster Gast ist eingetroffen!"

Sören klappte den Mund zu, als ihm der Mann grinsend die Hand hinstreckte. Egon hatte seine kurzen Haare mit Gel behandelt, sie sahen aber immer noch struppig und fettig statt frisiert aus. Nach seiner letzten Rasur am Morgen standen wieder viele Bartstoppeln in seinem Gesicht. Er trug eine Art Wams aus hellbrauner Baumwolle über einem schwarzen T-Shirt, dazu eine blaue Hose, die an die Arbeitskleidung eines Monteurs erinnerte. Sören starrte auf das Grinsen der kleinen, fleischigen Lippen und musste sich zwingen, sich von dem Anblick loszureißen. Auf seinen hilfesuchenden Blick reagierte Silvia mit einem strahlenden Lächeln.

Christine und Annelie Gmener betraten unmittelbar nacheinander das Haus. Mehrfach tätschelte die PR-Frau Christines Arm und musterte sie zugleich strafend. Ronald Wolf kam im Freizeitsakko und Josep in einem Nadelstreifenanzug, der ihm gut stand. Auch die Halbstiefel. Die langen, frisch gewaschenen Haare fielen zart auf seine Schultern.

Sören blieb eng an Silvias Seite, als es darum ging, die Gäste mit einem Aperitif zu versorgen. Sie reichte die Gläser, er schenkte den Champagner ein und hatte Mühe, nichts zu verschütten.

„Wo ist denn der Salat? Der sollte auf dem Tisch sein."

Die letzten Champagnertropfen wanderten in Ronald Wolfs Glas.

„Ich glaube, mehr vom Sprudelstoff brauchen wir nicht", bemerkte Sören. „Es geht ja um den Wein." Er nahm die leere Flasche mit auf den Balkon und legte sie in eine Holzkiste. Dann zog er die Folien von den Salatschüsseln und kippte das Dressing darüber.

„Kommt denn niemand mehr?", fragte Christine, die ihm beim Hereintragen der Schüsseln half.

„Diese Typen irritieren mich."

„Das sind…"

„Ist mir schon klar. Nein, es kommen keine weiteren Leute. Hauptsache, den Abend irgendwie überstehen. Wir müssen die Flaschen vorbereiten." Er öffnete den Weinklimaschrank. „Du dürftest die Etiketten eigentlich nicht sehen. Aber ich weiß nicht, welche Regeln hier gelten. Ist auch egal. Wir spielen eine Weinverkostung nach, bei der nichts eine Rolle spielt, was das Publikum nicht sieht."

„Und welche sollen wir jetzt nehmen?"

„Wir haben die Wahl."

Christine seufzte.

„Keine Sorge!" Sören kniff fröhlich die Augen zusammen. „Sieben Personen, 12 Flaschen. Und wenn die anderen weg sind, betrinken wir uns. Übrigens habe ich das Foto von Jasmin Wolfrath einem Patienten gezeigt, der lange als Polizeireporter gearbeitet hat. Er sagt, es stamme nie und nimmer aus der Gerichtsmedizin. Laienhafte Aufnahme. Außerdem hat er den Eindruck, dass die Frau auf dem Foto noch lebt. Die sichtbare Verletzung ist ja auch nicht schlimm. Handelt es sich wirklich um Jasmin Wolfrath?"

„Nach meinem Eindruck schon."

„Es kann aber zu jedem erdenklichen Zeitpunkt entstanden sein."

„Fragt sich nur, wie Egon und Josep an ein Foto mit einer verletzten Jasmin Wolfrath gelangt sind."

Schweigen, Gestammel, Gehüstel und Stühlerücken. Überschwängliches Gelächter gefolgt von andächtig-routinierter Konzentration. Christine erlebte eine Weinprobe, die sich von anderen kaum unterschied. Wie sonst auch lockerten sich nach zwei, drei Probiergläsern die Zungen und eine freundschaftliche Stimmung kam auf. Josep erwies sich als souveräner Verkoster. Nicht vorlaut, sondern abwägend schmeckend und, so schien es, erst etwas sagen wollend, wenn er einen mitteilenswerten Eindruck gewonnen hatte. Sein Freund Egon gab sich launiger, schilderte mit klaren Worten, ob ihm ein Wein passte oder nicht. Christine half beim Servieren von Wasser und Brot und raunte Sören im Vorbeigehen zu: „Das wird nichts."

Er hielt sie am Arm fest. „Ein Ende ohne Schrecken. Norberts Theorie war eben Unfug." Er schaute zum Tisch hinüber. „Silvia wird sich nach diesem Abend endlich beruhigen können."

Gilbert fröstelte. Wind war aufgezogen und verwischte die Wolken am grauen Himmel. Wahrscheinlich würde es Regen geben, eine Möglichkeit, die er in seinen Plänen nicht bedacht hatte. Ein Mann allein im Regen fiel ebenso auf wie jemand, der Schutz suchte. Gravierender noch wäre die Feuchtigkeit an seiner Kleidung und an seinen Schuhen. Mit nassen Schuhen die Villa der Wehrsams zu betreten, wäre dumm.

Er fand es seltsam, keine Lichter in den Fenstern der herrschaftlichen Häuser zu sehen. Vielleicht waren sie zu gedämpft oder standen zu tief im Raum. Oder die Leute liebten das Schummrige.

Er mochte die Villa der Wehrsams. Klobig stand sie mit hohen Sprossenfenstern im Grün und ihre Balkone schienen nur zur Dekoration gedacht. Döbling war hier ein einziger Garten, in dem märchenhafte Häuser standen.

All die Jahre waren intime Kenntnisse über seine Person in dem Haus aufbewahrt worden – wer wollte, konnte sein Leben aufblättern. Gilbert war es egal gewesen, er hatte nicht daran gedacht. Jetzt fühlte er sich mehr dadurch verletzt und gedemütigt als bedroht. Er wollte die Gefahr aber nicht unterschätzen, wie er früher so viele Dinge leichthin abgetan hatte, obwohl er es besser hätte wissen müssen.

Es regnete. Im Laufen schrieb er eine SMS an Josep. Gut, wie tief die Äste der Bäume hier hingen, wie dicht die Hecken sich gegen die Straße wölbten. Er sprang über den niedrigen Metallgitterzaun und drängte sich zwischen Buschwerk und Bäume des Gartens. Er starrte auf die Glastüren der Terrasse und sah nur sich spiegelnde Blätter und Wolken.

Die Scheibe war vielleicht zehn Schritte entfernt. Zehn Schritte ohne Deckung und ohne zu sehen, was sich hinter ihr befand. Was tat Josep, dieser Vollidiot? Oder hatte er etwa Egon geschickt?

Gilbert lief mit gebeugtem Rücken auf die Terrasse zu, in dem verrückten Gefühl, so von Blicken schlechter getroffen werden zu können. Jetzt war auch alles egal und er presste das Gesicht gegen die Glasscheibe. Ein Raum mit Bartresen, Tischen und Stühlen fast wie in einer Kneipe. Eine Gestalt irrte umher. Gilbert schmunzelte über Josep, der sich umschaute, als suche er die Toilette. Ja, wieso suchte er Gilbert im Haus, wenn er ihm doch helfen sollte, hineinzukommen? Er musste gegen die Scheibe pochen, um auf sich aufmerksam zu machen. Wenigstens jetzt handelte Josep schnell.

„Auf wen wartest du?", fragte Gilbert ihn, als er die Tür aufschob. Josep sah ihn begriffsstutzig an.

„Sie sind oben?"

„Ja."

„Dann geh schnell wieder. Wie gesagt: Ihr seid heute nur auf einer Weinprobe."

„Aber die ganze Mühe!", protestierte Josep.

„Die meiste Mühe hatte wohl ich. Und dann haben sich die Dinge ungünstig entwickelt. Es kann kaum gut für uns alle sein, wenn ich als derjenige identifiziert werde, der einen Mord begangen haben soll."

„Ich verstehe das nicht."

Gilbert schnaubte ungehalten. „Du verstehst, dass die da oben eure Gesichter kennen."

„Aber deines nicht."

„Und ihr seid die unschuldigen Gäste, während ich die Weine in einen Transporter lade? Du glaubst ernstlich, euch würde man als harmlose Zaungäste betrachten? Wie naiv. Das Puzzle wäre binnen Stunden zusammengesetzt."

„Was willst du dann hier?"

Gilbert wandte sich ab. „Es dient nicht dem Gewinn, nur unserem Schutz. Ich muss vermeiden, dass jemand auf unsere Spur kommt."

Josep nickte im Fortgehen mit dem Kopf. Wäre er ein anderer, hätte Gilbert die Aktion für gescheitert erklärt. Aber wenn Josep Zustimmung signalisierte, war die Chance groß, dass er begriffen hatte und entsprechend handelte.

Wie gut er sich an das Haus erinnerte. Verblüffend. Er war einst nicht in dieses Gartenzimmer geführt worden und doch fand sich Gilbert zurecht. Entweder würde er die Unterlagen schnell finden oder überhaupt nicht.

„Ein guter Jahrgang, vielleicht. Aber von den Winzern weit unter seinen Möglichkeiten genutzt. Die kleinste Regenwolke im Spätsommer und es wird abgeerntet. Unreifes Material, mit dem wir uns dann im Glas herumschlagen."

Die anderen antworteten ruhig auf Egons wiederkehrende Polemiken gegen die Wachauer Weine. Christine erstaunte, wie ruhig, da Egon sich selbstgefällig und wie ein Weinbau-Inspektor aufspielte. Es war schwer vorstellbar, dass er häufiger einen Weinbau aus eigener Anschauung sah. Viel eher, wie sein massiger Leib von unzähligen Flaschen umgeben auf dem Sofa ruhte.

Sören kam mit der nächsten. „Mich interessiert eindeutig nicht, was die Winzer angeblich getan oder gelassen haben. Von Theorien habe ich den Keller voll."

„Deinen eigenen", sagte Jeremy.

„Hä?"

„Armer Mensch", erklärte Egon. „Wie froh ich bin, dass ich nur Flaschen im Keller habe."

„Je mehr Flaschen, desto mehr Theorien", erwiderte Jeremy. Egon lachte satt. Sören schaute sich irritiert zwischen den beiden um, während er einschenkte.

„Nach diesem Glas machen wir eine Essenspause."

„Vorher Pinkelpause", sagte Egon.

„Keine schlechte Idee", raunte Josep.

Beide hielten sich nicht lange mit dem Glas auf und erhoben sich, während der Rest der Gruppe noch probierte.

„Ich fülle die Wasserkaraffen nach." Keiner reagierte auf Sörens Scherz. Er hatte Lust, mit einem sehr edlen Tropfen aus Norberts Keller die Entensauce abzuschmecken. Ente bei einer Weinprobe. Verrückt. Als er an der Küche vorbeikam, sah er Silvia hingebungsvoll über den Backofen gebeugt und stieg leise die Treppe hinab.

Im Keller war er seit Norberts Tod schon einige Male gewesen, aber jetzt war es etwas anderes. Eine Verkostung in seinem eigenen Haus ohne ihn. Plötzlich kam Sören ein Einfall, der ihm zuerst wahnwitzig erschien. Er könnte der Runde einen der Amphorenweine servieren. Wie es Norbert auf Sörens Anregung hin damals kurzzeitig vorgehabt hatte, bevor er sich schließlich dagegen entschied.

Sören lief zu dem Amphoren-Versteck. Das Regal vor der Nische hatte Norbert damals nicht wieder akkurat zurückgerückt und nach wie vor ragte es ein Stück in den Raum. Auch hatte er die Amphore rasch irgendwo hinter dem Regal abgestellt und Sören bekam sie leicht zu fassen.

Was würde passieren, wenn der Wein auf den Tisch kam? Es war möglich, dass Norbert allein deshalb überführt werden konnte, weil er die Weine besaß. Auf jeden Fall waren sie ein starkes Indiz dafür, dass er Jasmin Wolfrath ermordet hatte. Würde mit dem Amphoren-Wein auch alles andere ans Licht kommen? Wäre es besser, jetzt zu handeln, statt weiterhin abzuwarten?

„Na, Sören, was gibt's?"

Fröhliches Pfeifen hallte von den Kellerwänden wider. Sören erkannte Jeremy zuerst nur an seiner Figur und seinem federnden Gang.

„Oh!" Sören kam, die Flasche in Händen, Jeremy entgegen. „Hab nur eine Idee gehabt."

„Interessant." Jeremy stellte sich ihm in den Weg. „Dass du ausgerechnet die Flasche nimmst! Olé Olé Olé."

„Hoffentlich bist du noch klar genug, um sie zu verkosten."

Jeremys Augen bewegten sich zwischen engen Lidern. Nein, er machte keinen trunkenen Eindruck. Bislang hatte Sören nie eine Verbindung zwischen Norberts rundlichem, bärtigem Gesicht und dem schmalen, nervösen von Jeremy hergestellt. Jetzt erkannte er eine deutliche Ähnlichkeit zwischen Vater und Sohn. Sören hatte bislang nicht darüber nachdenken wollen, ob Jeremy Margot belästigen könnte. Ob er ihnen gefährlich werden könnte. Wie er jetzt vor ihm stand, viel ernster und älter als üblich, weckte er ein unangenehmes Gefühl in Sören.

„Seltsamerweise war das Regal nach Vaters Tod verschoben. Ich habe das erst später bemerkt, vielleicht war es auch schon vor Vater Tod verschoben. Aber zum ersten Mal bemerkte ich es danach."

„Sag bloß." Sören ging an ihm vorbei. „Die Gäste warten!"

„Ich habe außerdem die Telefondaten vom Tag seiner Ermordung geprüft", rief Jeremy ihm nach. „Es ist seltsam, dass am Abend ein Anruf von unserem Festnetz auf dein Handy erfolgte. Das verstehe ich einfach nicht. Alle Gäste waren ja seltsamerweise gleichzeitig Zeugen deines Anrufes im Keller. Und sie bestätigten alle, dass du von unserem Festnetz Norbert im Keller angerufen hättest. Warum aber hatte er dein Handy?"

„Mit Sicherheit hatte er es nicht."

„Ist ja auch komisch, dass du nicht mit deinem Handy unten angerufen hast, wenn du es bei dir gehabt hättest."

„Angst um eure Telefonrechnung? Wir müssen zu den Gästen. Kann schon sein, dass Norbert mich von eurem Festnetz anrief. Oder jemand anderes. Es ist zum Glück völlig unwichtig."

Sören ging weiter.

„Ich bin anderer Ansicht, Sören, ich..."

Ein Geräusch ließ beide innehalten. Das durchdringende Geräusch einer quietschenden Tür über ihren Köpfen.

„Das ist das alte Arbeitszimmer meines Vaters", sagte Jeremy. „Und das Knarren soeben klang ganz wie der alte Aktenschrank neben dem Fenster."

„Wo bleiben die jungen Herren?" Die zarten Rötungen um Silvias Wangen machten auf Christine nicht den Eindruck, vom Alkohol herzurühren. Auch nicht ihr Blick, der seine anfängliche Schärfe verloren hatte und nun stumpf und verschleiert erschien. Die Pause hatte Spannung aus der zweifelhaften Veranstaltung genommen und sie auf das zurückgeführt, was sie war, dachte Christine. Silvia mochte ähnlich empfinden und den Wunsch haben, dieses Kapitel ihres Lebens endlich abzuschließen.

„Schenken wir schon einmal ein", sagte sie mit Blick zu Ronald Wolf, der sich um die nächste Flasche kümmerte. Egon und Josep starrten erwartungsvoll auf ihre Gläser. Jeremy und Sören fehlten.

„Was war das?", fragte Christine.

„Was denn?", antwortete Silvia reflexhaft, während sie beobachtete, wie der Wein in ihr Glas strudelte.

Christine horchte. „Unten lärmt es gewaltig."

„Jetzt höre ich es auch", sagte Annelie Gmener.

Christine stand auf. „Ich schaue mal nach."

Auf der nach unten führenden Treppe hörte Christine nichts außer ihren eigenen Schritten. Kurz bevor sie das Erdgeschoss erreichte, machte sich der durch die offene Haustür wehende Wind bemerkbar. Christine lief bis zur Vortreppe und starrte in die Nacht. Auch die Gartentür stand offen. Schnelle Schritte näherten sich von der Straße und Christine wartete ab.

Sören lief durchs Gartentor auf sie zu.

„Ich habe ihn zu kriegen versucht. Keine Chance…"

„Wen?"

Ohne weitere Erklärung verschwand er im Haus. Christine folgte ihm ratlos zu Norberts ehemaligem Arbeitszimmer. Dort fand sie ihn über den reglos am Boden liegenden Jeremy gebeugt. „Wir brauchen einen Notarzt."

24

„Der Wein ist kein Getränk, das du analysieren und bewerten kannst. Das sage ich Timo immer wieder. Ein Getränk kannst du bewerten. Bewerte den Wein und er ist nur noch ein Getränk. Das wissen wir eigentlich, aber hier spüre ich es bei jedem Glas. Ich komme nicht auf die Idee, zu bewerten. Bin ein Abkömmling von Dionysos, aber viel besser. Ich brauche keinen Kult, keinen Rausch, keine Ekstase und Phantasie. Ich trinke den Wein wie ich die Luft atme, trinke ihn aus Wassergläsern."

Auf diese Worte würde Christine nicht antworten. Von Tag zu Tag wurden ihre Mailwechsel mit dem Unbekannten ausführlicher und sie gab notgedrungen mehr von sich preis als ihr lieb war. Dieser Nutzer mit dem

Namen *Kingvino*, angemeldet erst seit einer Woche, ähnelte in seinem Schreibstil frappant Gilbert. Aber würde der es wagen, sich unter einem anderen Namen einfach neu anzumelden? Und würde nur sie es merken?

Es war ein grauer Freitag in Wien und in wenigen Tagen begann das neue Jahr. Es war nicht kalt, das Fenster, vor dem sie am Computer saß, stand auf Kipp und schwach drangen Schritte und Stimmen vom Trottoir der Sonnenfelsgasse hinauf in den fünften Stock.

Hinter ihrem Rücken raschelte Tobias mit seiner Winterjacke und erinnerte an den geplanten Spaziergang. Sie streiften häufig abends durch die Innere Stadt. Tobias besuchte gerne Lokale und Clubs. Deshalb hatte Christine ihn ja kennengelernt. Wenn sie unterwegs waren, spürte sie nach einer Weile, wie es in seinem Kopf arbeitete und er überlegte, wo sie einkehren könnten. Aber heute wollte Christine den Weg bestimmen und lenkte die Schritte.

„Ich habe das Gefühl, dieser Kosslovski verfolgt mich immer noch."

Tobias schaute sich um.

„Er sucht eventuell virtuell Kontakt zu mir. Im Weinforum ist ein Typ aufgetaucht, der in einem ähnlichen Stil schreibt…" Tobias warf ihr einen Seitenblick zu. Kalter Wind fegte über die breite Schneise des ehemaligen Glacis. Prunkfassaden erhoben sich steil wie neue Stadtmauern über ihren Köpfen. Auf der anderen Seite der mehrspurigen Straße lag der Stadtpark im Dunkeln.

„Du glaubst allen Ernstes ein Mörder auf der Flucht ist so leichtsinnig, im Internet herumzutändeln? Oder will er Geld von dir, Fluchthilfe?"

„Wer sich verstecken muss, findet es vielleicht reizvoll, in der virtuellen Welt normal mitzumischen."

„Wenn ich wegen Mordes gesucht würde, hätte ich nicht die Muße. Und was sollte er von dir wollen?"

„Keine Ahnung. Es ist nach wie vor völlig unklar, wer die Taten beging. Jeremy kann von irgendeinem Einbrecher erschlagen worden sein. Soweit ich weiß, hat die Polizei keine aussagekräftigen Spuren entdeckt. Egon und Josep wurde ebenfalls keine verdächtige Verbindung nachgewiesen. Die Weine in ihrer Wohnung sind sämtlich legal erworben."

„Du zweifelst an Kosslovskis Schuld?"

„Ich zweifle nicht – ich weiß nichts. Aber ist es nicht wahrscheinlich, dass ein gewöhnlicher Dieb ins Praxiszimmer einbrach? Der wollte keinen Wein."

Sie blieb vor einem Reisebüro stehen.

„Lass uns mal reingehen."

Schulterzuckend betrat Tobias mit ihr das Geschäft. „Wir überlegen, ein paar Tage in die Sonne zu fliegen", sagte er zur Angestellten.

„Oder eine Städtereise zu machen", sagte Christine.

„Brrr", machte Tobias. „Paris im Schnee."

„Oder Budapest."

„Gleich um die Ecke?", fragte er. „Warum?"

„Ich habe darüber ein interessantes Angebot von Ihnen gesehen", erklärte Christine.

„Ja", sagte die Angestellte. „Wir haben in der Tat einige Top-Angebote für Fünf-Sterne-Hotels in Budapest. Leben wie ein König zum Preis eines Bettlers – so war unser Motto."

Tobias schüttelte den Kopf. „Weder das eine noch das andere."

Brüsk wandte er sich ab und verließ das Geschäft.

„Danke", sagte Christine zu der Angestellten und folgte ihm.

Sie war Tobias dankbar, ihr eine kalte Dusche verpasst zu haben. Seit Tagen spürte sie immer stärker die Versuchung, ihre Recherchen wieder aufzunehmen. Der einzige Anhaltspunkt war Gilbert – und die Annahme, er sei mit einem Weinforennutzer namens *Kingvino* identisch, der zurzeit in Budapest weilte. Doch selbst wenn es stimmte: Warum sollte ausgerechnet sie Gilbert in Budapest finden? Und was sollte sie dann unternehmen?

Sören hatte ausgesagt, Jeremy und er hätten am Weinabend einen Einbrecher auf frischer Tat in Norberts Arbeitszimmer gestellt. Im Raum sei es dunkel gewesen, der Mann habe sie mit einer Taschenlampe geblendet und sofort die Flucht ergriffen. Dabei sei es zu einem Handgemenge gekommen und der Unbekannte konnte entkommen. Sören verfolgte ihn und fand nach seiner Rückkehr den tödlich verletzten Jeremy.

Christine hatte Sören und die anderen zuletzt bei der Trauerfeier gesehen.

Silvia zweifelte nicht daran, dass es sich bei dem Einbrecher um Kosslovski handeln müsse. „Dieser Mensch muss ergriffen werden", erklärte sie noch auf dem Friedhof. „Ich muss von ihm wissen, warum er meine Familie zerstört hat."

Schon morgens nach dem Aufwachen spürte Christine die Pflicht, etwas zu unternehmen. Sie war tief in die Tragödie verwickelt. Es wäre aber absurd, Kingvino bei der Polizei anzuzeigen. Einen womöglich harmlosen Weinliebhaber, der lediglich ihre Phantasie zum Blühen gebracht hatte. Sogar Tobias lachte über die Geschichte. Christine musste selbst etwas tun. So kam sie auf Budapest – eine Stadt, über die bereits Egon und Josep eine Andeutung gemacht hatten. Einiges passte...

Christine und Tobias wanderten ziellos weiter und gelangten auf die Kärntner Straße. Von hier war es nicht weit bis zu den Kneipen der Wienzeile, ein zumindest theoretisches Ziel, in dessen Richtung sie trotteten. Anstatt aber eine Unterführung zu nehmen, gerieten sie in den verkehrsumtosten Girardi-Park. Tobias redete scheinbar gutgelaunt über Unwichtiges. Christine vermutete, dass er ablenken wollte von seinem Triumph, ihr Budapest abspenstig gemacht zu haben.

„Wohin willst du eigentlich?", rief sie gegen Wind und rauschenden Verkehr an.

Er blieb stehen. „Du rennst doch so zielstrebig durch die Landschaft!"

„Ich habe keine Lust, in irgendeine Kneipe zu gehen."

Er fasste sich an den Kopf. „Am besten, wir gehen zurück."

Auf dem Weg zur Sonnenfelsgasse redeten sie kaum miteinander. Kaum war die Wohnungstür hinter ihnen geschlossen, sagte Tobias: „Ich verstehe dich nicht."

„Was verstehst du nicht?"

„Nur noch dieser Mordfall und diese Leute, die dich eigentlich nichts angehen."

„Du weißt, was mich angeht?" Christine mochte ihren aufgebrachten Ton nicht, wollte ihn aber auch nicht ändern.

Er lachte auf. „Ich habe doch alles mitgemacht! Bis zu dieser absurden Pharmaveranstaltung und deinem noch absurderen Verhalten danach. Es dauerte lange, bis ich begriff, wie schwachsinnig das alles ist. Erst als die Ergebnisse aus dem Labor kamen, wurde es mir klar."

Christine lief im Mantel bis zum Fenster und starrte hinaus. Aus seiner Sicht gab es keine vernünftige Erklärung für ihr Verhalten. Keinen nützlichen Grund. Sie hörte, wie er mit langen, steifen Schritten durch die Wohnung schritt.

„Oder wurde etwas anderes gefunden als dein reizender Mageninhalt?"

Sie drehte sich um. Tobias hatte Mund und Augen aufgerissen.

„Es war einen Versuch wert... ", sagte Christine.

Christine hatte fest geglaubt, im von ihr geschluckten Medikament müssten sich verbotene Substanzen befinden. Tobias hatte sich bemüht und ihr Erbrochenes mit Hilfe eines Bekannten in einem Labor untersuchen lassen. Ohne verwertbares Ergebnis. Nun fehlte Christine jeder Anhaltspunkt, dass Jasmin Wolfrath ein Opfer des Pharmakonzerns war.

„Und wie bitte soll das weitergehen, wenn du dem Mörder bis nach Budapest folgst? Eine nächste Steigerung, eine Hineinsteigerung, und ich spiele den hilfreichen Idioten?"

„Das ist doch Quatsch. Ich wollte dich nie ausnutzen. Alles hat sich so ergeben."

„Günstig für dich ergeben. Du kannst hier umsonst wohnen und hast einen dienstbaren Einheimischen zur Hand, um die Wiedervereinigung mit deinem Gangster vorzubereiten."

„Das ist nicht wahr. Aber ich muss wissen, was geschehen ist. Ich kann nicht einfach mit den Achseln zucken und sagen, geht mich alles nichts mehr an."

Tobias verschwand in die Küche. Sie hatten noch nichts gegessen.

„Ich danke dir." Sie stellte sich in die Tür. „Ich muss es einfach versuchen und das tue ich am besten allein."

Er schnetzelte irgendetwas.

„Ich gehe jetzt, um zu sehen, ob ich irgendwie weiterkomme. Das ist am besten."

„Mache, was du für richtig hältst."

Abends strömten Menschenmassen vom Stephansplatz durch die Rotenturmstraße, in die auch Christine einbog. Touristen strebten von Besichtigungen zurück in ihre Quartiere und junge Leute in die Lokale und Clubs.

Sören hatte ihr vorgestern eine SMS geschrieben. Ob man sich treffen wolle. Christine hatte bisher nicht geantwortet. Er wohnte bei Margot im 8. Bezirk, wenn die beiden nicht in Döbling weilten. Christine verwarf den Gedanken, sie zu besuchen und änderte ihre Richtung. Über die Mariahilfer Straße lief sie zum Westbahnhof.

Ein Fahrplan in der Bahnhofshalle kündigte die nächste Verbindung nach Budapest für morgen früh an. Christine kaufte sich eine Fahrkarte und ging in ein Kellerrestaurant mit Geigentrio, in dem sie sich fast schon in Ungarn fühlte. Danach besuchte sie zwei Clubs an der Mariahilfer Straße und schrieb in einer SMS an Tobias, dass sie länger wegbleibe. Um sechs Uhr früh saß sie im Zugabteil.

Anderthalb Stunden später erreichte Christine Budapest. Sie ließ sich von einem Taxi zu dem Hotel bringen, das in der Zeitung beworben worden war. Es erhob sich nicht weit von der Donau futuristisch an einem kleinen Park. Der Angestellte an der Rezeption interessierte sich nicht dafür, dass ihr einziges Gepäckstück ihre Handtasche war.

Sie bekam ein großes Zimmer mit Doppelbett. Das Bad war luxuriös und die Fenster gingen auf eine Fußgängerzone. Nun brauchte sie einen Computer mit Internetanschluss, um die Spur zu Kosslovski weiterzuverfolgen.

Bis jetzt hatte sie alle Informationen über ihn durch das Internet herausbekommen. Aber eher zufällig. Sollte sie nun im Weinforum möglichst unauffällig nach Kingvinos liebstem Weinladen fragen und zu welchen Zeiten er dort gemeinhin auftauchte? Oder gleich schreiben, dass sie in Budapest sei und ihn um eine Führung durch die hiesigen Weinlokale bitten? Absurd. Sie erinnerte sich an Norbert Wehrsams kriminalistische Theorien, mit deren Hilfe er die Weinpiraten schnappen wollte. Die Täuschung sollte so perfekt inszeniert werden, dass sie auch für einen selbst zur Wahrheit wurde... Aber wie damit anfangen? Sie wusste nur, dass Gilbert sich für ungarische Wein interessierte und häufig mit einem gewissen Timo unterwegs war.

Nach einer Dusche zog sie die Sachen wieder an, die sie seit gestern auf dem Körper trug, und verließ das Zimmer. Sie mochte die Stadt. Sie hatte nicht mit diesen Boulevards gerechnet, die ein Flair verströmten, das sie bisher für eine Eigenheit von Paris gehalten hatte. Sie frühstückte in einem Café und kaufte Kleidung, eine Reisetasche und was sie sonst für ihren Aufenthalt brauchte. Als Christine ins Hotel zurückkam, sah sie wie eine normale Reisende aus.

Sie fragte einen Mitarbeiter der Rezeption nach Weingeschäften und Weinlokalen in Budapest. Er machte Kreuze auf einem Stadtplan, den er unter dem Tresen hervorzog und empfahl ihr eine Art Weinmuseum auf der anderen Donauseite in Buda, wo Weine aller ungarischen Anbaugebiete verkostet werden konnten. Dann fasste er sich an den Kopf. Ihm sei eingefallen, dass eine Reisegruppe eine Rundfahrt durch die ungarischen Anbaugebiete unternehme. Der Leiter säße in der Halle.

Es handelte sich um einen korpulenten Mann, der versunken in einer Zeitung las und erst aufblickte, als Christine ihn ansprach. Er hatte seine restlichen schwarzen Haare glatt zurückgekämmt und besaß ein rundliches, bartloses Gesicht. Christine schätzte, dass er etwa 20 Jahre älter als sie war. Der Mann betrachtete sie mit freundlichem, ein wenig überlegenem Lächeln, als sie sich vorstellte.

„Und ich bin Bertolt Niemayer, Weinhändler aus Berlin. Selbstverständlich habe ich nichts dagegen, wenn Sie sich unserer Gruppe anschließen. Nur haben wir die Budapest-Tour schon gestern gemacht. Heute hat jeder freien Ausgang und wir treffen uns erst wieder zum Abendessen."

„Vielleicht können Sie mir aber einige Hinweise geben. Ich schreibe über Wein, für eine Frauenzeitschrift."

Die Vorderseite seines Schädels legte sich in ein Faltenmeer. „Hören Sie – ich langweile mich sowieso und kenne Budapest auswendig. Warum ziehen wir nicht gemeinsam los? Da können wir ganz andere Dinge erleben als in einer großen Gruppe."

Er lächelte pausbäckig. Christine stimmte zu. Wie sollte sie leichter zu Orten gelangen, die für Kosslovski interessant sein konnten?

Bertold Niemayer zeigte ihr flüchtig ein paar Weingeschäfte in der Nähe des Hotels. Dann liefen sie über die Kettenbrücke, unter der Donauwasser floss, das vor nicht langer Zeit Wien passiert haben musste. Er führte sie zu einer Seilbahn, mit der sie auf den Burghügel fuhren. Meter für Meter weitete sich das Panorama von Pest auf dem gegenüberliegenden Ufer mit modernen Büro- und Hotelpalästen, K.u.K-Architektur und dem pompösen Parlamentspalast. Über die Trasse der Seilbahn waren schmale

Fußgängerbrücken gebaut, so dass Christine immer wieder frontal in neugierige Gesichter und Digitalkameras blickte. Niemayer war ein über den Wein hinaus gebildeter Mann und redete ununterbrochen mit weicher Stimme.

Sie durchstreiften das Burgviertel – eine historische Hügelwelt aus herrschaftlichen Gebäuden und dörflich anmutenden Kopfsteinpflastergassen. Christine konnte sich nicht vorstellen, hier auf die Spur von Kosslovski zu kommen.

„Ich würde gern weg aus diesen touristischen Gegenden."

„Authentisches Budapest wünschen Sie sich? Gibt es das eigentlich? Und wenn, haben wir Zugang? Man kann es versuchen."

„Haben sich nicht auch einige Deutsche im ungarischen Wein versucht?"

Er kniff überrascht die Augen zusammen. „Deutsche? Na, die sind ja überall. Ungarndeutsche auf alle Fälle. Wieso fragen Sie?"

„Man hat ja einige romantische Vorstellungen über Ungarn, nicht nur durch die Sissi-Filme", antwortete Christine unsicher. „Und wenn Deutsche italienische Produkte lieben und dort Ölmühlen und Weinberge kaufen, warum nicht auch in Ungarn?" Während sie sprach, kam ihr eine Erinnerung. Weder von einer Ölmühle noch von einem Weinberg hatte Kingvino geschrieben und sowieso kaum genauere Hinweise auf seine Lebensumstände gegeben. Einmal schrieb er aber einen Satz, über den sie damals nicht nachgedacht hatte. „Heute eine überraschende Leckerei auf dem Hofstapler."

Niemayer streckte den Zeigefinger aus. „Mathias-Kirche. Der ungarische Wein zeigt noch längst nicht, was er alles kann und ausländisches know how schadet nicht. Aber ich verstehe: Für Ihre Leser ist eine deutschsprachige Figur ein guter Aufhänger." Niemayer klatschte sich auf den Schenkel. „So, authentisches Wein-Budapest hin oder her. Da müssen Sie rauf!" Sie bestiegen in einer Menschenschlange die Fischerbastei. Christine bewunderte unkonzentriert diese Konditorphantasie eines Bauwerks mit niedlichen

Säulen, Durchgängen und Erkern. „Die Geschäfte, die wir gesehen haben, waren ja recht gestylt", sagte sie auf einer der Aussichtsterrassen, die den Blick über die Stadtgrenze hinaus bis in grüne Ebenen ermöglichten. „Mich interessieren der Vertrieb, die Lager, wo Hofstapler fahren."

Niemayer lachte. „Der Geruch von Schweiß und Hofstaplern. Aber ja, das könnte für Sie passen! Es gibt eine Österreicherin namens Rosi, die ist mit einem Ungarn verheiratet. Die haben einen Direktvertrieb gar nicht weit von hier. Ist aber wirklich nicht sehr hübsch."

„Genau richtig!"

Es ging steil bergab übers grobe Pflaster zurück in die normale Welt aus glattem Asphalt, Ampeln und Geschäftigkeit. Nach einer Weile wählte Niemayer eine ruhige Nebenstraße. Über einen Hinterhof gelangten sie in ein Gewerbegebiet. Vor niedrigen Lagerhallen standen Kleinlaster und Kisten. Niemayer öffnete eine Tür und gleichzeitig ertönte Hundegebell. Eine kleine, korpulente Frau kam ihnen über einen schummrigen Flur entgegen. Niemayer unterhielt sich mit ihr auf ungarisch. Ein Dackel sprang unentwegt an Christines Beinen hoch.

„Leider ist die Chefin gerade unterwegs", erklärte Niemayer. „Wir können uns aber das Lager ansehen."

Die Frau schimpfte mit dem kläffenden Hund. Er krallte wie unter Drogen seine Pfoten in Christines Oberschenkel. Es tat nicht weh, ging aber auf die Nerven.

Christine horchte auf. „Wie hat sie ihn gerade genannt?"

„Wen?"

„Der Name des Hundes. Wie hat sie ihn gerade angeredet?"

„Er heißt Timo!"

„Ich möchte sehr gern das Lager sehen."

Im Souterrain befand sich eine Halle, wo Möbel, Holzpaletten, Metallteile und Weinkartons lagerten. Bertolt Niemayer und die Angestellte liefen in fröhlicher Unterhaltung voraus, während Christine entschied, sich den Zudringlichkeiten des Hundes zu entledigen. Sie bückte sich und nahm ihn auf den Arm, was er widerstandslos über sich ergehen ließ.

„Frau Sowell, kommen Sie mal", rief Niemayer aus der Tiefe der Halle herüber. Es war jetzt eine weitere Stimme zu hören.

Der Hund begann genüsslich über Christines Hand zu lecken. Sie ließ ihn zu Boden und augenblicklich schoss er quer durch die Halle zu den anderen. Hinter hochgestapelten Kisten hörte sie Bellen und lautes Lachen. Als sie Niemayer erreichte, war er mit der Angestellten alleine. Der Hund verfolgte kläffend einen Mann, der durch den Lieferanteneingang das Lager verließ.

„Schade", sagte Niemayer. „Ein Mitarbeiter aus Österreich –das wäre doch was für Sie gewesen! Aber der hat wohl eine Hundeallergie!"

Als sie wieder auf der Straße standen, reckte sich Niemayer zufrieden wie nach einem Mittagsschläfchen. „Wollen wir was essen gehen? Ich lade Sie ein!"

Er führte sie kreuz und quer durchs Gewirr der Häuser. Da sie über keine Brücke gegangen waren, mussten sie sich noch in Buda befinden. „Kennen Sie in der Nähe ein Internet-Café?", fragte Christine.

Er strich über seine Umhängetasche. „Ich habe meinen Laptop dabei und wir gehen in ein Restaurant mit Hotspot, wenn Sie was nachschauen wollen."

Sie setzten sich in ein helles Lokal mit jungem Publikum. Christine bestellte eine Suppe und ein Glas Mineralwasser.

„Sehr damenhaft", kommentierte Niemayer.

„Ich trinke tagsüber selten Wein."

„Ich meinte die Suppe. Der Tag ist ja noch lang. Wenn Sie eine Suppe nehmen, nehme ich ein Gulasch!"

Während des Essens dozierte er über die Geschichte Pannoniens seit der Antike mit besonderer Berücksichtigung des Weinbaus. Von historischen Gestalten sprach Niemayer mit Respekt. Die meisten jedoch, die heute in

Politik und Weinbauverbänden das Sagen hatten, beschrieb er als Versager oder Gauner. Trotz seiner selbstgefälligen Art blieb er unterhaltsam und Christine war froh, kaum zur Konversation beitragen zu müssen. Nachdem sie Kaffee bestellt hatten, fragte sie nach seinem Laptop.

Bertolt Niemayer blätterte in seinen Unterlagen, während Christine das „Erste Österreichische Weinforum" aufrief. Sie gab ihr Kennwort ein und schrieb eine private Mitteilung an Kingvino, die nur aus einem Wort bestand: *Timokellerkläffig*. Falls der Mann im Lager *Kingvino* gewesen war, konnte es reichen, ihn herauszufordern. Falls er es nicht war, konnte er es als unverständlichen Wortmüll löschen.

„Ich bekomme doch Lust auf einen Wein." Sie gab Niemayer den Computer zurück.

„Na also. Aber nicht hier. Ich kenne noch einen besseren Hotspot."

Christine konnte auf dem Weg zum nächsten Lokal schlecht verbergen, dass sie Niemayer nur noch oberflächlich zuhörte. Er wurde schweigsamer und warf ihr prüfende Blicke zu. Sie betraten eine einfache Kneipe mit Holzmobiliar. „Geheimtipp, was Weine angeht", raunte er und strebte zu einem freien Tisch. „Darf ich Sie mit etwas überraschen? Weiß oder rot?" Er legte seine Umhängetasche auf einem Stuhl ab.

„Weiß", antwortete Christine. „Und ich lade ein."

Bertolt Niemayer ging zum Tresen und kam mit einem Mann ins Gespräch. Dann brachte er zwei gefüllte Gläser an den Tisch. „Entschuldigen Sie bitte vielmals, ich bin gleich fertig. Ein Kollege…"

„Macht überhaupt nichts."

Die Männer probierten Rotwein und diskutierten. Niemayer sah sich besorgt zu Christine um. Sie prostete lächelnd und deutete mit fragender Miene auf seine Umhängetasche mit dem Laptop. Niemayer zwinkerte ihr zu und widmete sich wieder seinem Gesprächspartner. Christine trank vom angenehm kühlen, etwas säuerlichen Weißwein und nahm das Gerät. Sie beeilte sich mit dem Einloggen ins Weinforum. Ihr persönlicher Bereich erschien auf dem Bildschirm.

1 neue Nachricht. Ihr Herz schlug schneller. Bertolt Niemayer kam heran und starrte mit überraschtem, mürrischem Gesicht auf seinen Laptop.

„Ich dachte, Sie hätten es mir erlaubt, ich habe ..."

Er wedelte mit seiner quadratischen Hand. „Ist schon gut. War gerade nur etwas verwundert. Ich sage schnell adieu."

Christine klickte hastig im Menu herum. Nachricht von *Kingvino*. Im Augenwinkel beobachtete sie, wie sich die Männer schulterklopfend verabschiedeten. Da: „Geprügelter Hund auf Margarets Erde. 17 Uhr." Das war alles, was er geantwortet hatte. Ähnlich kryptisch wie ihr Codewort, aber mit einer wichtigen Information: Er wusste, dass Timo ein Hund war. Christine schaltete den Laptop aus.

„Tut mir leid", entschuldigte sich Niemayer erneut, als Christine ihm das Gerät zurückgab.

„Unsinn! Herzlichen Dank für Ihre Hilfe."

Sie bezahlte am Tresen und fragte ihn: „Sagt Ihnen Margarets Erde etwas?", fragte Christine.

„Die Margareteninsel?" Er blinzelte neugierig.

„Natürlich! Ich muss jetzt leider unseren Ausflug abbrechen. Es hat sich ein dringender Termin ergeben."

Niemayer hielt einen Moment den Mund offen.

„Das ist nicht Ihr Ernst."

„Vielen Dank für den Tag. Es ist wirklich wichtig. Wir sehen uns im Hotel."

Da er ihre ausgestreckte Hand nicht entgegennahm, winkte Christine kurz und verließ das Lokal. Kaum hatte sie die Straße betreten, stand Niemayer hinter ihr.

„Es tut mir leid! Ich habe Sie so lange warten lassen und dann der dumme Laptop. Kommen Sie – jetzt zeige ich Ihnen etwas Außergewöhnliches. Mein Freund György…"

Christine hob beschwichtigend die Arme. „Sie haben nichts falsch gemacht, ehrlich. Ich habe es sehr eilig. Bis bald!"

Niemayer folgte ihr. „So plötzlich?", fragte er mit keuchendem Atem. „Hat das mit dem Rumgehacke auf meinem Laptop zu tun? Ich ahnte es!"

Christine setzte ruhig einen Fuß vor den anderen. Immer der Straße nach und ahnungslos, wohin sie führte. Hinter ihrem Rücken hörte sie Niemayers hartnäckige Schritte. Sie kamen näher und plötzlich drückte er ihren Unterarm.

„Sie benehmen sich hier jetzt – entschuldigen Sie bitte die Wortwahl – ausgesprochen zickig. Dies, nachdem Sie mein Insiderwissen geschickt angezapft und meinen Laptop für irgendwelche seltsamen Zwecke gebraucht haben. Machen Sie das regelmäßig mit Männern in Budapest? Wahrscheinlich ist Ihr Treiben einschlägig bekannt."

Christine lief schneller.

„Also, entschuldigen Sie mal", sagte Niemayer. „Wahrscheinlich ist alles Quatsch, was ich da behaupte, aber Sie müssen doch sehen… Christine!"

Er fasste den Ärmel ihres Mantels und verstellte ihr den Weg, so dass sie in seine aufgerissenen Seehundaugen blicken musste. Christine riss sich los und nutzte eine schmale Lücke zwischen parkenden Autos, um auf die andere Straßenseite zu gelangen. Sie nahm die nächste Abzweigung und nach wenigen Schritten eine weitere. Hier war nichts mehr von Niemayer zu hören.

Christine hielt einer Unbekannten ihren Stadtplan vor die Augen und machte ein fragendes Gesicht. Der Zeigefinger der Frau landete an einer Stelle, der sich zu Christines Freude nicht weit von der Margareteninsel befand.

Sie lag wie ein riesiger Park inmitten der Donau. Christine erreichte die Insel über die stark befahrene, mehrspurige Margaretenbrücke und passierte Wildtierzoo und Denkmäler, Türme, Tennisplätze und Ruinen. Viele andere Besucher genossen hier das milde Nachmittagslicht. Laut Plan lag am Westufer die Ruine des Margaretenklosters.

Seine niedrigen Grundmauern waren ansehnlich hergerichtet. Die Fundamente der einstigen Kapelle und ihr Altar stachen heraus. Christine entdeckte einen Grabstein: „Santa Margarita 1242 – 1271".

Blumen, Steine und Kastanien lagen auf dem Grab. Christine sah sich vorsichtig um. Eine unbestimmte Angst kroch in ihr hoch. Digitalkameras piepten, Paare lachten und Jugendliche kletterten auf das abgebrochene Mauerwerk. Es war 17 Uhr 30. Christine schritt langsam zum Hauptweg zurück. Neben ihr bewegte sich ein Mann mit Schlapphut exakt in ihrem Rhythmus. Christine verzögerte ihre Schritte und er tat es ihr gleich. Ein Mann mit vollem dunklem Bart und jungem Profil. Ihr Blick fuhr wie ein Sensor über die Umrisse von Kinn und Wangen und suchte vergeblich nach einem Anhaltspunkt unter dem langen Barthaar. Sie sahen sich in die Augen.

„Gilbert?"

„Christine?"

25

Neben ihm zu gehen, weckte ein seltsames Gefühl der Vertrautheit. Christine wunderte sich. Gilberts Stimme und seine Schritte riefen eine Atmosphäre hervor, die sie zuletzt vor über 13 Jahren erlebt hatte.

„Ich konnte es kaum fassen, als ich dich im Weinlager zu erkennen glaubte. Ich habe die Flucht ergriffen. Chris... Christine – als ich deine Mitteilung über Timo erhielt, vervollständigte sich das Bild, aber ich zweifelte immer noch, dass es wirklich wahr sein kann."

„Damals in Wien bist du auch verschwunden." Sie liefen entlang einer großen Wiese mit einem kahlen Rosengarten. „Oder erinnerst du dich nicht mehr daran? Aber warum erinnerst du dich dann an mich?"

„Natürlich erinnere ich mich! Es ging mir damals nicht gut. Der Abend mit dir war wie ein Blick auf eine bessere Zukunft, für die ich noch nicht bereit war."

Christine presste die Lippen aufeinander, um nicht zu seufzen.

„Ich wusste aber bis vor wenigen Stunden nicht, dass meine Internetbekanntschaft Chris identisch ist mit einer Christine, mit der ich vor 13 Jahren eine Nacht verbracht habe!"

„Das bleibt nicht aus, wenn man 13 Jahre verstreichen lässt. Was tust du in Budapest?"

„Ich mache mich nützlich im Handel und halte Ausschau, ob ich bei einem Weingut unterkomme."

Sie tauchten in bewaldete Wege ein. Christine hatte seine neben ihr staksenden Beine kräftiger in Erinnerung. Vielleicht waren sie es in seiner Jugend.

„Und wieso ausgerechnet in Ungarn?"

„Ich wollte eine Weile weg aus Österreich und hatte Kontakte hierher. Du hast wohl Grund, mein Verhalten zu kritisieren. Aber jetzt musste ich dich treffen! Ich habe an nichts anderes gedacht. Es hat keinen Zweck, über die Vergangenheit nachzudenken."

„Vielleicht täuschst du dich."

Erneut lichtete sich das Grün und die Margaretenbrücke wurde sichtbar. Über eine Rampe strömten viele Feierabend-Spaziergänger hinauf, um sich auf den Heimweg nach Buda oder Pest zu machen. Christine brauchte Zeit zum Nachdenken. Am liebsten hätte sie ihn gefragt, ob er Norbert und Jeremy Wehrsam umgebracht habe. Die wichtigste und zugleich eine vollkommen absurde Frage. Entweder hatte er es nicht getan oder er würde lügen. Falls er ein Mörder war, sollte er für seine Taten zur Rechenschaft gezogen werden. In dem Fall musste Christine sich hüten, ihn durch Verdächtigungen zu warnen.

„Wo wohnst du?", fragte sie.

Gilbert zögerte.

„Es ist", begann er dann, „gar nicht so weit, aber im Moment ..."

Seine Vorsicht alarmierte Christine. „Ist auch nicht nötig. Gib mir deine Nummer – ich melde mich."

„Soll ich das glauben? Wo wohnst du denn, dann melde ich mich."

„Wenn es für dich wichtig ist, dass wir es so machen..."

Christine sagte ihm den Namen des Hotels und verabschiedete sich von ihm.

Sie hatte richtig gehandelt! In was für eine Situation wäre sie geraten, wenn sie mit ihm gegangen wäre oder noch mehr erzählt hätte?

Im Hotel legte sie sich auf das Bett und schaltete den Fernseher ein. Christine fragte sich, wieviel Gilbert mit dem Mann vor 13 Jahren zu tun hatte. Biologisch mochten sie dieselbe Person sein. Aber ihre Freude, die sie beim Wiedersehen gespürt hatte, beruhte auf Erinnerungen. Auf der Hoffnung, der Vergangenheit wiederzubegegnen. Wenn sie sich ganz auf den Gilbert konzentrierte, mit dem sie heute einige Schritte spaziert war, und versuchte, seine Person auf dieses Erlebnis zu reduzieren, kam nicht viel dabei heraus. Außer der Sorge, er könne ein Mörder sein.

Christine rollte sich vom Bett, stellte den Fernseher leise und setzte sich auf den Stoffsessel, dessen heller Bezug an Babybrei erinnerte. Bettpfosten und Lampenständer ragten als schwarze, schlanke Säulen mit Goldapplikationen in die Höhe. Überall an den Möbeln befanden sich sinnlose Verzierungen. Hinter dem Kopfteil des Bettes wies die Tapete eine Stoffbespannung mit mattgoldenem Rautenmuster auf. All das erinnerte an die Stilmöbel-Abteilungen von Einkaufsparadiesen an der Autobahn.

Sie wog das Handy in der Hand. Christine war froh, nicht zuviel getan zu haben. Aber wenn sie es dabei beließ, würde trotzdem etwas geschehen.

Ihr Anruf in Margots Wiener Wohnung wurde nicht entgegengenommen. Christine wählte Sörens Handynummer.

„Christine – Tobias hat nach dir gefragt."

„Sage ihm bitte, es geht mir gut. Ich brauche deine Hilfe. Ich weiß nicht, was ich tun soll."

„Worum geht es?"

„Kosslovski. Kann sein, dass ich ihm heute begegnet bin."

„Wo?! Hast du mit der Polizei gesprochen?"

„Nein. In Wahrheit habe ich Gilbert getroffen, aber ich weiß nicht, ob er Kosslovski ist. Natürlich könnte ich zur Polizei, aber es behagt mir nicht. Ich treffe meinen Ex-Geliebten wieder, habe den vagen Verdacht, er sei mit einem Menschen identisch, der vielleicht ein Mörder ist und zeige ihn bei der Polizei an. Wenn ich es der Polizei erklären sollte, würde es sich wie eine Räuberpistole anhören. Aber das ist nicht das Entscheidende, sondern…"

„Verstehe, eine alte Liebe lässt man nicht sofort einsperren. Vor allem nicht unschuldig." Sören kicherte, dann wurde er wieder ernst. „Wir wissen besser als die Polizei und lange bevor die Gerichte es feststellen werden, was Kosslovski getan hat. Wir kennen alle Verästelungen der Geschichte, wir haben mehr Beweise, als man überhaupt beschreiben kann."

„Das stimmt."

„Ob aber dein Gilbert Kosslovski ist, weiß niemand. Wo bist du überhaupt? Ich nehme ein Taxi."

„Taxi ist eine schlechte Idee. Ich bin in Budapest."

„Morgen", sagte Sören. „Da kann ich kommen."

Christine hatte ein gutes Gefühl. Sie traute Sören zu, sich in sie hineinversetzen und davor zu schützen, etwas Falsches zu tun. Nein, sie brauchte den Gilbert, der heute mit ihr zusammen gewesen war, nicht wiedersehen. Schwierig wäre es nur, ihn laufen zu lassen, falls er ein Mörder war.

Es war schon lange dunkel vor ihren Fenstern, als Christine sich zu einem Spaziergang entschloss. Unten im Foyer wimmelten Anzugträger und hemdsärmlige Urlauber durcheinander. Die Rezeption lag in dezenter Entfernung vom Strom der Kommenden und Gehenden. Christine lächelte in Vorfreude auf die beleuchteten Straßen bis sie sah, wer auf einem Sofa in der Nähe des Ausgangs saß und sie mit ernster Miene anstarrte. Sie überlegte, einfach weiterzugehen. Könnte sie ihn nicht übersehen? Sie steuerte auf Gilbert zu, der einen ledernen Schlapphut tief in sein Gesicht gezogen hatte.

„Wohnst du auch hier?"

Er schüttelte den Kopf.

„Ich dachte, wir hätten uns verabschiedet."

„Etwas fehlte. Wollen wir die Andrássy hinaufgehen?", fragte er.

Christine blickte zum gläsernen Eingangsportal. Der Himmel über Budapest schimmerte matt. „In Ordnung", sagte sie.

Auf dem breiten Jugendstilboulevard funkelten animierend die Restaurants und Bars. Gilbert lief zielstrebig voran. „Ich möchte dir etwas zeigen."

Christine spürte, dass es schwerer wurde, zwischen dem anwesenden und dem vergangenen Gilbert zu unterscheiden. Es gab eine Verbindung und ihr Verstand war eifrig dabei, die Idee von ein und derselben Person zu konstruieren.

„Es hat sich über mir etwas zusammengebraut, vor dem ich zurzeit nur flüchten kann", erklärte er, während sie sich durch die Menge der festlich gekleideten Menschen vor der Oper schoben.

„Du bist also ein Pechvogel?"

„Nicht ganz."

Beim großen Oktogon-Kreisverkehr bog er in eine Seitenstraße. Zwischen alte Häuser mit Stuck und Gitterbalkonen quetschten sich moderne Zweckbauten. Die einen so abgegriffen wie die anderen. Vor einer Tür blieb er stehen.

„Hier wohne ich."

„Endlich eine Information, die für die Polizei verwertbar ist."

Er nickte heftig. „Ich gebe mich in deine Hand. Du kannst mir glauben oder nicht, mich anzeigen oder nicht."

„Hilfe!" Christine schüttelte den Kopf und machte kehrt. „Ich will wieder ins Hotel. Glaube nicht, dass du mir deine Verantwortung aufbürden kannst."

„Aber nein, Christine, so ist es nicht gemeint! Ich ziehe dich in nichts herein und ich werde nichts sagen, was dich zur Mitwisserin machen könnte."

„Beruhigend zu wissen."

„Mich beruhigt, zu wissen, woran ich schuld bin und dass es nicht die Welt ist."

Gilberts Worte beruhigten Christine. Hoffentlich sagte er die Wahrheit.

„Warum wählst du dann nicht den einfachen Weg und legst die Karten auf den Tisch? Bei den Behörden, meine ich, bei der Polizei."

Die Oper kam bereits wieder in Sicht.

„Sobald ich glaube, dass mir geglaubt wird."

„Mein gesunder Menschenverstand sagt mir, dass es nicht passiert, bevor du den ersten Schritt unternimmst."

Sie blieb stehen, sah ihn an. „Ich denke, deine Situation wird sich weiter verschlimmern, wenn du flüchtest."

Er zuckte mit den Achseln. „Möglich."

„Noch gibt es Menschen wie mich, die dir helfen können. Bald werde ich wahrscheinlich selber Hilfe brauchen, wenn du weitermachst. Das Beste wäre in der Tat, dich anzuzeigen, wenn du es selber nicht tust. Aber warum bürdest du mir das auf?"

Gilbert starrte sie an.

„Komm mit ins Hotel."

Auf dem Zimmer bestellte sie Sandwichs und eine Flasche Weißwein. Gilbert nahm den Hut ab und schüttelte zaudernd den Kopf, nachdem Christine ihm ihren Plan auseinandergesetzt hatte. „Auf dem Silbertablett servieren, wovon sonst niemand erfahren würde und was auch niemandem richtig geschadet hat?", fragte er.

„Exakt. Alles was dir zu dir und den Kellerpiraten einfällt. Greif dich selbst an, lass es nicht die Staatsanwaltschaft machen. Wenn du anfängst zu lügen, ist es leicht, dir alles Mögliche zu unterstellen."

Christine wollte, dass er alles aufschrieb. Sie würde das Dokument zu einem Anwalt bringen, während Gilbert sich der Polizei stellte. „Wir werden dich von außen mit aller Kraft unterstützen. Mit der Wahrheit, wie Norbert Wehrsam immer so schön sagte."

„Und meine Alternative?"

„Wäre falsch."

Er seufzte. „Ich sehe ein, dass ein Mordvorwurf leichter zu widerlegen ist, wenn ich mich selbst in die Hände der Justiz begebe. Und dass die Wahrscheinlichkeit groß ist, dass sie mich in jedem Fall erwischt."

„Du sagst es."

Sie aßen schweigend die Sandwichs und tranken vom Wein. „Ein Geständnis auf dem Briefpapier eines Luxushotels", murmelte Gilbert. „Das gefällt mir."

Sie hatten noch nicht aufgegessen, als sich die Rezeption meldete. Ein gewisser Sören Hausschildt wolle Christine besuchen. Er hatte es also schneller geschafft, nach Budapest zu reisen. Ob man ihm die Zimmernummer sagen dürfe, fragte ein Mitarbeiter des Hotels.

„Ich komme gleich zu ihm herunter", sagte sie, um Zeit zu gewinnen.

Gilbert sprang vom Babybrei-Sessel. „Wer ist das?"

„Sören", erklärte Christine. „Er kennt die ganze Geschichte. Deshalb ist er gekommen. Am besten wir reden gemeinsam mit ihm. Er versteht es und man kann ihm vertrauen."

„Besser nicht!" Schon war Gilbert bei der Tür. „Der Mann mag ja in Ordnung sein, aber ich kann nicht einfach vertrauen, weil du vertraust. Ich werde seit Monaten betrogen und benutzt. Ich muss mir genau überlegen, was ich tue."

„Das kannst du!"

„Bis bald."

Er öffnete die Tür, winkte ihr zu und verschwand.

Christine ging ins Bad, strich hektisch durch ihre Haare und fluchte in den Spiegel. Die Chance war vertan.

In der Hotelhalle suchte sie nach Sörens Gesicht und erwartete, dass er ihr im nächsten Moment fröhlich zuzwinkern würde. Die Sitzgruppen waren rasch abgeschritten. An der Rezeption herrschte Ratlosigkeit, als sie nach ihm fragte. Er hatte auch nicht im Hotel eingecheckt. Auf seinem Handy meldete sich der Anrufbeantworter. Christine irrte zehn Minuten durch die Halle und ging zurück auf ihr Zimmer. Er wusste ja, wo er sie finden konnte.

Sie legte sich aufs Bett und fühlte sich unfähig, etwas zu tun. Vielleicht hatte es sich um einen Übermittlungsfehler gehandelt. Vielleicht hatte Sören noch nicht an der Rezeption gestanden und der Angestellte ihr bloß eine Nachricht von ihm ausrichten wollen.

Es ging um Mord. Dagegen erschienen Gilberts Weingaunereien bei reichen Leuten banal. Falls er nicht der Mörder war, und daran glaubte Christine, musste es zwischen ihm und dem wahren Täter eine Verbindung geben. Wie sonst hätte so geschickt der Verdacht auf ihn gelenkt werden können? Möglicherweise ließ sich mit Gilberts Hilfe die Tat aufklären.

Endlich klopfte es an der Tür.

Vor ihr stand Bertolt Niemayer und grinste mit geröteten Pausbacken. In der Hand hielt er eine Sektflasche.

„Es tut mir ja so leid! Ich war einfach nicht gut drauf und möchte nicht, dass wir so auseinander gehen."

„Ich dachte, Sie wären längst abgereist."

„Wir haben eine Bustour gemacht und ein paar Winzer angehört. Morgen geht es erst zum Balaton. Bitte seien Sie mir nicht böse." Er hob die Flasche. „Nur auf einen Abschiedsschluck."

Christine zögerte. In der Tat hatte er ihr sehr geholfen. Und sie war in einer Stimmung, in der sie Ablenkung gebrauchen konnte. Obwohl er sich schrecklich benommen hatte.

Niemayer hob mit der anderen Hand seine Tasche an, die er um die Schulter trug. „Sie können auch gerne noch einmal meinen Laptop benutzen."

„Ich habe eine halbe Stunde Zeit."

„Wunderbar!"

Christine stellte die billigen Sektgläser aus der Mini-Bar auf den Tisch, während Niemayer die Flasche entkorkte. Er bemerkte den Blick, den sie auf seine Tasche warf und holte eilfertig seinen Laptop hervor. „Bedienen Sie sich!"

Während er über die neuesten Erlebnisse mit seiner Gruppe plapperte, prüfte Christine ihren Email-Account. Nichts von Sören. Niemayer erzählte ruhig und selbstzufrieden und schien ganz froh zu sein, dass Christine nebenbei in die Tastatur tippte und ihn nicht unterbrach. Sie nutzte die Gelegenheit für einen Besuch im „Ersten Österreichischen Weinforum".

Eine neue Nachricht von *Kingvino*.

„National Szecheny Library. Bitte sofort."

Christine fand heraus, dass sich die Bibliothek auf der anderen Flussseite in der Budapester Burg befand. Öffnungszeit bis 21 Uhr. Jetzt war es halb 8. Was stellte er sich vor? Er konnte lange auf sie warten. Sie schaltete das Gerät ab und gab es Niemayer zurück.

„Schon fertig?"

„Vielen Dank. Nächstes Mal lasse ich meinen Computer nicht zu Hause."

Er hob die Hände. „Ich bin gern zu Diensten. Wenn Sie an ungarischen Weinen interessiert sind, warum schließen Sie sich dann nicht unserer Gruppe an? Sie haben sich so als kleine Journalistin hingestellt. Meine Recherchen ergaben aber, dass Sie einiges auf dem Kasten haben. Wer weiß, ob eine Zusammenarbeit für uns beide nützlich wäre?" Christines Handy klingelte. „Zum Glück haben Sie das nicht vergessen."

Endlich – es war Sören: „Ich sitze hier in so einem schicken Laden schräg gegenüber deinem Hotel und habe einen riesigen Hunger. Kommst du rüber?"

Christine ließ sich die Adresse geben und packte ihre Sachen zusammen. „Ich muss leider schnell los. Ein Freund, den ich erwarte."

„Ah, wieder mal, ich verstehe. Soll ich Sie hinbringen?"

„Vielen Dank, ist gleich um die Ecke."

„Ach so. Falls Sie aber Lust haben, sich meiner Gruppe anzuschließen…"

„Das geht leider nicht. Ich reise bald ab."

„Schade. Aber wir haben uns sicher nicht zum letzten Mal gesehen."

Christine wusste, welches Lokal Sören meinte. Wenige Gäste waren anwesend, als sie eintrat und im gedämpften Licht den langen Tresen passierte. Moderner Pianojazz schwebte über schwarzen Ledersesseln und schicken schmalen Holzstühlen an hohen Tischen. Ein Kellner, der wie ein Doktorand der Sportwissenschaft aussah, stellte sich lächelnd in ihren Weg. Dann entdeckte Christine einen Schlapphut auf einem der Barhocker.

Christine ließ den Kellner stehen. Doch es war nicht Gilbert, der dort saß, sondern Sören mit einem Hut, der dem von Gilbert verblüffend ähnelte.

Sie küssten sich auf die Wangen.

„Ich warte schon den halben Abend auf dich. Die Rezeption hatte dich angekündigt."

„Ich war dort! Lass uns zuerst etwas bestellen."

Er wählte ein Gemüsegericht. Christine hatte trotz der Sandwichs Hunger auf Lamm.

Sören schwärmte über Budapest. „Aber deine Absteige war mir zu teuer. Ich wohne in einem Drei-Sterne-Haus nah am Fluss. Ganz passabel, viele junge Leute."

Der Hut stand Sören besser als Gilbert. Vielleicht waren solche Modelle zurzeit Mode.

Sören schnalzte mit der Zunge, als der Rotwein kam.

„Wunderbar, in einem anderen Land unbekannte Weine zu trinken. Nicht dieses österreichische angehübschte Gourmetzeug." Er nahm einen kräftigen Schluck und stellte mit sinnend verdrehten Augen das Glas wieder ab. „Da habe ich sofort die wilden Paprika-Ebenen vor Augen."

Sören berichtete, dass er schon eine Menge über das Land erfahren habe. Von einem Ungarn im Zug, der viel geschimpft habe über die politische Lage.

„Es scheint alles noch viel schlimmer, als man in der Zeitung lesen kann." Sören redete und redete und Christine entschied, einfach abzuwarten. Er hatte in letzter Zeit oft gute Laune. Christine erinnerte sich an die erste Zeit ihrer Bekanntschaft mit ihm, wo er zwar witzig und charmant sein konnte, aber meistens grüblerisch und etwas traurig wirkte. Jetzt schien er mit sich im Reinen.

Der Kellner kam mit den Gerichten an den Tisch. Sören lud sich hingebungsvoll Schwarzwurzeln auf seine Gabel und war zum ersten Mal still.

„Das sieht gesund aus", meinte Christine und stocherte an ihrem Lamm herum.

„Die fernöstlichen Philosophien schreiben ja keineswegs vegetarische Kost vor", erklärte Sören grinsend. „Aber ich denke, den Vegetariern gehört die Zukunft. Wenn wir uns nicht töten wollen, warum dann Tiere? Das wird bald nicht mehr gehen. Auch die Tiere gegenseitig brauchen sich nicht mehr töten. Sie haben schon viel länger als wir eine starke pazifistische Bewegung namens Haustiere."

„So lange sie sich nicht für die Inhaltsstoffe ihrer Dosen interessieren. Müssen wir künftig auch alle mit Hut essen?"

„Entschuldigung." Er nahm ihn ab. „Kann mich schwer von meiner Trophäe trennen. Gilbert weiß jetzt, dass meine Worte keine leere Drohung sind. Du musst essen. Wenigstens das Gemüse."

„Was ist vorgefallen?"

„Ich hatte deine Zimmernummer aufgeschnappt und dachte, ich komme dir entgegen. Zumal ich dein Verhalten etwas seltsam fand. Dass du herunterkommen wolltest, als sei ich irgendein Geschäftspartner. Kaum erreiche ich deine Etage, flüchtet da so ein seltsamer Typ zu den Fahrstühlen. Das Aussehen, das Gebaren... er erschien mir seltsam und ich habe kombiniert: Du hast Gefühle für einen mutmaßlichen Verbrecher und bist hin- und hergerissen. Er macht dir schöne Augen und dich ein wenig schwach. Als ich mich ankündige, willst du den Herrn erst einmal beschützen. Ich hingegen übernehme für dich das Denken und handle, wie du es unter anderen Umständen auch getan hättest."

„Du bist ihm gefolgt?"

„Eine Chance, schon mal seinen Aufenthaltsort herauszufinden. Ich habe alle fernöstlichen Techniken genutzt, mich unsichtbar zu machen und flink wie ein Fisch und geschmeidig wie eine Schlange zu sein. Auf diese Weise gelangte ich direkt hinter seinem Rücken in den Hausflur seiner Absteige."

Christine legte die Gabel weg. „Hast du mit ihm gesprochen?"

„Nun hör doch erstmal zu, ich erzähle dir alles. Also, als er mich endlich bemerkt, wittert er sofort die Gefahr, flitzt durch seine Wohnungstür und versucht, sie vor meiner Nase zuzuschlagen. Soviel Kampfsport beherrsche ich jedoch noch, um die Aktion zu verhindern und ihn beim Kragen zu packen. Kurzes Handgemenge und er weiß, wer der Stärkere ist. Dann begann unsere Unterhaltung."

Christine spürte, wie ihr Herz klopfte.

„Um es kurz zu machen: Ich habe ihm erklärt, dass die Beweise gegen ihn überwältigend sind und er nur zwei Chancen hat: Sich der Polizei stellen, um entlastende Tatsachen zu präsentieren. Oder sich der Polizei stellen, um eine gewisse Strafminderung zu erreichen. Zeit dafür habe ich ihm bis morgen 12 Uhr gegeben."

„Wie stellst du dir das vor?", fragte Christine mit brüchiger Stimme.

„Na ja." Er lachte. „Das sind erst einmal Drohgebärden. Glaubwürdige! Wie wird er sich bekennen? Diese Frage ist bis morgen 12 Uhr beantwortet."

„Ich muss dich alleine lassen."

Sören nahm die Gabel aus dem Mund. „Wieso?"

Christine stand auf. „Du hättest das nicht tun sollen, ohne mit mir zu sprechen. Ich glaube nicht, dass dein Plan aufgeht und versuche zu retten, was zu retten ist."

Die Nacht sprühte Nieselregen in Christines Gesicht. Ab und zu zogen einzelne Menschen zielstrebig durch das Dunkel. Die Lichter der Kettenbrücke strahlten, als hätte man sie für einen Festtag geschmückt.

Christine betrat das eiserne Bauwerk und hetzte im Laufschritt gegen den Wind. Hier fuhr kein Auto und es begegnete ihr auch niemand mehr. In Buda erklomm sie eine steile Steintreppe, die zwischen dichtes Baumwerk führte. Im Laufschritt übersprang sie die Stufen und würdigte das Donaupanorama in ihrem Rücken mit keinem Blick.

Oben lagen die herrschaftlichen Plätze vor der ehemaligen Burg menschenleer im Regen. Christine lief entlang der hohen Fassaden, die heute Museen beherbergten, bis sich auf der anderen Seite des Berges die Aussicht auf eine glitzernde Hügelkette öffnete. Die Bibliothek konnte nur irgendwo links liegen. Durch ein majestätisches Portal gelangte sie in einen Innenhof, wo sich drei Gebäude gegenüberstanden.

Eines war die Nationalbibliothek. Helles Licht strahlte durch die Fenster im Erdgeschoss. Ein Schild besagte: Seit 15 Minuten war geschlossen.

Gleichmäßig fiel der Regen auf den Platz zwischen den klassizistischen Fassaden. Christine versuchte zu erkennen, ob sich hinter den Säulenportalen jemand verbarg, der sie noch nicht erkannt hatte. Nichts regte sich. Die Lichter aus dem Inneren strahlten einladend zu ihr hinaus. Sie rüttelte am Tor, das sich jedoch nach den Öffnungszeiten richtete und nicht nachgab. Seitlich von ihm, dicht an die Mauer gequetscht, lag etwas am Boden, das vom Regen nicht erreicht wurde. Christine ging in die Knie. Auf den ersten Blick erschien es wie ein Stück Pappe, auf den zweiten stellte es sich als altes Buch heraus. Schmal und zerbrechlich lag es in ihrer Hand. Vorsichtig schlug sie die Titelseite auf: „Himfys auserlesene Liebeslieder". Von Sándor Kisfaludy.

26

„Du bist verrückt geworden."

Zum ersten Mal, seit Christine die Wohnung in der Sonnenfelsgasse wieder betreten hatte, klang Tobias Stimme ruhig. Christine packte ihre Sachen. Laptop, Klamotten, Bücher, Schminke – all die Dinge, die sie in Budapest nicht dabei hatte.

„Und was wäre normal?"

„Sich aus den Dingen herauszuhalten, in die du dich schon viel zu tief verstrickt hast."

Christine beschleunigte ihre Handgriffe. Es war für sie unfassbar, wie viel Kleinkram von ihr in der Wohnung lag. „Ich will dich heraushalten. Ich habe dich in der Tat viel zu tief hineingezogen und das tut mir leid. Zum Glück bin ich nie richtig bei dir eingezogen und…"

„Jetzt, wo es dir nicht mehr passt, bist du nicht richtig eingezogen!" Seine Stimme wurde wieder laut und aufgeregt. Er provozierte sie dazu, immer mehr zu erklären, wodurch für ihn eine nur noch kompliziertere Welt entstand. Tobias konnte ihre Welt nicht teilen, weil er sie nicht erlebt hatte. So einfach war das. Je länger sie versuchten, sich zu verstehen, desto verfahrener wurde ihre Lage. Christine spürte die Erkenntnis wie einen plötzlichen Schmerz. Und auch darüber konnte sie nicht mit ihm reden. Sie musste so schnell wie möglich fort von hier.

„Ich bin ja nicht vom Erdboden verschluckt und wir können uns jederzeit sehen."

Christin hörte seinen schnaufenden Atem. „Du fährst doch zurück nach Deutschland. "

„Noch nicht."

„Aber wohin dann?", fragte er mit scharfer und zugleich wie unterdrückt klingender Stimme. Schon mehrfach hatte sie heute einen Klang gehabt, den Christine bislang nicht kannte.

„Ich bleibe noch einige Tage in Wien. Ich wohne bei Sören und Margot und sehe dann weiter."

„Du ziehst hier aus, um zu ihnen..."

„Jetzt lass uns nicht von vorne anfangen!"

Tobias weinerlicher Gesichtsausdruck erschütterte sie und sie legte ihre Arme um seine Schultern, was er kurz geschehen ließ. Dann schob er sie von sich und verließ ohne ein weiteres Wort seine Wohnung. Christine beeilte sich, den Rest ihrer Sachen zu verstauen und nahm ein Taxi in den 8. Bezirk.

„Uns entgeht etwas. Aber wir wissen nicht, was es ist. Vielleicht hilft mehr Nachdenken. Mit Sicherheit!" Sören lachte ausgelassen. Christine und Margot blieben ernst.

„Uns entgeht alles!", behauptete Christine. „Hältst du dich für einen Meisterdetektiv, dem nur das letzte, entscheidende
Indiz fehlt? Ich habe das Gefühl, wir schwimmen in... Spurenelementen."

Sören lachte schallend. „Das ist gut! In Spurenelementen. Aber wir haben eine Menge davon. Ich glaube, wir sind der Lösung des Falles nah."

Margot Balemy ging ab und zu in die Küche und sah nach ihrem Ofengericht. Es war ihre Wohnung und jede ihrer Bewegungen, die spielerische Sicherheit, mit der sie Dinge berührte und ordnete, gab zu spüren, wie eng sie mit ihr verschwistert war. Morgens übte sie auf ihrer Klarinette. Unregelmäßig verließ sie die Wohnung, um Musikkurse zu geben. Christine empfand die Gastfreundschaft als herzlich.

Es war eine große Erleichterung, nicht mehr bei Tobias zu wohnen, vor dem sie ihre Gedanken verstecken musste, wenn sie ihn nicht verärgern wollte. Hier hingegen erlebte sie, dass Sören ebenso betroffen war wie sie selbst und geradezu entflammte, wenn sie über die Verbrechen an den Wehrsams und über Gilbert sprachen. Länger als drei Tage wollte Christine aber auf keinen Fall bleiben. Nicht nur, weil die Wohnung für drei Personen zu eng war.

Über die Kellerpiraten hatte sie schon seit langem nichts mehr gehört. Es schien, als hätten sie sich mit Norberts Tod aufgelöst. Oder als ob sie eine Erfindung von ihm gewesen seien. Nein, Christine hatte selbst Artikel über ihre Taten gelesen. Wenn sie nicht mehr aktiv waren, machte dies Gilberts Schuld noch plausibler.

Sören schüttelte den Kopf. „Ich finde, dass wir eine ganze Menge wissen. Dass Norbert oder er und seine Frau gemeinschaftlich Jasmin Wolfrath umgebracht haben, daran gibt es leider kaum mehr einen Zweifel."

„Und trotzdem gehst du bei ihr ein und aus?", fragte Christine.

„Nun ja". Sören schien nach Worten zu suchen. „Es gibt kaum einen Zweifel, ist aber nicht sicher. Das ist für meine Beziehung, mein Denken und Fühlen, schon entscheidend. Wenn ich mit Silvia spreche, zählt der Moment und nicht die Eventualität der Vergangenheit oder Zukunft. Die drängt sich mir erst wieder auf, wenn ich allein bin oder theoretisiere so wie jetzt. Und zu guter Letzt bin ich kein Moralapostel. Nichts, was Menschen tun, ist für mich hassenswert oder ein Grund, mich abzuwenden."

„Wenn die beiden schuldig sein sollten, dann könnte auch Silvia..."

„Ihren Mann, ihren Komplizen getötet haben? Nein, das ist eine andere Geschichte. Komm, ich helfe dir, Schatz!"

Sören sprang auf und eilte Margot entgegen, die sich vorsichtig mit einer riesigen Auflaufform näherte und vehement den Kopf schüttelte. Er setzte sich zurück auf seinen Platz.

„Und was erklärt den toten Hund?"

„Toten Hund? Ach der." Sören beobachtete, wie Margot mit einem Löffel in der Form herumstocherte. „Der wirft Fragen auf. Ich denke, Gilbert hat ihn getötet." Er riss sich vom Anblick eines großen, mit Käse überbackenen und Nüssen gespickten Stücks Brokkoli los, das Margot auf seinen Teller balancierte. „So kann es gewesen sein! Er ertrug es nicht, dass der Hund lebte, aber das Frauchen tot war."

Sollte das ein schlechter Scherz sein?, fragte sich Christine.
Der Duft des Brokkoli stieg ihr unangenehm in die Nase, als Margot nun auch ihren Teller füllte.

„Womöglich steckt sogar noch mehr dahinter", fuhr Sören fort. „Er wusste oder ahnte, dass die Wehrsams Jasmin umgebracht haben. Den Hund killte er als Drohung an sie. Als Versprechen, dass er sich rächen würde. Was er dann ja auch tat."

„Guten Appetit", sagte Margot.

„Entschuldigung. Ich höre sofort auf. Er konnte mit dem Tier nicht weiterleben und sein krankes Hirn brauchte ein Wesen, an dem er sich schon einmal stellvertretend vergehen musste... Durch das er eine Beziehung zu den Wehrsams aufbauen konnte wie beim Voodoo. Immerhin war das Tier oft bei ihnen zu Besuch, hast du erzählt."

„Was ist das für ein Schwachsinn!", entfuhr es Christine.

„Gilbert hatte doch mit Jasmin überhaupt nichts zu tun!"

„Ach ja? Hattest du nicht erzählt, die Karte für diese Theaterpremiere von Jasmin geschenkt bekommen zu haben? Ich meine dieses Stück vor 14 Jahren, bei dem du Gilbert kennengelernt hast."

Christine nahm die Gabel, um etwas in ihren nervösen Fingern zu halten. Sören zog messerscharfe Schlüsse in diesen Tagen. Sie hatte ihm noch in Budapest den Gedichtband von Sándor Kisfaludy gezeigt, der vor der Nationalbibliothek gelegen hatte. Es handelte sich um genau das Buch, das Silvia seit der Ermordung von Jeremy vermisste, hatte er gesagt.

Also hatte Gilbert es in der Villa der Wehrsams eingesteckt? Weil er sich für Dichtung interessierte und für Ungarn oder weil es ihm wertvoll wie ein guter Wein erschien? Auch zu dem Thema hatte Sören eine Theorie entwickelt: In Budapest, als Gilbert von Sören in die Enge getrieben worden war, hatte er das Buch Christine als eine Art Geständnis zukommen lassen. Ein Buch mit Liebesgedichten, mit dem er zugab, sie belogen und benutzt zu haben, und mit dem er sie gleichzeitig um Gnade anflehte. Das erschien plausibel.

„Und wieso landet der Hund in meinem Zug? Wie willst du das erklären?", fragte Christine.

„Ja, da kommst du ins Spiel. Ein Mann, zwei Frauen und ein Hund." Sören deutete grinsend auf Christines Teller. „Lass es nicht wieder kalt werden. Ich halte es für sehr wahrscheinlich, dass Gilbert den Hund betreute, während Jasmin Wolfrath mit Norbert diese seltsamen Amphorenweine probierte. Vielleicht hat Norbert selbst dafür gesorgt. Man mordet schlecht, wenn der Hund des Opfers zugegen ist. Als Gilbert von ihrem Tod erfuhr, hat er das arme Tier massakriert und in deinen Zug gelegt. Damit könnte er Folgendes bezweckt haben…"

„Jetzt hör mal auf, Sören", beschwerte sich Margot. „Es verdirbt nicht nur den Appetit, es ist auch eine Räuberpistole."

„Schon gut." Er hob sein Glas. „Auf euch und die Wahrheit."

Der Schmerz war schwächer geworden und manchmal ganz verschwunden. Bis vor kurzem hatte Silvia das Gefühl gehabt, eine Art Nebel stünde zwischen ihr und der Außenwelt, der sich nie wieder auflösen würde. Sie agierte wie mechanisch.

Seit einigen Tagen arbeiteten Silvias Gedanken wieder schneller. Die Vorstellung, den Mörder von Norbert und Jeremy zu stellen, gab ihr überraschend die Freude an vielen Dingen zurück. Öfter hatte sie das Bild eines anschwellenden Feuers vor Augen, das belebendes Licht und Wärme spendete, bevor es alles vernichtete.

Zurzeit brauchte sie Sörens Anrufe, um das Feuer am Lodern zu halten. Silvia hoffte stündlich auf eine entscheidende Nachricht von ihm oder zumindest einen Hinweis, der sie weiterbringen würde. Sie bestand darauf, ihm seine Auslagen zu erstatten und hatte ihm für seine Reise nach Budapest weit mehr zukommen lassen als nötig. Sören wehrte sich nicht gegen die Zuwendungen, er schien das Geld zu brauchen. Umso besser.

Silvia nutzte die Balkone des Hauses häufiger als früher. Seit einiger Zeit bevorzugte sie den großen zur Straße, was ihr früher nie eingefallen wäre, weil sie sich wie auf einem Präsentierteller gefühlt hätte. Jetzt hatte sie den Eindruck, niemand würde bemerken, wenn sie zwischen den kahlen Baumkronen auftauchte. In der Luft lag bereits die Frische des Frühlings. Der grauweiße Himmel leuchtete an einigen Stellen in zarten rötlichen, blauen und gelben Farben.

Sören analysierte glasklar und taktierte geschickt. Er hätte Kriminalist werden sollen. Silvia war ihm dankbar, denn ohne ihn hätte sie die Sache in den Händen der wirklichen Kriminalisten belassen, die kaum interessiert zu sein schienen, den Mörder zu fassen. Die Ermittlungen gingen in alle Richtungen, erklärten sie unbestimmt. Sörens Hinweise auf diesen Kosslovski hatten zu nichts geführt. Aber Sören war sicher, dass er der Täter war. Seine Argumente leuchteten ein. Der Mann musste in die Enge getrieben und zum Geständnis gezwungen werden.

Wenn Silvia daran dachte, dass Sören ihm gegenüber gestanden und seine Wohnung betreten hatte, zog sich alles in ihr zusammen. Da hatte er ihn doch! Sörens Plan war gewesen, Kosslovski durch Drohungen aus der Reserve zu locken. Das hatte zumindest nicht funktioniert. Er brüstete sich, den Verbrecher zumindest aus seinem Versteck verjagt zu haben. Ja, und mit welchem Erfolg? Nun konnte er nicht einmal dann ungehend verhaftet werden, wenn die Polizei endlich von seiner Schuld überzeugt sein sollte.

Silvia beobachtete, wie unten auf der Straße Annelie Gmener aus ihrem Wagen stieg und zur Haustür eilte. Sie stellte sich ihre Schritte auf der Treppe vor und kurz bevor die Freundin den oberen Absatz erreichen musste, um vom Hausmädchen eingelassen zu werden, verließ Silvia den Balkon.

Nach einer festen Umarmung nahmen die Freundinnen an einem kleinen Tisch abseits der Polstermöbel Platz, die Silvia nur noch abstauben ließ, aber kaum mehr benutzte. Sie saßen auf zwei harten Kaffeehausstühlen, die nicht zum langen Verweilen einladen sollten. Annelie Gmener begann mit ihren üblichen Fragen zu Silvias Befinden, während das Hausmädchen den Tee servierte. Eine Check-up-Liste, die sie stets mit gerunzelter Stirn und besorgt klingender Stimme abarbeitete, als würden ihr die Fragen zum ersten Mal in den Sinn kommen: „Hast du zu Mittag gegessen, wie ist dein Appetit?", „Wie ist es mit dem Luftholen, bekommt dir das Wetter?" „Hast du die neuen Tabletten ausprobiert, du musst sie regelmäßig nehmen..."

Silvia schüttelte den Kopf. „Ich brauche keine Pillen mehr."

„Du weißt, wie unvernünftig es..."

Silvia hob die Hand. „Führt ihr eigentlich Buch über jede Tablette, die nicht in den offiziellen Handel gelangt?"

„Wie meinst du das?"

„Ich meine, okay, was in den Apotheken und so landet, dafür bekommt ihr Geld, das ist die Geschäftsbilanz. Aber Mittel, die ihr selber verbraucht für Tests und so... Zum Beispiel die Hormonsache für Frau Balemy damals."

„Ach nein." Annelie Gmener lachte. Ihre braunen Haare waren immer auf die gleiche Weise frisiert und saßen wie ein Markenartikel auf ihrem Kopf. Ihre Haut war makellos und kaum geschminkt. „Das war ein unverkäufliches Muster, da brauchst du dir keine Sorgen zu machen. Die Wirkstoffe selbst waren durchaus zugelassen, da hat dein Sören etwas falsch verstanden. Im Grunde war nur die Verpackung neu."

„Und wie verhält sich das, wenn ihr Studien macht, damals zum Beispiel bei Jasmin Wolfrath?"

„Da gibt es natürlich interne, anonymisierte Aufzeichnungen. Wer weiß, wo die vergraben sind, das alles interessiert doch niemanden mehr. Warum fragst du?"

„Sören und diese Sowell... Du weißt. Es wird herumgestochert und das regt mich auf."

„Lass sie", sagte Annelie Gmener ernst. „Es steht nichts Schlimmes drin."

Silvia bekam Appetit auf eine zweite Tasse Tee. Als sie nach der Kanne greifen wollte, kam ihr die Freundin flugs zuvor. Sie konnte sich auf Annelie Gmener verlassen und das Thema aus ihrem Kopf verbannen. Sich auf Gilbert Kosslovski konzentrieren. Einen ehemaligen und wahrscheinlich abermaligen Liebhaber von Christine Sowell. Diese Schlange. Wo ein Liebender war, war der andere nicht weit. Dies erleichterte Silvias Plan.

Sie nahm einen Schluck und behielt die Tasse wie selbstvergessen an den Lippen. Wie aus dem Nichts war ihr ein Gedanke gekommen, der sie völlig ausfüllte. Wieso hatte sie die Methode ihres Mannes nur bis zu jenem Tag verfolgt, an dem Jeremy ermordet worden war? Wohl, weil sie die Methode nach der furchtbar verlaufenen Verkostung für erledigt gehalten hatte. Plötzlich erschien es Silvia fahrlässig, Norberts jahrelangen Studien zu ignorieren, die sich doch bei der letzten Verkostung bestätigt hatten! Es waren zwei Verbrechen geschehen, für die keiner der geladenen Gäste als Täter infrage kam. Der Mörder ihres Sohnes und ihres Mannes war aber womöglich mithilfe eines Gastes ins Haus eingedrungen.

Beide Male hatte Norberts Falle funktioniert und der Täter war auf frischer Tat ertappt worden. Nie zuvor waren die Kellerpiraten derart in die Enge getrieben worden. Und deshalb mordeten sie – um flüchten zu können. Silvia schaute auf die Uhr und versuchte, ihre Aufregung zu verbergen. „Leider habe ich heute nicht so viel Zeit."

„Aber wo willst du denn noch hin?", fragte Annelie Gmener in ihrer misstrauisch fürsorglichen Art.

„Diese Physiotherapie, die tut mir gut", antwortete Silvia, um eine glatte Lüge zu vermeiden.

Ihre Freundin hopste vom Stuhl. „Das freut mich!"

Noch während sie sich verabschiedeten, spann Silvia ihre Gedanken weiter. Streng genommen entsprach die zweite Verkostung nur indirekt Norberts Modell. Die beiden unbekannten Gäste hatte praktisch Christine Sowell mitgebracht, weil sie meinte, sie hätten Kontakt zu jenem Gilbert. Den hatte immerhin Norbert mit Hilfe seiner Methode abgefischt. Wahrscheinlich wäre er darüber besonders zufrieden und würde sagen, dass sich seine Methode organisch weiterentwickelt hätte und vom normalen Lauf der Dinge kaum mehr zu unterscheiden sei.

Konnte sie Christine Sowell um die Adresse von Josep und Egon bitten? Warum nicht? Sie schickte ihr eine SMS.

Die Journalistin antwortete noch am selben Nachmittag und stellte keine Fragen. Silvia rief ein Taxi und ließ sich zu der Straße in der Nähe des Karlsplatzes bringen. Die letzten Meter ging sie zu Fuß.

Das Haus, in dem die Männer laut Christine Sowell wohnten, sah nicht schlecht aus und die Gegensprechanlage funktionierte. „Paket!", bellte Silvia. Vor kurzem wäre ihr so etwas unmöglich gewesen. Diese Person, der es unmöglich gewesen wäre, verblasste. Silvia hatte sich schnell daran gewöhnt, keine Angst mehr zu haben. Sie spürte die Stärke, ihre Aufgabe zu erledigen.

Aus dem Lautsprecher erklang eine schwer verständliche Gegenfrage. Silvia ignorierte sie und wartete. Es summte.

Leider musste sie den Fahrstuhl nehmen und konnte sich nicht anschleichen. Kein Paketbote hätte auf ihn verzichtet.

Als sich die Türen im vierten Stock öffneten, kam unerwartet doch die Angst. Auf dem Etagenflur befand sich kein Mensch. Silvia steuerte auf eine halb offene Tür zu, die sich plötzlich bewegte. Silvia sah Licht und einen großen Schatten.

Ein massiger Körper beugte sich ihr so tief entgegen, dass sie sein Gesicht nicht sah. Er suchte nach etwas, was er unterschreiben könnte und lugte nach einem Paket, das nicht vorhanden war. Dann hob er den Kopf.

Silvia erkannte Egon und er erkannte sie und verdrehte seinen Körper in einer Weise, die zweifellos dazu dienen sollte, ihr die Tür vor der Nase zuzuschlagen. Sie versetzte ihm einen Schlag knapp unterhalb der Wange, der ihn zusammenzucken ließ und schlüpfte an ihm vorbei. Beinahe stolperte sie über eine der Weinkisten im Flur und schon schlang sich Egons dicker Arm um ihre Taille.

„Nicht so eilig, Madame."

„Lassen Sie mich los", schrie Silvia. „Sie werden..."

„Maul", sagte Egon und versetzte ihr eine Ohrfeige.

Gilbert hatte Budapest ungern verlassen. Er mochte die Stadt und hatte das Gefühl, sie so bald nicht wiederzusehen. Sörens gewalttätiger Auftritt in der Wohnung hatte ihn geschockt und unablässig beschäftigt. Dieser Mensch mochte bloß leere Drohungen ausgesprochen haben, um ihn einzuschüchtern. Aber der Vorfall zeigte Gilbert, dass es nicht weitergehen konnte wie bisher.

Er hatte die Wohnung sofort aufgegeben und zwei Nächte im Weinlager verbracht. Das hatte gut getan und wie eine innere Reinigung gewirkt: Es konnte keine Beweise gegen ihn geben! Sonst hätte ihn die Polizei schon längst verhaftet. Die Flucht nach Ungarn war unnötig gewesen.

Also hatte er mit einem Koffer den Zug nach Österreich bestiegen. Niemand kümmerte sich um ihn, als er die Grenze passierte. Dann fuhr der

Zug in Wien ein. Straßen und Häuser lagen im gleißenden Sonnenlicht. Die Frische und Fröhlichkeit des nahenden Frühlings erfüllte die Stadt. Die Bäume waren noch kahl.

Als Gilbert aus dem U-Bahn-Schacht in der Nähe seiner Wohnung trat, wirkte alles wie gewohnt. Menschen mit Einkaufsbeuteln, Schulranzen und Aktentaschen gingen zielstrebig ihre Wege. Sie dachten an ihre nächste Mahlzeit, das Ende der kahlen Zeit oder an sonst etwas. Aber nicht an Gilbert.

Nicht einmal ein Nachbar, der ihn hätte erkennen können, tauchte auf. Zügig spazierte er durch das offene Gittertor, der Weg erschien ihm länger als sonst. Der Fahrstuhl stand bereit, Gilbert brauchte nur einzutreten. Als er sich mit den vertrauten rumpeligen Geräuschen in Bewegung setzte, war die Erleichterung bereits etwas Vertrautes. Allenfalls sein Internet-Name konnte in irgendwelchen Ermittlungsakten verzeichnet sein. Und auch der wahrscheinlich ohne ernsten Verdacht. Er war frei – ein unwichtiger Mensch.

Es roch staubig in der Wohnung, aber nicht unangenehm. Sie sah ordentlicher aus, als Gilbert sie in Erinnerung hatte. Man konnte hier gut leben, dachte er. Ein Bett, Tische, ein paar Stühle. Die Wohnung war billig, spendete Wärme und in einem Palast würde er auch nicht viel mehr tun als hier.

Gilbert schleppte den Koffer zum Kleiderschrank im Wohn-und Schlafraum.

„Leider sind wir im Blumengießen nicht so gut", hörte er Josephs Stimme aus der Küche.

„Sie sind alle eingegangen", fügte Egon hinzu.

Gilbert hatte überhaupt keine Blumen. Aber für die beiden war es wahrscheinlich ein Kinderspiel gewesen, in seine Wohnung zu gelangen. Wahrscheinlich hatten sie sich längst Nachschlüssel anfertigen lassen. Bis jetzt war er Boss und Geldgeber dieser Männer gewesen, die genau überlegten, ob ihnen ein Boss etwas nützte oder nicht.

Gilbert packte seinen Koffer weiter aus und zwang Egon und Josep, zu ihm zu kommen. Damit hatte er einen Punkt gewonnen. Ihre Posen mit den Händen in den Hosentaschen wirkten unbeholfen und das launig gemeinte „Lange nicht gesehen" kleinlaut.

„Was verschafft mir die Ehre?"

Josep trug einen langen schwarzen Mantel. Wie ein Kopftuch fiel sein langes, feines blondes Haar auf die Schultern. Egon ähnelte mit Bartstoppeln, Lederjacke und Holzfällerhemd, das sich über seinen mächtigen Körper zwängte, wahrscheinlich einem Filmheld, der ihm in der Kindheit imponiert hatte. Mit maliziösen Fingerbewegungen strich er über Tisch und Fensterbank. Als er den Staub auf seinen Fingerkuppen bemerkte, hörte er damit auf.

„Unsere Zusammenarbeit gestaltet sich nicht mehr so einwandfrei wie früher", erklärte Josep.

„Sie ist Murks", fügte Egon hinzu.

„Früher gab es eine nachvollziehbare Verteilung der Lasten", fuhr Josep fort. „Dein Wissen, unsere Tatkraft. Auch nicht ganz fair, aber nun ja. Wir kannten die Bedingungen und haben sie akzeptiert und erfüllt. Heute aber…"

„Sind nur noch wir am Schwitzen." Egon hatte eine neue Beschäftigung gefunden. Einen altertümlichen, filigranen Fensterhebel bewegte er mit wissenschaftlicher Neugierde hin und her und versuchte ihn auch in Richtungen zu zwingen, für die er nicht geschaffen war.

„Diese Woche kam es dann zum Schlimmsten. Überraschungsbesuch unserer Döblinger Gastgeberin."

Gilbert ließ von seinem Koffer ab und drehte sich zu den beiden um. „Frau Wehrsam? Was wollte sie?"

„Dich. Sie denkt, du könntest ihren Mann und ihren Sohn ermordet haben."

„Und damit wollen wir nichts zu tun haben."

„Das ist doch alles längst bekannt", erwiderte Gilbert und wandte sich wieder seinen Kleidungsstücken zu.

„Aber jetzt rückt sie uns auf die Pelle. Uns! Das ist neu."

„Ich verstehe das nicht. Wovor fürchtet ihr euch?"

Egon trottete heran und klappte mit Wucht den Koffer zu, aus dem Gilbert im letzten Moment den Arm zurückziehen konnte.

„Die Alte glaubt nicht mehr an die Polizei. Sie will jetzt selbst Kommissar spielen. Da fängt sie plötzlich an, sich mächtig für Josep und mich zu interessieren. Und für die Frage, ob wir was mit den Kellerpiraten zu tun haben."

„Sie hat euch Geld versprochen."

„Sie zieht Linien, die es bisher nicht gab. Nachher stehen sogar wir als Mörder da."

„Seit wann seid ihr solche Angsthasen? Wieviel Geld hat sie euch versprochen?"

Egon lachte. „Wir haben schon eine Menge. Was wir aber durch dich künftig verdienen sollen ... bleibt unklar."

„Eher gibt es die Sorge", sagte Josep, „was wir durch dich nicht verdienen. Sie will dich kennenlernen."

„Sitzt sie in der Küche?"

Josep lachte. „Wir sind keine Unmenschen, Gilbert. Die Dame gibt dir eine ehrliche Chance. Ihre nagenden Gedanken, wer ihre Familie ausgerottet haben könnte, lassen ihr keine Ruhe, zumal die Polizei nichts tut. Sie braucht etwas, verstehst du? Zumindest die Erkenntnis, dass du zu Recht frei herumläufst. Es würde wohl auch reichen, ihr die Morde zu gestehen, damit sie dich in Ruhe lässt. Das ist auch besser als nichts."

„Wie stellt ihr euch diesen Quatsch vor?"

„Einladung in ihr Ferienhaus in der Wachau. Kennst du ja bereits. Gespräche. Erklärungen, vielleicht ein Wein. Vielleicht werdet ihr Freunde."

„Wie die Gerichtsverhandlungen im Fernsehen." Egon kicherte. „Alles nur Show."

Josep sah seinen Kompagnon nachdenklich an. „Das hast du gut gesagt. Wie im TV geht es darum, dass den Bedürfnissen der Zuschauer Genüge getan wird."

„Egal wie!" Egon lachte schmetternd. „Alles nur Show!"

Gilbert klappte den Koffer wieder auf. „Also danke für die Information und Einladung. Ich werde mir alles überlegen und euch in Kenntnis setzen."

„Überlegen und in Kenntnis setzen", wiederholte Josep. „Wenn die Dinge so einfach wären..."

„...wäre unsere Welt besser und einfacher", fügte Egon hinzu.

„Ist sie aber nicht", sagte Josep.

27

„Über alles einmal zusammen reden." Die Art, wie Silvia das gesagt hatte, ging Christine nicht aus dem Kopf. Sie hatte ja recht. Richtig gesprochen wurde über die Ereignisse nie miteinander unter den Personen, die alles mit Haut und Haar miterleben mussten. Mit Sören hatte Christine vor allem Spekulationen ausgetauscht.

Zu dieser Jahreszeit war sie noch nie in der Wachau gewesen. Noch wuchs dort nichts. Es könnte Hochwasser geben. Aber Silvias Ferienhaus lag oberhalb von Spitz auf dem Hang.

Sören und Margot hatten einen Wagen gemietet und nahmen Christine mit. Margot saß am Steuer. Sie erreichten die Wachau am Nachmittag. Aus den grünen Weinbergen waren mächtige braune Buckel geworden, übersät mit kahlen, schwarzen Reben, die aus der Ferne wie geheimnisvolle, in die Erde geschriebene Schriftzeichen aussahen.

Vor dem Haus stand Silvias Jeep. Im Grunde ähnelte es nur noch dem Anschein nach dem Gebäude, das Christine im letzten Sommer zum ersten Mal betreten hatte.

Silvia öffnete die Tür. Sie war schon immer sehr schlank gewesen, doch jetzt erschreckend dürr. Ihr hageres, gealtertes Gesicht lächelte herzlich.

„Schön, dass ihr da seid. Ich habe etwas zu essen vorbereitet."

Es gab Kartoffeleintopf und Wachauer Smaragde, von denen sie ein ganzes Bataillon auf einen Tisch gestellt hatte.

Sie plauderten und lachten. Christine erwartete in jeder Minute, dass Silvia mit ernster Miene den offiziellen Teil des Abends einleiten und über die Vergangenheit sprechen würde. Vielleicht mit Vorwürfen und ungeahnten Schuldzuweisungen. Aber es geschah nicht. Bald wollte Christine aus Wien abreisen und sie wusste nicht, wann sie wen wieder sehen würde. Es war bereits dunkel, als Sören fragte: „Kommt noch jemand?"

Es dröhnten Motorengeräusche in der Nähe des Hauses und Scheinwerfer schoben sich am Fenster vorbei. Silvia ging zur Eingangstür.

„Eine Weinlieferung?", fragte Margot Balemy, als ein Transporter vor dem Haus hielt.

Kurz darauf traten Egon und Josep durch die Tür.

„Ach du grüne Neune", entfuhr es Sören.

Die beiden hatten sich zurechtgemacht. Josep trug eine Trachtenjacke und Egon einen dunkelgrünen aus der Mode gekommenen Cordanzug, dessen Stoff an Knien und Ärmeln stumpf geworden war. Silvia bot ihnen keinen Platz an. Unsicher und misstrauisch verdrehten sie ihre Köpfe.

„Was tun die hier?", fragte Sören barsch. Silvia Wehrsams Gesicht schien noch spitzer geworden zu sein.

„Ich weiß, dass du ein kluger, geradezu weiser Mensch bist, Sören", sagte sie. „Das schätze ich normalerweise und richte mich auch danach. Heute habe ich aber etwas vor, wovon du mir abgeraten hättest. Etwas wahrscheinlich Unvernünftiges. Aber ich muss es tun und will mir nicht hineinreden lassen."

Er stand auf. „Ich bin der erste, der…"

Josep hob die Hand. „Er soll sich wieder setzen."

Silvia nickte in Sörens Richtung und er gehorchte. Jetzt stand Christine auf. „Was ist das für eine Komödie?" Sie suchte nach Worten. „Silvia?"

Silvia Wehrsam ignorierte sie und starrte erwartungsvoll Josep an.

„Es war schwerer als gedacht", sagte er.

„Was soll das heißen?

„Sie bekommen, wofür Sie bezahlt haben. Wir müssen es nur vorbereiten."

„Wofür hast du bezahlt?", krähte Sören.

Josep und Egon verschoben Polstermöbel und den Couchtisch. Dann verließen sie im Gänsemarsch wie zwei brave Handwerker das Haus. Sören lachte. „So spannend war's hier lange nicht."

Die Männer kehrten nach wenigen Minuten mit einem riesigen Teppich in den Händen zurück, den sie auf dem Fußboden entrollten. „Kein echter Perser", raunte Josep. „Eher ein Stück für den Entrümpelungsdienst."

Margot Balemy schrie auf. Da kam ein menschlicher Körper zum Vorschein. Er war an Händen und Füßen gefesselt. Der Mund war verklebt und das Gesicht – es war Gilberts bärtiges und geschwollenes Gesicht. Es war leicht zu erahnen, wovon die blaurote Verletzung zwischen Auge und Wange herrührte.

Silvia hatte erschrocken die Hand vor den Mund gelegt und ließ den Arm wieder sinken. Sie protestierte nicht, sie tat überhaupt nichts. Christine zückte ihr Handy.

„Was tun Sie da?", fragte Josep.

Sie antwortete nicht, während sie rasch die Nummer der Polizei eintippte. Egon machte einen Satz und riss ihr das Gerät aus der Hand. Er hinderte sie auch daran, sich um Gilbert zu kümmern.

„Ihm geht es den Umständen entsprechend gut. Weniger gut wird es nur, wenn ihr hier ausflippt. Setzen!"

Christine gehorchte. Gilbert blinkerte mit den Augenlidern, während Josep den Klebestreifen von seinem Mund zog. Gefesselt hoben sie ihn auf das Sofa. Unruhig streifte Silvia ihren langärmligen, bis zur Hüfte reichenden zartblauen Pulli glatt. „Wieso muss er denn... es muss doch nicht sein..." Sie warf einen Seitenblick auf Christine und Sören, die ihre Arme tatenlos zwischen Tellern, Gläsern und Flaschen aufgestützt hatten.

„Es genügt, dass er reden kann", erklärte Josep.

„Und keinen Ärger macht", fügte Egon hinzu.

„Er ist mein Gast", sagte Silvia.

Josep zuckte mit den Schultern und begann, das Paketband von Gilberts Körper zu lösen. Gilberts Mund saß schief in seinem Gesicht. Seine Augen bewegten sich langsam, aber voller Angst. Sören tätschelte beruhigend Christines Oberschenkel.

Schließlich saß Gilbert frei auf dem Sofa.

„Dies ist eine friedliche Unterredung", sagte Silvia. „Hier wird keine Gewalt angewendet."

„Wie man sieht!", prustete Sören. „Dann können wir ja gehen."

Er wandte sich zur Tür, wurde jedoch von Egon an den Schultern gepackt. Sören hob drohend eine Hand, worauf Egon seinen Arm packte.

„Keine Gewalt, wenn ihr euch an die Regeln haltet", kommentierte Silvia. „Wie überall im Leben." Ihr Blick schweifte konzentriert über die Gesichter. „Es soll uns allen helfen, einen Schlussstrich zu ziehen."

Egon führte Sören zurück zu seinem Platz und nahm wie ein Wachsoldat neben der Tür Aufstellung.

„Silvia, Silvia", seufzte Sören. „Wenn du so weitermachst, wird alles sehr schwer."

Sie verzog verächtlich den Mund. „Und was hast du getan, um die Sache zu einem Abschluss zu bringen? Reist herum, hältst große Reden und sonst nichts." Sie streckte den Zeigefinger in Richtung Gilbert aus. „Ich habe ihn und jetzt soll er seine Taten gestehen."

Sören klatschte mir der flachen Hand gegen seine Stirn. „Ja, du hast den Mann vor der Nase, aber es nützt dir rein überhaupt nichts."

„Ich bin nicht der Täter", ertönte Gilberts heisere Stimme. Silvia trat auf ihn zu und ging in die Knie. „Und wie wollen Sie das beweisen?", fragte sie im Tonfall einer Sozialpädagogin. „Reden Sie! Es wird Ihnen nichts passieren."

„Solange du die Wahrheit sagst", raunte Egon, der seiner neuen Arbeitgeberin gefolgt war, „wird dir nichts passieren."

Sören schüttelte den Kopf und griff zum ersten Mal seit der Ankunft von Egon und Josep wieder zum Weinglas.

„Wir sollten uns das nicht gefallen lassen", flüsterte Christine Sören zu. „Was können sie schon gegen uns ausrichten?"

„Wer weiß das bei diesen Typen? Ich bezweifle, dass die ohne Totschläger oder andere Waffen aus dem Haus gehen. Mit deinem Ex-Freund waren sie auch nicht zimperlich."

„Du hast schon recht", flüsterte Christine, während sie Egon und Josep im Auge behielt. „Wer weiß, wozu sie fähig sind. Noch sind wir aber nicht gefesselt und in der Überzahl."

„Du meinst, wenn wir Gilbert zu uns rechnen und Silvia von der feindlichen Mannschaft abziehen", raunte Sören in ihr Ohr.

Silvia streckte den Hals. „Sören – hast du etwas zu sagen?"

„Nein, nein. Macht nur weiter." Er grinste in die Runde der grimmigen Gesichter. Sören hatte jahrelange Erfahrung in fernöstlichen Übungen, überlegte Christine. Konzentration, Entspanntheit, Zuschlagen im richtigen Moment – so stellte sie sich die Abfolge vor. Er war gedanklich wahrscheinlich schon viel weiter als sie und deshalb so ruhig und fast heiter.

„Wie können Sie behaupten, unschuldig zu sein?", fragte Silvia.

„Da es stimmt!" Gilbert schien es zu Christines Erleichterung besser zu gehen. Die Wunde war wohl nicht so schlimm. Und wenn die drei sich abgesprochen hatten, um Geld von Silvia zu kassieren?

Aber das traute sie Gilbert nicht zu. Er machte eine gute Figur, wie er da Silvias Fragen beantwortete. Ein verletzter Haudegen.

„Ich war weit weg von Ihrem Haus, als ihr Mann umgebracht wurde."

„Wohl kaum", behauptete Silvia. „Ihre Fingerabdrücke sind deutlich auf dem Schraubenzieher identifiziert worden, mit dem Norbert ermordet wurde. Es ist eine Schande, dass die Polizei die Spur nicht weiterverfolgt hat. Trotz der Indizien, dass der Einbruch ins Ferienhaus und der Mord im Weinkeller von derselben Person begangen wurden: von Ihnen!"

„Ich halte es nicht mehr aus", sagte sehr leise wie hinter zusammengebissenen Zähnen Margot Balemy. Sie hatte so ruhig in ihrem Stuhl gekauert, dass sie Christine kaum mehr aufgefallen war.

„Wurden denn je die Fingerabdrücke verglichen?", fragte Christine. „Die Spuren im Haus mit den Fingern von ihm?"

„Wie denn?", fauchte Silvia. „Wenn die Polizei es nicht einmal für nötig hält, ihn vorzuladen."

„Die Polizei ist ein ganz depperter Haufen", ließ Egon sich vernehmen. „Sie macht immer das Falsche. Garantiert immer das Falsche."

Josep lachte. „Ja, lass uns ein paar Geschichten über die depperte Polizei erzählen." Es kam Bewegung in die beiden Männer. Immer wieder gingen ihre Blicke zu den Weinen und sie versuchten zu erkennen, was auf den Etiketten stand.

Christine hörte Margots schweren, wie asthmatischen Atem. Sören hatte ihr erzählt, dass sie bei Norbert Wehrsam in Behandlung gewesen war. Also hatte sie Psychoprobleme, die sich in einer Situation wie dieser auf ungeahnte Weise Bahn brechen konnten. Sie schaute Sören mit einem flehenden Ausdruck an, bis er den Blick kurz erwiderte. Er wurde unruhiger. Seine Hand fuhr zum Glas und wieder zum Gesicht, wo er sich das Kinn rieb und schnell über das Ohr fuhr. Seine Schuhspitze hämmerte und seine Schultern bewegten sich wie in gymnastischen Übungen.

„Dann wissen wir ja, wie sich diese Situation zur Zufriedenheit aller auflösen lässt", erklärte er. „Wir können Herrn Kosslovski Fingerabdrücke abnehmen, damit die Polizei sie endlich überprüft. Einfacher ist es noch, die Polizei herkommen zu lassen."

„Ohne uns!", rief Josep. „Wir sind lange weg, bevor die Polizei hier ist."

Silvia hielt den Blick auf Gilbert gerichtet. „Sie behaupten natürlich, die Fingerabdrücke auf dem Schraubenzieher stammten nicht von Ihnen."

„Nein, das behaupte ich nicht."

Es wurde still. Selbst Egon verharrte einen Moment beim Einschenken.

„Ich kann mir gut vorstellen, dass meine Fingerabdrücke darauf sind, da ich einen Schraubenzieher hier verloren habe. In diesem Haus in Spitz. Ich gebe zu, dass ich eingebrochen bin. Ich habe das Werkzeug verloren und nie wieder gesehen. Jemand muss es mitgenommen haben nach Wien."

Silvia zupfte nachdenklich an ihrem Kinn. „Norbert hat doch so etwas erzählt – von einem Beweisstück, das er für sich behält."

„Der wahre Mörder griff danach, um den Verdacht von sich abzulenken. Auf mich abzulenken, was ihm bis jetzt ja auch gelungen ist."

„Himmel hilf mir", brummte Josep. „Nun haben wir auch noch die Pseudo-Polizei. Die Möchtegern-Depperten." Er schenkte sich aus einer Flasche 2002er Riesling Singerriedel ein. Seine Wahl verriet Christine, dass er kein ganz großer Kenner war. Denn auf dem Tisch standen Weine der besonders gefragten Jahrgänge 2003 und 2006. Wahrscheinlich war Joseps Entscheidung damit zu erklären, dass er die älteste Flasche auch für die wertvollste hielt. „Der Wein hat Kork", erklärte er.

Diesen Verdacht hatte Christine auch gehabt, war sich aber nicht sicher gewesen. Sören sah Josep böse an und führte sein Glas zu den Lippen. „So ein Unsinn."

Nach Christines Erinnerung befand sich in seinem Glas jedoch der 2003er.

„Ich möchte jetzt gehen", sagte Margot.

„Das ist leider im Augenblick noch nicht möglich", antwortete Josep liebenswürdig.

„Kork!", lachte Sören höhnisch auf. „So was von lächerlich."

„Ich will hier weg", sagte Margot. „Ich will hier weg."

„Halts Maul", rief Egon.

„Beruhige dich, Margot", sagte Sören. „Bald sind wir hier raus."

„Bring mich jetzt hier weg, ja. Ich will nicht mehr warten und sonst gehe ich eben allein."

„Dann gehe ich eben allein, dann gehe ich eben allein", äffte Egon sie nach.

Margot sprang von ihrem Stuhl und bewegte sich zur Tür. Egon versperrte ihr mit seinem massigen Leib den Weg.

„Ich muss hier raus!", rief sie und versuchte, an ihm vorbeizukommen.

„Ich muss mal, ich muss mal!", echote Egon mit heller Stimme und zerrte sie von der Tür weg. Margot zappelte und schlug um sich. Egon packte sie fester mit seinen dicken Händen und da sie immer noch nicht nachgab, drückte er sie unter Einsatz seiner Körpermasse zu Boden.

Sören sprang in den Raum. Er landete auf einem Bein, winkelte das andere an und streckte einen Arm in Egons Richtung. Es erschien eher wie eine Karikatur von Kung Fu, verfehlte aber seine Wirkung nicht, denn Egon stieß einen wütenden Schmerzensschrei aus.

Josep stürmte heran. Sören war aber schon wieder woanders und schleuderte ihm eine fast volle Weinflasche entgegen. Josep duckte sich und stöhnte, als er an der Schulter getroffen wurde.

„Kommt!", rief Sören.

Christine riss die Haustür auf. Gilbert rappelte sich auf und flüchtete hinaus in die Nacht. Josep betastete seine Schulter und Egon kniete auf dem Boden. Silvia stand da wie eine Statue mit starrenden Augen und Sören umschlang Margot beruhigend mit beiden Armen.

„Kommt endlich!" Christine spürte den kühlen Lufthauch von der Donau. Egon kam unerwartet schnell auf die Beine und Josep fuchtelte plötzlich mit einem Messer. „Zurück, zurück!", drohte er Christine und stellte sich in die offene Tür.

„Gebt den Weg frei!", antwortete lautstark Sören, der eine Kampfpose eingenommen hatte.

Egon und Josep beobachteten ihn mit verzerrten Gesichtern, ohne sich von der Stelle zu bewegen. Sören presste Margot an sich und boxte in die Luft, während er sich den beiden näherte.

„Sofort zurück!", presste Josep heraus. Schweiß troff ihm von der Stirn und er hielt das Messer in beiden Händen, als ob es viel größer und schwerer wäre.

Gilbert war es nicht gewohnt, so schnell zu rennen. Die Lungen taten ihm weh und in seinen Knien spürte er Stiche, als ob die Gelenke im nächsten Moment aufplatzen würden. Trotzdem rannte er weiter, denn die Alternative wäre womöglich, wieder in die Hände von Egon und Josep zu fallen. Er hatte die beiden unterschätzt.

Schon erkannte er Menschen unten vor dem Tor des Heurigen und konnte ihre Stimmen hören. Er lief langsamer und blieb ganz stehen. Er war in Sicherheit, holte keuchend Luft und schaute zurück. Die Tür des Hauses schien geschlossen zu sein.

Wo waren die anderen? Hatten Egon und Josep wieder die Oberhand gewonnen? Da er geflüchtet war, gab es doch keinen Grund mehr, die anderen festzuhalten.

Aber die Tür blieb geschlossen und Gilbert versuchte sich vorzustellen, was sich oben im Haus abspielte. In Budapest hatte Christine ihm vorgeworfen, jede ihrer Begegnungen ende mit seinem plötzlichen Verschwinden. Heute Nacht wäre es mehr als ein bloßes Verschwinden. Beklommen schritt Gilbert den Hügel wieder hinauf.

Kurz bevor er das Vortreppchen erreichte, stieß jemand von innen die Tür auf. Gilbert trat ein. Der Wohnraum war hell erleuchtet.

„Jetzt können wir dein strategisches Genie gut brauchen, Alter", ertönte neben ihm aus dem Halbdunkel Egons Stimme. Er erkannte Christine und Sören. Sie hatten ihm die Rücken zugewandt und kauerten in einer Ecke. Zwischen dem großen Fenster und dem Durchgang zum Nebenraum, von dem es hinab in den Party- und Weinkeller ging. Ein unangenehmes Quietschen war zu hören. Josep wienerte an den Gläsern herum, die er und Egon benutzt hatten. Dabei hielt er immer noch das Messer in der Hand.

In der Ecke war der Boden voller Blut, viel Blut. Gilbert ging näher heran. Sören hielt Margots Hinterkopf in der Hand. Gilbert sah in ihr bleiches Gesicht und rief: „Einen Arzt!"

„Sie lassen es nicht zu", sagte Sören. „Sie ist tot."

„Sofort tot", sagte Josep. „Unfall. Alle mussten ja durchdrehen. Aber das wird ja nicht mehr passieren. Was tun wir jetzt am besten, Gilbert? Je mehr wir darüber nachdenken, desto besser. Wir wollen ja keine völlig unnötigen Fehler machen."

Gilbert sah ihn an. „Dann ruf doch die Polizei."

„Belieben zu scherzen." Joseps Stirnhaar sah schwitzig aus. Das kam selten vor. „So astrein ist die Lage auch wieder nicht. Wir haben das Spiel in der Hand, nur die richtigen Züge müssen getan werden."

„Dabei werde ich euch bestimmt nicht helfen."

Erst jetzt sah er, dass auch Egon ein Messer in der Hand hielt.

28

Christine, Sören, Gilbert und Silvia stellten Egon und Joseps Entscheidungen nicht mehr infrage. Wie befohlen hockten sie sich in den Laderaum des Transporters. Es war zu spüren, dass die beiden nervös waren und Hemmungen verloren hatten und dies verlieh ihnen Macht.

Aus dem Haus drang Licht durch die Wagenfenster über ihren Köpfen. Eine Armlänge von Christine entfernt lag der zusammengerollte Teppich, in dem sich jetzt Margot Balemys Leiche befand.

Gilbert saß Christine direkt gegenüber und sah in ihre Augen. Ein tiefer, ernster, vielleicht liebender Blick. Sie erwiderte ihn, schaute weg, begegnete ihm erneut. Ein seltsames Gefühl stieg in ihr auf. Sie hatte es bereits damals bei ihrer ersten Begegnung in Wien gehabt. Auch in Budapest flackerte es kurz auf. Immer fehlte ihr die Muße, um sich darüber klar zu werden.

Es war eine Erleichterung, als der Wagen endlich losfuhr. Christine spürte, wie er über die engen Gassen donnerte und dann um den Marktplatz von Spitz.

„Die beide sind wie ungezogene Kinder", sagte Gilbert. „Wenn sie nur ihren Willen bekommen, lassen sie uns bald in Ruhe."

„Sie müssen es ja wissen", sagte Silvia, wobei sie kurz ihren Kopf hob und dann wieder tief, fast zwischen ihre angewinkelten Knie senkte.

Sörens Gesicht schien einem Schwerkranken zu gehören. Auf Worte reagierte er nicht. Er blieb unbewegt und versunken. Als er jetzt von sich aus zu reden begann, hielten die anderen den Atem an.

„Ich bin auch der Meinung. Wir bringen sie erst um, wenn die Gelegenheit günstig ist", sagte er mit tonloser Stimme.

Gilbert seufzte. Silvia hob erneut den Kopf. „Es ist unfassbar, dass ich mit dem Mörder meines Mannes und meines Sohnes hier zusammensitzen muss."

„Sie haben mich doch herschleppen lassen. Außerdem bin ich kein Mörder."

Der Wagen beschleunigte und fuhr gleichmäßiger. Sie mussten sich auf der Donaustraße befinden.

„Überlegt doch einmal, es ist doch unlogisch", wiederholte Christine. „Sie sagen, sie bringen uns irgendwohin, damit wir nicht sofort jemanden alarmieren können und sie Zeit zur Flucht haben. Dann hätten sie uns auch in den Keller sperren können."

„Sie kennen sich schlecht aus in dem Haus", murmelte Silvia. „Sie wissen nicht über die Ausgänge Bescheid oder ob noch jemand kommt."

„Aber warum nehmen sie Margot mit? Sie müssten wissen, dass die Spuren im Haus zeigen, wo sie ermordet wurde."

„Wirklich?", fragte Gilbert. „Alles Sichtbare ist weggewischt. Und wer weiß, ob das Haus untersucht wird? Egons und Joseps Idee ist vielleicht, uns die Entscheidung darüber zu überlassen, wie es zu dem Todesfall kam. Wurden wir auf einer nächtlichen Wanderung überfallen? Hat einer von uns zugestochen? Oder erzählen wir die Wahrheit? Die könnte der Polizei am unwahrscheinlichsten erscheinen."

„Sie glauben doch nicht, dass wir eine Lügengeschichte auftischen?", brauste Silvia auf. „Ja, Sie bestimmt. Ich aber werde alles genau so berichten, wie es passiert ist. Fast alle Mordfälle werden aufgeklärt, die Wahrheit kommt immer ans Licht."

„Hauptsache, Sie vergessen nicht, Ihren Anteil an der Geschichte zu erwähnen", erwiderte Gilbert. „Wegen dem nämlich alles hier passiert ist. Wegen meiner Entführung, die Sie angeordnet haben."

Das Motorengeräusch ebbte ab und der Wagen kam zum Stehen. Die Hintertür des Lieferwagens öffnete sich zu einer Mauer hin. Christine erkannte trotz der Dunkelheit, dass sie Spitz nicht verlassen hatten. Das war hier der Bahndamm am Ortsrand. Unterhalb der Ruine Hinterhaus.

Egon und Josep standen links und rechts von der Ladetür. Josep mit dem Messer in der Hand, mit dem er Margot Balemy erstochen hatte und Egon mit dem anderen.

„Den Teppich", befahl Josep.

Sören und Gilbert mussten Margot Balemys Leiche aus dem Wagen ziehen.

„Tragt ihn seitlich, an den Hüften. Alle mithelfen. Die Frauen gehen voran. Vorwärts."

Sie gingen ein Stück am Bahndamm entlang, passierten einen Durchgang und wurden dann von Egon und Josep bergan auf den Hügel getrieben. Kein Zweifel, es ging in Richtung der Ruine.

Kein anderer Mensch kam auf die Idee, zu dieser Zeit und bei dem frischen Wetter zur Burg zu wandern. Der Weg war anstrengend und dunkel. Schweigend und schnaufend konzentrierte sich die Gruppe darauf, einen Sturz über Gestein und Gestrüpp zu vermeiden und den toten Körper nicht aus den Händen gleiten zu lassen.

Sie mussten durch das Portal und über den Hauptplatz immer tiefer in das Gerippe der Burg eindringen. Schemenhaft umgaben sie die alten Fundamente und die von verfallenen, niedrigen Mauern angedeuteten einstigen Gemächer und Säle.

„Hier entlang", sagte Josep. Er ging jetzt an der Spitze der Gruppe und beleuchtete mit einem Feuerzeug eine Steintreppe, die in ein Kellergewölbe führte. Silvia erinnerte sich gut daran.

„Da können wir nicht runtergehen", sagte Christine.

„Klappe und gehen", erwiderte Egon.

Christine gehorchte und umklammerte ihr Stück des Teppichs fester. Sie hatte den Eindruck, Margots kalte Beine darunter zu spüren.

Mühsam schoben sie sich, mit den Schultern am Mauerwerk Halt suchend, nach unten. Dort wartete Josep und erhellte mit seinem Feuerzeug ein weites, leeres Gewölbe.

„Der Kerker. Darf ich bitten, meine Herrschaften."

Er führte sie, sein Feuerzeug in regelmäßigem Takt ein- und ausschaltend, tiefer in das Gewölbe hinein. Einmal war ein Schluchzen zu hören, das Christine niemandem zuordnen konnte. Es ging in ein weiteres Verlies, wo hinter einem engen Schießscharten-Fenster die Nacht zu sehen war.

„Nun wollen wir innehalten", sagte er. „Setzen!"

Sie legten die Tote ab und gehorchten. Das Feuerzeug verlosch. Der Steinboden war kalt und die Dunkelheit vollständig. Wenn in diesem

Moment jemand mit einem Beil nach Christines Kopf ausgeholt hätte, würde sie es erst merken, wenn der Schlag sie traf. Nur eine Armlänge von ihr entfernt lag Margots lebloser Körper.

Die Minuten vergingen und Christine hörte nur das Atmen, Seufzen und nervöse Geraschel der anderen. Dann Silvias müde Stimme. „Mein Sohn war hier unten. Er hat mir erzählt, wie es hier ist. Wir hatten einen Ausflug zur Burg gemacht. Danach ist er zu dir, Christine."

Christine nickte, obwohl es niemand sah. Sie hatte kein Feuerzeug und hätte es aus Angst auch nicht angezündet.

„Es war am Ende der Sommerferien", fuhr Silvia fort. „Und wenige Wochen später war er tot. Ich war mir vorher nicht sicher. Jetzt, nachdem ich diesen Gilbert gesehen und erlebt habe, weiß ich, dass er Jeremy ermordet hat und meinen Mann. Ich habe, was ich wollte. Dass es zu diesen Ereignissen kommen musste, das tut mir schrecklich leid. Wäre ich ganz sicher gewesen, dass er ein Mörder ist, hätte ich nicht seine Kumpane um Hilfe gebeten. Ihr seht, wie gutgläubig ich noch gewesen bin."

„Jetzt hören Sie endlich auf damit", protestierte Gilbert. „Wir sollten wenigstens jetzt an einem Strang ziehen. Falls wir hier herauskommen, gibt es alle Zeit der Welt, um Morde aufzuklären."

„Das wird uns gezeigt", murmelte Sören und fuhr fort in einem monotonen Singsang. „Das ist das Gottartige in allem, was die Frage überflüssig macht, ob es Götter gibt. Es gibt eine Macht, die uns hierher brachte weil so vieles im Unklaren ist, das wir klären müssen. Wir zeigen es uns selber, sind Gefangene unseres Schicksals, indem wir es bestimmen. In diesem Keller ist Tao, ich habe es nie so stark gespürt. Hier herauskommen heißt, klären müssen."

Kein Wunder, wenn Sören verwirrt war, dachte Christine, obwohl er seine Aussagen auch unter normalen Umständen zum Besten hätte geben können.

„Dann gehen wir doch hinaus", sagte Gilbert.

Christine spürte, wie alle angestrengt ins Dunkel lauschten. Die Sekunden und Minuten vergingen und immer stärker wurde das Gefühl, allein in einem alten, dunklen, kalten Gewölbe zu sitzen.

„Also los", flüsterte Gilbert. „Bleibt einfach dicht hinter mir. Ich habe mir den Weg gut eingeprägt."

Schon kratzten ihre Schuhsohlen über den porösen Boden und patschten die Handballen über den kalten Stein. Weg hier, dachte Christine. Der Teppich mit Margot Balemy musste im riesigen Grab bleiben.

„Seid ihr alle auf den Beinen?", flüsterte Gilbert.

„Sind wir", ertönte Joseps Stimme aus dem Dunkel.

Christine spürte, wie sich unsichtbare Schockwellen um sie herum ausbreiteten. Halb jammernd, halb kreischend schallte Silvias Stimme durch die Hallen: „Was haben Sie denn bloß vor, was quälen Sie uns?"

„Sie setzen sich wieder, bis Sie ein Zeichen bekommen. Das ist alles." Joseps Stimme klang wieder so sicher, als sei Margot Balemy nicht gestorben. „Nutzen Sie die Zeit. Man kann doch über so vieles reden."

„Sag ihnen, wo ich war", rief Gilbert.

„Wie bitte?"

„Sage Frau Wehrsam, wo ich an dem Tag war, als ihr Mann ermordet wurde."

Josep hüstelte. „Warum sollte ich das tun? Wann wurde er ermordet?"

„30. September", antwortete Silvia düster.

„Keine Ahnung. Das ist eine Ewigkeit her."

„Du weißt genau, dass wir bis in den Oktober geschäftlich unterwegs waren."

„Da ist etwas dran."

Eine kurze Weile herrschte atemloses Schweigen. Christine glaubte zu hören, wie Josep fortging. Rasch wurde das Geräusch übertönt von den nervösen Bewegungen der Gefangenen, ihrem Räuspern und Seufzen.

„Die können viel erzählen", sagte Silvia. „Stecken unter einer Decke."

„Es gibt genug Zeugen für unsere Reise", erwiderte Gilbert. „Auch Rechnungen und was die Polizei so will."

„Aber du hast ihn doch gesehen, Sören."

„Nicht am 30. September", erklang Sörens Stimme gedämpft und ungehalten. Nur an dem Abend, als Jeremy starb. Das habe ich doch hundertmal erzählt."

„Hm", machte Silvia. „Geben Sie zu, dass Sie in unser Haus in Döbling eingebrochen sind?"

„Warum sollte ich?"

„Sie behaupten, Sören sei ein Lügner oder habe Halluzinationen."

„Ich behaupte überhaupt nichts und gebe auch nichts zu."

„Das klingt nicht gut für Sie."

Die Kälte kroch zwischen Christines Rippen und setzte sich dort fest. Sie rieb ihre Seiten mit den Händen.

„Die polizeilichen Ermittlungen werden alle Widersprüche auflösen", fuhr Silvia in einem näselnden Ton fort. „Man kann so eine Reise auch kurz unterbrechen, es gibt viele Möglichkeiten. Je früher man selbst gesteht, was sowieso herauskommt, desto besser für einen selbst."

„Es stimmt aber, dass wir uns im Moment auf etwas anderes konzentrieren sollten", mischte Christine sich ein.

„Kein Wunder, dass du so denkst. Du steckst ja selbst mit drin. Tun Sie sich einen Gefallen, Gilbert. Und uns."

„Und wie sieht das bei dir aus?", fragte Christine.

„Wieso bei mir?", fragte Silvia.

Christine schluckte. Sie sollte sich nicht verleiten lassen, hier unten ebenfalls heikle Dinge anzusprechen.

„Was meinst du, Christine? Würdest du es mir bitte sagen?"

„Es ist schon gut."

„Was ist schon gut, was ist schon gut?"

Christine seufzte. „Gibt es dir nicht zu denken, dass schon wieder eine Frau gestorben ist, die ihr in eurer Obhut hattet?"

„So eine Gemeinheit! Ich lasse mir das nicht bieten. Ich habe vor niemandem Angst mehr, nach allem was passiert ist."

Silvia schnaufte und klapperte mit den Absätzen und dann ließ die Akustik nur den Schluss zu, dass sie aufgestanden und dabei war, sich mit der Schuhspitze durchs Dunkel zu tasten.

„Setz dich wieder hin!", zischte Sören.

Silvias Schritte wurden energischer. „Hier ist doch überhaupt niemand mehr", rief sie ihnen mit lauter Stimme zu. „Wartet ihr mal auf euer Zeichen. Ihr könnt mich mal."

„Also gut", sagte Christine. „Wir haben keine Wahl."

Schmerzhaft streckte sie die eingeklemmten Muskeln, um auf die Füße zu kommen und rief Silvia zu: „Warte!" Christine konzentrierte sich auf das Klappern von Silvias Schuhabsätzen und folgte Schritt für Schritt dieser Tonspur.

„Gib mir deine Hand, Silvia. Bleib stehen."

„Gib deinem Geliebten die Hand. Anderen Vorhaltungen machen. Du kennst ihn so lange und... Mir sollte es zu denken geben? Du bist doch zurückgekommen in die Wachau und hast alles wieder aufgewühlt. Von der einen Toten zur anderen. Und dazwischen mein Mann und mein Sohn. Und überall der Name Christine Sowell."

„So ein Quatsch."

Ein dumpfer Knall ertönte, der gruselig von den Wänden widerhallte. Silvia musste irgendwo angestoßen und hingefallen sein. Sie jammerte leise. Christine streckte beide Arme vor sich aus, um sich vor dem Aufprall gegen unsichtbare Hindernisse zu schützen.

Gilbert musste sie überholt haben, denn im schwarzen Raum vor ihr bat er Silvia: „Nehmen Sie meine Hand!"

„Die Hand, mit der Sie meinen Mann umbrachten?", keifte Silvia. Sie schien keinen ernsten Schaden erlitten zu haben.

„Denken Sie doch einmal nach!" Gilbert klang aufgebracht. „Wollen Sie wirklich den Mörder wissen oder bloß eine Bestätigung dafür, was Sie sich zurechtgelegt haben? Überlegen Sie doch einmal. Wenn ich nicht im Haus gewesen bin, warum sind meine Fingerabdrücke auf der Mordwaffe? Warum hat jemand Ihren Mann ausgerechnet mit dem Schraubenzieher umgebracht?"

Christine näherte sich seiner Stimme wie eine Schlafwandlerin mit ausgestreckten Armen. Ihre Hände trafen auf seinen Rücken. Vorsichtig tastete sie sich weiter durch die Luft.

„Silvia?"

„Was willst du?"

Plötzlich bekam Christine Silvias Arme zu fassen. Die Ärztin zuckte zusammen und schrie auf. Sie saß anscheinend auf dem Boden. „Komm hoch, wir müssen raus hier."

Christine zog die Ärztin beherzt nach oben. Silvia fügte sich und sagte gepresst: „Langsam beginne ich zu verstehen. Es setzt sich wie ein Mosaik zusammen. Die Wahrheit zu erkennen, ist beinahe schön, obwohl sie so schrecklich ist."

Sörens Stimme schallte durch das Dunkel. „Kommt hierher. Ich weiß den Weg."

Christine wollte heraus aus diesem Loch und schob Silvia energisch vorwärts.

„Hier ist die Treppe nach oben", rief Sören. „Kommt vorsichtig her, haut mit der Schuhspitze gegen die Stufen und dann langsam hoch."

Tock, tock – tock, tock, machte Sören vor. Die anderen folgten seinem Beispiel und setzten dann die Füße auf die Stufen. Christine umschlang Silvias Schultern.

„Mit dir hat es begonnen, Christine, du weißt das."

Christine fragte sich unwillkürlich, was sie meinte. Den verflixten toten Hund wahrscheinlich. Das Tier verfolgte sie, sie wurde es nicht los.

„Ihr wollt mich auch umbringen", nuschelte Silvia, ging aber brav weiter. Während sie dem Nachthimmel entgegen stiegen, ließen sich die Umrisse der Körper besser erkennen.

„Ich sehe die Sterne!", rief Sören von oben. Silvia wurde unruhig und kreiste mit den Schultern, als ob sie sich Christines Umarmung entwinden wollte. Plötzlich strauchelte sie oder ließ sich niedersinken. Christine versuchte, Silvia festzuhalten. Die Last war zu groß.

„Helft mir!"

Sören streckte von oben einen Arm zu den beiden Frauen aus. Christine ergriff ihn, als Silvia plötzlich einen Satz nach vorne machte und die obersten Stufen erklomm. Christine und Sören verloren das Gleichgewicht. Strauchelnd breitete sie die Arme aus, um sich an den Mauern abzufangen. Es gelang ihr, den Absturz durch hüpfende Sprünge zu mildern. Als sie auf dem Boden aufprallte, plumpste Sören an ihr vorbei und streifte mit einem Schuh ihre Schulter. Stöhnend landete er neben ihr auf dem kalten Stein. Christines Schmerzen waren dumpf und unbestimmt. Instinktiv bewegte sie ihre Glieder. „Wie geht es dir?"

„Wird schon", hörte sie Sörens Stimme.

„Ich glaube, dass ich aufstehen kann."

„Geht weiter!", rief Sören nach oben. „Wir schaffen es schon."

29

Kühler Wind fegte durch Gilberts Kleidung. Die Lichter von Spitz waren nah. Die Donau lag wie eine dunkle schlafende Riesenschlange zwischen den Weinbergen. Er sah sich aufmerksam um und spürte keine Angst vor Egon und Josep. Es wäre dumm von ihnen, sich zu lange auf der Burg aufzuhalten, nachdem sie so viel Mühe darauf verwendet hatten, von sich abzulenken.

Vielleicht pokerten sie hoch und ließen es auf Aussagen gegen Aussagen ankommen. Wobei schwer zu beurteilen war, welche Aussage von wem gemacht werden würde.

Silvia Wehrsam bewegte verstört den Kopf hin und her. „Lassen Sie mich", hauchte sie. Ihr blasses Gesicht hob sich unheimlich von der Umgebung ab.

Gilbert hob die Hände. „Ich lasse Sie doch." Unruhig schaute er zum Eingang des Kellerverlieses.

Silvia ging vorsichtig weiter. „Wo sind die anderen? Warum lassen sie mich mit Ihnen allein?" Sie stolperte über Geröll, fing sich ab.

„Es ist ein Unfall passiert. Wir müssen zurück und ihnen helfen."

Silvia entfernte sich schneller zwischen den abgebrochenen Mauern.

„Bleiben Sie hier! Josep und Egon könnten auch noch hier sein."

„Beantworten Sie mir nur eines: warum. Warum dringen Sie immer wieder in unsere Häuser ein, bringen meinen Mann um, meinen Sohn? Und jetzt vielleicht mich. Warum tun Sie es?"

„Ich bin nicht..." Gilbert schlug seine Hände ans Gesicht. „Ich war nur aus einem Grund bei Ihnen in Döbling. Erkennen Sie mich denn nicht, Frau Wehrsam? Ohne den Bart würden Sie mich vielleicht erkennen, obwohl es so lange her ist."

„Ihr Bart? Sie reden über Ihren Bart?" Silvia lachte hysterisch auf.

„Dann sehen Sie in meine Augen!" Er starrte sie an und kam näher. „Haben Sie überhaupt schon in meine Augen gesehen? Damals haben Sie es sehr oft getan."

„Was reden Sie da?"

„Jasmin Wolfrath. Sie erinnern sich an Jasmin Wolfrath bestimmt. Sie hat uns bekannt gemacht, denn sie war Ihre Patientin. Ihre und die Ihres Mannes. Sie haben zuerst sie behandelt und dann mich."

„Sie?"

„Ich war Jasmins Freund. Wir waren ein Liebespaar. Was haben Sie ihr angetan?"

„Ich habe Angst, den Fuß zu belasten."

Sörens Stimme klang dermaßen erschöpft, dass Christine sie am Telefon nicht wiedererkannt hätte.

„Ich rufe die anderen zur Hilfe. Wir müssen hier heraus."

Ihre Ellenbogen und Hüfte schmerzten dumpf.

„Nein", antwortete Sören. „Ich schaffe es. Nur noch einen Moment ausruhen."

Christine machte sich nicht nur wegen Egon und Josep Sorgen um Gilbert und Silvia oben auf der Burg.

Sören ächzte. „Ich kann nicht daran denken, dass da Margot liegt. Ich tue alles, um nicht daran zu denken. Sie war hoffentlich das letzte Opfer der Wehrsams, das ist der einzige Trost. Versuchen wir es jetzt – hilf mir!"

Christine kroch näher an ihn heran. Dabei stieß sie mit dem Schuh gegen etwas, das leicht und klein war und kein Stein sein konnte. Christine tastete danach.

„Ein Handy!"

Sören klopfte seine Taschen ab. „Ich muss es beim Sturz verloren haben."

„Wir mussten die Dinger doch abgeben."

Sören lachte müde. „Ich war so dumm, Ihnen mein Neues zu geben. Dieses ist kaputt und für mich nur noch ein Telefonbuch."

Christine steckte das Gerät ein und fasste Sören unter den Armen.

„Gibst du es mir wieder?"

„Ich habe dich!"

Er ächzte und hechelte, während er sich hochstemmte und versuchte, sein Gleichgewicht zu finden.

„Lass mich mal allein versuchen". Sören befreite sich von ihr und sie hörte seine ungleichmäßigen, hüpfenden Schritte.

„Okay", rief er, „okay. Ich halte mich auf dem Weg nach oben an dir fest. Das Handy?"

Christine streckte die Arme nach ihm aus. „Im Moment habe ich keinen Schimmer, wo du bist."

„Okay – wir treffen uns bei der Treppe."

Es klang gespenstisch, wie er sich stampfend durch das dunkle Verließ bewegte.

„Wo bist du?", rief Sören. Dann schrie er. „Aua!" Das Stampfen hörte auf und mit einem weiteren Schrei krachte sein Körper zu Boden.

„Sören!"

Er ächzte. „Mit dem falschen Fuß aufgekommen."

„Wir brauchen Hilfe, Sören."

Sie nahm sein Handy aus der Tasche und schaltete es ein. Endlich ein wenig Licht!

„Es ist nicht so schlimm." Er atmete so schnell, dass er kaum zu verstehen war.

„Ein paar Minuten warten, dann hilfst du mir hoch."

„Das Handy hat kein Signal."

„Sage ich doch, es ist kaputt. Gib her."

„Vielleicht hat es nur kein Signal. Sören, ich lasse dich kurz allein und versuche oben, die Polizei zu alarmieren. Bleib wo du bist."

Sie lief die Stufen hinauf und sog tief die frische Luft ein. Silvia und Gilbert waren nicht zu sehen. Wieso war das Handy so wichtig für Sören? Wegen der Telefonnummern – das hatte er gesagt.

Schritte näherten sich aus einem der von Gras überwachsenen Burggänge. Christine hielt den Atem an und war unfähig sich zu bewegen, bis sie Gilbert erkannte.

„Was ist mit euch?", fragte er.

„Wo ist Silvia?"

„In diese Richtung verschwunden." Er deutete zum Turm. „Sie ist außer sich. Ich bin ihr nicht gefolgt, damit sie sich nicht in einen Abgrund stürzt."

„Auch das noch." Das Handy hatte sich von selbst wieder abgeschaltet. Wahrscheinlich war es tatsächlich kaputt.

„Wir können sie nicht allein lassen. Aber wir müssen zuerst Sören nach oben helfen."

„Da unten ist wahrscheinlich der sicherste Ort auf der Burg."

„Du hast recht."

Christine rief hinunter in den Treppenschacht. „Silvia ist verschwunden. Wir suchen sie und sind in ein paar Minuten wieder hier."

„In Ordnung!", schallte Sörens Stimme zurück.

Sie marschierten durch Überbleibsel von Burghöfen und über intakte Steintreppen.

„Silvia?", rief Christine unsicher. Dann lauter: „Silvia!"

Die Antwort war ein ächzender, klagender Laut ganz in ihrer Nähe. Christine ließ suchend den Kopf hin und her fliegen.

„Sie muss dort oben sein", sagte Gilbert.

Eine enge Stiege führte in den großen Burgturm hinauf.

„Kann sie wirklich da oben sein?"

„Wohin sollte sie sonst so schnell verschwinden?"

„Also gut."

Christine ging voran. Wieder wurde es stockdunkel.

„Wir gucken rasch, ob sie hier ist. Dann müssen wir uns um Sören kümmern."

Sie erreichten einen Raum mit einer breiten Metalltreppe, die zu den Turmzinnen führte. Hinter dieser Treppe kauerte Silvia. Sie hielt ihre Beine umschlungen und sah wie ein kleines Mädchen aus, das sich nachts vor Gespenstern fürchtet. Als sie Christine und Gilbert sah, setzte sie sich hektisch auf. „Das hätte ich mir denken können. Ihr beide."

Christine lehnte sich erschöpft gegen die Wand. „Josep und Egon scheinen geflüchtet zu sein. Wir können weg. Wir sollten so schnell wie möglich weg."

„Das hättet ihr gern. Euch aus dem Staub machen. Ihr werdet alles bereuen. Ich habe sie beauftragt, euch aus der Welt zu schaffen."

Gilberts Hände flatterten nervös über sein Gesicht. „Ich habe Ihnen doch gesagt, was geschehen ist."

„Du hast ihr gesagt, was geschehen ist? Was ist denn geschehen?"

„In bin in das Ferienhaus in Spitz eingebrochen, ja. Ich habe im Forum mit Norbert Wehrsam diskutiert, um auch einen Einbruch in sein Haus in Döbling vorzubereiten. Aber dann geriet ich unter Mordverdacht! Völlig unschuldig, doch nach allem, was gegen mich sprach, ohne Chance. Noch war meine Identität unbekannt. Die Wehrsams hatten aber in ihrem eigenen Haus das Mittel, um mich zu enttarnen: Meine Patientenakte. Ich bin tatsächlich in das Haus eingebrochen, jedoch nicht mehr wie ursprünglich geplant wegen der Weine, sondern nur, um die Akte an mich zu nehmen!"

„Hat sie bei dir eine Brustvergrößerung gemacht?", fragte Christine.

„Es war die Nase. Ich habe Norbert damals bei einer Weinmesse kennengelernt. Und durch ihn Jasmin. Sie wunderte sich über meinen nervösen Tick mit meiner Nase und einige andere Dinge. Es gab ein paar Psycho-Gespräche mit Norbert und der zeigte mir eines Tages Patientenbilder. Nebenverdienst meiner Frau, sagte er, Vorher-Nachher-Bilder. Ich stimmte zu."

„Als wir uns kennenlernten, sah deine Nase normal aus", erwiderte Christine matt.

„War sie aber nicht. Damals hatte ich mich bereits von Jasmin getrennt. Die OP stand mir aber noch bevor."

„Der Typ mit dem Nasentick!", kreischte Silvia und schien für einen Moment amüsiert. „Der zwanghaft über seine leicht nach rechts geneigte Nase nachdachte!"

„Die OP hat mich nicht wirklich kuriert. Ich habe danach sinnlos über Weine nachgedacht."

Silvias Miene verfinsterte sich wieder. Langsam schob sie ihren Rücken an der Mauer hoch. „Sie werden euch umbringen."

Die Kälte nagte an Christine. Sie steckte immer noch fest zwischen ihren Rippen und war von ihr nur kurz bei der Suche nach Gilbert und Silvia vergessen worden.

„Wir holen Sören und verschwinden, Gilbert."

„Okay."

Als Christine und Gilbert vor der Kellertreppe ankamen, krabbelte ihnen Sören entgegen. Auf allen Vieren hatte er es geschafft, die Stufen zu erklimmen.

„Da staunt ihr! Helft mir auf."

„Nicht so laut", zischte Christine."

Ala Sören aufrecht stand, bewegte er sich in einem seltsamen Humpelgang, wobei er nur mit der Spitze des verletzten Fußes den Boden berührte. „Es geht. Suchen wir das Weite."

„Vorher müssen wir Silvia holen", sagte Christine.

Die Männer starrten sie an.

„Okay", sagte Gilbert. „Zurück auf den Turm."

„Ich werde mitkommen", sagte Sören. „Wir übergeben sie lebend der Polizei."

Er bewältigte die erste Turmstiege gut, denn er konnte die Hände gegen die Schachtwände stemmen. Christine und Gilbert liefen dicht hinter ihm. Vorsichtig spähten sie auf die Zwischenetage.

„Niemand da."

„Wir müssen da hoch", sagte Christine und wies auf die Metalltreppe.

„Es bleibt uns wohl nichts anderes übrig", murmelte Gilbert und schlich voran.

Der Nachthimmel tauchte über ihren Köpfen auf. Die Sterne funkelten die Lichter der hügeligen Donaulandschaft an. Silvia lehnte an einer der Zinnen und wandte ihnen ihren zierlichen Rücken zu. Es sah aus, als ob sie die romantische Aussicht auf den Donaulauf genoss.

„Silvia?"

Sie zuckte zusammen, drehte den Kopf hin und her und wandte sich ihnen zu. Sören beugte sich mit steifem Rücken vor. „Silvia, lass uns runtergehen. Es darf nicht noch schlimmer werden."

„Kommt mir nicht näher."

„Was versprichst du dir, was..."

„Irgendetwas wird geschehen. Es muss etwas geschehen, Dafür sorge ich."

Christine fingerte erneut an Sörens Handy herum. Es musste möglich sein, damit die Polizei zu rufen!

Sören beobachtete sie und streckte die Hand nach dem Handy aus: „Gib her."

Das Display leuchtete auf, wurde wieder dunkel und erstrahlte erneut, wenn sie irgendwelche Tasten drückte.

Sören stand immer noch gebeugt da. Die Situation löste ein seltsames Wohlbefinden in ihm aus. Er war von Anfang an den richtigen Weg gegangen, spürte er. Sören war ihn gegangen, weil er ihn vorausgesehen hatte, ohne die schrecklichen Ereignisse zu ahnen, zu denen er führte.

Er funkelte Silvia an. „Mache was du willst, lass uns alle umbringen! Aber dann benimm dich wie eine Verbrecherin und nicht wie ein Opfer."

„Ich bin ein Opfer, das sich wehrt."

„Norbert und du, ihr habt so viele auf dem Gewissen. Auf das Mittel für Margot bin ich nur zufällig gestoßen. Ihr habt jahrelang riskante Tests mit Medikamenten gemacht und einem von ihnen ist auch Jasmin Wolfrath zum Opfer gefallen. Sie musste sterben, damit euer Treiben nicht ans Licht kommt."

Sie starrte ihn kopfschüttelnd an wie einen Jungen, der etwas Verbotenes getan hatte, und beschimpfte ihn wüst.

Christines Bemühungen waren abermals zwecklos. Auch hier oben unterm Sternenhimmel bekam sie kein Signal. Sie bemerkte, wie Sören sie unruhig beobachtete und fuhr durch die Menus. Da waren einige Anrufe aufgelistet und der letzte stammte von Norbert. Vom letzten Sommer. Christine hatte bereits so oft wild auf Knöpfe gedrückt und so drückte sie auch dieses Mal und presste das Handy ans Ohr: „Ich bin es noch mal", erklang Norberts Stimme. „Schade, dass du dich nicht meldest. Hätte gut gepasst und besser man redet früher als später. Schade. Außerdem: Du musst mich beraten für meine nächste Verkostung."

Es ging etwas Unwirkliches und Ungeheuerliches von den Worten aus.

„Als Aperitif Federweißer von Schmelig und Tanneck", fuhr Norbert fort, „was hältst du davon? Meine 96er Kollektion Kremstal ist interessant, aber belassen wir es bei der Wachau. Sören bist du da?" Es gab eine Pause. Dann hörte sie Norbert seufzen und sagen: „Von Pallreimer habe ich nur noch eine und habe Angst, der Korken zerbröselt mir unter der Hand. Vielleicht übernimmst du das mit deinen Akupunkteursfingern. So, ich geb's auf."

Christine hob die Hand. „Hört zu!", unterbrach sie den Schlagabtausch zwischen Sören und Silvia und ließ Norberts Stimme noch einmal über den Lautsprecher hören. Unheilvoll scheppernd dröhnte sie zwischen der Umfriedung in den Nachthimmel hinaus.

„Willst du mich noch mehr quälen?", fragte Silvia.

Die Aufnahme war zu Ende.

„Genau das hat Norbert an seinem Todestag angeblich live zu Sören gesagt!", erklärte Christine. „Genau das gleiche. In Wahrheit stammte die Stimme von diesem Handy. Wahrscheinlich, weil Norbert zum Zeitpunkt des angeblichen Gespräches bereits tot war."

Sören lachte. „Und was soll das heißen?"

„Was ist wirklich in der Nacht passiert, Sören? Wieso hast du uns vorgemacht, mit Norbert zu telefonieren, während du in Wahrheit nur eine alte Aufnahme von ihm abgespult hast? Es gibt nur eine Erklärung. Du wolltest alle glauben lassen, er lebe noch, als er in Wahrheit bereits tot war. Und warum du das wolltest, dafür kann es auch nur eine Erklärung geben. Aber warum?"

Silvia trat nah an Sören heran und krümmte ihren Oberkörper zur Seite. Es dauerte eine Weile, bis sie sagte: „Das ist nicht wahr."

„Wahr, wahr, was ist schon wahr", erwiderte er. „Die wenigsten machen von der Wahrheit Gebrauch."

„Das ist wahnsinnig, Sören, wahnsinnig."

„Ohne mich wiederholen zu wollen: Die Wahnsinnigen seid ihr."

„Hast du nichts zu sagen?" Ihre Worte wurden zu einem heiseren Krächzen. Mühsam begann sie erneut: „Du musst doch etwas sagen."

Sören schüttelte sich, als werde er von einem Mückenschwarm attackiert. „Warum soll ausgerechnet ich etwas sagen – ich! Ich habe die ganze Zeit alles gemacht, mein Bestes gegeben." Er streckte den Zeigefinger nach Christine aus. „Sie ist mein Zeuge."

„Ich? Wofür?".

„Das fragst du? Haben wir uns nicht fast immer, wenn wir uns sahen, mit dem Fall Wehrsam beschäftigt? Jedes Mal haben wir uns erzählt, was wir herausgefunden haben, auf welchem Stand wir sind. Es war harte Arbeit, den Ring enger zu ziehen. Wir wussten, dass es nötig ist. Aus persönlichen Gründen und weil wir an etwas glauben."

„Wäre heute kein furchtbarer Tag ", stöhnte Silvia, „wäre es zum Lachen."

„Ich wünschte dir, dass du es könntest ", sagte Sören. „Du warst auch nur ein Opfer. Sein Opfer! Es wäre immer so weitergegangen. Er hätte sich Margot einverleibt und ins Verderben gestürzt. Und viele andere. Er hätte mich aus dem Weg geräumt. Und du hättest ihm geholfen, wenn..."

„Schrei doch nicht so", sagte Christine ängstlich.

Silvia fasste sich an den Hals. „Sören, du bist mein Freund gewesen. Was hast du getan?"

„Was getan werden musste, habe ich nicht getan. Mein Einsatz war zu gering."

Silvia schüttelte manisch den Kopf. „Du hast auch Jeremy umgebracht, weil du eifersüchtig warst wegen Margot. Wahrscheinlich ist er dir auf die Spur gekommen, er misstraute dir!"

Aus Sörens Mund kamen leise grunzende Geräusche und er rollte mit den Schultern, als wolle er eine Verspannung lösen. Plötzlich wandte er sich um und humpelte zum Abstieg. Scheppernd schlugen seine Schuhe über die Metallstiegen. Er hielt ächzend inne, ging weiter, stoppte erneut.

Christine blickte hinunter in den Schacht. Sören hatte nur wenige Stiegen bewältigt und klammerte sich am Geländer fest. Sie kam zu ihm herunter, nahm seinen Arm und stützte ihn Stufe für Stufe.

„Herunter ist es schwieriger als hinauf", stöhnte er. „Christine, du musst mir helfen. Nur diesen Gefallen erbitte ich mir noch von dir."

„Sören, du hast dich maßlos in Dinge hineingesteigert und Verbrechen begangen. Du bist der Verbrecher. Vielleicht hast du eine psychische Erkrankung, das wäre noch ein Trost. Du glaubst ernsthaft, ich würde dich weiter unterstützen?"

„Hilf mir, zur Polizei zu kommen. Jetzt ist es an der Zeit, alles auf den Tisch zu legen."

30

Christine Sowell konnte nicht glauben, was sie las. Sie saß an einem kleinen Schreibtisch in einem Hotelzimmer im dritten Wiener Bezirk. Das Wetter hatte sich gestern schlagartig geändert und Frühlingsluft wehte durch das offene Fenster. Der Bildschirm ihres Laptops zeigte, was unter ihrem

Namen im Weinforum veröffentlicht worden war. Christine war auf die Beiträge nur aufmerksam geworden, weil sie eine Nachricht der Forenbetreiber erhalten hatte: Sollte sie ihre Texte nicht umgehend löschen, würde ihr Account gesperrt werden.

Weine und Männer. Um an die ersten zu gelangen, presse ich die zweiten aus. Und dann verkaufe ich die Weine – meist auch an Männer.

An einer anderen Stelle hieß es: *Ich bin die Piratenbraut. Ich besuche auch euch, wenn ihr es wünscht.*

Christine errötete und löschte die Beiträge. Wer hatte das unter ihrem Namen posten können? Unter ihren privaten Forums-Mitteilungen fand sich die Erklärung.

Melden Sie sich, verdammt! Ich weiß alles. Sie haben mich gedemütigt und für Machenschaften mit Ihrem Liebhaber missbraucht. Glaubten Sie, ich merke nichts und Ihre Taten blieben ohne Folgen?

Der Berliner Weinhändler. Allmählich begriff Christine. Er hatte im Nachhinein ausgespäht, wofür sie seinen Computer in Budapest benutzt hatte. Das Gerät hatte jede Seite und auch alle Kennwörter gespeichert. Er brüstete sich damit, sogar Zugang zu ihrer privaten Korrespondenz beim Weinforum zu haben.

Und dann lässt sich leicht alles zusammenreimen. Die Kellerpiraten! Ich bin sicher, dass Ihr Geliebter einer von ihnen ist! Ich lasse euch nicht in Ruhe, bis ihr euch stellt. Wir Weinfreunde müssen unsere Welt schützen vor Personen wie euch. Wo sind Sie? Ich bin bereit, mit Ihnen zur Polizei zu gehen, ein Wort einzulegen. Ich denke, Sie sind selbst ein Opfer, sind verführt worden. Ich denke auch, dass ich Ihnen in dieser Situation eine große Hilfe sein kann. Liefern Sie den Mann aus! Zeigen Sie ihn an und befreien Sie sich von dem Übel. Das ist Ihre einzige Chance.

Noch ein Verrückter. Glaubte er, sie einschüchtern zu können? Erschreckend war allein, dass sich hier ein weiterer Größenwahnsinniger in den vermeintlichen Dienst für Wahrheit und Gerechtigkeit stellte. Christine löschte ihren Account. Gilbert war kriminell ein kleiner Fisch. Wer interessierte sich jetzt noch für die Weinpiraten? Christine hatte nicht die geringste Ahnung, wie seine Zukunft aussehen und was sie mit ihrer eigenen zu tun haben würde.

Die Ereignisse in der Burg steckten ihr in den Knochen wie eine Krankheit, von der ihr Körper sich erholen musste. Nach dem mühsamen Abstieg mit Sören hatten sie am ersten beleuchteten Haus geläutet und um die Alarmierung der Polizei gebeten. Seither hatte sie ihn nicht mehr gesehen.

Christine erfuhr, was Silvia in ihren Vernehmungen gesagt hatte. Es entsprach im Großen und Ganzen dem, was Christine wusste und erlebt hatte. Aus Verzweiflung über die Untätigkeit der Polizei habe die Ärztin versucht, durch eine rabiate Aktion die Verbrechen an ihrer Familie aufzuklären. Sie habe nicht gewollt, dass jemand zu Schaden komme.

Sören saß in Haft, nach Egon und Josep wurde gefahndet. Über Gilbert war nichts zu hören. Er hatte sich anscheinend vor dem Eintreffen der Polizei aus dem Staub gemacht.

Gestern hatte Christine Silvia angerufen.

„Jetzt erst wird mir Sörens Verhalten verständlich", hatte Silvia gesagt. „So ein Narr. Wir haben niemals etwas Schlimmes getan. Vielleicht war es nicht immer mit den Gesetzen konform. Aber es hat niemandem geschadet."

Sie hätten niemals Medikamententests vorgenommen. Sie hätten allenfalls Mittel verabreicht, die noch nicht zugelassen, aber völlig unbedenklich gewesen seien. Nur im Wunsch, den Patienten zu helfen. Ja, es habe sexuelle Beziehungen mit Patienten gegeben. Das sei nicht korrekt, aber nur selten vorgekommen.

Und dann sagte Silvia: „Schon einmal habe ich dir geraten, mit dir selbst ins Gericht zu gehen. Ich kann mir den Selbstmord von Jasmin Wolfrath nur so erklären, dass du, Christine, dafür verantwortlich bist. Was hatten wir für ein schlechtes Gewissen damals. Wie verzweifelt ist Norbert gewesen, weil seine Therapie sie nicht schützen konnte. Oder gar eine schädliche Wirkung gehabt haben könnte. In Wahrheit bist du mit dem Mann ins Bett gegangen, den sie unglücklich liebte, der nichts mehr von ihr wissen wollte. Sie hat es gemerkt und konnte es nicht aushalten. Erweiterter Selbstmord. Erst den Hund töten, dann sich selbst. Und den Hund hat sie dir in den Zug gelegt."

Christine hatte versucht, das Gespräch nicht ernst zu nehmen. Es gelang nicht. Aus der Presse entnahm sie, dass außer Sören niemand in Haft war. Wollte Gilbert weiterhin flüchten – sollte die Geschichte kein Ende nehmen? Christine hatte das letzte Mal über das Weinforum Kontakt mit ihm aufgenommen und es gab eine geringe Chance, ihn auf diesem Weg auch jetzt noch zu erreichen. Sie konnten nicht mehr um den heißen Brei herumreden. Es musste alles auf den Tisch, wie Sören so schön gesagt hatte.

Sie meldete sich erneut im Forum an, sandte eine Mail an *Kingvino* und bat ihn um ein Treffen.

Welche Möglichkeiten gab es außerdem, Gilbert zu finden? Christine hatte vor nicht langer Zeit seine Spur über jenes Antiquariat aufgenommen. Eine Spur aus tiefer Vergangenheit, als Christine und Gilbert sich kennengelernt hatten. Er war der Buchhandlung über all die Jahre treu geblieben – vielleicht ebenso dem Theater. Christine tippte den Namen der Bühne ein, auf der sie Gilbert zum ersten Mal gesehen hatte. Das Theater präsentierte sich auf einer modern gestylten Website und mit einem florierenden Spielplan. Christine betrachtete die Fotos der Ensemble-Mitglieder. Im dramatisch umschatteten Halbprofil war ein Mann abgebildet, bei dem es sich um Gilbert handeln konnte. Christine hätte daran nicht gezweifelt, wenn das Portrait mit seinem Namen versehen wäre. Doch angeblich handelte es sich um einen gewissen Erik Nagl. Gilberts Künstlername? Oder sein bürgerlicher Name, während Gilbert sein Gangstername war?

Christine fand im Internet heraus, dass Erik Nagl vor 14 Jahren tatsächlich die Hauptrolle in jenem Stück spielte, das sie damals in Wien gesehen hatte...

Der Computer meldete eine neue Email. *Kingvino* schrieb: *Sofort? Wo?*

Sie bat ihn, so schnell wie möglich in ihr Hotel zu kommen. Gilbert antwortete nicht. Eine halbe Stunde später kündigte ihr ein Anruf von der Rezeption seinen Besuch an.

Er trug eine riesige, lächerliche Sonnenbrille und eine Schirmmütze. Sie umarmten sich.

„Wo bist du gewesen?"

„Bei einem Bekannten in Simmering. Weißt du etwas Neues?", fragte Gilbert und deutete auf den Computer.

„Er hat mich die ganze Zeit benutzt und betrogen."

„Wer?", fragte Gilbert.

„Sören. Der Verdächtige wird weiterhin intensiv vernommen, heißt es. Er sei gesprächsbereit. Was geht in seinem Kopf vor? Lauter Verschwörungstheorien. Verfolgungswahn. Ich kann es mir nur mit einer psychischen Störung erklären: Über Monate versucht er, die vermeintlichen Untaten anderer aufzuklären und Belege für ihre moralische Verworfenheit zu sammeln. Die einzig realen Verbrechen begeht aber er. Weil sie nach seiner Meinung wichtig sind, um den Verbrechern seiner Phantasie das Handwerk zu legen. So viele Menschen mussten deshalb sinnlos sterben. Wie es scheint, hat er der Polizei aber auch etwas anzubieten."

„Das wäre?"

Christine setzte sich vor das Gerät. „Da steht, es werde Hinweisen auf Betrugsfälle mit Medikamenten nachgegangen. Sören plappert, wie gesagt. Die Polizei hat Silvias Beziehungen zum Pharma-Konzern unter die Lupe genommen und anscheinend Interessantes entdeckt."

Gilbert machte ein paar schnelle, harte Schritte über den Hotelfußboden. Christine blickte prüfend zu ihm auf.

„Wenn die Polizei seinen Hinweisen nachgeht und sie bestätigt, hat Sören also nicht alles phantasiert", sagte er. „Es können auch andere seiner Behauptungen wahr sein. Oder alle."

„Deshalb habe ich dich hergebeten – um zumindest herauszufinden, was wir wissen. Silvia gibt mir die Schuld an Jasmin Wolfraths Tod. Sie sei wegen uns eifersüchtig gewesen."

„So ein Quatsch". Sein Blick schweifte zu Boden – oder zur Armbanduhr?, fragte sich Christine. Wollte er die Maskenbildnerin des Theaters nicht warten lassen?

Sie rief erneut die Homepage des Theaters auf und verglich das Foto des Schauspielers mit dem Mann in ihrem Zimmer. Die Nasen unterschieden sich. Silvia hatte also ganze Arbeit geleistet? Auch das Kinn wirkte anders. Und dann fielen Christine die Ohren auf. Gilberts Ohrläppchen waren im Gegensatz zu den abgebildeten angewachsen.

„Sag mal, hat Silvia dir auch die Ohren gemacht?"

„Wie bitte?"

„Die Ohren angenäht?"

„Quatsch."

Sie drehte den Laptop um. „Der bist du nicht."

Gilbert betrachtete lange das Foto und schüttelte den Kopf.

„Wer bist du dann?"

„Es gibt viele Ratgeber über Tricks, wie Leute einen Flirt beginnen sollen. Meinen fand ich besonders genial."

„Ich verstehe nicht."

„Ich war ursprünglich gemeinsam mit Jasmin zu der Premiere eingeladen gewesen. Als wir noch zusammen waren. Bereits zu diesem Zeitpunkt fiel mir eine Ähnlichkeit zwischen mir und dem Schauspieler auf. Ein unbedeutender Schauspieler und ein unbedeutender Mensch sehen sich ähnlich. Ich habe das benutzt, um mit dir anzubandeln. Schon während der Aufführung beobachtete ich, wie du gebannt an seinen Lippen hingst. Ich wollte dich kennenlernen und habe diesen Trick angewandt, um mich interessant zu machen. Ich war verliebt ohne Skrupel."

Erschrocken stand Christine auf. Sie hatte im Foyer des Theaters fest geglaubt, Gilbert sei der abgeschminkte Schauspieler. Die Wahrheit machte ihr Angst und sie wusste nicht, was sie mit ihr anfangen sollte.

„Es tut mir leid", sagte er. „Aber es ist eigentlich doch unwichtig."

Sie fuhr herum. „Unwichtig? Für mich nicht."

„Ich bin ich, wie du mich kennst."

„Du hast mich bis jetzt getäuscht."

„Jetzt nicht mehr."

Mit der Frühlingsluft wehten muntere, geschäftige Geräusche ins Zimmer. Christine blickte durchs Fenster. Die Straße wirkte wie neu und als ob sie auch innerhalb eines überdachten Einkaufszentrums verlaufen könnte.

„Weißt du, warum Silvias Verdächtigung Quatsch ist?", fragte er.

Christine mühte sich, ihre Gedanken zu sammeln.

Er fuhr fort: „Ich bin sicher, Jasmin Wolfraths Tod war ein Unfall. Sie hat schon Wochen vorher mit dem Messer an ihrer Kehle gespielt. Angeblich wollte sie für eine Rolle als Komparsin üben. Sie bat mich, sie aufzunehmen. Sie hatte sich einen täuschend echt wirkenden Schnitt an den Hals geschminkt. Pulsadern aufschneiden könne ja jeder, meinte sie. Ritzt aber jemand an seinem Hals herum, traut sich niemand, an seinen Absichten zu zweifeln. Und sie sagte auch Sachen wie: ‚Einer Selbstmörderin glaubt man'. Und dass die Wehrsams dann einpacken könnten."

„Norbert Wehrsam bekam nach ihrem Tod in der Tat große berufliche Probleme...", erinnerte sich Christine.

„Ich weiß nicht, was die beiden mit ihr gemacht haben und welche Medikamente sie erhielt. Ich habe Jasmin nicht mehr durchschaut. Warum ist sie nicht zur Polizei gegangen, wenn sie sich als Opfer fühlte?"

„Vielleicht, weil etwas brauchte, was sie mächtig und glaubwürdig machte", antwortete Christine mühsam. „Vielleicht wollte sie sich auch für etwas rächen, was wir nicht ahnen. Ein Selbstmordversuch spricht für sich. Jasmin Wolfrath hätte danach glaubwürdig behaupten können, durch die Wehrsams fast in den Tod getrieben worden zu sein. Sie hätte nur noch die Gründe dafür nennen müssen, die dann großes Gewicht gehabt hätten."

„Aber dann starb sie wirklich."

„Und versetzte die Wehrsams auch so in Angst und Schrecken vor Nachforschungen!" Christines Kopf arbeitete wieder schneller und sie lief aufgeregt durchs Zimmer. „Der Amphorenwein stand im Zimmer, als Jasmin entdeckt wurde. Vielleicht startete sie den Selbstmordversuch, der zum Selbstmord wurde, in Norberts Gegenwart und er ist geflüchtet. Oder Jasmin griff nach dem Messer, kaum dass er gegangen war. Norbert und Silvia konnten es sich nicht leisten, dass sich einer ihrer Patienten umbringt. Oder gerade diese Patientin. Es musste ein Grund dafür konstruiert werden, der nichts mit ihnen beiden zu tun hatte."

„Mit Hilfe des Hundes?"

„Der Hund ist der Schlüssel." Christines Hände fingen wie von selbst zu gestikulieren an. „Die Wehrsams haben ihn oft betreut. Er passt nur zu gut in Norbert Wehrsams Psycho-Theorien! Viel zu gut. Die Übertragung von Gefühlen, wovon Jeremy mir schon in der Wachau erzählte. Es liegt nahe, dass Norbert das Tier getötet und in meinen Zug gelegt hat, um von sich abzulenken. Ein derart mysteriöses, auf den ersten Blick sinnloses Geschehen ist ganz nach seinem Geschmack. Zu bizarr, um nicht authentisch zu erscheinen. Jasmin hat ihm sicher viel über mich erzählt. Sie wusste, an welchem Tag ich in den Zug nach Hamburg steige. Wenn Silvia erklärt, Jasmin habe sich wegen mir umgebracht, sagt sie nur, welchen Anschein Norbert erwecken wollte."

Gilbert blickte wie verträumt ins Leere. „Beweisen lässt es sich nicht."

„Vieles lässt sich auch viel später noch beweisen. Aber wozu? Norbert scheint immerhin nur ein Tiermörder zu sein. Und er selbst lebt nicht mehr. Sein Mörder – und der seines Sohnes – sitzt im Gefängnis. Die Ermittlungen gegen Silvia laufen. Da könnte deine Aussage für die Polizei allerdings von großem Wert sein."

„Es ist nicht sicher, dass Sören Jeremy getötet hat", wandte Gilbert ein.

„Wie bitte?"

„Ich überlege, ob im Handgemenge etwas passiert ist, über das ich mir bisher keine Gedanken machte. Sören und Jeremy wollten mich schnappen, die sind auf mich los. Es war dunkel, ich habe mich gewehrt. Ich hatte aber nur meine Patientenakte in der Hand. Mit ihr habe ich zurückgeschlagen. Eine dicke Mappe. Ich glaube, sie hatte metallene Ecken. Metallene Ecken einer Aktenmappe, wer denkt an so etwas. Jedenfalls schlug ich damit um mich, jemand ließ von mir ab und der Weg war frei."

Christine durchzuckte es heiß.

„Du willst sagen, du könntest Jeremy getötet haben?" Sie versuchte, seine Augen zu erkennen, die den Fußboden anblinzelten.

„Es ist nicht ausgeschlossen."

Christine ächzte. „Ist es nicht ziemlich unwahrscheinlich, jemanden mit einer Aktenmappe zu erschlagen?"

„Ich weiß es nicht. Falls aber Jeremy aufgrund des Schlages mit der Aktenmappe umkam, bin ich es gewesen."

„Du hast die Mappe noch?"

„Ja."

„Dann wird es die Polizei leicht feststellen können."

„Wenn ich zur Polizei gehe, wird es Sören nicht helfen, aber mir auf jeden Fall schaden", erklärte er mit dünner, vibrierender Stimme. „Falls er nicht der Täter ist, wird sie es auch ohne mich herausfinden."

Christine schüttelte heftig den Kopf. „Da bin ich nicht sicher! Es ist in jedem Fall ein Unterschied, ob Sören für beide Tode verantwortlich ist oder nicht."

„Ich werde darüber nachdenken, Christine."

„Du wirst was?"

„Ich werde überlegen, ob ich zur Polizei gehe, auch wenn ich damit riskiere, dass ich nicht für einen Unfall, sondern für einen Mord verantwortlich gemacht werde. Auf keinen Fall soll ein anderer für meine Tat geradestehen – falls ich sie begangen habe. Ich gehe jetzt."

„Nein, Gilbert. Entweder du stellst dich sofort oder ich werde dich anzeigen." Sie schluckte und deutete auf das Telefon. „Melde dich bei der Polizei und mache dem Spuk ein Ende. Es ist besser, wenn nicht ich es tun muss."

„Ich werde es tun. Vertraue mir, Christine."

„Ich meine es ernst."

Gilbert nickte. „Auf Wiedersehen."

Er verließ das Hotelzimmer und kurz darauf beobachtete Christine, wie er die Straßenseite wechselte und dabei telefonierte. Sonnenbrille und Mütze hatte er nicht wieder aufgesetzt. Nach einer Weile tauchte ein Wagen auf, in den Gilbert einstieg.

Christine blieb am offenen Fenster stehen. Viele Menschen spazierten nur im Hemd oder Pulli auf der sonnigen Straße. Dann verließ sie das Hotel. Sie wollte ins Theater, in dem heute der Mann auftrat, für den sie Gilbert gehalten hatte.

Printed in France by Amazon
Brétigny-sur-Orge, FR